U0513811

高等学校文科教学参考书

古代文论名篇详注

霍松林　主编

上海古籍出版社

图书在版编目(CIP)数据

古代文论名篇详注 / 霍松林主编 . —上海: 上海古籍出版社,2002.7（2025.5重印）
高等学校文科教材
ISBN 978-7-5325-3054-0

Ⅰ . 古... Ⅱ . 霍... Ⅲ . 文学理论—中国—古代—高等学校—教材 Ⅳ.I206.2

中国版本图书馆CIP数据核字 (2001) 第 075075 号

高等学校文科教材
古代文论名篇详注
霍松林 主编
上海古籍出版社出版发行
（上海市闵行区号景路159弄1–5号A座5F 邮政编码201101）
(1)网址: www.guji.com.cn
(2)E-mail:guji1@guji.com.cn
(3)易文网网址 : www.ewen.co
启东市人民印刷有限公司印刷
开本 850×1168 1/32 印张 17 字数 329, 000
2002 年7月新 1 版 2025 年5月第22次印刷
印数 : 78,801–80,900
ISBN 978 –7 -5325-3054-0
Ⅰ·1492(课) 定价: 46.00 元
如发生质量问题, 读者可向工厂调换

前　言

　　党的十一届三中全会以后，为了建立具有中国民族特色的马克思主义文艺理论，各高等学校文科都开设了中国古代文论方面的课程。但由于历史的原因，学生阅读古文的能力比较差，师资力量也显得薄弱，因而对于古代文论的讲授和学习，都有一定困难。针对这种情况，早在一九八〇年，重庆师院、贵阳师院、西南师院和南充师院的同志倡议编写《古代文论名篇详注》，得到了原教育部高教一司与有关院校领导的支持。于是成立编委会，商讨编写原则和体例，分工编写。第二年六月在重庆师院举行审稿会，对初稿进行了认真的讨论和修改，然后由南充师院中文系负责印刷，先供编写单位试用，并分寄全国有关专家，广泛征求意见。一九八三年春举行编委会，根据试用情况和有关专家的意见，又作了必要的加工，交上海古籍出版社出版。

　　本书的编写原则是：既适于教师讲授，又适于学生自学。其体例是：精选必读名篇，文内用夹注，文后附说明。"夹注"力图作到：一、特殊的虚词、实词及句子，加以注音、释义及语法说明；二、难句今译或用通俗语言讲解；三、重点词语注明出处，艰深的引文作必要的解释。"说明"的意图是：一、简介作者生平、思想和在文论方面的成就；二、节录、节选的篇章，介绍原著梗概和有关情况；三、以分析本文为主，不但撮述文论要点，并指出段落大意及段与段之间的内在联系，以便学生充分掌握。

参加本书编写的同志有：北京师院漆绪邦，吉林大学张连第，武汉师院张国光，昆明师院王彦铭，齐齐哈尔师院解希三，河南师大毕桂发，新疆大学张佩玉、秦绍培，新疆师大王佑夫，贵阳师院关贤柱，南充师院吴熙贵，西南师院刘健芬，重庆师院黄中模、王开富，陕西师大霍松林、胡主佑，安徽师大梅运生，内蒙古师大申建中。

经编写组全体成员推选，由黄中模、关贤柱、张连第、漆绪邦、霍松林任编委，霍松林兼主编。编委会常设重庆师院中文系。

这部书稿出自众手，虽经编委和主编多次审改加工（王开富同志参加了审改加工工作），质量仍不平衡，体例也不够统一，上海古籍出版社的编辑同志为此付出了大量劳动，谨致衷心的谢意。

这部书原是为了克服古文论教学的困难，受国家教育委员会委托编写，可作教材或教学参考书，也可供古文论爱好者自学之用。已列入国家教育委员会一九八五年至一九九〇年高等学校文科教材编选计划。限于我们的学术修养和理论水平，缺点和错误在所难免，恳切地希望得到同志们的批评和指正，帮助我们做好进一步的修改工作，为提高教学质量、建设精神文明做出应有的贡献。

目　录

先　秦

两　汉

魏晋南北朝

唐　宋

先　　秦

尚书·尧典(节录)

帝曰：帝，指舜。曰，说。以下是舜对夔说的话。"夔！命女典乐，教胄子。夔，人名。女，同汝，你。典乐，掌管音乐。胄〔zhòu 宙〕，长子。全句的意思是：任命你主管音乐，教育子弟。直而温，正直而温良。宽而栗，宽弘而坚毅。刚而无虐，刚强而不暴虐。简而无傲。简易而不傲慢。诗言志，诗用来表达人的情志。歌永言，永，动词，延长。这句意为，歌，就是延长诗的语言。即把诗抑扬顿挫地唱出来，以突出诗所表达的情志。声依永，歌声的变化，要依照"永言"的要求。律和声。律，我国古代的音乐术语，即"十二律"。从低音到高音，依次为：黄钟、大吕、太簇、夹钟、姑洗、仲吕、蕤宾、林钟、夷则、南吕、无射、应钟。其中奇数又合称"六律"，偶数又合称"六吕"，故合起来又称"十二律"。这句意为用音律来调和歌声。八音克谐，无相夺伦。八音，我国古代的八类乐器，即：金、石、土、革、丝、木、匏、竹。克，能够。夺伦，打乱条理。这两句意为，各种器乐的伴奏能够和谐，不要互相干扰。神人以和。"这句意为，入、神以此而达到和谐。夔曰："於！於〔wū乌〕，叹词，这里表示赞成，相当于"噢"。予击石拊石，百兽率舞。"予，我。拊〔fǔ府〕，轻敲。石，石磬。率〔shuài帅〕，都，或解为"相率"，亦通。这两句说，我敲打石磬，百兽随之起舞。

说　明

《尚书》（也称《书》、《书经》），是战国以前流传下来的关于中国上古历史和部分追述古代事迹著作的汇编。西汉初存二十八篇，即《今文尚书》，《尧典》是其中的一篇。伪《古文尚书》把《尧典》的下半篇分出，并增加二十八字，称为《舜典》。

从《尧典》中节录的这段文字，是我国古代文论的最早记录。有几点值得注意：

一、舜命夔用"乐"教胄子，使他们"直而温，宽而栗，刚而无虐，简而无傲"，阐明了文艺的教育作用。

二、从"诗言志"到"八音克谐，无相夺伦"，讲述了诗歌与音乐相结合的具体情况。"诗"，只是"乐"的歌词。它要唱出来，还有乐器伴奏。夔回答舜的话，又补充了与诗歌、音乐相结合的舞蹈。所谓"百兽率舞"，大约是指原始社会的图腾舞；百兽，并不是各种野兽，而是化装的各种动物图腾。这段文字说明，在上古时期，诗歌、音乐、舞蹈是三位一体、紧密结合的。《乐记》中的"诗，言其志也；歌，咏其声也；舞，动其容也。三者本于心，然后乐器从之"，也讲的是这种情况。

由于诗歌本来是和音乐、舞蹈相结合的,因而诗的语言具有音乐性。在诗歌脱离音乐、舞蹈而独立之后,语言的音乐性仍然得到继承。我国的古典诗歌一般都有和谐的节奏和韵律,表现出音乐美,这是一个很好的传统,值得珍视。

三、这里提出的"诗言志",概括了诗歌抒情达意的基本特点,如朱自清在《诗言志辨序》里所说,它是我国历代诗论的"开山的纲领"。

"志",其本义指志向,但笼统地说,它指人们的主观方面,包括我们所说的思想感情在内。班固在《汉书·艺文志》里说:"《书》曰:'诗言志,歌永言。'故哀乐之心感,而歌咏之声发。""哀乐之心",当然指的是感情,而感情又不能脱离思想。《毛诗序》先说"诗者志之所之",接着又说"情动于中"也把"志"与"情"看成既有区别,又互相联系的东西。但随着儒家思想正统地位的确立,历代文人往往把"志"解释为合乎礼教规范的思想,而以"情"为与政教对立的"私情",遂产生了我国文学批评中"言志"与"缘情"的对立。

"志"是属于主观方面的东西,不说诗歌反映现实,而说"诗言志",是不是只强调主观方面而忽视了客观方面呢?不然。人们的"志"总是在一定的社会环境中形成、并由一定的客观现实所激发,才不得不"言"的,因而"言"了"志",也就反映了现实。班固用"哀乐之心感,而歌咏之声发"解释"诗言志,歌永言",他所谓的"感",就是感于物。刘勰在《文心雕龙·明诗》里所说的"感物吟志",钟嵘在《诗品序》里所说的"气之动物,物之感人,故摇荡性情,形诸舞咏",讲的都是这个问题。孔颖达在《毛诗正义》(卷一)里讲得更明确:"志之所适,外物感焉。言悦豫之志,则和乐兴而颂声作;(言)忧愁之志,则哀伤起而怨刺生。"就是说,诗人被使人"悦豫"的"外物"所感,就以"悦豫"的激情歌颂那使人"悦豫"的"外物";诗人被使人"忧愁"的"外物"所感,就以"忧愁"的激情怨刺那使人"忧愁"的"外物"。由此可见,所谓"诗言志",并不是忽视反映现实,而是要求诗人在有了对现实的真情实感的前提下以抒情的笔触,反映激动过他的现实。这就把诗歌创作同干巴巴的说教区别开来了,同冷冰冰的现象罗列区别开来了。

早在《尧典》中就提出的"诗言志"的诗歌理论,对我国历代的诗歌创作和诗歌评论发生过积极的影响是不容忽视的。当然在不同的历史时期"志"有不同的时代内容,必须作具体的分析。但在社会主义时期如果批判地继承"诗言志"的优良传统,用诗歌"言"社会主义之"志",那还是有利于社会主义诗歌的繁荣发展的。

论　语（选录）

子贡曰：子贡,孔子弟子,姓端木,名赐,字子贡。"贫而无
谄,富而无骄,何如?"谄〔chǎn产〕,巴结,奉承。何如,怎么
样。子曰：子,学生对孔子的敬称。"可也;未若贫而乐,富
而好礼者也。"未若,不如。好〔hào浩〕,喜爱。全句是说,那还
不如虽然贫穷却很快乐,纵然富裕却谦虚好礼的人。子贡曰：
"《诗》云:'如切如磋,如琢如磨。'《诗》,指《诗经》,所引两
句,见《诗经·卫风·淇澳》。切、磋、琢、磨,本来指切割、雕刻骨、角、
象牙、玉石的工艺,子贡用这两句话,比喻品德修养方面的精益求精。
其斯之谓与?"其,在这里表示委婉的语气,可译为"大概"。斯,同
"此"。与,同"欤","吧"。子贡的话意为,《诗经》上说:要象对待骨、
角、象牙、玉石那样切琢它,琢磨它。大概说的是这个吧?子曰："赐
也,始可与言《诗》已矣,告诸往而知来者。"孔子的话意
为,赐呀,现在可以跟你谈论《诗经》了,告诉你过去的事,你就能推知

未来的事。

——《学而》

子曰："《诗三百》，即《诗经》，古人举其作品的约数，称《诗三百》。一言以蔽之，蔽，概括。之，代《诗三百》。曰思无邪。"邪，不纯正。全句是说：《诗经》三百篇，用一句话概括它，就是"思想纯正"。

——《为政》

子曰："人而不仁，而，却。这一句意为，做了一个人，却不仁。如礼何？这句意为，怎样来对待"礼"呢？即没有条件讲"礼"。人而不仁，如乐何？"孔子认为"仁"是"礼"、"乐"的前提，所以说"不仁"的人就谈不到"礼"、"乐"。

子夏问曰：子夏，孔子弟子，姓卜，名商，字子夏。"巧笑倩兮，美目盼兮，素以为绚兮。前两句见《诗经·卫风·硕人》，后一句不见于今本《诗经》。倩〔qiàn 欠〕，面貌姣好。盼，指眼睛黑白分明。素，白底。绚〔xuàn 眩〕，文采。素以为绚，意为在洁白的底子上施以文采。何谓也？"子曰："绘事后素。"绘画后于白底，即先有白底子，然后才能在上面画花。曰："礼后乎？"礼也在后吗？礼在什么之后，子夏没有说明，根据儒家的主张，礼应当在"仁义"之后。子曰："起予者商也！起，启发。由于子夏从"绘事后素"联想到"礼后"，所以孔子说："启发我的人，就是你商啊！"始可与言《诗》已矣。"

子曰："《关雎》乐而不淫，哀而不伤。"《关雎》，《诗经·国风·周南》的第一篇。淫，过分。伤，悲伤。

子谓《韶》，韶〔sháo ㄕㄠˊ〕，相传为舜时的乐曲。尽美矣，又尽善也。谓《武》，武，相传为周武王时乐曲。尽美矣，未尽善也。美，就声音而言；善，就内容而言。《韶》的内容是表现舜接受尧的"禅让"，能继承尧的德业。《武》的内容是表现武王伐纣，建立新王朝。孔子是主张"以德服人"的，所以说前者"尽善"，后者"未尽善"。

——《八佾》

子曰："质胜文则野，质，质朴。文，文采。野，粗野。文胜质则史。史，浮华，虚浮。文质彬彬，彬彬，文与质配合适当的样子。然后君子。"

——《雍也》

子曰："兴于诗，修身从学《诗》开始。兴，起、开始。立于礼，在"礼"的基础上修身、立身。成于乐。"在"乐"的陶冶中完成品德的修养。刘宝楠《论语正义》："学诗之后即学礼，继乃学乐。盖诗即乐章，而乐随礼行，礼立而后乐可用也。"

——《泰伯》

子曰："诵《诗》三百，授之以政，把政事交给他（去办）。不达；不通达政事，完不成任务。使于四方，不能专对；派他出使外国，不能独立地应酬、谈判。对，对话、回答问题，这里泛指外交。春秋时代办外交，常常借助于引用诗句。虽多，亦奚以为？"奚〔xī ㄒㄧ 西〕，何。这句是说，即使读了很多诗，又有什么用处呢？

——《子路》

子曰："辞达而已矣。"辞,言辞、文辞。达,达意,表达思想感情。而已矣,罢了。这句意为:言辞能够表达思想感情就行了。

——《卫灵公》

子曰："小子何莫学夫《诗》？学生们为什么不研究《诗》？夫,语气词。《诗》可以兴,兴,启发,鼓舞。朱熹注:"感发志意。"可以观,观,认识社会。郑玄注:"观风俗之盛衰。"可以群,互相帮助,共同提高。孔安国注:"群居相切磋。"可以怨。怨,批评讽刺。孔安国注:"怨刺上政。"迩之事父,远之事君,迩〔ěr 尔〕,近。这是说,近呢,可以用(其中的道理)来事奉父亲;远呢,可以用来服事君上。多识于鸟兽草木之名。《诗经》中出现的谷类、蔬菜、药物、花、果、木、鸟、兽、虫、鱼的名称都不下数十种,所以说读诗可以多认识鸟兽草木之名。

子谓伯鱼曰：伯鱼,孔子的儿子,名鲤,字伯鱼。"女为《周南》、《召南》矣乎？为,研究。《周南》、《召〔shào 邵〕南》,现存《诗经·国风》之中。这句是说,你研究过《周南》和《召南》了吗？人而不为《周南》、《召南》,其犹正墙面而立也与？人如果不研究《周南》、《召南》,那岂不象面对着墙壁站着吗!

——《阳货》

说　　明

《论语》是一部语录体的儒家"经典",共二十篇,记录了孔子及其门人的言行,是研究孔子生活、思想的重要资料。

　　孔子(前551—前479),春秋末期的思想家、政治家、教育家,儒家学派的创始者。姓孔,名丘,字仲尼,鲁国陬邑(今山东曲阜东南)人。他的先世是宋国贵族,曾祖父后来定居鲁国。他自己幼年"贫且贱",及长,做过"委吏"(会计)和"乘田"(管畜牧)。学无常师,相传曾问礼于老聃,学乐于苌弘,学琴于师襄。聚徒讲学,从事政治活动。年五十,由鲁国中都宰升任司寇,摄行相事。后又周游宋、卫、陈、蔡、齐、楚等国,自称"如有用我者,吾其为东周乎?"但终未见用。晚年致力于教育,"有教无类",因材施教,"学而不厌,诲人不倦",相传其弟子先后有三千人,贤者有七十余人。又整理《诗》、《书》等古代文献,并把鲁史官所记《春秋》加以删修,成为我国第一部编年体的历史著作。

　　在世界观上,孔子强调"不知命,无以为君子也",但对殷周以来的鬼神宗教迷信又采取存疑的态度,认为"未知生,焉知死","未能事人,焉能事鬼"。

　　在政治上,他提出"正名"、"复礼"的主张,意在恢复、维护贵族等级秩序。但他又大力宣传"仁"的学说。"仁"是对"人"而言的,他要求"仁者爱人","己所不欲,勿施于人","己欲立而立人,己欲达而达人"。在维护贵族统治的基础上提倡德治和仁政,反对苛政和刑杀,提出了"不患寡而患不均,不患贫而患不安"的论点。

　　孔子的文艺思想是和他的政治思想联系的。

　　《论语》里多处提到"文"、"文章"、"文学",但都泛指学术文化典籍,只有论述诗、乐的部分,才集中地表现了孔子的文艺思想。我们所选的十二条,都是论述诗、乐的。主要涉及三个问题。

内容和形式

孔子从实现德治仁政的目的出发,首先重视文艺的内容。他用"思无邪"概括《诗经》的全部作品,这当然是指内容说的。他要求诗的内容纯正,合乎德治仁政的标准。因而强调"人而不仁,如礼何? 人而不仁, 如乐何?"说明他是把"仁"看成"礼"、"乐"的本质的。"思无邪",具体地说就是"乐而不淫,哀而不伤"。"不淫"、"不伤",即是要求"约之以礼",做到"中和"。

孔子主张"辞达而已矣",这说明他既重视内容,又不忽视形式。"辞"属于形式范畴,它是用来抒情达意,表现内容的。从"而已矣"的语气看,他是反对华丽的词藻的,但他反对的是超出"达意"需要的浮词艳藻, 不能因此说他忽视形式。他以"文质彬彬"要求君子,后代常用来指文艺作品形式与内容配合得当。孔子主张形式与内容的完美结合。在他论《韶》、《武》的一条中即可见到。他所谓"善",指《韶》、《武》内容的妥善,他所谓"美",指《韶》、《武》形式的完美。他从形式方面着眼,认为《韶》和《武》同样达到了"尽美"的程度;又从内容方面着眼, 认为二者又有"尽善"与"未尽善"的区别。由此可见孔子兼重内容与形式,他不以内容代替形式,也不以形式偏废内容。这在文艺批评方面可以说已经到达了相当的理论高度。

至于如何区分"善"与"未尽善",孔子当然用的是他自己的标准。孔安国注云:"《韶》,舜乐名。谓以圣德受禅,故'尽善'。《武》,武王乐也,以征伐取天下,故未尽善。"从孔子大力宣传"仁义"看,这样的解释大概是符合原意的。对于什么才算"美",孔子当然也是按照他自己的标准来衡量的。总的看来,他高度评价的是古代统治者的雅乐。《韶》是舜乐,《武》是武王乐,他给予不同程度的赞扬。

二 文艺的社会作用

孔子很重视文艺的社会作用。他把个人的修养归结为"兴于诗、立于礼、成于乐",说明他认为诗和乐可以培养人们的品德。他说:"诵《诗》三百,授之以政,不达;使于四方,不能专对;虽多,亦奚以为。"说明他认为诗可以提高人们从事政治、外交等实际工作的能力。"小子何莫学夫诗"一条,讲得更全面。"可以兴",说明诗歌可以感动人、鼓舞人,具有艺术感染作用;"可以观",说明诗歌可以"考见得失","观风俗之盛衰",具有认识作用;"可以群",说明诗歌可以交流思想感情,使人们互相切磋,达到团结的目的;"可以怨",说明诗歌可以"怨刺上政",对时事政治发表批评意见。"事父"、"事君",则是孔子从他的政治立场出发,说明诗歌要为礼教服务。至于"多识于鸟兽草木之名",又说明诗歌还能给人以自然科学方面的知识,具有知识性。

"兴、观、群、怨"说是对诗歌社会作用的高度概括,后世文人往往从不同的角度申述此说。黄宗羲在《汪扶晨诗序》里,从题材方面着眼,说明古今事物虽然纷纭复杂,但都超不出"兴、观、群、怨"的范围。王夫之在《诗绎》里,则把"兴、观、群、怨"四者看成互相联系、相得益彰的整体加以论述，认为：" '诗可以兴，可以观，可以群，可以怨'，尽矣。辨汉、魏、唐、宋之雅俗得失以此，读《三百篇》者必此也。"袁枚以为"可以兴"、"可以群"指出了诗歌含蓄的特点，"可以观"、"可以怨"则指出了诗歌直陈的特点。(《答沈大宗伯论诗书》)可见"兴、观、群、怨"说对后代诗论的深远影响。

三　诗歌的艺术特征

从孔子对诗的社会作用的论述里，也可以看出他对诗的艺术特征有所了解。他说诗"可以观"，即可以从诗中观察社会、了解时政得失和民情哀乐；而能够具有这种认识作用的诗歌，当然是反映了客观现实的真情实况的诗歌。这说明孔子是注意到了诗反映现实的特征的。怎样反映现实呢？他没有说，但从"可以怨"看，他是认为诗人是带着激情反映现实的。主张"思无邪"的孔子既然承认"可以怨"，那么喜悦、哀愁之类的感情，自然也都是可以表现的。这就是说，孔子肯定了诗歌抒情的特征。正因为带着激情反映现实，所以诗"可以兴"，具有艺术感染力。

朱熹把"可以兴"解释为可以"感发志意"，这是不错的。"感发"既包含鼓舞之类的意思，也包含启发之类的意思。诗的启发性，表现在它可以引起人们的联想，从而触类旁通。前面所选的"贫而无谄"一条，讲的就是这个问题。"切、磋、琢、磨"，这本来讲的是加工骨、角、象牙、玉石的工艺，子贡却由此想到道德修养方面的精益求精，不断提高。而孔子呢，也对此大加称赞，以为子贡"可与言诗"。因为他"告诸往而知来者"。所谓"告诸往而知来者",其本质意义是:能够从这一方面受到启发,联想到其他方面,触类旁通。

"巧笑倩兮"一条,讲的也是这个问题。子夏提到的那几句诗只是说:漂亮的面孔笑得好看,黑白分明的眼珠转动得好看,洁白的画布上画出的花样好看。孔子却把这概括为"绘事后素"。所谓"绘事后素",其本质意义是:先有好的质地,才可以进一步加工提高,使它更美好。这样的概括,尽管不违背诗意,但已经有所引伸。子夏又由此想到"礼后"——一个有"仁义"、"忠信"之类的道德品质的人才可讲"礼",这显然是作了进一步的发挥。而这,也受到孔子的称赞,说子夏"可与言诗",还谦虚地说子夏的话使他受到了启发。

这种对诗意的联想和发挥,与当时政治、外交场合的诵诗风气有关,"诵诗三百"一条就说得很明白。但孔子在此指出了诗歌的启发性,可以说是已注意到了诗歌具有"言外之意"的艺术特征。

墨　子〈选录〉

子墨子言曰：仁之事者，孙诒让《墨子间诂》："疑当云'仁者之事'，下文云'仁者之为天下度也'，可证。"必务求兴天下之利，除天下之害，将以为法乎天下。为法，做榜样。乎，同"于"。利人乎，即为；不利人乎，即止。且夫仁者之为天下度也，度，谋画。非为其目之所美，耳之所乐，口之所甘，身体之所安；这几句意为，仁者为天下谋画，并不是为了那些（自己的）眼睛看起来美丽的东西，耳朵听起来欢乐的东西，嘴巴吃起来香甜的东西，身体感觉到安适的东西。以此亏夺民衣食之财。以此，因此。亏夺，减损、掠夺。民衣食之财，人民作为衣食之用的财物。仁者弗为也。仁者是不干这样的事情的。弗（fú），不。是故子墨子之所以非乐者，是故，因此。所以非乐者，反对音乐的缘故。非以大钟、鸣鼓、琴瑟、竽笙之声以为不乐也；非以刻镂文章之色以为不美也；非以刍豢煎炙之味以为不甘也；刍〔chú 除〕，食草动物，如牛羊之类。豢〔huàn 幻〕，食谷动物，犬豕之类。煎、炙〔zhì 至〕，煎肉、烤肉。非以高台厚榭邃野之居以为不安也。厚榭〔xiè 卸〕，筑在高台上的宽大屋子。邃〔suì 遂〕，深。野，屋宇。王引之云："野，即宇字也。古读野如宇，故与宇通。"见王念孙《读书杂志》。虽身知其安也，口知其甘也，目知其美也，耳知其乐也；然上考之不中圣王之事，考，考察。中〔zhòng 仲〕，符合。下度之不中万民之利，度〔duó 夺〕，忖度、衡量。是故子墨子曰：为乐非也。演奏音乐是错误的。

————《非乐上》

子墨子言曰：必立仪。疑当作"子墨子曰：言必立仪。"见孙诒让《墨子间诂》。仪，表、标准。言必立仪，意为说话、写文章必先树立衡量正确与否的标准，即下面提出的"三表"。言而毋仪，毋，同"无"。譬犹运钧之上而立朝夕者也；譬犹，譬如。运，运转。钧，制陶器所用的转轮。立，树立。朝夕，这里指测日影的仪表。全句意为，说话写文章如果没有标准的话，那就好比在转动的轮子上立一个测日影的仪表，不可能测准方向的。是非利害之辨，不可得而明知也。辨，这里是名词，作"知"的宾语。这句是说，是与非，利与害的区分，不可能知道得很清楚。故言必有三表。三表，判断是非的三个标准。何谓三表？子墨子言曰：有本之者，本，动词，有所依据。有原之者，原，动词。这是说，有考察其缘故的。**有用之者。**有考察其实用效果的。**于何本之？**于何，在何处。**上本之于古者圣王之事；于何原之？下原察百姓耳目之实；**耳目之实，耳闻目见的事实。**于何用之？废以为刑政，**废，读为"发"，实施。刑政，政策法令。这是说：实施于政策法令。**观其中国家百姓人民之利。**观，考察。中，符合。**此所谓言有三表也。**……

——《非命上》

　　或也者，不尽也。或，或然。不尽，不尽然。**假者，今不然也。**假，假设。今不然，现在还不是这样。**效者，为之法也。**效，仿效。为之法，立一个值得效法的范本。**所效者，所以为之法也。**所效，仿效所依据的范本，即前提。所以为之法，就是立一个进行仿效的范本。**故中效，则是也；不中效，则非也。**故，论断成立的理由。中效，与前提相符合。不中效，与前提不符合。则是，就是正确的。则非，就是错误的。**此效也。**这就是"效"。**辟也者，举它物而以明之也。**辟，譬喻。举它物而以明之，举出其它事物，用以说明这一事物。**侔也者，比辞而俱行也。**侔〔móu 谋〕，相等。比辞而俱行，比较两个命题，如果二者相等，那一命题是正确的，这一命题也就是正确的。**援也者，曰：子然，我奚独不可以然也。**援，援例。子，你。然，这样。你这样说既然是对的，我这样说为什么偏偏不可以是对的呢？**推也者，以其所不取之，同于其所取者，予之也。**推，由已知推断未知。所不取,尚未观察的事物。所取,已经观察了的事物。根据许多已经观察了的事物,归纳出他们的共同点,由此推断其他尚未观察的同类事物也具有这种共同点。这种方法,叫做推。

——《小取》

说　明

墨子(约前468—前376),名翟,战国初期的思想家,政治家,墨家的创始人。相传原为宋国人,后来长期住在鲁国。他出身比较贫寒,自称"贱人",曾经做过工匠;其弟子也大都是一些小生产者。他自己后来上升为"士",但在政治上仍然代表小生产者的利益和要求,成为儒家的主要反对派。其学说对当时思想界影响很大,与儒家并称"显学"。

《墨子》一书,是墨家学派著作的汇编。《汉书·艺文志》著录《墨子》七十一篇,现存五十三篇。其中《兼爱》、《非攻》、《天志》、《明鬼》、《尚贤》、《尚同》、《非乐》、《节葬》、《节用》等篇,代表了墨子的主要思想。

墨子的文艺思想,集中地体现在《非乐》篇中。"非乐",就是反对、否定音乐。我们从《非乐(上)》里节录的一段文字,阐明了他"非乐"的理由。一开头提出的:"仁者之事,必务求兴天下之利,除天下之害,将以为法乎天下,利人乎即为,不利人乎即止。"这是墨子的社会思想的总原则,也是他的文艺思想的总原则。有利于天下的事就"兴",不利于天下的事就"除",那么音乐这种东西,究竟是该"兴"还是该"除",就要看它有利还是有害。接下去,他就通过论证,说明音乐是有害于人的。论证分两层。第一层：仁者为天下谋画，为的是兴天下之利，除天下之害，并不是为了自己"目之所美，耳之所乐，口之所甘，身体之所安"。为此而"亏夺民衣食之财"，使人民受害，那"仁者"是不干的。第二层：对于"大钟、鸣鼓、琴瑟、竽笙之声"，他自己也"耳知其乐"；对于"刻镂文章之色"，他自己也"目知其美"；对于"刍豢煎炙之味"，他自已也"口知其甘"；对于"高台厚榭邃野之居"，他自己也"身知其安"。然而，这一切都不符合"圣王之事"，都不符合"万民之利"，所以他是不干的、反对的。经过这样的论证，他得出了"非乐"的结论。

　　音乐究竟怎样不合"圣王之事"和"万民之利"，他在《非乐》篇里有详尽的说明，第一、古代圣王也向万民收税，但那是为了造"舟车"，于万民有利。而后代的统治者却"亏夺民衣食之财"，置办乐器设备；并且"废丈夫耕稼之时"，"废妇人纺绩织纴之事"，为他们演奏。第二，从王公大人、士君子直到农夫、织妇，如果沉溺于音乐享受，都有害无益，或荒废政事，或影响生产。第三、遇上大国攻小国、大家伐小家，"强劫弱，众暴寡，诈欺愚，贵傲贱"之类的严重问题，也不能用撞巨钟、击鸣鼓、弹琴瑟、吹笙竽等演奏音乐的办法去解决。

　　墨子在《鲁问》篇里说："国家熹音湛湎，则语之非乐、非命。"可见，他"非乐"的主张是针对上层统治者追求声色之乐，加重对人民的剥削，而人民的生活又十分困苦，无暇搞音乐之类的娱乐活动这一具体情况提出来的，有进步意义。

但他只看到了文艺的娱乐作用，没有看到文艺的认识作用和教育作用，只看到了统治者亏夺民财以追求声色之乐的一面；没有看到人民可以用文艺鼓舞斗志、揭露统治者的一面；只看到了"说（悦）乐而听之"会荒废政事、影响生产的一面，没有看到好的文艺作品可以陶情冶性，提高工作和生产的积极性的一面，从而把文艺和"兴天下之利，除天下之害"对立起来，以至于得出了取消文艺的结论，这又表现了他的局限性。荀子在《解蔽》篇中曾说墨子"蔽于用而不知文"，这个批评是相当中肯的。

墨子虽然"非乐"，却重视他所说的"文学"和"言谈"，即与政教、法令、学术有关的一切文章和言论。他为什么重视这样的"文学"和"言谈"呢，就因为他认为这样的"文学"和"言谈"有利于"兴天下之利，除天下之害"，有实用价值。《非命》篇里的"三表"，就是他为了判断"文学"、"言谈"是否有利于"兴天下之利，除天下之害"而提出的三个标准。

"三表"中的第一表"本之于古者圣王之事"，即要求根据古代圣王的实践经验；第二表"原察百姓耳目之实"，即要求参酌当时人民群众的实践经验；第三表 "废（发）以为刑政，观其中国家百姓人民之利"，即要求在"刑政"的实践中去检验，看它是否符合国家百姓人民的利益。

"三表法"是墨子提出的"立言"之法。他所说的"言"，指广义的"文学"与"言谈"，与我们所说的狭义的"文学"不同。但"三表法"对于狭义"文学"的创作和批评，也同样是适用的，直至今天，也还有借鉴意义。

　　墨子的认识论和逻辑学为后期墨家所发展。我们从《小取》篇节录的一段文字中所讲的或、假、辟、效、侔、援、推等等逻辑方法,就是后期墨家对墨学理论的综合。其中"辟",虽然是从逻辑推理的角度上讲的,但实际上也对文艺创作中的"比"作了很好的说明。赋比兴是早在《诗经》中就广泛运用的形象思维方法,而《小取》中的"举他物而以明之",则是对"比"的特点所作的最早的解释。此后郑众所说的"比者,比方于物";锺嵘所说的"因物喻志,比也";朱熹所说的"比者,以彼物比此物也"等等,都是和《小取》篇对"辟"的解释一脉相承。

庄 子（选录）

物固有所然，物固有所可；然，是，对。可，可以。二句说，任何事物本来都有"是"的一方面，任何事物本来都有它自己的"可以"的一方面。无物不然，无物不可。二句说，没有什么事物不肯定自己的"是"，没有什么事物不肯定自己的"可以"。故为是举莛与楹，厉与西施，恢恑憰怪，道通为一。是，这，指上述观点。为是，犹言从这个观点出发。莛〔tíng 停〕，草茎。楹〔yíng 营〕，房柱。厉，通"癞"〔lài 赖〕，此指丑陋。西施，古代著名的美女。恢恑憰〔huī guǐ jué 灰鬼决〕怪，指诡怪幻化的东西。道，指庄子从唯心观点出发，认为绝对存在的抽象的"道"。全句说：所以，按照上述观点，可以举一棵小草和一根大房柱，一个非常丑的女人和最美丽的女人，以及很多种诡怪幻化的东西来，这些东西从"道"的观点来看，最终总是一个样。其分也，成也；其成也，毁也。这几句说，一种东西的分散也就是合成，合成也就是毁灭。凡物无成与毁，复通为一。这两句说，一切事物无所谓生成或毁灭；生成与毁灭，实际上是一样的。

‥‥‥‥‥‥‥

民湿寝则腰疾偏死，鳝然乎哉？民，人。鳝〔qiū 秋〕，泥鳅。这两句说，人睡潮湿的地方就要腰疼或得半身不遂的病，泥鳅是这样吗？**木处则惴慄恂惧，猿猴然乎哉？**木处，呆在树上。惴慄恂〔zhuì lì xún 坠力寻〕惧，惊慌战抖。这两句说，人如果呆在树上，他就要惊慌发抖，猿猴是这样吗？**三者孰知正处？**三者，指人、泥鳅、猿猴。孰，谁。正处，适于居住的处所。**民食刍豢，麋鹿食荐，蝍且甘带，鸱鸦耆鼠；**刍、豢，指牛羊等家畜。《孟子·告子上》"犹刍豢之悦我口"句，朱熹注："草食曰刍，牛羊是也；谷食曰豢，犬豕是也。"麋〔mí 迷〕，驼鹿。荐，草。蝍且〔jí jū 吉居〕，蜈蚣。甘，甜美，形容词作动词。带，蛇。鸱〔chī 吃〕，猫头鹰一类的鸟。鸦，乌鸦。耆〔shì 是〕，同"嗜"，嗜好。这四句说：人们吃牲畜的肉，麋鹿吃草，蜈蚣以蛇为美味，猫头鹰和乌鸦喜欢吃老鼠。**四者孰知正味？**四者，指人、麋鹿、蜈蚣、鸱鸦。正味，美味。**猨，猵狙以为雌；麋与鹿交；鳅与鱼游；毛嫱、丽姬、人之所美也，鱼见之深入，鸟见之高飞，麋鹿见之决骤；**猵狙〔biān jū 边居〕，猨属。毛嫱〔qiáng 强〕，越王宠姬。丽姬，晋献公宠姬。决骤，突然快跑。这几句说：猵狙以猨为雌，麋与鹿交配，泥鳅与鱼同游，毛嫱、丽姬是人们认为最美的，但鱼见了他们便潜入深水，鸟见了他们就远走高飞，麋鹿见了他们就吃惊地逃掉。**四者孰知天下之正色哉？**四者，指猵狙、麋、鳅、人。正色，美色。**自我观之，仁义**

之端,是非之涂,樊然淆乱,吾恶能知其辨。端,头绪。涂,同途,原为道路,此指道理。樊,篱笆。淆,杂乱。恶〔wū 乌〕,何,怎么。这几句说:依我看来,所谓仁和义、是和非的道理,象篱笆那样乱,我又怎能知道他们的区别呢?

——《齐物论》

世之所贵道者,书也。贵,重视。道,称道。这句说,世人最乐于称道的,就是书籍呀。书不过语,语有贵也;语之所贵者,意也。语,语言。这四句说:书上所载,不过是一些语言,语言确有其可贵之处,其可贵之处在于它所要表达的那种意。意有所随;意之所随者,不可以言传也。随,存在。这句说,意是一种存在,而这种存在,是不能用语言来传达的。世因贵言传书,世虽贵之,我犹不足贵也。传,流传,保存。这句说,世人因为珍视语言而保存书籍,世人虽然珍视书籍,可我还是认为书籍是不值得珍贵的。为其贵非其贵也。这句说,因为世人所珍贵的不是那应该珍贵的(应当贵"意"而不应当贵"言")。故视而可见者,形与色也;听而可闻者,名与声也。形,形体。色,颜色。名,名称。声,声音。这几句说,可以看得见的,是形体和颜色;可以听得见的,是名称和声音(这些东西都是外在的)。悲夫!世人以形色名声为足以得彼之情。彼,这里指的是抽象的"道"。情,真情。这句说,真可悲呀,世人认为通过形色名声就可以认识"道"的真情。夫形色名声,果不足以得彼之情,则知者不言，言者不知，而世岂识之哉？果，终于。知者不言，二语见《老子》。这几句说，靠形色名声是始终也不会了解"道"的真情的；懂"道"的人不能用语言表达出来，而在那里高谈阔论的却又都是不懂得"道"的人，那么，世人如何会认识"道"呢？

桓公读书于堂上。桓公，齐桓公。堂，古代宫室，前为堂，后为室。轮扁斫轮于堂下，释椎凿而上，问桓公曰：轮扁〔biǎn 贬〕，制造车轮的人名字叫扁。斫〔zhuó 琢〕，砍削。释，放下。椎〔chuí 垂〕，铁椎。这句说，轮扁正在堂下制造车轮，放下他手中的铁椎和凿子而上堂来说。"敢问公之所读为何言邪？"邪〔yé 爷〕，同"耶"，表示疑问的语气词。这句说，敢问您口里念叨的是什么语言哪！公曰："圣人之言也。"曰："圣人在乎？"公曰："已死矣。"曰："然则君之所读者，古人糟魄已夫！糟魄，糟粕，无价值的东西。桓公曰："寡人读书，轮人安得议乎？有说则可，无说则死！"寡人，古代诸侯对下自称。《孟子·梁惠王上》朱熹注："寡人，诸侯自称，言寡德之人也。"安，何。说，解说。这几句说：我读书，制轮的下等人怎么可以随便议论呢，对你这种行为，你自己如果能作出解释那就饶了你，不然就杀掉。轮扁曰："臣也，以臣之事观之：臣，轮扁自称。观，考察。这句说，我按照我自己制作车轮的事来考察。斫轮，徐则甘而不固，疾则苦而不入；徐，舒缓。甘，松滑。固，牢固。疾，急。苦，阻滞。这几句说，砍榫〔sǔn 损〕头和凿铆眼时，下椎太缓则松滑而不牢固，下椎太急则阻滞而不能楔入。不徐不疾，得之于手而应于心,口不能言,有数存焉于其间；应,应和。数,术。这几句说,不缓不急,手里是怎样做的,心就能准确地感应,但到底应该"徐"到什么程度,"疾"到什么程度,我却不能用语言来表达,反正是有个巧妙的技术在这里面。臣不能以喻臣之子,臣之子亦不能受之于臣,是以行年七十而老斫轮。喻,说明。受,接受。行年,经历过的年岁。这几句说,我不能把我的经验向儿子说明白,我儿子也不能从我这里接受,所以我已经七十岁了只能老于斫轮。古之人与其不可传者死矣,然则君之所读者,古人之糟魄已夫。"与,同,跟。不可传者,指上文所说的语言所不能传达的那种"意"。这三句说,古人连同他的不能用语言传达的"意"一起死去了,那么,你所读的只不过是古人所留下来的,失掉"意"的语言糟粕而已。

——《天道》

说　明

庄子(约前 369—前 286)战国时哲学家,名周,宋国蒙(今河南商邱东北)人。做过蒙地方的漆园吏；家贫,不仕。他继承了老子观点,思想中包含着朴素的辩证因素。但是,他认为"道"是"先天地生"的,主张齐物我、齐是非、齐大小、齐生死、齐贵贱；他的思想明显地呈现出相对主义和宿命论的特点。所著《庄子》又称《南华经》,是道家经典之一。《汉书·艺文志》著录《庄子》五十二篇,现存仅三十三篇,其中内篇七篇一般认为是庄周自己作品,外篇和杂篇中可能搀

杂有他的门人或后来道家的作品。《庄子》的文章,汪洋恣
肆,想象丰富,对后代文学影响很大。

从这里所节录的《齐物论》和《天道》的两段文字来看,
庄周从根本上否定事物的差别,并且否定认识事物的必要
性。他认为"凡物无成与毁",从而引出"仁义之端,是非之
涂,樊然淆乱"的结论。另一方面,他认为"书不过语",而
"语"是不能表达"意"的,因此,所有的书都只不过是"古人
之糟魄"而已。这样的相对主义和虚无主义的观点,同"退
仁义、摈礼乐"(《天道》)和"绝圣弃智……擢乱六律……灭
文章,散五采"(《胠箧》)的主张,便构成庄周文艺思想的核
心。

庄周的著作,主要是阐明他自己的哲学观点。但因为
"其学无所不窥",又因为他"善属书离辞,指事类情、用剽剥
儒墨",还因为"其言洸洋自恣以适己"(以上引文均见《史
记·老子韩非列传》),而且更主要的是由于他的思想对后
代一些文学家和文学批评家发生了明显的影响,所以庄周
同文学以及文学批评的关系就显得很密切了。例如我们这
里所选录的轮扁这则故事,就曾被历代著名文学批评家所
征引,用来说明文学现象。陆机《文赋》中的"是盖轮扁所不
得言,亦非华说之所能精",刘勰《神思》中的"伊挚不能言
鼎,轮扁不能语斤",都是"口不能言,有数存焉于其间"的意
思。说明文章写作的精妙之处,是长期实践经验积累的结
果,并非语言所能表述的。这种主张就成为我国文学批评
中所谓"言意之辨"的重要理论。由此可见庄周的哲学论文,

也为文学理论批评提供了具有一定价值的内容。

宋代著名文学家苏轼,对庄周的思想就曾经表示过倾倒,他读过《庄子》之后,喟然叹息曰:"吾昔有见于中,口不能言,今见《庄子》,得吾心矣。"我国文学领域中,庄周的影响到处可见。

《庄子》一书,在文学领域里发生影响的情况是很复杂的;它有时成为某些封建知识分子消极避世、自我解脱和自我慰藉的药饵,有时又成为某些知识分子蔑视名教和对抗当时统治者的精神支柱,有时甚至可以成为某些人追求理想的引诱力。从嵇康、阮籍到李白、苏轼,他们的创作以及理论主张,往往强调通过实践经验的积累和体验,进行艺术创造和艺术鉴赏,重视文学的美感作用,忽视社会作用。他们之间尽管情况各异,但深受《庄子》影响这一点,是无可讳言的。

荀　子（选录）

　　学恶乎始？恶乎终？ 恶〔wū乌〕，何。这句意为：治学从哪儿开始？到哪儿终止？**曰：其数则始乎诵经，终乎读礼；** 数，指程序、步骤。经，指《诗》、《书》等儒家经典。礼，指典章礼制之类。乎，介词，同“于”。这句意为：就步骤说，治学从诵经开始，到读礼为止。**其义则始乎为士，终乎为圣人。** 义，指治学的目的、意义。这句意为：就目的说，治学从做“士”开始，到做“圣人”终止。荀子以士、君子、圣人为三等，达到“圣人”的境界，是修身的最高标准。**真积力久则入，** 真，果真。力，努力实践。入，深入、钻进去。这句意为：一个人治学，果真能够长期地努力，毫不懈怠，就会深入而有所得。**学至乎没而后止也。** 没，同殁，死去。这句意为：活到老，学到老，死而后已。**故学数有终，若其义则不可须臾舍也。** 须臾〔yú于〕，片刻，一会儿。舍，舍弃、丢掉。这句意为：所以，治学的步骤是有终点的，至于治学的目的，却只要活着，就一会儿也不能丢掉。**为之，人也；舍之，禽兽也。故《书》者，政事之纪也；**

《书》，《尚书》。纪，记载。这句意为：《尚书》是关于古代政事的纪录。**《诗》者，中声之所止也**；《诗》，也包括了"乐"，《诗》三百，都是入乐的诗篇。中声，中和之声。止，归宿。这句意为：《诗》是中和之声的集中表现。**《礼》者，法之大分，类之纲纪也**。法，法律、政令。大分〔fèn 奋〕，大原则，大界限。类，指条例、附则之类。纲纪，准绳。这句意为：圣人的礼制是法律的大原则，是一切条文的准绳。**故学至乎礼而止矣。夫是之谓道德之极**。夫，语气词。是，同"此"。极，终极、最高点。**《礼》之敬文也**，敬，指周旋揖让的礼节。文，指车服等级的标志。**《乐》之中和也，《诗》、《书》之博也**，博，指内容广博。**《春秋》之微也**，《左传·成公十四年》："《春秋》之称，微而显。"杜预注："辞微而意显"。这是说《春秋》的语言很简约，而意义却很明显。**在天地之间者毕矣**。毕，完备。这句的意思是：《礼》、《乐》、《诗》、《书》、《春秋》，乃是人类文化的精华，所以说天地之间的一切都包括在这里了。

——《劝学》

夫乐者，乐也，前一个乐〔yuè 岳〕，指音乐，后一个乐〔lè 勒〕，指快乐。**人情之所必不免也。故人不能无乐，乐则必发于声音，形于动静**；形，表现。**而人之道，声音动静，性术之变尽是矣**。性术之变，指人内在的思想感情的变化。这句是说，人之所以为人，从声音动静到思想感情的变化，全表现在这音乐上了。**故人不能不乐，乐则不能无形，形而不为道，则不能无乱**。道，借为"导"。不为道，不加以引导。这几句意为，人不可能没有喜乐的情感；有了喜乐的情感，就不可能不表现出来；表现出来而不加以引导，就不可能不流于放荡。**先王恶其乱也**，恶〔wù 误〕，讨厌。**故制雅颂之声以道之**，道，通"导"。**使其声足以乐而不流**，流，淫滥、放荡。**使其文足以辨而不谒**，文，指乐曲的文辞。辨、明瞭。谒〔xī 喜〕，本为恐惧貌，这里借为"偲"，是"邪"的意思。梁启雄《荀子简释》："谒，当作偲，《广雅·释言》：'偲，佞也。'《盐铁论·刺议》：'以邪导人谓之佞。'是佞有邪义，则偲亦有邪意。"这句意为，使音乐的文辞能够明瞭而不邪佞。**使其曲直、繁省、廉肉、节奏足以感动人之善心**，曲直，指声音的回曲与放直。繁省，指声音的复杂与简单。廉肉，指声音的清浊。**使夫邪汙之气无由得接焉**；这句意为，使那邪汙之气没有可能跟人心接触。**是先王立乐之方也**。是，这，此。方，道、原则。这句总收以上各句，意为：这就是先王立乐的原则。**而墨子非之**，非，反对，否定。**奈何？**……

夫声乐之入人也深，入人深，是说声乐能深入人心，对人有很大的影响。**其化人也速**，其，指代"声乐"。化人速，是说声乐感化人很迅速。**故先王谨为之文。**谨，慎重。为之文，为声乐作文辞。**乐中平，则民和而不流**，音乐之声中平，民心就和平而不放荡。**乐肃庄，则民齐而不乱。**齐，敬也。音乐之声庄严肃穆，民心就肃敬而不淫乱。**民和齐，则兵劲城固，敌国不敢婴也。**婴，触、碰。这句是说，民心和平肃敬，就兵力强劲，城堡坚固，敌人不敢碰。**如是，则百姓莫不安其处，乐其乡，以至足其上矣**。足，满足。上，君上。全句意为，象这个样子，老百姓就没有谁不安于他们的居处，乐于他们的乡里，以至对他们的君上很满意。**然后名声于是白**，白，指声名显著。**光辉于是大；四海之民，莫不愿得以为师**；以为师，以他为师，师，指君上。**是王者之始也**。这句意为：这就是实行王道的开端。**乐姚冶以险**姚，借为"佻"。佻冶，轻佻放荡。险，邪僻。**则民流僈鄙贱矣**。僈〔màn 慢〕，通"慢"，怠惰。**流僈则乱，鄙贱则争。乱、争则兵弱城犯**，犯，当是"脆"字之误。兵弱城脆，乃是上文"兵劲城固"的反面。**敌国危之**。危，危害。**如是，则百姓不安其处，不乐其乡，不足其上矣。故礼乐废而邪音起者，危削侮辱之本也**。本，根源。这句是说，礼乐废弃而邪乱的音乐流行，是国家遭受危害、削弱和侮辱的根源。**故先王贵礼乐而贱邪音**。所以先王认为礼乐是可贵的，邪音是卑贱的。

　　墨子曰："乐者、圣王之所非也。音乐是圣王所反对的东西。**而儒者为之**，为之，提倡它。**过也。"**这是错误的。**君子以为不然。乐者，圣人之所乐也**，音乐是圣人所喜欢的东西。**而可以善民心**，可以用它来使民心和善。**其感人深，其移风易俗**，王先谦认为应作"移风俗易"，与"感人深"结构相同。梁启雄认为"俗"下脱一"易"字，并引《汉书·礼乐志》"真移风易俗易"为证。此二说皆可通，梁说为优。前一个"易"是"改变"的意思。后一个

"易"，是"容易"的意思。故先王导之以礼乐而民和睦。导之以礼乐，以礼乐引导人民。

夫民有好恶之情而无喜怒之应，则乱。好〔hǎo 浩〕，喜好。恶〔wù 误〕，憎恨。应，相应的表现。这句是说，人民有好恶的感情，却没有喜怒的表现，就会出乱子。先王恶其乱也，恶其乱，憎恨上面所说的那种乱。故修其行，行，品行。正其乐，而天下顺焉。顺，归顺。这几句意为，先王憎恶祸乱，所以修品行，正音乐，人民因而归顺他。故齐衰之服，齐衰〔zī cuī 资摧〕，旧时丧服名。哭泣之声，使人之心悲；带甲婴轴，婴，带。轴，同胄〔zhòu 宙〕，古代作战时戴的帽子。带甲婴轴，穿戴着甲盔。歌于行伍，行〔háng 航〕伍，队伍，军队。使人之心伤；伤，读"壮"，意亦同"壮"。姚冶之容，郑卫之音，使人之心淫；绅端章甫，绅，古代士大夫束在衣外的大腰带。端，礼服。章甫，礼帽。这是说戴上礼帽，穿上礼服，束上大腰带。舞《韶》歌《武》，使人之心庄。从"齐衰之服"至此，是说音乐能够移人性情，不同的音乐，对人发生不同的影响。故君子耳不听淫声，目不视女色，女，《荀子简释》引物茂卿曰，"当作奸"。口不出恶言。此三者，君子慎之。

凡奸声感人而逆气应之，逆气成象而乱生焉。成象，指表现于歌舞。正声感人而顺气应之，顺气成象而治生焉。倡和有应，善恶相象，《荀子简释》引王懋竑曰："声感人,倡也;气应之,和也。善倡则善和,恶倡则恶和,是倡和有应,善恶相象也。"故君子慎其所去就也。……

且乐也者,和之不可变者也;乐的特点是"和",这种"和"是不可改变的。**礼也者,理之不可易者也。**理,条理,这里主要指尊卑贵贱等等的等级秩序。这句说:礼的特点是"理",这种"理"是不可变易的。**乐合同,**用乐来消除隔阂,使上下和睦。**礼别异,**用礼来区别尊卑贵贱的差异,严肃等级秩序。**礼乐之统,管乎人心矣。**管,控制。这句的意思是,礼乐相辅相成,就可以控制民心,不会出现乱子了。

——《乐论》

说 明

荀子(约前313—前238),战国末期思想家、教育家。名况,时人尊重他,称"卿"不称名(汉人避宣帝刘询讳,称为孙卿)。赵国人。年五十,游学于齐国,在稷下讲过学。后来到楚国,由春申君用为兰陵令。春申君死,被废,因家于兰陵,著书终老。韩非、李斯,都是他的学生。

《荀子》经汉人刘向编定为三十三篇,唐人杨倞作《荀子注》,分为二十卷。

荀子批判和总结了先秦诸子的学术思想,继承并发扬了我国古代唯物主义的优良传统,建立了"天行有常","制天命而用之"的唯物主义自然观。在人性论问题上,他一反孟子的"性善"说,认为人的天性是"恶"的;而礼义道德等

"善"的东西，并不是与生俱来的"良知良能"，而是人为的结果。他从这样的认识出发，特别重视环境和教育对人的影响，并从这里建立了他的礼治与法治相结合的政治观。而他的文艺思想，也是和这一点相联系的。

荀子在《性恶》篇里说，"今之人化师法，积文学，道礼义者为君子；纵性情，安恣睢，而违礼义者为小人。"在这里，他把是否"积文学"作为区分"君子"、"小人"的条件之一，可见他对"文学"多么重视。"积文学"为什么能使人成为"君子"呢？《大略》篇里是这样说的：

> 人之于文学也，犹玉之于琢磨也。《诗》曰："如切如磋，如琢如磨。"谓学问也。和氏之璧，井里之厥也；玉人琢之为天子宝。子贡、季路，故鄙人也；被文学，服礼义，为天下列士。

这是说，"文学"对人有琢磨作用。和氏之璧，本来是井里的石头（厥，石也）；经过玉人的琢磨，就变成了天子的宝玉。子贡、季路，本来都是鄙人；用文学、礼义加以琢磨，就成了君子。用玉人对玉石的琢磨比喻文学对人的教育作用，很能说明问题。

荀子所说的"文学"是广义的文学，指儒家的各种经典。我们从《劝学》篇中选出的一段文字，就很有代表性。

这段文字一开头就设为问答，先讲为学的步骤，后讲为学的目的。他认为人性是恶的，必须用教育的陶冶和礼法的约束才能化恶为善。所以为学的目的是"始乎为士，终乎为圣人"；为学的步骤是"始乎诵经，终乎读礼"，而"经"与

"礼"，都属于"文学"范围。接下去所说的"学至乎没而后
止"，"不可须臾舍"等等，强调了学习不可一刻放松。因为
人性恶，一放松就成了"禽兽"。下面所讲的《书》、《诗》、
《礼》、《春秋》，就是儒家的主要经典。他认为"在天地之间
者"全都包含在这些经典之内，突出地表现了他的"宗经"思
想。

　　荀子在这里所说的《诗》，实际上包括了"乐"。"《诗》
者，中声之所止也"中的"中声"，显然是就诗的乐曲而言的。
与此相一致，《乐论》中的"先王谨为之文"则是就乐曲的歌
词而言。先秦时代，诗乐紧密结合，所以荀子所讲的《诗》兼
指"乐"，荀子所讲的"乐"也兼指《诗》。他列入"文学"范围
的《书》、《礼》、《春秋》之类，并不都是文艺性的作品，而他所
讲的"诗"和"乐"则属于文艺范围。《乐论》一篇，集中地反
映了荀子的文艺思想。

　　一开头讲音乐的产生。"人不能无乐"，即不能没有喜、
怒、哀、乐之类的感情，而有了喜、怒、哀、乐之类的感情，就
必然"发于声音，形于动静"，表现为音乐。所以说："乐者，
乐也，人情之所必不免也。"不难看出:《礼记·乐记》所说的
"情动于中，故形于声"，《毛诗序》所说的"情动于中而形于
言"，都与此一脉相承。

　　接下去讲了"立乐之方"。人既然不能没有情感，有了
情感又不能不表现，那就应该加以引导。用以引导的"雅颂
之声"，在"声"与"文"两方面都有明确的要求。"其文足以
辨而不谌"，相当于孔子所说的"思无邪"。"其声足以乐而

不流"，也就是《劝学》篇"《诗》者中声之所止"的"中声"，相当于孔子所说的"乐而不淫，哀而不伤"。总而言之，其目的在于"感动人之善心"，而排除"邪污之气"对于人的影响。这就是荀子提出的"立乐之方"，即进行诗教、乐教的总原则。

从"夫声乐之入人也深"到"故先王贵礼乐而贱邪音"一段，从正反两方面论证"立乐之方"。从正面讲，他提出了"乐中平"、"乐肃庄"的要求；从反面讲，他指出了"姚冶以险"的音乐所带来的危险。经过正反两方面的论证，得出了"先王贵礼乐而贱邪音"的结论。

把国家的治乱兴衰归因于音乐的邪正，当然有片面性。但荀子充分地估计了音乐的社会作用，有其可取之处。同时，文艺作品不可能直接对社会发生作用，而是通过对于人的精神世界的影响发挥其社会作用的。就这一点说，荀子的认识相当深刻。正是从这样的认识出发，他在下一段文字中批判了墨子的"非乐"说，从"可以善民心"、可以"移风易俗"方面对音乐的社会作用作了又一次的肯定。

"夫有好恶之情……"一段，主要讲不同的音乐对人们产生不同的心理反应，其目的在于强调"正其乐"，使"正声感人而顺气应之，顺气成象而治生焉"。

荀子在讲"乐"的时候往往同时提到"礼"，这和孔子"兴于诗，立于礼，成于乐"的主张是一致的。荀子认为"礼"与"乐"必须相辅而行。所谓"礼别异"，就是要用"礼"来严肃等级秩序；所谓"乐合同"，就是要用"乐"来感化群众，使被统治者能与统治者感情和谐，从而调和彼此之间的关系。"礼乐之统，管乎人心"，使礼乐相辅相成，为"王道"服务，这就是荀子乐论的实质所在。

两　汉

毛　诗　序

　　《关雎》，后妃之德也。后妃，皇后和妃子，皇帝的妻妾的总称。这是说，《关雎》是表现周文王的后妃的美德的诗。风之始也。风，指《诗经》十五国风。始，开始。这是说，《关雎》是十五国风的第一篇。所以风天下而正夫妇也。所以，用来……的。风〔fěng 讽〕，教化。全句说，这首诗是（周王朝）用来教化天下而正夫妇之道的。故用之乡人焉，乡，当时一万二千五百户为一乡，周礼规定乡间的官吏举行宴会和其它仪式，要演奏《关雎》这首诗。用之邦国焉。周礼规定，诸侯宴请群臣和宾客，也要演奏《关雎》。风，风也，后一个风〔fěng 讽〕作动词，为讽谕意。教也；风以动之，教以化之。这几句的意思是，风就是讽谕、教化的意思，用它来打动人们，教育并感化人们。诗者，志之所之也，前"之"，助词，的。后"之"，动词，往。唐孔颖达《毛诗正义》："诗者，人志意之所之适也。"即是说诗是表现人的情志的。在心为志，发言为诗。情

动于中而形于言，中，心中。形，表现。这句说，人心有所感动，说出口表现为语言。**言之不足，故嗟叹之，嗟叹之不足，故永歌之。**嗟叹，发声感叹。永歌，长声歌唱。**永歌之不足，不知手之舞之，足之蹈之也。**这几句是说，长声歌唱，还不足以表达人的情志，就用手舞足蹈的有形的动作来表达。**情发于声，声成文，**文，此指歌曲。**谓之音。治世之音安以乐，其政和；**治世，太平时代。安以乐，指声音表现了民心安于统治者的教化，因而喜乐。政和，政治和顺。**乱世之音怨以怒，其政乖；**乖，乖戾，违背。这两句说，乱世的音乐表现了人们的怨忿，反映了统治者的政治暴戾。**亡国之音哀以思，**哀以思，哀伤自己并思慕太平世道。**其民困。故正得失，动天地，感鬼神，莫近于诗。**莫近，莫过于。**先王以是经夫妇，成孝敬，厚人伦，美教化，**先王，指周文王、周武王等人。经、成、厚、美等都是使动用法。这几句说，先王用诗使夫妇间的关系归于常道，使夫妇、父子之间的关系符合周王朝规定的纲常人伦之道，使这些习俗淳厚，使人觉得接受教化是美德。**移风俗。**

　　故诗有六义焉，一曰风。风，国风的风。本文作者的解释是下文说的"风化"与"讽刺"。**二曰赋，三曰比，四曰兴，**赋、比、兴，本文作者没有解释，据宋朱熹《诗集传》解释，赋是"敷陈其事而直言之也"；比是"以彼物比此物也"；兴是"先言他物以引起所咏之词也"。**五曰雅，六曰颂。上以风化下，下以风刺上。**

刺,讽刺。**主文而谲谏**。通过配乐诗歌委婉规劝。**言之者无罪,闻之者足以戒,故曰风**。至于**王道衰,礼义废,政教失,国异政,家殊俗**,王道衰,指周王朝衰弱,政无常道。国异政,指诸侯各国自行其政。家殊俗,谓大夫之家的风俗也随之各自不同。**而变风变雅作矣**,变,是说国家由盛变衰,世道由治变乱,因而诗歌也随之变了。郑玄在《诗谱序》中把风、雅中从周懿王、周夷王到陈灵公淫乱时的诗,称为变风、变雅。其大致分界线,有人以为邶风以下十三国风为变风;大雅《民劳》以后的诗,小雅《六月》以后的诗为变雅。作,兴起。**国史明乎得失之迹**,国史,周王朝的史官。得失之迹,国家政治好坏得失的事迹。这句是说,史官了解当时最高政治者的所作所为的得失善恶。**伤人伦之废**,人伦,指阶级社会中人的等级关系,《孟子·滕文公上》:"教以人伦:父子有亲,君臣有义,夫妇有别,长幼有叙,朋友有信。"废,废弃。**哀刑政之苛**,刑政,刑罚与政令。苛,苛虐。**吟咏情性,以风其上**,风〔fěng 讽〕,讽谕。上,指周天子。二句是说国史采集众诗(包括史官作的诗),令乐工歌唱,以达到讽谏天子的目的。**达于事变而怀其旧俗者也**。达,通达,明白。事变,时事的变化。旧俗,旧时的风俗。这是说,国史了解当时的社会政治变得衰败了,而又怀念着太平世道的风俗。**故变风发乎情,止乎礼义**。变风兼指变雅。礼义,周代统治阶级为了巩固其等级制度和宗法关系而制定的礼法条规和道德标准。**发乎情,民之性也;止乎礼义,先王之泽也**。泽,恩惠。这几句说,人民"吟咏情性,以风其上"是人之常情,但作诗时不超越统治者规定的礼义的范围，是因为先王遗留下来的恩泽还在起作用。**是以一国之事，系一人之本，谓之风；言天下之事，形四方之风，谓之雅。**系，连结。一人，诗作者。本，本心。孔颖达《毛诗正义》："其作诗者，道己一人之心耳，要所言一人心，乃是一国之心。诗人览一国之意以为己心，故一国之事系此一人使言之也。"他认为，由于诗是说一个国家的事，取名叫"风"，是内容狭窄的原因。如果诗人说的是天下的事，表现的是四方、即天下的风俗，就叫做雅，这是内容广泛的原因。**雅者，正也，言王政之所由废兴也。政有大小，故有小雅焉，有大雅焉。**正，本文作者指周天子用政治教化来正天下的意思。政有大小，据孔颖达的解释，是说《诗经·大雅》表现的内容是周天子受命于天，如"泽被昆虫，仁及草木"，这些是周天子政治中的大事。而小雅中表现的内容有"饮食宾客，赏劳群臣，燕赐以怀诸侯，征伐以强中国，乐得贤者，养育人才，于天子之政，皆小事矣"。**颂者，美盛德之形容，以其成功告于神明者也。**形容，借着舞蹈表现出来的情态。**是谓四始，诗之至也。**四始，孔颖达《毛诗正义》引《郑笺》："始者，王道兴衰之所由。"即风、小雅、大雅、颂四者，"人君行之则为兴，废之则为衰"。另外一种说法认为这是总论全诗，即《关雎》是国风之始；《鹿鸣》是小雅之始；《文王》是大雅之始；《清庙》是颂诗之始。诗之至也，这就是最好的诗歌。

　　然则《关雎》《麟趾》之化，《麟趾》即《麟之趾》，是《诗·周南》中最后一首诗。传说麟这种兽，生性不践踏生草，不踩死生虫，具有仁厚的天性。这首诗用麟趾来比喻统治阶级的公子具有的德行。

《诗·小序》以为《关雎》的教化行于天下，天下的人就讲礼义道德，虽然是乱世的公子，然而他具有信厚的道德，仍如麟趾一样。**王者之风，故系之周公**。周公，姓姬，名旦，周武王之弟。周武王死后，周公辅佐周成王当政，是周初的名臣。这两句话的意思，据孔颖达的《毛诗正义》说，这些诗本来是周文王用来"教民"的诗，"实是文王之诗"，而与周公联系在一起的原因，是因周文王当时还没有统一天下，还是诸侯，因此不称"雅"而称"风"。但是文王"身实称王，又不可以国风之诗系之"，而"诗不可弃"，因周公"为王行化，故系之周公也"。下文的"故系之召公"的观点与此相同。**南，言王化自北而南也**。南，《周南》、《召南》，属于十五国风中的两个地区的诗歌。作者的意思是，周王朝统治者从北到南施行教化，即从周的发源地岐（今陕西）向江、汉之间的地区发展，施行教化。**《鹊巢》《驺虞》之德**，《鹊巢》，《诗·召南》的第一篇，写诸侯的女儿出嫁之事。《驺虞》，《召南》中最后一首诗，写打猎之事。驺〔zōu 邹〕虞，传说中的一种不食生物的义兽。本文作者认为这两首诗，是表现了周文王进行教化的恩德。**诸侯之风也，先王之所以教，故系之召公**。召〔shào 邵〕公，周文王的庶子，名奭，受封的食邑在召（今陕西省内），故名。**《周南》《召南》**，历来的学者对二南的解释颇不相同，有人认为是古代国家的名称，后来由周公、召公统治二南，故称为周南、召南。有人考证，周南在今洛阳以南至长江一带，在湖北河南之间；召南在周南的西面，包括陕西南部和湖北一部分。有人认为南是一种乐歌。有人考证南又是一种乐器。因此有人认为二南地区的民间歌谣用南这种乐器演奏就成为《周南》、《召南》的民间音乐与诗歌。后一种说法比较合理。**正始之道，王化之基。**这二句《毛诗正义》的解释是："《周南》《召南》二十五篇之诗，皆是正其初始之大道，王业风化之基本也。"**是以《关雎》乐得淑女，以配君子，忧在进贤，**这句说以能否进贤为忧。**不淫其色；哀窈窕，思贤才，而无伤善之心焉，是《关雎》之义也。**窈窕，有善良的心叫窈，有美丽的容颜叫窕。孔颖达《毛诗正义》引"王肃云：哀窈窕之才不得，思贤才之良质，无伤善之心焉，若苟慕其色，则善心伤也"，这是本文作者根据《论语·八佾》："子曰：《关雎》乐而不淫，哀而不伤"一语而对《关雎》作的解释。

说　明

《毛诗序》的"毛诗"二字，是汉人的称呼。在汉代流传有齐、鲁、韩三家的诗说，是立于学官的。赵人毛苌传《诗》（未立学官），称为毛诗。毛氏传的《诗》，在每首诗题下面都有序。这里选的是国风第一首《关雎》题下的一篇序言。唐人陆德明的《经典释文》引旧说，认为从"《关雎》，后妃之德也"起到"用之邦国焉"止，称为小序；自"风，风也，"起到篇末叫做大序。所以本文又有"诗大序"之称。

本文的作者，历来说法不一致，有人说是子夏（卜商），有人说是卫宏，有人说是毛苌。究竟是谁，尚无定论。

本文的中心内容是强调诗歌要为统治阶级的政治服务。

文章一开头就提出，《关雎》一诗是表现"后妃之德"的诗篇。就是说,它的作用就是服务于统治者对"乡人"与"邦国"的教化和统治。

接着作者就用古已有之的儒家的诗歌理论来作为本文的理论依据。

作者开头提出的"诗言志"说,最早见于《尚书·尧典》:"诗言志,歌永言。"即人的志,通过"言",表现出来就成为诗。

怎样成为诗?从"志"到"言",有一个"情"的问题。即"情动于中"才能"形于言"。而"情"又是怎样产生的?这里有一个"感物"的问题。这一点在《礼记·乐记》上说得很清楚:

> 人心之动,物使之然也,感于物而动,故形于声。……声成文,谓之音,是故治世之音安以乐,其政和;乱世之音怨以怒,其政乖;亡国之音哀以思,其民困。

作者省去了上述关于情感于物的论述,直接引用了"治世之音安以乐"以后的文字,这就为本文找到有力的理论依据。

文章紧接着深入地阐述了这一理论,认为变风、变雅的产生,是由于现实政治发生变化的影响,是为当时的政治服务的。而"大雅"、"小雅"之分,也是由于政有大小之别。至于"颂"诗,则是"美盛德之形容,以其成功告于神明者也。"作者对风、雅、颂内容的解释,极力把它们与政治联系在一起,就更能说明诗歌有为统治阶级服务的巨大作用了。

从作者强调的这一中心论点看来,它肯定了诗歌与现实政治的密切关系，把文艺的发展与现实生活的变化联系起来进行考察，说明变风、变雅的产生，人民讽刺上政，是社会发展的结果。这是重视客观现实生活能影响文艺的进步观点。但是由于本文作者过分强调诗歌应该作统治阶级的政治教化的工具，故为诗歌规定了"发乎情，止乎礼义"的规范。同时使它又夸大了统治者规定的礼义的作用，认为"止乎礼义，先王之泽也"。为此对《关雎》和《周南》、《召南》中的一些诗篇作了曲解，夸大了周王朝统治者的利用诗歌作为政治教化工具的力量和作用。这都是本文的局限性的表现。本文对后代的诗歌和诗歌理论有很大的影响。

史记·太史公自序〔节录〕

司 马 迁

太史公曰：太史公，对太史令的通称，掌理天文历史文化之事。这里是司马迁自称。"先人有言：先人，司马迁称其父司马谈。'自周公卒五百岁而有孔子。孔子卒后至于今五百岁，有能绍明世，绍，继承。明世，开明时代。正《易传》，正，正确解释。《易传》，《周易》的组成部分，解释《经》意，故曰《传》，也称《十翼》，是儒家学者对古代卜筮用书《周易》所作的各种解释。旧传孔子所作。据近人研究，大抵是战国或秦汉之际的作品。继《春秋》，指继承孔子所作《春秋》的明褒贬、别善恶的传统。本《诗》、《书》、《礼》、《乐》之际？本，推原其本，阐述。际，里面，此指内在精神实质。以上四句意思是，有能宣扬开明圣世，正确解释《易传》，继承《春秋》传统，阐述《诗》、《书》、《礼》、《乐》的根本精神的人吗？意在斯乎！斯，此。指写作《史记》。意在斯乎！小子何敢让焉。'"小子，司马迁自称。让，谦让。

上大夫壶遂曰：上大夫，壶遂的官阶。壶遂，汉武帝时的天文学家，官詹事。太初元年（前104），与司马迁共同制定新历——太初历。"昔孔子何为而作《春秋》哉？"太史公曰："余闻董生曰：董生，董仲舒（公元前178——前104），广川人，西汉经学家，著有《春秋繁露》。司马迁曾从他受学。生，这里是先生的简称。'周道衰废，孔子为鲁司寇，司寇，周代官名，掌管刑狱纠察等事。诸侯害之，害，害怕。之，指孔子。大夫壅之。壅，蒙蔽。孔子知言之不用，道之不行也，是非二百四十二年之中，是非，褒贬。《春秋》从鲁隐公元年（前722）起，至鲁哀公十四年（前481）止，共二百四十二年。这句意思是，孔子作《春秋》，对二百四十二年间的重大事件作出了肯定和否定。以为天下仪表，仪表，法式。贬天子，退诸侯，退，贬斥。讨大夫，讨，指道义上的声讨。以达王事而已矣。'达，宣扬。王事，指王政。子曰：'我欲载之空言，空言，抽象的议论。不如见之于行事之深切著明也。'行事，所做的事情。"我欲"二句，据司马贞《史记索隐》说，见《春秋纬》。这两句意思是，我想把我的对于政事的评论载于抽象的议论，倒不如从记述古人所作所为中来表现对政治的看法，更为深切明白。夫《春秋》，上明三王之道，三王，三代之王，指夏禹、商汤、周文王和周武王。下辨人事之纪，辨，辨别明白。人事，人情事理。纪，纲纪，原则。别嫌疑，辨别有嫌疑的事情。

定犹豫,决定犹豫不决的事情。**善善恶恶,**善善,赞美善事。恶恶,贬斥坏事。**贤贤贱不肖,**贤贤,称赞贤德之人。贱不肖,斥责不贤的人。**存亡国,**使灭亡了的诸侯国能够存于历史。**继绝世,**使断绝了后代的大夫之家能续继存在于历史。**补敝起废,**敝,破。补敝,补充缺漏。废,弃。起废,把废弃的好事树立起来。**王道之大者也。**大者,指重大原则。这句意思是,这些是王道的重大原则。**《易》著天地阴阳四时五行,**著,显明。阴阳,最初的意义是指日光的向背,向日为阳,背日为阴。古代思想家看到一切现象都有正反两方面,就用阴阳这个概念来解释自然界两种对立的和相互消长的物质势力。四时,春夏秋冬。五行,指水、火、木、金、土五种物质。中国古代思想家企图用日常生活中习见的上述五种物质来说明世界万物的起源和多样性的统一,战国时代出现了五行相生相胜的原理。相生,意谓相互促进,如"木生火、火生土、土生金、金生水,水生木"等。相胜,意谓相互排斥,如"水胜火、火胜金、金胜木、木胜土、土胜水"等。**故长于变;**以讲变化之道为其长处。**《礼》经纪人伦,**经纪,规定。**故长于行;**以指导人们的行动为其长处。**《书》记先王之事,**事,指治国安民之事。**故长于政;**以治国安民为其长处。**《诗》记山川溪谷禽兽草木牝牡雌雄,**牝,鸟兽的雌性。牡,鸟兽的雄性。**故长于风;**风〔fěng讽〕,感化。**《乐》乐所以立,**乐〔yuè 岳〕,音乐。这句说,《乐》是立乐的依据。**故长于和;**和,和谐。**《春秋》辩是非,**辩,通辨。**故长于治人。**治人,指统治百姓。**是故《礼》以节人,**节,节制,约束。《礼》以节人,意为《礼》是用来约束人们行动的。**《乐》以发和，**发和，引发人们的和乐情感，使人与人之间的关系得到和谐。**《书》以道事，**道事，称说先王的政事。**《诗》以达意，**达意，表达情意。**《易》以道化，**道化，解释天地阴阳四时五行变化的道理。**《春秋》以道义。**道义，阐发治国安民的道理。**拨乱世，反之正，**这两句意思是，治平乱世，回复正常。**莫近于《春秋》。《春秋》文成数万，其指数千，**指，意指。董仲舒是研究《公羊春秋》的经今文学家。《公羊春秋》合经传凡四万四千余字，传文解释经义，条例极繁。所以说"文成数万，其指数千"。**万物之散聚，皆在《春秋》。《春秋》之中，弑君三十六，亡国五十二，诸侯奔走不得保其社稷者，**弑，杀上曰弑。社稷，古代帝王、诸侯所祭的土神和谷神。因而旧时作为国家的代称。**不可胜数。**胜〔shēn 生〕，尽。不可胜数，意为多得数也数不尽。**察其所以，皆失其本已，**本，根本，指三王之道，即仁义。已，通"矣"。**故《易》曰：'失之毫厘，差以千里。'**今本《周易》无此二句，裴骃《史记集解》云："《易纬》有之。"**故曰：臣弑君，子弑父，非一旦一夕之故也，其渐久矣。**渐，由来。这四句见《易·坤·文言》，文字稍有节略。**故有国者，不可以不知《春秋》，前有谗而弗见，后有贼而不知。**《春秋》一词后面，应有"不然"、"否则"一类词语，文意才能前后贯通。**为民臣者，不可以不知《春秋》，守经事而不知其宜，遭变事而不知其权。**守，遇。经事，常事。变事，变化了的事。宜、权为对文。宜，正常之道，权，应变之法。"守经"二字前，也应有"不然""否则"一类词语。**为人君父而不通于《春秋》之义者，必蒙首恶之名；**蒙，承担。**为人臣子而不通于《春秋》之义者，必陷篡弑之诛，**死罪之名。篡弑之诛，因篡国弑君而受到诛灭。**其实皆以为善，为之不知其义，被之空言而不敢辞。**被，受。这三句意思是，他的本心都以为是做善事，但是由于做这些事情不明义理，结果不免在《春秋》中记下可耻的一笔，不能推辞。**夫不通礼义之旨，**旨，主旨。**至于君不君，**君，前字为名词，后字为动词。下三句相同。**臣不臣，父不父，子不子。夫君不君则犯，**犯，指受到臣下的冒犯。**臣不臣则诛，**诛，谓受到君上的诛杀。**父不父则无道，**无道，被旁人批评为不讲慈爱。**子不子则不孝。**不孝，被旁人指责为不孝顺父母。**此四行者，天下之大过也。以天下之大过予之，**予之，加于其身。**则受而不敢辞。故《春秋》者，礼义之大宗也。**大宗，事物的本原。**夫礼禁未然之前，**礼是在坏事未发生之前加以防范的。**法施已然之后，**法是在坏事发生以后加以制裁的。**法之所为用者易见，而礼之所为禁者难知。"**法所施行的对象是容易见到的，而礼要禁止的东西是难以知道的。

壶遂曰："孔子之时，上无明君，下不得任用，故作《春秋》，垂空文以断礼义，垂空文，留下文字。断礼义，用礼义作为判断是非的标准。**当一王之法。**能抵得一代王者的礼法。**今夫子上遇明天子，下得守职，**这两句说，在明天子之下能继守太史令之职。**万事既具，**具，具备。**咸各序其宜，**都各自安排在它的适当位置上。**夫子所论，欲以何明？"**这两句意思是，先生所论述的，是想用来说明什么呢？**太史公曰："唯唯，否否，**表示应诺而又怀疑的语气词。**不然。余闻之先人曰：'伏羲至纯厚，作《易》《八卦》。**八卦，《易经》里的基本图形，古代儒者认为是最早的文字创作。**尧、舜之盛，《尚书》载之，礼乐作焉。汤、武之隆，**隆，盛。**诗人歌之。**诗人，指《诗经》作者。**《春秋》采善贬恶，**采善，采集善事而进行褒扬。**推三代之德，**推，赞许。三代，指夏、商、周。**襃周室，非独刺讥而已也。**独，只。**汉兴以来，至明天子，**明天子，指汉武帝。**获符瑞，**符瑞，古时以祥瑞的征兆为符瑞。**封禅，**战国时齐、鲁有些儒士认为五岳中泰山最高，帝王应到泰山祭祀，登泰山筑坛祭天曰封，在山南梁父山上辟基祭地曰禅。汉武帝到泰山举行过封禅祀典。**改正朔，**正朔，古指一年的第一天。古时改朝换代，往往用改正朔的办法表示新的开始。汉武帝重新订历法，以建寅月为正。**易服色，**易，改变。服色，古代每一朝代所定的车马祭牲的颜色。服，指所用车马，每一王朝，各用所崇尚的正色。汉初，用黑。文帝时，改用黄。武帝时仍用黄。**受命于穆清，**穆清，本指天地间的清和之气，这里指代天。**泽流罔极，**罔极，无极，没有边际。泽流罔极，谓汉武帝的恩泽遍及四面八方。**海外殊俗**，殊俗，不同的风俗，此指极边远的地方。**重译款塞**，重译，指语言需经过一再的翻译，才得相通。款，叩。款塞，指叩塞门来臣服。**请来献见者**，愿意来贡献、朝见的人。**不可胜道。臣下百官力诵圣德**，诵，颂扬。**犹不能宣尽其意**，宣尽，充分表达。**且士贤能而不用，有国者之耻**；有国者，指君主。**主上明圣而德不布闻**，布闻，传播出去，为世所闻。**有司之过也。**有司，官吏。**且余尝掌其官，废明圣盛德不载，灭功臣世家贤大夫之业不述，堕先人所言**，堕，抛弃。先人所言，指司马迁的父亲临死时叮嘱他继承遗志撰写史书的话。**罪莫大焉。余所谓述故事**，故事，旧事。**整齐其世传**，整齐，整理。世传，指历代流传之事。**非所谓作也**；作，创始。即《论语》"述而不作"的"作"。**而君比之于《春秋》，谬矣。"**

于是**论次其文。**论，论述。次，编次。**七年而太史公遭李陵之祸**，李陵降匈奴事在天汉二年，司马迁牵连受祸，至天汉三年犹在狱中，由此时上溯到动手写《史记》的太初元年为七年。**幽于缧绁。**幽，囚禁。缧绁〔léi xiè 雷屑〕，捆绑囚犯的绳索，引申为监狱。**乃喟然而叹曰："是余之罪也夫！是余之罪也夫！身毁不用矣。"**身毁，指受宫刑。不用，无用。**退而深惟曰**：惟，思考。**夫《诗》、《书》隐约者**，《诗》、《书》，泛指书，包括下文提到的几种书。隐约，词意隐微，文字简约。**欲遂其志之思**

也。想抒发郁结于心中的感慨。**昔西伯拘羑里，演《周易》**西伯，周文王姬昌。据《史记·周本纪》说文王曾被殷纣王拘禁于羑〔yǒu 有〕里，他被拘禁时，把《易》之八卦相重，变为六十四卦。**孔子厄陈蔡，作《春秋》；**厄陈蔡，指孔子周游列国时，在陈蔡遭遇到困穷。据《史记·孔子世家》，孔子作《春秋》是在鲁哀公西狩获麟这一年，同这里所说不同。**屈原放逐，著《离骚》；左丘失明，厥有《国语》；**厥，才。《国语》，记春秋列国事。《汉书·司马迁赞》："孔子因鲁史记而作《春秋》，而左丘明论辑其本事以为之传，又纂异同为《国语》。"失明著书事，不详。司马迁列举名人著书，是想说明发愤著书的观点，有些不一定尽符史实。**孙子膑脚，而论兵法；**膑〔bìn 鬓〕，古代肉刑之一，剔去膝盖骨。孙子，指孙膑，战国时齐人，名和字都无从考知。据《史记·孙膑吴起列传》，孙子、庞涓同学兵法，后来庞涓在魏掌握兵权，忌孙子之才，遂施以膑刑。因而后人叫他为孙膑。《汉书·艺文志》著录齐《孙子》八十九篇。此书久已失传，一九七二年四月，在山东临沂银雀山一座西汉前期墓葬中，发现了《孙膑兵法》。**不韦迁蜀，世传《吕览》；**吕不韦，秦始皇初年为丞相，后被罢免，不韦与家属都被迁于蜀。不韦服毒自杀。《吕览》，《吕氏春秋》。实为吕不韦的门客所作。此书实成于吕不韦迁蜀之前。**韩非囚秦，《说难》《孤愤》；**《说〔shuì 税〕难》《孤愤》，《韩非子》中篇名。韩非写此二文时，还未出使秦国。**《诗》三百篇，大抵贤圣发愤之所为作也。**愤，郁结于心中的烦闷。发愤，发泄愤懑。**此人皆意有所郁结，**此，指以上几种情况。**不得通其道也,** 通其道,实现他的抱负。**故述往事,思来者。** 叙述过去,思考未来。**于是卒述陶唐以来,** 陶唐,即古帝尧,初封于陶,后徙唐,故又称陶唐氏。**至于麟止,自黄帝始。** 这三句意思是,《史记》所叙述的内容,上起陶唐,下至汉武帝时代。公元前一二二年,武帝至雍,猎得一头象鹿的角兽,便说是麒麟,改元元狩。相传孔子作《春秋》,因获麟而绝笔。这里借用"麟止",以表示著《史记》之意与孔子作《春秋》相同。《史记》第一篇为《五帝本纪》,首叙黄帝,所以这里说"自黄帝始"。又因黄帝乃百家传言,不可靠,所以又说《史记》所述乃自陶唐以来。

说　明

司马迁(前 145 ——?),字子长,左冯翊夏阳(今陕西韩城南)人。西汉史学家、文学家。武帝时,先后官太史令与中书令。著《史记》一百三十篇。

《史记》是创造性的历史著作,其中许多人物传记又是富于独创性的传记文学作品。因此,两千多年来,《史记》不仅是历史学家学习的典范,研究的对象,同时也是历代文学家学习的典范,研究的课题。不仅散文作家推崇它,就是戏剧小说作家也认真地向它学习。

本文是《史记·太史公自序》的一部分。从文学思想角度看,有三点值得注意:

第一,历史著作是为社会的长治久安服务的。所谓"《春秋》辨是非,故长于治人","拨乱世,反之正,莫近于《春秋》"，"《春秋》者，礼义之大宗也"，就是这个意思。

第二，历史应该从政治观点出发，对历史事件和人物进行评价，有肯定有否定，即所谓"善善恶恶，贤贤贱不肖"。

第三，最值得注意的是"发愤著书"的观点。在剥削阶级统治的社会里，人民群众和正直的、有理想的知识分子常常受到不公平的待遇，甚至遭到迫害，内心郁结着愤懑的感情。这种感情抒发出来，表现为文字，就成了天地间的至文。《诗经》中的变风变雅，屈原的《离骚》，司马迁的《史记》，就都是这种至文。"发愤著书"，在封建社会里是一种进步观点，唐韩愈提出的"凡物不得其平则鸣"，宋欧阳修提出的诗"穷者而后工"，都是对"发愤著书"观点的继承和发展。

论衡·艺增〔节录〕

王　充

　　世俗所患，世俗，社会上的一般人。患，忧虑。**患言事增其实**。言事，谈事情。增其实，夸大事实。**著文垂辞**，垂辞，以文辞垂留于后世。**辞出溢其真**，溢，超过。溢其真，超过了真实情况。**称美过其善，进恶没其罪**。称，称赞。进，引进，这里指批评。没，漫过，超过。这是说，赞扬人的美德就超过他的善行；批评人的恶事就把他的罪恶说得大一些。**何则？俗人好奇。不奇，言不用也**。用，采纳。言不用，说的话别人不听。**故誉人不增其美，则闻者不快其意；毁人不益其恶，则听者不惬于心。** 誉，称赞。毁，诽谤。益，增加，夸大。惬〔qiè窃〕，满足。**闻一增以为十，见百益以为千，使夫纯朴之事，十剖百判；**十、百、千，极言其多。剖，割裂。判，分开。这是说，人们听到一就增加成十，见到百就增加成千，使那些本来是单纯朴质的事，反而被多次分割，变得复杂化，而失去它的本来面目了。**审然之语，千反万畔**。审，明白。反，违反。畔，通叛，意为背离。这两句意为，本来是明白的，却成了千万种互相违背的矛盾的说法。**墨子哭于练丝**，《墨子·所染》："墨子见染丝者而叹曰：'染于苍则苍，染于黄则黄。'"练丝，白色的丝。苍，青色。这是说墨子见人染丝，就感到白丝染于青就成青色，染于黄就成黄色，染东西要慎重，人的行为也是如此。**杨子哭于歧道**。杨子，杨朱，战国时魏人。《淮南子·说林训》："杨子见逵路而哭之，为其可以南，可以北。"高诱注："道九达曰逵（道路九面通达叫逵），悯其别也。"这是说杨朱看见岔路就哭泣，怕误入歧途。**盖伤失本，悲离其实也**。盖，连词，承接上文推测原因时用。本，根本。实，事实。这是说，墨子等人哭泣，大概是悲伤事物失去根本和离开事实的原故吧！

　　蜚流之言，百传之语，蜚，飞。蜚流之言，即流言蜚语。百传，百人传说。**出小人之口，驰闾巷之间，其犹是也**。闾巷，街头巷尾。犹是，如此，指失本离实的现象。**诸子之文，笔墨之疏**，诸子，指王充以前解释经典的儒生。疏，疏解。笔墨之疏，泛指对儒家经书的各种解释。**人贤所著，妙思所集，宜如其实，犹或增之；倘经艺之言如其实乎？**倘，或者，也许。经，经书。艺，六艺，即六经。经艺，泛指儒家经典。这句说，也许经书上的话符合事实吧？**言审莫过圣人，经艺万世不易，犹或出**

溢，增过其实。审，慎重。言审，说话审慎。万世不易，万代不变。**增过其实，皆有事为，不妄乱误以少为多也。**这是说经书言过其实，都是有原因的，不会胡乱地、错误地把少的说成多的。**然而必论之者，方言经艺之增与传语异也。**方言，正说明。传语，即上文"百传之语"。这是说，然而一定要评论它，正说明经书上的夸大与一般的夸大是不同的。**经增非一，**非一，不只一种情况。**略举较著，令恍惑之人，**恍，模糊。惑，迷惑。**观览采择，**采择，采纳。**得以开心通意，晓解觉悟。**能够因此开通思想，了解和觉悟到其中的道理。

············

《诗云》："鹤鸣九皋，声闻于天。"原文见《诗·小雅·鹤鸣》："鹤鸣于九皋，声闻于天"。毛传："皋，泽也"，即聚水的沼泽。九皋，即下文说的"九折之泽"，指沼泽的深处。**言鹤鸣九折之泽，声犹闻于天，以喻君子修德穷僻，名犹达朝廷也。**修德，修养道德。穷僻，穷乡僻壤，指山野边远地区。**其闻高远，可矣；言其"闻于天"，增之也。彼言声闻于天，见鹤鸣于云中，从地听之，度其声鸣于地，当复闻于天也。**彼，指《鹤鸣》一诗的作者，度〔duó夺〕，推测。这是说，诗人看到鹤在云中叫，在地上能听到它的声音，因此推测鹤在地上叫，天上也应当听到它的声音。**夫鹤鸣云中，人闻声仰而视之，目见其形。耳目同力，耳闻其声，则目见其形矣。**同力，指耳力与目力相同。这是说眼睛能看见，耳就能听到声音。**然则耳目所闻见，不过十里，使参天之鸣，人不能闻也。**参天，高达于天。这是说人的耳力有限，鹤在天上高处叫，人是听不到鹤鸣的声音的。**何则？天之去人以万数远，则目不能见，耳不能闻。**去，离。以万数〔shǔ 暑〕，以万为单位计算，指有数万里。王充认为天是一种物质实体，说传言天距离地有"六万余里"（见《论衡·谈天篇》），因此他说"天之去人以万数远"。**今鹤鸣从下闻之，鹤鸣近矣。**这是说鹤在天上叫，人在地上听到声音，是鹤与人相近的原故。**以从下闻其声，则谓其鸣于地，当复闻于天，失其实矣。**这是说，因为人在地上听到鹤在天上叫的声音，就说鹤在地上叫，也应当"闻于天"，这就失去了它的真实性了。**其鹤鸣于云中，人从下闻之。如鹤鸣于九皋，人无在天上者，何以知其闻于天上也？无以知，意从准况知也。**准，以此准彼。况，以此况彼。准况，比拟，推测。这是说诗人没有办法知道鹤鸣能"闻于天"，只是从在地上听到鹤鸣而猜测想象出来的。**诗人或时不知，至诚以为然；或时知，而欲以喻事，故增而甚之。**或时，或者，或许。至诚，真心真意。增而甚之，过分夸大了事实。

　　诗曰："维周黎民，靡有孑遗"。维，发语词。黎民，百姓。靡〔mǐ 米〕，没有。孑〔jié 节〕，单独。遗，遗留，剩余。引文见《诗·大雅·云汉》，原诗是"周余黎民，靡有孑遗"。它的意思是说，经过旱灾,周无遗民了。**是谓周宣王之时,遭大旱之灾也。
诗人伤旱之甚,民被其害,言无有孑遗一人不愁痛
者。夫旱甚,则有之矣;言无孑遗一人,增之也。**王充
在这里解释"靡有孑遗"的意思是"言无孑遗一人不愁痛者",意即遭
受旱灾余下的人没有不愁痛的,与一般解法不同。

　　**夫周之民,犹今之民也。使今之民也,遭大旱之
灾**,使,如果。**贫羸无蓄积,扣心思雨。**羸〔léi雷〕,弱。贫
羸,指贫穷而体弱的人。扣,同叩。扣心,捶胸,形容心情急迫。思雨,
望天下雨。**若其富人谷食饶足者**,饶足,富足。**廪困不
空**,廪〔lǐn凛〕,粮仓。困〔qūn逡〕,圆的谷仓。这是说富人的仓库装
满了谷米。**口腹不饥,何愁之有? 天之旱也,山林之间
不枯;犹地之水,丘陵之上不湛也。**地之水,地上发大水。
湛〔chén沉〕,通沉,淹没。这几句说,天大旱,山林之间不会干枯;正
象地上发大水,丘陵之上不会被淹没一样。**山林之间,富贵之
人,必有遗脱者矣。而言"靡有孑遗",增益其文,欲
言旱甚矣。**这是说,大旱之年,必有不受灾的人。而诗人要那样
说,文辞有夸大,是想说旱灾非常严重罢了。

••••••••••••

　　《尚书》曰:"祖伊谏纣曰:'今我民罔不欲丧。'"
罔,无也,我天下民无不欲王亡者。引文见《尚书·西伯
戡黎》。祖伊,殷朝末年人,殷纣王的臣子,他的话是说:现在我们的

百姓没有一个不希望你(纣王)灭亡的。**夫言欲王之亡，可也；言"无不"，增之也。**这是说言没有不"欲王之亡"，是夸大了的。

纣虽恶，民臣蒙恩者非一，蒙，蒙受。非一，不止一个人。**而祖伊增语，欲以惧纣也。**惧，使动词。惧纣，使纣王有所畏惧。**故曰："语不益，心不惕；心不惕，行不易。"**惕，戒惧。易，改变。意即说话不夸张一点，听的人心里就没有戒惧，在行动上就不想改变。**增其语，欲以惧之，冀其警悟也。**冀，希望。

苏秦说齐王曰：苏秦，战国时的政治家，主张"合纵"之策，联合六国抗秦。齐王，指齐宣王。**"临菑之中，车毂击，人肩磨，举袖成幕，连衽成帷，挥汗成雨。"**临菑〔zī 资〕，齐国国都，在今山东淄博市东北。毂〔gǔ 古〕，车轴的突出部分。车毂击，车毂碰车毂，形容车多。人肩磨，肩碰肩，形容人多。衽〔rèn 任〕，衣襟。帷，帐幕。这几句话见《战国策·齐策》。**齐虽炽盛，不能如此。苏秦增语，激齐王也。**炽盛，繁华兴盛。激，激励。这是说当时齐国虽然兴盛，也不能有这样繁华，苏秦在齐王面前说话夸张一点，目的是为了激励齐王与秦国抗衡。**祖伊之谏纣，犹苏秦之说齐王也。贤圣增文，外有所为，内未必然。**外，对外。内，内心。这是说圣贤写文章夸张一点，表面上说来是有一定的用处的，内心却不一定真以为如此。**何以明之？夫《武成》之篇，言"武王伐纣，血流浮杵"。**《武成》之篇，指古文《尚书·武成》。《尚书正义》引郑玄说,《武成》到东汉光武帝时已经亡佚。今《尚书·武成》是伪古文。其叙武王伐纣为:"前徒倒戈,攻于后以北,血流漂杵。"有可能王充当时还看到古文《尚书》。杵〔chǔ 楚〕,舂〔chōng 充〕米用的木棒。王充引的这两句的意思是,周武王伐纣的战争,杀伤的人很多,血流成河,把杵都漂起来了。**助战者多,故至血流如此。**助战者,帮助殷纣王作战的人。**皆欲纣之亡也,土崩瓦解,安肯战乎?**这是说(如果象前面祖伊讲的那样)殷民都希望纣王灭亡,已经成了土崩瓦解的局面,怎么会有这样多的人肯去为纣王打仗呢?**然祖伊之言"民无不欲",如苏秦增语。**然而可知祖伊说"民无不欲王亡者",与苏秦激齐王时把话夸大了是一样的。**《武成》言"血流浮杵"亦太过焉。死者血流安能浮杵?案武王伐纣于牧之野,**牧之野,古地名,在今河南淇县南,周武王在此打败了殷纣王的军队。**河北地高,壤靡不干燥,**河北,指黄河以北的地区。壤,土地。靡,没有。**兵顿血流,辄燥入土,安得杵浮?**顿,倒下。辄,立即。这是说兵士倒下,血流于地,立即渗入干燥的土壤里,哪里能够浮杵呢?**且周殷士卒,皆赍盛粮,无杵臼之事,安得杵而浮之?**赍〔jī 机〕,携带。盛,成。盛粮,即成粮,干粮。臼〔jiù 旧〕,舂米用的石臼,用杵在石臼中舂米。这是说士兵带的是干粮,用不着拿臼来舂米。**言血流杵,欲言诛纣,惟兵顿士伤,故至浮杵。**惟,因为。这是说《尚书》言"血流浮杵",是想说伐纣王之时,因士兵死伤很多,因此到了浮杵的地步。

光武皇帝之时，光武，即东汉光武帝刘秀。**郎中汝南贲光上书，**郎中，官名，汉代宫庭的侍卫官。汝南，郡名，在今河南东南、安徽西北部。贲光，人名。**言孝文皇帝时居明光宫，**孝文皇帝，即汉文帝。明光宫，汉代皇帝的宫殿。**天下断狱三人。**断狱，被判刑狱。这是说天下只有三个人判刑。**颂美文帝，陈其效实。**陈，陈述。效，功。实，事迹。**光武皇帝曰："孝文时不居明光宫，断狱不三人。"**不三人，即不止三人。**积善修德，美名流之。**流，归。之，指汉文帝，这是说"积善修德"的美名就归于汉文帝了。**是以君子恶居下流。**恶〔wù〕，讨厌。《论语·子张》："子贡曰：'纣之不善，不如是之甚矣。是以君子恶居下流，天下之恶皆归焉。'"子贡此话的意思是说，纣王不好，并不像人们说的那样坏。人作恶事，处于人下，就为众恶所归。因此君子要时常为善不为恶。不然就要象纣那样，天下的恶名都要集中在他身上，遭人责骂。王充引用这句话是想说明世俗有"称美过其善，进恶没其罪"的毛病。

夫贲光上书于汉，汉为今世，增益功美，犹过其实，况上古帝王久远，贤人从后褒述，失实离本，独已多矣。褒述，褒扬叙述。独已多矣，那就更多了。**不遭光武论，**不遭，不受到。论，评论，驳斥。**千世之后，孝文之事载在经艺之上，人不知其增。"居明光宫，断狱三人"，而遂**

为实事也。 这是说,贾光的虚美汉文帝的话,如果不受到光武帝的批驳,那么千年之后,因孝文帝的事刊载在书上,人们不知道那是夸大了的话,就成为事实了。

说　明

王充(27—97?),字仲任,会稽上虞(今浙江上虞)人,他是东汉杰出的唯物主义哲学家。他的著作《论衡》,主要是在哲学上阐述他的进步主张,但其中一些篇章,如象《艺增》、《超奇》、《佚文》、《书解》、《对作》、《自纪》等篇,也表达了他在文学方面的见解。

王充生活的时代,谶纬迷信之学盛行,并形成了一种"华而不实,伪而不真"的文风。王充针对这种虚伪浮华,因循抄袭的现象,在文学理论上提出了"疾虚妄"、"归实诚"的主张,对"虚妄"的文风进行了全面的批判。

王充在《语增》、《儒增》、《艺增》等篇里,系统地对历史上流传的书籍和社会上的"传语",进行了较为细致的分析,指出了人们喜好"言事增其实"的"虚妄之传",是一种歪曲历史、夸大事实的恶劣作风。他强调书写和评论事情必须实事求是,"不可增损"。在这几篇文章里,表现了王充敢于反对虚伪,蔑视不良倾向的进步观点。

他在反对虚妄地夸大事实的同时,对"经艺"上的增语,并没有持绝对的否定态度。在《艺增》篇里,他明确地指出:"经艺之增"与"百传之语"的夸大事实,有一定的区别。

他认为经书上描写的事物,"增过其实",是"皆有事为",

即事出有因。"鹤鸣九皋,声闻于天",是作者为了"喻事";"维周黎民,靡有孑遗",是"欲言旱甚";"祖伊增语",是"欲以惧纣"。这虽然反映了王充尊重儒家经典的观点,却也说明王充已经初步察觉到文学作品运用夸张的语言是为了达到一定的褒善和警恶的社会目的。表现了王充已经朦胧地意识到、并且开始探索关于艺术夸张的创作规律问题,这对后来的文学理论家,起了好的影响作用。

但是由于王充在理论上还不完全清楚文学的特点,以致他在本文中详细地去考察"鹤鸣"能否"闻于天",武王伐纣,血能否漂杵等问题,用自然科学的真实去要求艺术真实,他认为不对的,便说是文学作品"增之也"。这又表现了他还不完全了解文学创作的规律和特点。把他在另一些文章里否定神话传说和文学描写的夸张联系起来加以研究,就可看出在王充的文学理论中,还有一些形而上学的思想局限性。

产生这种矛盾现象的原因,除了他的思想上的矛盾以外,还在于他对"文"的概念的了解,比较含混。他认为"五经、六艺为文,诸子传书为文,造论著说为文,上书奏论为文,文德之操为文"。(《论衡·佚文篇》)在当时他还分不清文学与其它非文学作品的界限,不完全了解文学作品的特点和规律,以致把文学的夸张与其它文章的夸大都认为是"增之也"。但是他肯定了"经术之增",实际上是承认了文学的夸张手段,这在我国文学理论发展史上仍不失为重要贡献。

两都赋序

班　固

　　或曰，"赋者，古诗之流也。"古诗之流，古诗中的一种。
昔成、康没而颂声寝。成、康，周初二国君，成王名诵，武王子。
康王名钊，成王子。成、康之世，是周朝初期强盛时代。没，去世。颂声，
颂诗。寝，息。颂声寝，即颂声不作之意。王泽竭而诗不作。王泽，
先王的恩泽。竭，尽。大汉初定，日不暇给《汉书·高帝纪》："汉
兴，拨乱反正，日不暇给。"《六臣注文选》李周翰注："日不暇给，言不暇
崇文化。"这两句是说，西汉初年，政务繁多，无暇顾及文化。至于武、
宣之世，乃崇礼官，考文章，武、宣，武帝刘彻和宣帝刘询。礼
官，执掌礼仪之官。《西都赋》曾记有当时"考文章"的盛况："命夫惇
诲故老，名儒师傅，讲论乎六艺，稽合乎同异。"这是指朝廷鼓励故老
名儒，考核经籍，讲论经典。内设金马石渠之署，署，办公处所。
金马，官署名。门前傍有铜马，故又称金马门，是西汉时文士、儒生校

理典籍的地方。石渠，阁名，为朝廷藏书之处。**外兴乐府协律之事**，乐府，音乐官署。协律，校正音乐律吕，使之和谐。汉武帝始立乐府机关，广采各地民歌，以李延年为协律都尉。**以兴废继绝，润色鸿业。**意谓在秦代被废弃的制度和绝灭的文章，在汉武帝、宣帝时又兴盛起来。润色，修饰。鸿业，大业。**是以众庶悦豫，福应尤盛。**众庶，百姓。悦豫，快乐。福应，吉祥的瑞兆。**《白麟》、《赤雁》、《芝房》、《宝鼎》之歌，荐于郊庙；**《汉书·武帝纪》言武帝行幸各地，获白麟，因作《白麟之歌》；获赤雁，因作《朱雁之歌》；得宝鼎，因作《宝鼎之歌》。又说，甘泉宫内，生芝兰九茎，其叶相连，因作《芝房之歌》。荐，进。郊庙，郊祀祭天，宗庙祭祖。**神雀、五凤、甘露、黄龙之瑞，以为年纪。**年纪，年号之记。我国古代从汉武帝始建年号。汉宣帝时，因神雀集，五凤至，甘露降，黄龙现，以为瑞祥，故改元为神雀、五凤、甘露、黄龙等年号。**故言语侍从之臣，若司马相如、虞丘寿王、东方朔、枚皋、王褒、刘向之属，朝夕论思，日月献纳**言语，文学辩才。汉代选文章经术之士为文学侍从。司马相如，字长卿，蜀郡成都人，西汉辞赋家。虞丘寿王，一作吾丘寿王，字子赣，吴郡人，辞赋家，武帝时为郎。东方朔，字曼卿，平原人，文学家。枚皋，字少孺，淮阴人，辞赋家。王褒，字子渊、蜀资中人，辞赋家，宣帝时为谏大夫。刘向，字子政，沛人，西汉辞赋家、目录学家和经学家，宣帝时任散骑谏大夫给事中。论思，议论构思，指写文章。后两句是说他们写作很勤，进献给皇帝的辞赋是很多的。**而公卿大臣御史大夫倪宽、太常孔臧、**

太中大夫董仲舒、宗正刘德、太子太傅萧望之等，时时间作。 公卿，三公九卿，是朝廷高级行政长官职衔，属大臣之列。御史大夫，西汉时三公之一，丞相之副。倪宽，千乘人，武帝时为御史大夫，《汉书·艺文志》载倪宽有赋二篇，今不传。孔臧，武帝时为太常（汉九卿之一，掌宗庙礼仪）。董仲舒，广川人，经学家，也会写辞赋。刘德，字路叔，汉宗室，武帝时为宗正（九卿之一，管皇族事务）。萧望之，字长卿，东海人，明经术，历任将相，位在九卿之上，宣帝时为太子太傅。间，隙。这儿是说倪宽等公卿大臣，政务繁忙，但有空也常常作文章。**或以抒** 原作杼，依李善注本校改 **下情而通讽谕，或以宣上德而尽忠孝。雍容揄扬，著于后嗣，抑亦雅颂之亚也。** 雍容，仪态文雅温和大方。揄扬，赞扬，宣扬。这几句是说有的作家用辞赋来反映民情以讽谏君主，有的则用辞赋来宣扬皇上功德而尽其忠孝之心。这些作品文质彬彬，宣扬大义，昭示于后代，其价值则仅次于雅颂之作。**故孝成之世，论而录之，盖奏御者千有余篇。** 孝成，即汉成帝。西汉时标榜以孝治天下，所以皇帝谥号都冠以"孝"字。论，评论。录，收录。后二句是说，经过评论而收录的辞赋，进献于皇帝的大约有千余篇。**而后大汉之文章，炳焉与三代同风。** 大汉，对汉朝的敬称。炳，光明。三代，夏、商、周。

　　且夫道有夷隆，学有粗密，因时而建德者，不以远近易则。 隆，高，指兴起。夷，平，指衰落。则，法则，规律。这几句说，王道的兴衰，在各个时代是不同的，学者们的学问也有深浅精疏的差别。但乘着时势而建德，古今都是相同的。**故皋陶歌虞，奚斯颂鲁，同见采于孔氏，列于《诗》、《书》，其义一也。** 皋陶〔gāo yáo 高谣〕舜臣。歌虞，即歌颂虞舜的德政。奚斯，春秋时鲁国公子，名鱼，字奚斯，鲁之大夫。颂鲁，作诗赞颂鲁僖公重修祖庙，见《诗经·鲁颂·閟宫》："新庙奕奕，奚斯所作。"孔氏，孔子。**稽之上古则如彼，考之汉室又如此，** 稽，考查。如彼，如象皋陶、奚斯作颂歌。如此，指如象司马相如、东方朔、刘向等人作辞赋事。**斯事虽细，然先臣之旧式，国家之遗美，不可阙也。** 先臣，指皋陶、奚斯等人。式，法则。旧式，老规矩。遗美，作文章的好传统。阙，缺，缺少。**臣窃见海内清平，朝廷无事，京师修宫室，浚城隍而起苑囿以备制度。** 浚〔jùn 俊〕，深挖。城隍，城池。苑囿〔yuàn yòu 院又〕，帝王花园，苑以植花木，囿以养禽兽，以供其游猎和娱乐。备，完备，完善。**西土耆老，感怀怨思，冀上之瞻顾，而盛称长安旧制，有陋洛邑之议。** 西土，长安。耆〔qí 其〕，人年七十曰耆。耆老，长老。冀上，希望皇帝。瞻顾，怀念故旧。盛称，极力称赞。旧制，旧的制度，指西汉立国建都的原则法度，包括都城建筑及礼仪典章法度等。陋，简陋。陋洛邑，以洛阳为简陋。**故臣作《两都赋》，以极众人之所眩曜，折以今之法度。** 极，止。眩曜，迷惑，惑乱。折，服。折服，使动用法，使之信服。这三句说，所以我写了《两都赋》来批评和制止他们想重回长安建都的糊涂想法，用今日必须建都洛阳的道理，使他们信服。

说 明

班固（32—92），字孟坚，右扶风安陵（今陕西咸阳市东）人，东汉著名史学家、文学家，明帝时任为郎，历任兰台令史、玄武司马和中护军等官职。著有《汉书》一百卷（其中八表及《天文志》未竟，由其妹班昭补成），这是中国第一部断代史，其中纪、传部分也很有文学价值。《汉书》和《史记》齐名，对中国古代正史和史传文学影响很大。

班固还是汉代有名的辞赋家，《两都赋》是他大赋的代表作。据《后汉书》言，此赋作于明帝（58—75）之时。其时东汉政权已稳固、并日益强大，但是继续定都洛阳还是迁都长安的问题，在朝廷中还是很有争议的，早在光武帝时，杜笃就作《论都赋》，对都洛阳表示不满，赋中借主客之辩，谕以祖训，动以利害，为迁都长安造舆论，用赋的形式进行政论。班固很坚定地站在反迁都派的一边，作《两都赋》，曲设主客之论，批评了"盛称长安旧制，有陋洛阳之议"这类颇能惑众的言论，从当时政治形势的要求和礼仪制度的完备等说明都洛阳是正道，再一次用韵文形式进行政治论争。《两都赋》"义正乎扬雄，事实乎相如"（义理比扬雄的赋纯正，记事比司马相如的赋实在），在当时政界和文学界影响颇大。

《两都赋序》对汉赋的产生、兴盛以及政治意义和美学价值等都作了较为系统的论述。此文较为全面地表达了班固对汉赋的理论见解。

全文可分两部分。

第一部分。探索汉赋发展的源流，着重介绍西汉武、宣之世辞赋创作的盛况并分析其原因，论述汉赋所表述的内容及其文学价值。

辞赋在西汉时代作为一种成熟的和完备的文体出现，是有其根源的。班固指出其源出自古诗，是"古诗之流"，在艺术上是有所前承，有所发展的。但它特别盛行于西汉武、宣之世，更有其政治的和社会的原因。那就是继"文、景之治"以后，社会生产力有了进一步的发展，统一的封建大帝国也随之巩固和强大起来，汉大赋正是适应其时政治上"润色鸿业"的需要而产生、而兴盛的。武、宣之世创作繁荣的情况是空前的，不但专业作家司马相如之流"朝夕论思，日月献纳"，就是公卿大臣倪宽、董仲舒辈，公务之余，也"时时间作"。真是名家辈出，名篇传诵，成果十分惊人（千有余篇），这是与其时实行"崇礼官、考文章"发展文化的政策分不开的。班固在这些方面的论述，都是符合汉赋兴盛和繁荣的实际情况的。

汉赋所表达的内容：一是抒下情，通讽谕；一是宣上德，尽忠孝。这大体上概括了西汉辞赋的政治特色，反映了那个时代统治者对文艺为政治服务提出的要求，和《毛诗序》的观点是一脉相承的。

班固赞扬了"大汉之文章"能"炳焉与三代同风"，在艺术上肯定其价值。他正确地总结了汉赋在艺术上的成就，较之《毛诗序》的观点是有所前进的，这是他文艺观点进步性之所在。

文章的第二部分，则是进一步阐述汉赋在政治上的意义，强调要恢复和发展西汉辞赋的传统，并说明自己写作《两都赋》的缘由。

班固以儒家经书某些内容作类比，指出孔子采风定《诗》、《书》，是"不以远近易则"的，而现在某些儒生，好"发思古之幽情"，是古非今，和孔氏的观点是不相吻合的。因此他认为西汉辞人遗留下来的美文，不可鄙弃，要继承和发展这个传统，继续撰作辞赋，以适应当今时代的需要。在《东都赋》内，他通过西都宾的口，称自己的赋是"义正乎扬雄，事实乎相如"，这是对西汉辞赋夸奢离理提出的修正意见。班固这些意见，对张衡的《二京赋》和左思的《三都赋》都产生过明显的影响。

纵观班固的赋论，有几点值得我们注意：

第一、什么是赋呢？"赋者，古诗之流也。"班固认为赋是古诗的后续，是另一种形式的诗。在《汉书·艺文志》中又说："不歌而诵谓之赋。"这些意见，大体上是根据《周礼·春官篇》的记载，《周礼》言太师教"六诗"，赋就是"六诗"中的一种。班固不采用赋是诗的"六义"之一的说法，而说是"六诗"之一，"雅颂之亚"，这显然是为了抬高赋的位置，为给汉赋以很高的评价提供了理论依据。

第二、汉赋的产生和盛行，并不是在"大汉初定，日不暇给"的时代，而是在"崇礼官，考文章"的武、宣之世。东汉前期，汉大赋要再度发展，也是因为"海内清平，朝廷无事"，适应崇礼尚文"以备制度"的需要。从而指出了汉赋"雍容揄扬"的特点。

第三、班固从内容和形式两个方面说明了汉赋的价值。从内容说，赋既可"抒下情而通讽谕"，也可以"宣上德而尽忠孝"；从形式说，汉赋的文章，彪炳于世，是不可或少的。

就"抒下情而通讽谕"言，由于班固对两汉盛世下层人民生活困苦缺乏清醒的认识，感受不深，对汉赋讽谕不深切有所偏袒，但也要看到，由于治世和乱世的不同，讽谕的内容、成分和陈述的语气，必然也带有时代的特点，我们是不能用统一的尺度去衡量去要求。就"宣上德而尽忠孝"说，也不能说毫无价值可言。汉赋的作者，都以春秋公羊学思想为指导，宣扬尊君抑臣，强干弱枝，为汉帝国集权和统一大造舆论，这在当时有一定的意义。《两都赋》在当时政治生活中所起的作用，即是一明证。

汉赋的文采和体物之功，是汉以后许多有影响的文论家所公认的。晋葛洪在《抱朴子·钧世篇》中说："《毛诗》者，华彩之辞也，然不及《上林》《羽猎》《二京》《三都》之汪涉〔wèi 未〕博富也。"刘勰在《文心雕龙·夸饰》等篇中，对汉赋体万物之情状的表达之功，也有充分的评价。尽管在今天看来，汉赋在艺术表达上还有不少缺点，但它的美学价值以及在文学发展史上的贡献，也是不可一笔抹煞的。班固认为"大汉之文章，炳焉与三代同风"，这个结论，是符合汉赋在文学史上的地位的。

第四、扬雄少而好赋，老而辍不复为，对辞赋持基本否定态度。刘歆似乎亦持此观。(《汉书·艺文志》是抄录刘歆的《七略》而成的，其中和班固相左的意见，应是刘歆的见解。)扬、刘从讽谕立论否定汉赋，自有其理论依据，但也有时代的原因。西汉哀、平之世以及尔后王莽当政，是典型的乱世，用汉大赋传统的颂美程式来表达乱世的怨以怒的感情，显然是不协调的，扬雄后期否定汉赋，是深切感受到这一点的，而"遭遇太平，扬其鸿藻"的两汉前期的汉赋作者，是缺少这样的遭际和感触的。《两都赋序》列举汉赋名家而不及扬雄，看来对此也有所认识。如果仅从讽谕立论(特别是以"怨以怒"为标准)，或依据扬雄在特定时代的某些感受，从而全盘否定汉赋的价值和它在文学史上的地位与影响，那是不公正的。

楚辞章句序

王　逸

昔者孔子睿圣明哲，睿〔ruì 锐〕，明智。圣，智慧。哲，聪明。天生不群，不群，同一般人不一样。定经术，经术，经学儒术。删《诗》《书》，删，节取。正《礼》《乐》，正，端正。制作《春秋》，以为后王法。创作《春秋》，作为后王的模式。门人三千，罔不昭达。罔，无。昭达，明白通晓。此指了解六经的微言大义。临终之日，则大义乖而微言绝。大义，指六经的要义。乖，违异。微言，精当而又含义深远的话。绝，断绝不传。

其后周室衰微，衰微，衰弱细微。战国并争，道德陵迟，陵迟，衰颓。谲诈萌生，谲〔jué 决〕，诡诈。诈，欺骗。萌生，发生。于是杨、墨、邹、孟、孙、韩之徒，杨、墨、邹、孟、孙、韩，指杨朱、墨翟、邹衍、孟轲、孙（荀）卿、韩非。各以所知，著造传

记，传记，指著作。**或以述古，或以明世。** 明世，说明当代社会。这二句说：或者用来叙述古代，或者用来说明当代社会。**而屈原履忠被谮，** 履，实行。谮〔zèn〕，进谗言。被谮，遭到谗言的诬害。**忧悲愁思，独依诗人之义，** 独，单独，与杨、墨等对称。诗人之义，指用诗进行美刺。**而作《离骚》，上以讽谏，** 对上用来讽谏君王。**下以自慰。遭时暗乱，** 时，指当时社会政治。暗乱，黑暗昏乱。**不见省纳，** 这句是说，屈原的《离骚》不被统治者察看和采纳。**不胜愤懑，** 胜〔shēn 生〕，尽。愤懑，烦闷抑郁不平。**遂复作《九歌》以下凡二十五篇。** 凡，共。《九歌》，包括《东皇太一》、《云中君》、《湘君》、《湘夫人》、《大司命》、《少司命》、《东君》、《河伯》、《山鬼》、《国殇》、《礼魂》共十一篇。班固《汉书·艺文志》著录屈原赋二十五篇，但未列篇名。王逸《章句》于《离骚》、《九歌》、《天问》、《九章》共二十二篇外，列有《远游》、《卜居》、《渔父》三篇。**楚人高其行义，** 高，形容词作动词，表意动。行〔xíng 幸〕，品行。义，这里相当于"气节"。这句说，楚人以为屈原的品行、气节很高尚。**玮其文采，** 玮〔wěi 伟〕，珍视。**以相教传。** 相教传，互相教授传诵。

    至于孝武帝，恢廓道训， 恢廓，扩展。道训，指儒家之道的义理。**使淮南王安作《离骚经章句》，** 据《汉书·淮南王安传》，汉武帝使淮南王刘安作《离骚传》，"旦受诏，日食时上"，颜师古注："传，谓解说之，若《毛诗传》"。这里说的《离骚经章句》，即指《离骚传》，此书今已不传。**则大义粲然。** 大义，指符合儒家经典的义理。刘安称赞《离骚》说："《国风》好色而不淫,《小雅》怨诽而不乱。若《离骚》者,可谓兼之矣。"粲然,鲜明。**后世雄俊,**雄俊,英俊之士。**莫不瞻慕,**瞻慕,仰慕。**舒肆妙虑,缵述其词。** 舒,展。肆,陈列。妙虑,美妙的情怀。舒肆妙虑,充分地抒发美妙的情怀。缵〔zuǎn 纂〕,继承。述,阐述前人成说。缵述其词,指继承《离骚》的体制、词采。这二句所说,指西汉时出现了大量模仿《离骚》的作品,如东方朔的《七谏》,严忌的《哀时命》之类。**逮至刘向典校经书,分为十六卷。**逮〔dài 带〕,及,到。刘向,字子政,西汉经学家,受命主持校阅群书,撰成《别录》。刘向第一次把《楚辞》辑录成书,分为十六卷。典,主持。**孝章即位,深弘道艺,**东汉章帝刘炟,集合了大群儒生在白虎观讨论儒家经义,所以"深弘道义",是指儒家的道艺。深弘,发扬光大。**而班固、贾逵复以所见改易前疑,**班固,字孟坚,东汉历史家,文学家。著《汉书》。贾逵,字景伯,东汉经学家。易,改。改易前疑,改动以前可怀疑的地方。**各作《离骚经章句》。其余十五卷,阙而不说。**阙,通缺。说,解说。**又以壮为状,**班固和贾逵的注文今不见,《离骚》本文用"壮"字者,有"不抚壮而弃秽兮","及余饰之方壮兮"两处。**义多乖异,**意义有许多违异之处。**事不要括。**要,切要。括,总括。事不要括,指叙事不能做到简要概括。**今臣复以所识所知,稽之旧章,**稽,考核。稽之旧章,指同旧本加以核对。**合之经传,**指把正文和章句的解释合在一起,如儒家经书的经传合在一起那样。**作十六卷章**

句。今见王本《楚辞》共十七卷。第十七卷的原文《九思》乃王逸所作,而注文,可能是他的儿子王延寿所作。**虽未能究其微妙**,究,彻底推求。**然大指之趣略可见矣**。大指,大意。趣,意旨。大指之趣,主要意旨。

　　且人臣之义,以忠正为高,以伏节为贤。伏,服,坚持。伏节,坚持节操。**故有危言以存国**,危言,直言。**杀身以成仁。是以伍子胥不恨于浮江**,伍子胥,春秋时楚人,为吴王谋臣,有大功,而吴王惑于谗臣伯嚭,赐伍子胥自杀死,并取其尸盛以鸱夷革,浮之江中,吴人怜之,为立祠江上。恨,悔恨。**比干不悔于剖心**,殷纣王无道,比干力谏,纣王怒而将他剖腹挖心。**然后忠立而行成**,行,道德品质。成,成就。**荣显而名著**,荣显,荣誉显赫。名著,名声卓著。**若夫怀道以迷国**,怀道,胸有道德才能。迷国,让国家迷乱。怀道迷国,谓有才德而不出来为国效力。**详愚而不言**,详,同佯。详愚,假装痴呆。**颠则不能扶**,国家将垮却不能加以扶持。**危则不能安**,国家危乱却不能使它安定。**婉娩以顺上**,婉娩,柔顺的样子。**逡巡以避患**,逡〔qūn〕巡,却退。**虽保黄耇**黄耇〔gǒu 苟〕,长寿的通称。朱熹说:"黄,老人发复黄也;耇,老人面冻梨色,如浮垢也。"虽保黄耇,即使享有高寿。**终寿百年**,百年之后完结寿命,即活了百多岁。**盖志士之所耻,愚夫之所贱也**。贱,轻视。**今若屈原,膺忠贞之质**,膺,胸怀。**体清洁之性**,体,生长成。**直如砥矢**,砥,磨刀石,喻平。

矢,箭,喻直。直如砥矢,谓正直的性格如砥矢。**言若丹青,**丹青之色不易泯灭,故用它比喻坚贞不渝。言若丹青,意思是,一言既出,信守不渝。**进不隐其谋,退不顾其命,**进,指在朝廷供职。不隐其谋,指直言敢谏。退,指放逐在外。不顾其命,指自沉汨罗。**此诚绝世之行,俊彦之英也。**绝世,冠绝当代。绝世之行,冠绝当代的品行。俊彦,才智过人之士。英,杰出的。俊彦之英,才智杰出的人。**而班固谓之露才扬己,竞于群小之中,怨恨怀王,讥刺椒、兰,苟欲求进,强非其人,不见容纳,忿恚自沉,是亏其高明,而损其清洁者也。**班固《离骚序》有云:"今若屈原,露才扬己,竞乎危国群小之间,以离谗贼。然责数〔shǔ 署〕怀王,怨恶椒、兰,愁神苦思,强〔qiǎng 抢〕非其人,忿懟不容,沉江而死。"(大意是说,像屈原这样,显示自己的才能,在一群害国小人之间竞争,因而遭受谗害。却责备怀王,怨恶子椒子兰,以至于神思愁苦,勉强去指责那些不应负责的人,以求进取,结果不被收纳,因而怨恨不止,沉江而死。)忿恚〔huì 惠〕,怨恨。亏其高明,与"损其清洁"同义,谓有损于道德品质的高尚。**昔伯夷、叔齐让国守分,**守分〔fèn 奋〕,遵守自己所应该作的,指不作国君,不食周粟。**不食周粟,遂饿而死,**伯夷、叔齐事,见《史记·伯夷列传》。**岂可复谓有求于世而怨望哉?**怨望,怨恨。**且诗人怨主刺上曰:**怨主刺上,怨恨讽刺在上位的人主。**"呜呼小子,未知臧否。匪面命之,言提其耳。"**这四句诗见《诗·大雅·抑》,原诗"未知臧否"句下有"匪手携之,言示之事"二句。此诗据《毛诗序》说是卫武公刺周厉王之作。小子,指周厉王。臧否,善恶。匪,非。六句诗意是,呜呼这个小子,不知善恶。不只牵着手教育,又举事实加以引导。不只当面指教,又提着耳朵叮嘱。**风谏之语**,风,同讽。**于斯为切**。在此最为深切。**然仲尼论之,以为大雅**。古有孔子删定诗三百篇之说,所以这里说孔子把这首诗编入《大雅》。**引此比彼,屈原之词,优游婉顺**,优游,悠闲。婉顺,柔顺。**宁以其君不智之故,欲提携其耳乎?而论者以为露才扬已,怨刺其上,强非其人,殆失厥中矣**。殆,恐怕。殆失厥中,恐怕不合中庸之道吧。

　　夫《离骚》之文,依托五经以立义焉。"帝高阳之苗裔",高阳,传说中古代帝王颛顼的称号。苗裔,后代子孙。这句是《离骚》的首句,屈原自述是高阳氏的后代。**则"厥初生民,时惟姜嫄"也**。"厥初生民"二句,是《诗·大雅·生民》中的句子。厥,其。初,始。时,此。姜嫄,高辛氏之妃,后稷之母。诗意是,周族的先代是姜嫄所生。这两句说,《离骚》中的"帝高阳之苗裔"就是《诗经》中"厥初生民,时惟姜嫄"的意思。以下四句,句式相同。**"纫秋兰以为佩"**,纫,贯串。佩,指佩带在身上的装饰品。这句说,贯串起秋兰来作为身上的佩带。**则"将翱将翔,佩玉琼琚"也**。"将翱将翔"二句,是《诗·郑风·有女同车》的句子。将,且。翱翔,鸟回旋飞翔。高诱注《淮南子》云:"翼一上一下曰翱,不摇曰翔。"琼琚,佩玉的名称。这二句诗意为,且翱且翔之时,所佩的玉是琼琚之玉。**"夕揽州之宿莽,"**揽,采摘。洲,水中陆地。宿莽王逸注:"草冬生不死者,楚名曰宿莽。"这句诗说,黄昏时到水中的洲渚上采摘宿莽。**则《易》"潜龙勿用"也。**《周易·乾》:"初九,潜龙勿用。"古代用龙象征统治者。潜龙勿用,比喻所谓有大德的君子尚未得时,象潜伏着的龙,不可用世。**"驷玉虬而乘鹥"**,驷,古代一车套四匹马,因以驷称四匹马驾的车,这里作动词用,是"驾车"的意思。玉,指代白色。虬,无角的龙。鹥,王逸注:"鹥,凤凰别名也。"这句诗说,以白色的虬作为驾车的马,以凤凰作为乘坐的车。**则"时乘六龙以御天"也。**"时乘六龙以御天",乃《周易·乾》彖〔tuàn〕辞中的一句。六龙,指《周易》乾卦的六爻都是阳爻。御天,登天。《周易正义》解释这句为:"乾之为德,以依时乘驾六爻之阳气,以控御于天体。"**"就重华而陈词"**,就,趋。重华,虞舜的名字。陈词,陈述话语。**则《尚书》咎繇之谟谋也。** 咎繇〔gāo yáo 高摇〕之谋谋,指《尚书·皋陶谟》,咎繇,即皋陶〔gāo yáo 高摇〕。谟,谋。虞舜在位时,禹、皋陶在舜前贡献意见。《皋陶谟》,主要是皋陶陈述其谋划。**登昆仑而涉流沙**,《离骚》中有"邅吾道夫昆仑兮"及"忽吾行此流沙兮"二句。这里概括引用文意,与前面所举诸例都是引用原文不同。邅〔zhān 沾〕,转,玉逸注云:"楚人名转曰邅。"昆仑,古代传说中西方神山名称。"邅吾道"句,意为改变道路,向昆仑而去。忽,忽然。流沙,西方极边远之地,即今之沙漠。"忽吾行"句,意为忽然走到此西边极远的流沙之地。**则《禹贡》之敷土也。**《尚书·禹贡》:"禹敷土,随山刊木,奠高山大川。"《尚书正义》解释这几句说:"言禹分布治此九州之土。其治之也,随行所至之山,除木通道,决流其水,水土既平,乃定其高山大川……使复常也。" **故智弥盛者其言**

博，弥，甚。智弥盛者，智慧很多的人。言博，所说内容广博。才益多者其识远。益，更加。其识远，其见识卓越。屈原之词，诚博远矣。自终没以来，终没，去世。名儒博达之士，博，见闻广博。达，通晓世事。著造词赋，莫不拟则其仪表，拟则，效法。仪表，形式。祖式其模范，祖式，效法。模范，模型。取其要妙，窃其华藻。要〔yāo 腰〕妙，美好的样子，这里指美好的思想内容。窃，取。这两句说，采取屈原文章的美好的内容和华丽的词藻。所谓金相玉质，相，表面。质，内在本质。金相玉质，比喻文章的形式和内容都很完美。百世无匹，世，代。匹，对手。名垂罔极，罔极，无尽。名垂罔极，名声长久流传不衰。永不刊灭者矣。刊灭，磨灭。

说　明

　　王逸（生卒年不详），字叔师，东汉南郡宜城（今属湖北）人。安帝时为校书郎，顺帝时官侍中。为东汉有名作家。作品多散佚。明人张溥辑《汉魏六朝百三名家集》，有《王叔师集》一卷。所作《楚辞章句》，是今存最早的《楚辞》注本，为后世学者所重视。

　　战国末年，《楚辞》郁起于南国。后来汉宫重楚声，高祖、武帝，皆雅善楚辞。一代才人继轨，形成汉代辞赋。西汉刘安的《离骚传》和司马迁的《屈原列传》都对屈原及其作品作了很高的评价，但东汉班固却不满于屈原怨恨怀王，讥刺椒、兰，以为有亏清德。从文学理论角度看，这场论争的焦点是文学对现实的批判精神应肯定还是应否定。王逸的《楚辞章句序》继承刘安的观点，比《离骚》为《国风》《小雅》，肯定"怨主刺上"为诗歌正统。这是有进步性的，但仍然把诗歌看作经学的附庸，则是沿袭了儒家的诗论，也有其局限性。王逸多方说明屈原作《离骚》是"依诗人之义"，是"依托五经以立义"，以至有牵强附会之处，如本文末段所说。这是汉武帝独尊儒术后经学统治一切文化领域的反映。

王逸认为"屈原履忠被谮，忧悲愁思，……而作《离骚》"，"遭时暗乱，不见省纳，不胜愤懑，遂复作《九歌》以下二十五篇"。这是继承了司马迁"发愤著书"的观点的。

王逸在文学理论上有两点新贡献：

第一，他初步意识到文学作品有其相对独立的艺术价值，所以他说，楚人对屈原不仅"高其行义"，而且还"玮其文采"。他说："自终没以来，名儒博达之士，著造辞赋，莫不拟则其仪表，祖式其模范，取其要妙，窃取华藻"。这种主张对后来刘勰的《文心雕龙·辨骚》篇起了很大影响，刘勰说："是以枚、贾追风以入丽，马、扬沿波而得奇，其衣被词人，非一代也。故才高者菀其鸿裁，中巧者猎其艳辞，吟讽者衔其山川，童蒙者拾其香草。"就是发挥了王逸的意思，指出了楚辞对后世文人艺术上的影响。

第二，与第一点相联系，他还初步意识到，好的文学作品必须是进步的思想内容和优美的艺术形式的完好统一。所谓"金相玉质，百世无匹"之说，就表达了这种观点的萌芽。

魏晋南北朝

魏晋南北朝

典论·论文

曹　丕

文人相轻,相互轻视。**自古而然。傅毅之于班固,**傅毅,字武仲,茂陵(今陕西兴平县)人,汉章帝时为兰台令史,拜郎中,与班固等共同典校书籍。**伯仲之间耳,**伯仲,兄弟的次序,长为伯,次为仲。这句是说,二人在文才上相差不多。**而固小之,**小,看不起,**与弟超书曰:**超,班超,字令升,班彪的少子,班固之弟。书,信。**"武仲以能属文为兰台令史,下笔不能自休。"**属〔zhǔ 煮〕,连缀,连续。属文,写文章。兰台,汉时宫中藏书之处。兰台令史,主持整理图书和办理书奏的工作。"下笔"句,说傅毅写文章很冗长。休,停止。**夫人善于自见,**善于,长于。见〔xiàn 现〕表现。**而文非一体,**非一体,不止一种体裁。**鲜能备善,**鲜〔xiǎn 险〕,少。备善,指兼有各种文体之长。**是以各以所长,相轻所短。里语曰:**里语,里巷俗语。**"家有弊帚,享之千金。"**

弊帚，破扫把。享，当。享之千金，当作千金。语出《东观汉记》。**斯不自见之患也。**斯，这。不自见，没有自知之明，看不见自己的短处。**今之文人，鲁国孔融文举，**孔融，字文举，东汉鲁国（今山东曲阜县）人。汉献帝时为北海（郡名，治所在今山东寿光县一带）相（官名，相当于太守），后拜为太中大夫（主管议论的官）。孔融文举，这是名与字连用，是文言文的一种用法。**广陵陈琳孔璋，**陈琳，字孔璋，东汉广陵（今江苏江都县）人，初为何进主簿（掌管文书，办理事务的官），后与进意见不合，避难冀州，归袁绍。曾为绍作檄骂曹操。绍败归操。操爱其才，不咎既往，反任他为司空军谋祭酒，管记室。操军国书檄，多出于琳手。有《陈记室集》。**山阳王粲仲宣，**王粲，字仲宣，山阳高平（今山东邹县）人，年十七往荆州避难，依附刘表有十五年之久。表死，劝刘琮降魏。后归曹操，作过丞相掾（丞相属官）、侍中（侍从皇帝左右）、赐关内侯。其诗能反映社会生活，关怀人民疾苦。有《王侍中集》。**北海徐幹伟长，**徐幹，字伟长，北海（今山东寿光县东南）人。善辞赋。有《中论》二十余篇。**陈留阮瑀元瑜，**阮瑀，字元瑜，陈留（今河南陈留县）人。曹操闻其名，往求之，他逃入山中，操派人焚山，始出，为操司空军谋祭酒，与陈琳掌管记室，当时军国书檄，多出于他两人之手。有《阮元瑜集》。**汝南应玚德琏，**应玚，字德琏，汝南（今河南汝南县东南）人。曹操征召为丞相掾属。作品传世不多。有《应德琏集》。**东平刘桢公幹，**刘桢，字公幹，东平（今山东东平县）人。为曹操丞相掾属。诗歌风格遒劲，语言朴质，惜流传较少。有《刘公幹集》。**斯七子者，**七子之称，始见于此。**于学无所遗，**无所不学。**于辞无所假，**不假借他人之作。**咸以自骋骥骒于千里，**咸，都。骋，奔驰。骥骒，泛指良马。言七子都象良马那样驰骋在文坛上，日行千里。**仰齐足而并驰。**昂首齐足而驰。并驾齐驱，不相上下。**以此相服，**以这种情况而能在文学上互相佩服。**亦良难矣。**良，真正。**盖君子审己以度人，**君子，泛指有修养的人。审，认识，检查。度，衡量。**故能免于斯累，**斯累，指文人相轻而短于自见的毛病。**而作论文。**

　　王粲长于辞赋，徐幹时有齐气，时，有时。《文选》李善注此句云："言齐俗文体舒缓，而徐幹亦有斯累。" **然粲之匹也。**匹，匹敌，对手。**如粲之《初征》、《登楼》、《槐赋》、《征思》，幹之《玄猿》、《漏卮》、《圆扇》、《桔赋》，虽张、蔡不过也。**张，张衡，字平子，东汉南阳西鄂（今河南南阳市）人，是我国有名的文学家和科学家，做过南阳主簿，后作郎中、尚书郎、太史令、侍中、河间相一类的官。有《西京赋》、《东京赋》、《述志赋》、《思玄赋》等赋作。明人辑有《张河间集》。蔡，蔡邕，字伯喈，陈留圉（今河南杞县）人，东汉有名的文学家。汉灵帝时为议郎。董卓专政，强其为官，为侍御史，迁至中郎将。董被诛后，邕被捕入狱。死于狱中。有《蔡中郎集》。**然于他文，**他文，辞赋以外的文体。**未能称是。**不能称得上这样。是，这样。指上文所谓的"张蔡不过"云云。**琳、瑀之章表书记，今之隽也。**章、表，文体名，是臣属上皇帝的书。书记，文体名，指一般公文和应用文。隽，同俊，卓异，才华出众。**应玚和而不壮。**
语言平和而不健壮。**刘桢壮而不密。**密，精致、细密。**孔融体**
气高妙，体气，文章的气质。**有过人者，然不能持论，**持论，
提出主张。**理不胜辞，**文辞美好而短于说理。**以至乎杂以嘲**
戏，嘲戏，嘲笑和戏弄。**及其所善，**及，至于。所善，所写的好文章。
扬、班俦也。扬，扬雄，字子云，蜀郡成都人，西汉著名辞赋家、语
言学家、哲学家。口吃不能畅谈，以文章名于世。班，班固。俦，类。扬
雄有《解嘲》，班固有《答宾戏》，都是带有"嘲戏"的作品。

　　常人贵远贱近，向声背实，趋向虚名而背弃其实质。
又患暗于自见，谓己为贤。暗，糊涂，不明白。谓，认为。贤，
好。**夫文本同而末异。**本，根本。末，末梢枝条，用以指不同的
文体。**盖奏议宜雅，**奏议，文体名，臣子向皇帝陈述意见的疏奏。
宜，应该。雅，典雅。**书论宜理，**书论，文书和一般论文。宜理，
应该富于理论性。理，说理透彻明白。**铭诔尚实，**铭，多刻于器物
上记述事实、功德。秦汉以来多刻于石上。诔〔léi 磊〕，哀悼称述死
者的文字。尚，崇尚。实，真实。**诗赋欲丽。**丽，词藻华丽。**此四科**
不同，故能之者偏也，偏，偏重于一种文体。唯通才能备其
体。

　　文以气为主，气，气质，此指人所具有的素质。**气之清浊**
有体，清，俊爽超迈的阳刚之气。浊，凝重沉郁的阴柔之气。**不可力**
强而致。强，勉强。致，招致、得到。**譬诸音乐，**譬诸，比之于。**曲**

度虽均，曲度，曲谱。均，同。节奏同检，同检，同一法度。至于引气不齐，引气，用气。巧拙有素，原有的素质有巧和拙的不同。虽在父兄，不能以移子弟。移，影响，传授。

盖文章，经国之大业，经国，治国。大业，重大的业绩。不朽之盛事。盛事，盛大的事业。年寿有时而尽，荣乐止乎其身，二者必至之常期，二者，指年寿和荣乐。至，达到。常期，一定的期限。未若文章之无穷。是以古之作者，寄身于翰墨，寄身，即竭尽全力从事。翰墨，笔墨，文章的代称。见意于篇籍，见，同现。见意，表达志意。篇籍，指文章。不假良史之辞，良史，正直的史官。辞，文辞。不托飞驰之势，托，依傍，凭借。飞驰，喻在政治上飞黄腾达的人。势，势力。而声名自传于后。故西伯幽而演《易》，西伯，周文王。殷制，一方诸侯首领曰伯。当时文王在雍州（今甘肃、青海一带地方），方位为西，故称西伯。幽，囚禁。当时文王被纣王囚禁于羑〔yǒu 酉〕里（今河南汤阴县）。演《易》，指文王演《易》之八卦为六十四卦。周旦显而制《礼》，周旦，周公姓姬名旦，武王之弟，成王之叔，辅佐成王时制定周朝的礼乐。不以隐约而弗务，隐约，穷困不得志之时。弗务，指不从事著述。不以康乐而加思。康乐，安康逸乐。加思，改变著述的心思。夫然，然，这样。则古人贱尺璧而重寸阴，贱，轻视，看不起。尺璧，一尺长的美玉。惧乎时之过已！而人多不强力，强力，努力。贫贱则慑于饥寒，慑，恐惧。富贵则流于逸乐，流于逸乐，纵情享受。遂营目前之务，营，经营。务，事务。而遗千载之功。遗，遗弃。日月逝于上，逝，流逝。上，天上。此句指时光流逝。体貌衰于下，下，人世间。此句指身体逐渐衰老。忽然与万物迁化，迁化，变化。此指死亡。斯志士之大痛也！融等已逝，融，孔融。唯幹著论，只有徐幹著有《中论》二十余篇。成一家言。

说　明

曹丕（186—226），字子桓，曹操次子。建安十六年（211）为五官中郎将。因其长兄曹昂早死，于建安二十二年（217）立为魏太子。汉献帝延康元年（220）曹操死，他嗣位为丞相。同年冬，代汉即帝位，国号魏，都洛阳，改延康元年为黄初元年。执政七年，公元226年卒，谥"文"，称魏文帝。曹丕生长在战争年代，自幼娴习弓马，精于骑射和剑术。好文学，有逸才。《三国志·魏志·文帝传》："初，帝好文学，以著述为务，自所勒成垂百篇。"流传到现在的作品，辞赋（或全或残）约三十篇，诗歌完整的约四十首。有辑本《魏文帝集》。

《典论·论文》选自《文选》。《典论》是曹丕所著书名，共二十卷。据《三国志·魏志》记载，此书曾经刊刻在洛阳太学的石碑上。到唐代，石碑不存，写本也不全。《论文》是《典论》中的一篇。"典"有"常"或"法"的意思。"典论"，是讨论各种问题的法则。"论文"，是就文学的有关问题进行讨论，它是我国文学批评史上专篇论文的开始。

全文六个自然段,主要是评论建安七子作品的优劣,并发表了自己对文学的一些看法。

第一段,指出自古文人相轻,原因是"善于自见"。即只想炫耀自己,因而只看见自己的长处,只寻找别人的短处。文章有多种体裁,一个人很难兼善众体。长于这种体裁,就难免短于那种体裁。拿自己的长处去轻视他人的短处,怎么能做出公允的评价呢?

第二段,列举建安七子都具有博学和独创的精神,他们各以自己的专长并驾齐驱,驰骋在当时的文坛。但要以自己的长处使别人倾服,是难以做到的。故提出用"审己以度人"的原则,克服"各以所长,相轻所短"的毛病。这就是曹丕作《论文》的宗旨。

第三段,具体论述七子文章的得失。曹丕对不同的作家及其风格,提出了自己的看法。开我国作家风格论的先河。七子中,有的"长于辞赋",有的"时有齐气",有的善于"表章书记",有的"和而不壮",有的"壮而不密",有的"体气高妙",有的"理不胜辞",甚而"杂以嘲戏",等等,几乎一人一个评语,优劣并重。

第四段,泛论文人毛病,以及不同文体的不同特点。文章照应首段,指出文人不但相轻,而且还存在"贵远贱近",即厚古薄今;"暗于自见",即没有"自知之明"的毛病。接着,转到论文体的不同特点。从各种不同文体的共性来说,其基本性质和基本规则是相同的;但因文体不同,它们也各有其不同的特点。向皇帝的上书,宜于典雅;一般文书和论文,应说理透彻;记述功德的铭和追记死者的诔,应讲究真实;而诗赋一类的作品有赋、比、兴手法的应用,不华丽不足以成佳作。这些看法,对后来文体论的研究很有影响。

第五段,论述了"文"与"气"的关系。他提出了"文以气为主"的主张。从下文"气之清浊有体,不可力强而致","引气不齐","虽在父兄,不能以移子弟"的说法来看,"气"是指作家先天的素质,即本性。这种素质,构成了作家各不相同的个性。而作家独有的个性,又构成了不同于他人的文学风格。

第六段,论述文章的价值。曹丕把文章肯定为"经国之大业,不朽之盛事",这在重视文学的社会作用方面对后代有其积极影响。

总之,曹丕在《典论·论文》中,对于文学的作用,作家个性与作品风格的关系,作品的体裁,文学评论态度等等问题,都发表了一系列有价值的看法。

文　赋

陆　机

余每观才士之所作，窃有以得其用心。得，得到，了解到。用心，创作用心所在，指创作思想或创作意图。夫放言遣辞，良多变矣。放言，发言，立言，即写作。良，诚然，的确。妍蚩好恶，可得而言。妍蚩〔yán chī 研痴〕，美丑。二句承上说，文章的写法虽有很多的变化，但总是可以分辨出它们的美丑好坏的。每自属文，尤见其情。二句说，每当自己写起文章来，就更加知道那种创作的甘苦。恒患意不称物，文不逮意。恒，常常。物，所要描写的客观物象。逮，及，此指表达，表现。二句说，常担心思想不能很好地反映事物，语言不能很好地表达思想。盖非知之难，能之难也。二句说，不是知道如何才能把文章写好有困难，而是真正要写好文章才是困难。故作《文赋》以述先士之盛藻，因论

作文之利害所由，他日殆可谓曲尽其妙。 述，阐述。先士，先辈作者。盛藻，华美的辞藻，此指有成就的作品。由，根源。他日，异日。殆，大概。曲，委婉细致。尽，全部。**至于操斧伐柯，虽取则不远，若夫随手之变，良难以辞逮。** 操斧伐柯，《诗经·豳〔bīn 宾〕风·伐柯》。"伐柯伐柯，其则不远。"大意是说，拿着斧头去砍伐木材来做斧柄，斧柄本身近在手上，可以用做标准。此用以比喻说明：有先辈的作品作榜样，写《文赋》论述作文利害之所由，虽然可以就近取法，至于作文的千变万化是难以用文辞来一一表达的。**盖所能言者，具于此云。**

　　伫中区以玄览，颐情志于典坟。 伫〔zhù 住〕，长时间站着。中区，即区中，指宇宙之中。玄，幽深。览，观察。玄览，深刻地观察。颐，犹言陶冶或受熏陶。情志，性情和志趣。典坟，《五典》和《三坟》，此泛指古籍。《五典》，指少昊〔hào 号〕、颛顼〔zhuān xù 专序〕、高辛、唐、虞五帝之书。《三坟》，指伏羲、神农、黄帝三皇之书。二句说，长时间立身于宇宙之中，深刻地观察万物的变化，在古籍中陶冶性情志趣，取于物取于书准备写作。**遵四时以叹逝，瞻万物而思纷。** 遵，循，顺着。四时，春夏秋冬。叹逝，感叹时间的消逝。瞻，观察。思纷，思绪纷繁。二句说，顺着四季的推移，感叹时间的消逝，观察变化的万物，引起纷繁的思绪。**悲落叶于劲秋，喜柔条于芳春。** 劲秋，风力强劲的秋天。柔条，柔嫩的枝条。芳春，气息芳郁的春天。**心懔懔以怀霜，志眇眇而临云。** 懔懔，同凛凛，严肃。怀霜，怀抱着霜雪。志，志趣。眇眇，同渺渺，意即渺茫，引申为高远。临云,达到云端。二句说,心思严肃纯洁好象抱着霜雪,志趣高远有如达到云端。**咏世德之骏烈,诵先人之清芬。**世德,世代积累的业绩,即先代的业绩。骏烈,盛大的功业。机祖和父乃吴国相将,所以作者常常咏颂先代的功业,如《祖德赋》、《述先赋》等是。清芬,清美芬芳,指美好的名声。**游文章之林府,嘉丽藻之彬彬。**游,游览。林府,谓文章多如林木,富如府库。嘉,赞美。丽藻,华丽的词藻。彬彬,文质相半。《论语·雍也》:"文质彬彬。"二句说,从容饱读大量的作品,喜悦赞美那文质彬彬的佳作。**慨投篇而援笔,聊宣之乎斯文。**慨,慨然,感叹。投篇,把手上的作品丢开。援笔,取笔写作。聊,姑且。宣,阐发。

其始也,皆收视反听,耽思傍讯,其始,指作文开始构思那一阶段。收视反听,言专心致志。耽,入迷。耽思,深思。傍,同旁。傍讯,广泛地探求。**精骛八极,心游万仞。**精骛〔wù 务〕,精神驰骋,言作文时想象的丰富。八极,八方,言极远处。仞,古七尺或八尺为一仞。上四句言开始构思时的情况。**其致也,情曈昽而弥鲜,物昭晰而互进,**情,情思。曈昽〔tóng lóng 童龙〕,日初升微明的样子。弥,更加。物,物象。昭晰,清楚,明显。互进,互相涌进。二句说,文思到来之时,情思象初升的太阳那样,由微明而逐渐鲜明,物象以清晰的形态而纷至沓来。**倾群言之沥液,漱六艺之芳润,**倾,倾泻。群言,即群书。从下句"六艺"来看,"群言",似应专指"六艺"以外的书,如诸子百家的书。沥,液体点滴。沥液,此指精华部分。漱,含。六艺,指《六经》,即《易》、《诗》、《书》、《礼》、

《乐》、《春秋》。芳润，芬芳而润泽的液汁，也是指精华部分。二句说，吸收群书的精华，并于创作时倾泻出来。**浮天渊以安流，濯下泉而潜浸**。浮，浮游，言文思驰骋之远，想象的丰富。安流，平安自在地浮流。濯〔zhuó 酌〕，洗。潜浸，深处浸洗。二句说，创作的思路一打开，可以驾着想象的翅膀上到天渊，下到地泉而自由驰骋。**于是沉辞怫悦，若游鱼衔钩而出重渊之深**；沉辞，深沉的文词。怫悦，同怫郁，本为忧愁之意，引申为不痛快，说明吐词之难。**浮藻联翩，若翰鸟缨缴而坠曾云之峻**。浮藻联翩，形容文思如涌，源源而来，有如鸟飞之联翩。翰鸟，高飞的鸟。缨，同婴，缠绕。缴〔zhuó 酌〕，箭上的丝绳。缨缴，指中箭。坠，落。曾云，即层云，指高处的云。峻，高。上四句说：难吐的辞句，如鱼在深水之中衔钩而出；文思如涌，源源不断而来，有如高飞的鸟儿中箭一样，一下子从云端之中坠落下来，迅疾得很。**收百世之阙文，采千载之遗韵**，收，收取。阙文，《论语·卫灵公》："吾犹及史之阙文也。"（我还能看到史书存疑的地方）包咸注："古之良史于书字有疑则阙之以待知者。"采，采集。遗韵，即遗文。二句意为，创作时，文辞贵在创新，不应抄袭前人陈言。**谢朝华于已披，启夕秀于未振**，谢，辞谢，抛开。朝华，早晨开的花，此指文章。已披，已经开过了。启，开。夕秀，晚上开的花。未振，未开。二句说，放弃早晨已经开过的花，使未开的晚上的花开放。此用花为喻，要求创作不要重复前人已有的成就，要大胆创新。**观古今于须臾，抚四海于一瞬**。抚，轻轻地按着，引申为采摘。二句意为，创作进行时，作者倾刻思维，包罗万有。

　　然后选义按部，考辞就班。选义，选择所要表述的内容。按部、就班，有次序，按先后层次加以布局。考辞，考究文句的应用。二句说，写作时，内容选定了，应照着内容来构思布局，驱使词句。**抱景者咸叩，怀响者毕弹**。景，光景，即物象。叩，敲。二句谓物之有形者，叩之以求其形；物之有声者，弹之以尽其意。**或因枝以振叶，或沿波而讨源**，枝，枝干，指文章的主要部分。振，摇动。叶，喻枝干以外的部分。讨，探讨，探求。二句说：通过树枝，叶子自然会振动，循着水道，源泉自然会探出。用于文章，前句是由本及末，强调先树文章的要领；后句是由末到本，强调最后点出文章的主题。**或本隐以之显，或求易而得难**，之，至，到。二句说：本来是幽隐难明的而逐渐发展到明显，从浅易入手，一步步阐发难解的道理。前者是从难到易，后者是由易而难。**或虎变而兽扰，或龙见而鸟澜**，变，发怒。扰，驯服。见，同现。澜，涣散。此处的虎和龙喻文的根本，兽和鸟喻文的枝叶。**或妥帖而易施，或岨峿而不安**。妥帖，文辞平稳妥当。易施，易于施展驱遣。岨峿〔jǔ yǔ 举雨〕，互相抵触。不安，不妥帖。二句说，写作时，造词遣句，有时一下子便妥当，有时又找不到平稳的字句而使上下文相抵触。**罄澄心以凝思，眇众虑而为言**，罄〔qìng 庆〕，尽。澄心，指文思从想象中收回来以便于思考。凝思，精神集中。眇，同罄，尽。虑，众多的思虑。为言，说出来，即写作。二句说，尽量将心思澄定下来而专心思考，尽量将许多想法组织起来而进行创作。**笼天地于**

形内，挫万物于笔端。笼，笼罩，包有。形，指形象。挫，挫折，引申为收拾、役使之意。笔端，笔尖，笔下。二句说，天地虽大，可以概括在文学作品的形象之中，万物虽多，可以驱使于作者的笔下。**始踯躅于燥吻，终流离于濡翰**。踯躅〔zhí zhú 直逐〕，徘徊不前。燥吻，焦燥的嘴唇。古人写为文章多用吟咏之法，故弄得口干舌燥。流离，同流利，指文词流畅而华美。濡〔rú 如〕，浸湿。翰，笔。濡翰，饱蘸墨汁的笔。二句说，开始之时话在口里而说不出来，最终还是用笔流利地倾泻出来。**理扶质以立干，文垂条而结繁**。理，事理，喻文章的思想。扶，扶持，树立。质，根本，主干。文，文采，文辞。垂条，垂挂在树干上的枝条。繁，指树上的花和果。二句说，文章有了思想内容就如树干那样树立起来了，而文辞就如那枝条和花果那样附在树干之上。**信情貌之不差，故每变而在颜**。信，真正，确实。二句说，（由于）真正做到感情和外貌之间没有差别，所以感情的变化必然要在容颜上表现出来。此是说明文章思想内容和形式应互相结合统一，如思想内容有了变化，形式、文词也应随之变化。**思涉乐其必笑，方言哀而已叹**。方，正当。二句说，思想感情一涉及到快乐的事，他一定会发笑，当他叙说悲哀的事情，又会不知不觉地发出哀叹之声。**或操觚以率尔，或含毫而邈然**。觚〔gū 姑〕，古代写字用的木板。操觚，写文章。率尔，轻率，此引申为不假思索。毫，笔。邈然，杳远的样子。二句说，有时下笔成文，毫不费力，有时文思迟钝，嘴里含着笔一个字也写不出来。

　　伊兹事之可乐，固圣贤之所钦，伊，发语词。兹事，指创作。固，本来。钦，钦佩。二句说，创作这件事的确使人高兴快乐，本来是圣贤都非常钦佩的。**课虚无以责有，叩寂寞而求音，**课，试。虚无，抽象的。责，求。有，实在的。叩，打。寂寞，寂静。二句喻作文时要从抽象之中得到具体实在的形态，即通过虚构和想象产生有形有声的文学作品。**函绵邈于尺素，吐滂沛乎寸心。**函，同含，包有。绵邈，指远。尺素，一尺大的篇幅。素，古人书写用的绫绢。滂沛，形容浩大而繁盛。寸心，指心中，心里。二句说，极远的也可包含在篇章之中，浩大繁多的东西都可从心中吐出。**言恢之而弥广，思按之而逾深，**言，文句。恢，扩大。思，思想。按，考查，研究。逾，更加。二句说，越写越开阔，越想越深刻。**播芳蕤之馥馥，发青条之森森，**播，发。芳蕤〔ruí〕，芬芳的花草。馥馥，香气。森森，茂盛的样子。二句说，文辞既如芳香的花草那样美妙而香气传播很远，又如青枝柔条那样茂盛而悦人。**粲风飞而猋竖，郁云起乎翰林。**粲，光明华美。猋〔biāo 标〕，同飚，疾风。竖，立。郁，浓郁。翰林，指文学领域，即文坛。二句说，行文畅达时，文辞不但华美，而且文思迅疾如风起云涌。

    体有万殊，物无一量，万殊，万种的不同。物，客观事物。量，统一衡量的标准。二句说，文体有多种的不同，事物的庞杂多变，也是难以衡量的。**纷纭挥霍，形难为状。**纷纭，多而杂乱。挥霍，疾，言变化之快。形，事物的形象。状，陈述或描摹。二句说，事物多且杂乱而又变化迅疾，要描述事物的形象也是很困难的。**辞程才以效伎，意司契而为匠，**程，显示，呈现。才，才能。效，发挥。伎，技巧，技艺。意，心意，指内容。司，掌握。契，证券，契约。司契，掌握要领。为匠，施工进行，喻安排操纵。二句说，文词尽其才而发挥作用，文意是掌握要领作出安排的。**在有无而僶俛，当浅深而不让。**在，察。有，具体的。无，抽象的。僶俛〔mǐn miǎn 泯免〕，勉力。当，妥当，正确。不让，大胆而言，毫不迁让。二句说，无论是具体的或是抽象的，察看准了之后，都应勉力去找适当的文词来表达，所谓"辞程才以效伎"；立意正确了，无论深或浅，都应大胆为之表现出来，所谓"意司契而为匠"。**虽离方而遁圆，期穷形而尽相。**遁，离。方圆，规矩。规，画圆形仪。矩，画方形仪。期，期望，务必。穷形，穷尽物之形。尽相，尽量表现物之相。二句说，虽然脱离了一定的创作格式，但在表现事物时，也一定要穷形尽相。**故夫夸目者尚奢，惬心者贵当，**夸目者，好眩耀词藻的人。尚奢，崇尚奢华。惬〔qiè 切〕心者，注重文章内容的人。惬心，恰合心意。二句说，炫耀词藻的人崇尚文词的奢华；重视文章内容的人，着重表现内容的是否精当。**言穷者无隘，论达者唯旷。**言，主张，讲究。穷，指穷形尽相。无隘，在表现上是不受阻隘的。论，与言同意。唯旷，只求文章的内容放旷。二句说，讲究穷形尽相的人认为在表达的形式上是不受阻隘的；追求文章通达的人，要求文章的内容放旷无束。以上四句分别说明了各种不同的人对文章的要求不同。**诗缘情而绮靡。赋体物而浏亮。**缘，因，根据。绮〔qǐ 起〕，美丽。绮靡，美丽细致。体，体现、表现。浏亮，清楚和明确。二句说，诗因情而生，要求文词美丽，赋是铺写其事，所以要清楚明确。从诗和赋的说明来看，作者是强调内容与文词并重的。缘情和体物指内容，绮靡

和浏亮指文词的形式。**碑披文以相质。诔缠绵而凄怆。**碑，
文体的一种，刻石以记功之文。披，披露，发表。相质，与质相称。缠
绵，在感情上纠缠不已。凄怆，悲切。二句说，碑是记功之文，要求文
与质相符；诔是悼念死者之文，要求感情缠绵，文词凄切。**铭博约
而温润。箴顿挫而清壮。**铭，文体的一种，多刻于器物之上记述
事实和功德。秦汉以来多刻于石上。博，指意应丰富广博。约，言文
应当简约。温润，温和柔润，使人读后感到亲切。箴〔zhēn 真〕文体的
一种，用以讥刺得失。顿挫，停顿转折，所谓抑扬顿挫。清壮，清新壮
健。二句说，铭，记述功德，意欲博，文欲约。箴，讥刺得失，应抑扬顿
挫，清新健壮。**颂优游以彬蔚。论精微而朗畅。**颂，文体的
一种，用于歌功颂德。优游，从容宽裕，引申为丰富。彬蔚，文采华
茂。论，文体的一种，用以评论是非。精微，精深入微。朗畅，清朗畅
通。二句说，用来歌颂功德的颂，内容上应丰富，文辞应华茂。评论
是非的论，内容上应精深入微，文辞上应明朗通畅。**奏平彻以闲
雅，说炜晔而谲诳。**奏，文体的一种，向君主陈述事情之文。平
彻，平正透彻。闲雅，同娴雅，本形容举止文雅，此指文辞文雅得体。
说，文体的一种，属于辩论的文体。炜晔〔wěi yè 伟夜〕，光明，此指明
显。谲〔jué 绝〕诳，欺诈骗人，此指变化多端，有说服力。二句说，向君
主陈述事情的奏文，内容要平正透彻，文辞要从容得体。说，是用来辩
论说理的，内容要清楚明白，文辞要变化多端。**虽区分之在兹，
亦禁邪而制放。**禁邪，禁止邪恶的内容。即各种文体应以思想内
容正确为统一的准则。制放，控制而不使放纵。二句说，虽然区分了

各种文体，但它们都有一个统一的要求，即意要正而词要雅。**要辞达而理举，故无取乎冗长。**辞达，文词能完美地表达内容。理举，理全，即话说得明白，内容站得住脚。取，采取。二句说，所有的文体都要求词能达意，道理清楚明白，用不着采用那些不适用而冗长的词句。

其为物也多姿，其为体也屡迁，李善说："万物万形，故曰多姿。文非一则，故曰屡迁。"**其会意也尚巧，其遣言也贵妍。**会意，立意。巧，灵巧。遣言，发而为文，遣词造句。二句说，写文章立意应注意灵巧而不死板，在遣词造句时，要重视文词的华美。**暨音声之迭代，若五色之相宣。**暨〔jì 记〕，及。迭代，互相更迭替代。五色，青、黄、赤、白、黑。二句说，文章语言的音律相互配合得和谐，象五颜六色的配合，使之互相作用，更为鲜明。**虽逝止之无常，固崎锜而难便，**逝止，消逝留下。无常，没有一定的常规。崎锜〔qī qí 欺其〕，不平。便，稳。二句说，声音之更迭是没有一定的，固然不易搭配得平稳妥贴。**苟达变而识次，犹开流以纳泉。**达变，通晓"逝止无常"的变化规律。识次，认识其变化的次序关系。二句说，如果通晓了"逝止无常"的变化规律，就象开渠引泉那样容易写作了。**如失机而后会，恒操末以续颠。**二句说，写作时，如果不照变化规律的次序办事，那就会混乱颠倒。**谬玄黄之秩序，故淟涊而不鲜。**谬，动词，弄错。玄，黑色。秩序，次序。淟涊〔tiǎn niǎn 忝碾〕，秽浊，污秽。二句用绘画涂色为喻，说：如果弄乱了玄黄的作色次序，必然是污秽糊涂不鲜艳的。

或仰逼于先条，或俯侵于后章。 仰逼，后文的文意与前面的文意抵触。俯侵，前面的文意侵犯后文的文意。二句说，创作时出现文意前后抵触的现象。**或辞害而理比，或言顺而义妨，** 比，合。义妨，文意不妥。二句说，有时文章内容还可以，而文词又太粗劣，有时文词通顺而内容又不妥当。**离之则双美，合之则两伤。** 两个"之"字，都是指"词害"及"义妨"。离，去掉。二句说，通顺的文意去掉了不好的文词，顺当的文词去掉了不好的文意，那么，都成了优美之文了；如硬让它们合在一起，那就会两败俱伤。**考殿最于锱铢，定去留于毫芒。** 考，考核。殿，最，古代考核政绩或军功，上等的称最，下等的称殿。锱〔zī 资〕，古代重量单位，一两的四分之一。铢〔zhū 朱〕，一两的二十四分之一。锱铢，喻细小。定，决定，毫芒，毫毛的尖端，喻细小。二句说，写文章要在很细微的地方考核高低，在极细微的地方决定去留。**苟铨衡之所裁，固应绳其必当。** 苟，如果。铨衡，衡量。裁，裁掉。绳，准绳。二句说，如果把写好的文章拿来衡量一下，看那些该删裁掉，应当以精当不精当为准绳。

　　或文繁理富，而意不指适。 文繁，文词繁多。理富，道理丰富。意，文意。不指适，不切合所要表现的事物。指，同旨，文章的本旨。适〔dí 的〕，当。二句说，有的文章文词繁多，内容也很丰富；可是文意并不切合所要表现的事物。**极无两致，尽不可益。** 极，极点。致，尽。益，增加。二句说，文章写到极好的地步就不能再写了，写到尽头了也就不可能再增加了。**立片言而居要，乃一**

篇之警策。片言,一句或几句话。居要,居为显要的地方。警策,本是使马惊动的鞭策,比喻文章中最生动的句子,足以惊动人。二句说,要用一句或几句放于文章最显要的地方,这才是一篇文章中的警句。**虽众辞之有条,必待兹而效绩。**众辞,指警策以外的辞句。有条,有条有理。兹,指警策之句。效绩,显示出好的成效。二句说,虽然文章中许许多多的词句都有条有理,但一定要有了警句才使文章有好的效果。**亮功多而累寡,故取足而不易。**亮,同谅,确实。累寡,缺点毛病少。取足,得到满足,理极言尽。不易,不改变。二句说,因有警策而效绩,所以写的文章就会优点多而毛病少,这样也算是完美之文,不要再去改动了。

　　或藻思绮合,清丽芊眠。藻思,文章的辞藻和文思。绮合,如丝织品那样,既美丽而又结合匀称。绮,有文彩的丝织品。清丽,清新华丽。芊〔qiān 千〕眠,草木繁盛的样子,此用来形容文辞的清丽。二句说,内容和形式相结合的作品,犹如锦绣丝绸那样给人清新华丽的享受。**炳若缛绣,凄若繁绞。**炳,光明显著。缛〔rù入〕,繁多的彩饰。缛绣,色彩丰富的锦绣。凄,作动词,有感动人之意。二句说,有的文章象色彩富丽的锦绣那样绚丽夺目,又象多弦乐奏出的乐调那样感人肺腑。**必所拟之不殊,乃暗合乎曩篇。**必,必然,必定。拟,考虑,这里指思路。不殊,没有不同。曩〔nǎng〕,从前。曩篇,从前的优秀作品。二句说,思路有时相同,所以暗合前人之作。**虽杼轴于予怀,怵他人之我先。**杼轴〔zhù zhóu柱妯〕,旧式织布机上管经线和纬线的两个部件。杼管纬,轴管经。此用以喻文章的组织构思。怀,内心。怵〔chù 触〕,恐怕。二句说,构思

时,虽出于内心,不是抄袭模拟,也恐怕他人在我之先,已经说过同样
的话。**苟伤廉而愆义,亦虽爱而必捐。**愆〔qiān 谦〕,违背。
捐,抛弃。二句说,如果词意与他人雷同了,那怕是出于内心,也有抄
袭之嫌,这是一种可耻而违背正义的行为,虽然自己很喜爱,也必须
抛弃不用。

或苕发颖竖,离众绝致。苕〔tiáo 条〕,一种草。发,显露
出来。颖,禾穗的尖端。竖,显示出来。离众,与众不同。绝致,绝妙的
好文辞。二句说,有时文章中有非常好的佳句,如"苕发颖竖"那样显
露出来,是与众不同的。**形不可逐,响难为系。**形,形影。逐,追
逐。响,声的音响。系,系留。二句是用形影是难以追逐的和音响也是
难以系留的为喻来说明佳句的不可多得。**块孤立而特峙,非常
音之所纬。**块,孤独貌。块立,特别突出的意思。所以下文才用"特
峙〔zhì 志〕"。常音,平常的音调。喻一般的文句。所纬,所交织的。
此是用经纬交织来喻文句的组合而成文。二句说,那样绝妙的文句
孤单独立地峙立于一般词语之中,是一般词语所不能与之相称的。
心牢落而无偶,意徘徊而不能掮。牢落,孤寂。无偶,没有
与之相配合的。意,指作者主观上的想法。徘徊,犹疑不定。掮〔dì
地〕,捐弃。二句说,心中觉得它们孤立无依而没有与之相配的词句,
但仍犹疑不定不能把它捐弃。**石韫玉而山辉,水怀珠而川
媚。**韫〔yùn 韵〕,蕴藏,包含。媚,美好。二句用藏玉能使山岳生辉,
怀珠能使江河秀丽为喻,说明佳句虽然不多,但它能使文章生色。
彼榛楛之勿剪,亦蒙荣于集翠。榛〔zhēn 针〕,落叶乔木。楛

〔hù 护〕,类似荆一类的植物。榛楛，李善注"喻庸也，以珠玉之句既存，故榛楛之辞亦美"。二句说:那些如榛楛一样的庸音还是不要去掉吧，留着它，也可招致翠鸟群集，使文章生色不少。**缀《下里》于《白雪》，吾亦济夫所伟。** 缀〔zhuì 赘〕，连接，组合，此是使动用法，使《下里》组合到《白雪》之中去。《下里》和《白雪》，均是公元前三世纪楚国的歌。《下里》，属于较低级的音乐。《白雪》，属于较高级的音乐。详见宋玉《对楚王问》。济，有益，有利。伟，奇伟。二句说，用一些平常普通的音乐参杂在高雅的音乐中，也有利于奇伟的佳句，使之更加奇伟。

或托言于短韵，对穷迹而孤兴。 托言，寄托言辞，指写成。短韵，简短的几句文句。李善注:"短韵，小文也。言文小而事寡，故曰穷迹。迹穷而无偶，故曰孤兴。"穷迹，指较少的写作素材。孤兴，简单的感想。二句说，写成几句短文便到了尽头，发挥连缀不起来。**俯寂寞而无友，仰寥廓而莫承。** 俯，向下，指下文。寂寞，孤单冷清。此指下文没有与之相配的文词，即"无友"。仰，向上，指上文。寥廓，高远空旷。此指上文是一片空旷。莫承，没有相配的佳句。**譬偏弦之独张，含清唱而靡应。** 偏弦，乐器的旁侧弦，指单独一弦。独张，仅此一旁弦独弹。含，包含。清唱，清脆的声音。靡〔mǐ 米〕，无。二句说，内容孤单的几句，犹如乐器只有一弦发出声响那样，即使含有清脆悦耳的声音，也因没有他弦的应和而不能成曲调。

或寄辞于瘁音;言徒靡而无华。 寄辞，寄托文词(于瘁音之中)。瘁〔cuì 脆〕音，憔悴之音，比喻恶词。言，言词，文句。靡，美好。华,光华。二句说,寄佳句于恶辞之中,文句虽然美好,而缺乏光华。**混妍蚩而成体,累良质而为瑕**。成体,组成文章。累,连累,此是有害之意。良质,良好的内容。瑕,玉上斑点,比喻缺点。二句说,使美好与丑恶相混而为文,结果反而把好的那一部分连累坏了。**象下管之偏疾,故虽应而不和**。象,类似。下管,歌舞时在堂下吹奏的管乐。偏疾,偏于过快。应,相呼应。不和,不谐和。二句承上说,好坏相杂而成的文章,类似堂下的管乐那样,虽然吹奏出与堂上歌舞相应的曲调,但因过于偏快而不和谐。

或遗理以存异,徒寻虚而逐微。遗理,不顾内容,抛弃了文章的义理内容。存异,保存奇异的文词。寻虚,搜寻虚浮不实的文词。逐微,追求非本质的细微末节。二句说,有的文章不顾文意专求新奇,只白白去搜寻虚浮无实的辞藻和追求那细微末节。**言寡情而鲜爱,辞浮漂而不归**。言,文词。寡情,没有或少有真实的感情。鲜爱,缺少爱憎感情。浮漂,虚浮不实。不归,不归于实。二句说:文章没有真实感情,词句又虚浮不实。**犹弦么而徽急,故虽和而不悲**。么〔yāo 腰〕,细小。徽,琴上的标志,如果它与琴柱距离远,弹起来的声音缓和;如近,弹起来的声音急促。急,急促。悲,指感人。二句说,如果文章"遗理"和"寡情",犹如弦么徽急之音一样,声音即使和谐也不感人。

或奔放以谐合,务嘈囋而妖冶。奔放,指文章的情思放纵。嘈囋,同嘈杂。妖冶,带有淫荡之美。二句说,有的文章如放荡的音乐那样,只追求声音的嘈杂浮艳以及淫荡之美。**徒悦目而**

偶俗,固声高而曲下。悦目,借姿色的美喻音乐的美。偶俗,迎合世俗的需要。声高,声高而好听。曲下,曲调低下。二句用音乐喻文章,说明不能单独为了迎合世俗的需要,否则,必是低级的作品。**寤《防露》与《桑间》,又虽悲而不雅。**寤,同悟,认识。《防露》曲名。桑间,地名,那里多产情歌,故也指乐曲。古代封建文人把《防露》和《桑间》都看为亡国的乐曲。雅,雅正。二句说,认识到《桑间》、《防露》虽然感动人但却不雅正。

或清虚以婉约,每除烦而去滥。清虚,指文章朴素清淡。婉约,婉转含蓄,此也是指朴质。除烦,去掉嘈杂偶俗的。去滥,去掉淫滥妖冶的。**阙大羹之遗味,同朱弦之清氾。**阙,同缺。大羹,不加五味的肉汁。遗味,余味。朱弦,古代乐器上系着的红色丝弦,此指古代质朴的乐调。这二句用《礼记·乐记》之意,《乐记》云:"清庙之瑟,朱弦而疏越,一唱而三叹,有遗音者矣;大飨之礼,尚玄酒而俎腥鱼,大羹不和,有遗味者矣。"氾,散。古乐质朴,清散而不繁密。这二句说,有的文章清淡朴质,去掉了嘈杂偶俗和淫滥妖冶的词句,然而缺少大羹的余味,和古乐的遗音。**虽一唱而三叹,固既雅而不艳。**这二句承上四句说,虽然是一个人唱而有多人应和,雅是雅了,可是不够艳丽。

若夫丰约之裁,俯仰之形,丰约,繁简。俯仰,上下之间的关系。俯仰之形,指结构。**因宜适变,曲有微情。**因,根据。宜,客观事宜。适变,适应其变化。四句承上说,至于那繁简的取舍,结构的安排,应适应情况的变化,当然,其中也还有曲折微妙的情况。**或言拙而喻巧。或理朴而辞轻。**言拙,言辞笨拙。喻巧,文词比喻的意义很巧妙。理朴,道理简朴。辞轻,文辞轻飘。二句说,有的言辞很笨拙,而巧妙地表现了文章意义。有的言辞轻飘,而表现了质朴的道理。**或袭故而弥新。或沿浊而更清。**二句说,有的因袭典故反而更加新鲜。有的沿于污浊反而更加清新。**或览之而必察。或研之而后精。**二句说,有的一看就察觉出文章的好处。有的要仔细研究后才知其精妙所在。**譬犹舞者赴节以投袂,歌者应弦而遣声。**赴节,一作"趁节",按照一定的音节。投,扬起,挥舞。应弦,应合着音乐的变化。遣声,发出声音。二句说,文章的种种变化,有如那歌舞的人按照一定的音节而扬袖起舞,又如那唱歌的人随着不同的音乐而唱出不同的歌声。**是盖轮扁所不得言,故亦非华说之所能精。**轮扁事,见《庄子·天道》。二句说,这种文章变化的奥妙,是轮扁所不能言说的,也不是借助于华丽的语言所能把精妙处讲出来的。

　　普辞条与文律,良余膺之所服。普,普遍,所有。辞条,写文章运用文辞的规律。文律,写文章的规律。良,确实,的确。膺,胸。服,佩服。服膺,牢记在心中。二句说,所有写文章的规律,确实是我应牢牢记在心中的。**练世情之常尤,识前修之所淑。**练,谙练,熟悉。尤,过失,毛病。前修,前代有德行的人。淑,善,美。二句说,熟悉了一般常人在写作上常犯的毛病,就能认识前人的好处是什么了。**虽浚发于巧心,或受蚩于拙目。**浚〔jùn 郡〕,深。巧心,精妙灵巧之匠心。蚩,同蚩、嗤,讥笑。拙目,眼力平庸之人。二句说,虽然是出自内心深处的精心作品,有时也为平庸的人所讥笑。

彼琼敷与玉藻，若中原之有菽。 琼敷，美玉和花朵。敷，花。玉藻，美丽的词藻。琼敷、玉藻，此指瑰丽的文章。中原，原野之中。菽，豆类的总称。《诗经·小雅·小宛》：“中原有菽，庶民采之。”（原野之中有菽，平民都可采取。）二句说，那些琼敷玉藻一般美好的作品，好象田野中的豆子一样，只有勤学者才易得到。**同橐籥之罔穷，与天地乎并育。** 橐籥〔tuó yuè 托月〕，本为古代冶炼铁时用以鼓风的工具。《老子》：“天地之间，其犹橐籥乎？”故此处以橐籥指天地，这两句说，美妙的文章与天地一般没有穷尽，永世长存。**虽纷蔼于此世，嗟不盈于予掬。** 纷蔼〔ǎi 矮〕，繁多。掬〔jú 菊〕，一满把。二句说，虽然世上好文章很多很多，可惜我自己掌握的还不满一捧。**患挈瓶之屡空，病昌言之难属。** 挈〔qiè 怯〕，提。挈瓶，吸水，比喻才智小，借喻文思枯竭。昌言，当言，即适当的文辞，犹今之好话佳词。二句说，既担心自己的才智小又苦于找不到适当的好话佳词来把文章写好。**故踸踔于短垣，放庸音以足曲。** 踸踔〔chěn chuō 趻戳〕，一只脚行走时的情况，借行之难喻写作的吃力。庸音，平庸的文词。足曲，凑足为一篇文章。二句说：由于才智小，犹如一只脚行走那样，连短墙也是难以翻越的，不得已，只得用平庸之音来凑足为一支曲子。**恒遗恨以终篇，岂怀盈而自足。** 遗恨，感到不足。怀盈，怀着满足之心。二句说，因凑泊成文所以常常抱着遗恨而写成篇章，这样，哪里能够自己称心满意呢！**惧蒙尘于叩缶，顾取笑乎鸣玉。** 蒙尘，器物上蒙上了尘土。叩缶，打击能发声的瓦器。缶，瓦器，只能发出粗劣的声音，秦人常叩缶以自愉。顾，反而。

取笑,招来嘲笑。鸣玉,指美玉发出悦耳的声音。叩缶喻自己,鸣玉喻美妙的演奏者。二句说,自己惧怕写不好而写出来,反而要招致会写的人嘲笑。

若夫应感之会,通塞之纪,应感,感应,交感相应。会、纪,均指际会。通塞,通畅和阻滞。**来不可遏,去不可止。**二句说,文思来了是不能阻拦住的,文思去了,要留也留不住。**藏若景灭,行犹响起。**景,同影。行,畅行涌现时。**方天机之骏利,夫何纷而不理?**天机,本神秘的天意,此指文思涌现时的自然之势,即灵感。骏,迅速。骏利,流利通畅。纷,纷杂。理,清理。二句说,正当灵感来到之时,有什么纷乱理不清呢?**思风发于胸臆,言泉流于唇齿。**思,文思。风发,如风那样迅速的发出来。言,文词。二句说,灵感来时,文思有如风那样迅疾发于作者的心中,文词如喷泉那样流于唇齿之间。**纷葳蕤以馺遝,唯毫素之所拟。**纷,众多。葳蕤〔wēi ruí〕,繁盛的样子。馺遝〔sà tà 飒踏〕,盛多的样子。拟,撰写。二句说,文思纷至沓来,真是应接不暇,只有用纸笔去尽情撰写罢了。**文徽徽以溢目,音泠泠而盈耳。**文,文词。徽徽,华美的样子。溢目,充满于眼前。泠泠〔líng 铃〕,形容音韵的清脆。二句说,文辞华美,充满于眼,音韵清脆,充塞于耳。**及其六情底滞,志往神留,**六情,喜、怒、哀、乐、好、恶。底滞,停滞。志往,心志已往。神留,神志滞留。二句写文思衰竭。**兀若枯木,豁若涸流,**兀〔wù 务〕,呆呆不动。豁〔huō 或〕,空空洞洞。涸〔hé 合〕,干枯。《文选》五臣注:"兀若枯木,思不动也;豁若涸流,思之竭也。谓豁然空虚，涸而无水。"**揽营魂以探赜，顿精爽而自求。**揽，收，持。营，魂，魂魄，精神。探赜〔zé 泽〕，探求深奥的道理。顿，同揽，持也。精爽，人的神智，即心神。二句说，集中心力去探求深奥的道理，振作精神去自求文思。**理翳翳而愈伏，思轧轧其若抽。**理，道理，即文章的内容。翳翳〔yì 意〕，阴暗不明。思，文思。轧轧〔zhá 扎〕，难于表达出来。抽，抽取出来。二句说，文理阴暗不明，愈找愈潜伏得深，文思难于表达，如象那抽丝一样时断时续。**是以或竭情而多悔，或率意而寡尤。**竭情，耗尽了才情。多悔，有很多的悔恨。率意，任意，轻意。寡尤，很少过错。二句说，所以，有时用尽了心思，反而有许多悔恨处；有时轻易写出却反而毛病很少。**虽兹物之在我，非余力之所戮。**兹物，指所写的文章。戮〔lù 陆〕，戮力，尽力。二句说，写作时，虽文章为我所写，但灵感非我所能控制。**故时抚空怀而自惋，吾未识夫开塞之所由。**抚，按抚。空怀，空虚的情怀。自惋，自怨自惜。开塞，文思通畅和阻塞。二句说，所以有时自己按抚住自己空虚的情怀而自怨自惜，但我自始至终不了解，文思通畅和阻塞的原因是什么。

伊兹文之为用，固众理之所因。伊，发语词。为用，作用，功用。众理，万物之理。因，由。二句说，文章的功用，在于万物之理，由此而表达。**恢万里而无阂，通亿载而为津。**阂〔hé 核〕，界限。通，沟通。二句说，文章的作用可以扩大到万里之远而不受阻碍，也可作为沟通亿万年之间的桥梁。**俯贻则于来叶，仰观象乎古人。**贻，同遗，留给。则，法则。来叶，后世。象，模范。二句说,往下可以将法则留给后世,向上可以取法古人。**济文武于将坠,宣风声于不泯**。济,救助,挽救。文武,指周文王和周武王的道统。《论语·子张》:"文武之道,未坠于地。"宣,宣扬,传播。风声,风教。二句说,上可以将快要坠落的文武之道挽救回来,下可以传播风气教化而不使其灭亡。**涂无远而不弥,理无微而弗纶**。涂,路涂。弥,纶,缠裹,包容。二句说,无论多么远的道路,无论多么细微的道理,文章都可以包容。**配沾润于云雨,象变化乎鬼神**。配,偶,同。沾,浸湿。润,泽润。二句说,文章的作用如云雨那样能润泽干枯的万物,其变化不测就同鬼神一样。**被金石而德广,流管弦而日新**。被,同披,此有刻写之意。金石,钟鼎和石碣。古代统治阶级常用刻铭和刻石来记功德。流,注入,此是配上之意。管弦,乐器,指音乐。二句说,文章刻在钟鼎和石碣上,可以把功德传播很广,配上音乐,可以与日长新。

说　明

　　陆机(261—303),字士衡,吴郡吴县华亭(今上海市松江县)人。西晋时著名文学家。出身于三国东吴的世族高门。吴亡后十年不仕,闭门苦学,作《辩亡论》上下二篇,论述吴之兴亡。晋武帝太康(280—289)末,与弟陆云同赴洛阳,受到当时文坛领袖张华推重,文才倾动一时。历任太子洗马、著作郎,中书郎等职。后成都王颖荐为平原内史,世称陆平原。成都王与河间王起兵讨长沙王,任命陆机为后将军、河北大都督。兵败遭谮,被杀于军中,时年仅四十二岁。

陆机现存诗百余首,赋二十余篇,大多内容空虚,感情贫乏,刻意追求词藻、对偶,且多模拟之作,但在当时文坛颇有影响。现存《陆士衡集》十卷。

《文赋》的写作年代,历来说法不一。杜甫《醉歌行》曾说"陆机二十作《文赋》",后有人提出怀疑,认为是晚年的作品。近人逯钦立、陈世骧等人据陆云《与兄平原书》推论,认为是陆机四十岁前后所作。此说较为可信。

陆机在《文赋》自序中明确表示,他从阅读前人的作品和自己的写作实践中对文学创作的复杂变化有深切的体会。他写作《文赋》的目的就是要探讨文学创作的内部规律,解决创作中经常出现的"意不称物,文不逮意"的问题。为此,他全面、系统地探讨了文学创作过程中一系列具有根本性的问题,成为我国文学批评史上第一篇完整而系统的文学理论作品。

一,关于创作激情的产生。作家为什么要进行创作?《文赋》提出两个原因:第一是阅读前人的作品,从《三坟》《五典》中所记叙的前人的功业受到激励,从大量的文学作品中受到感染,因而激发了作者的创作欲望;第二是四时自然景物的变化触动了作者的感情,要抒发作者感物而兴的喜怒哀乐之情,因而"投篇援笔,宣之斯文"。陆机从素朴的唯物观点出发,强调了文学创作的发生是外物感应的结果。但是,他还没有看到现实社会生活对文学创作的决定性作用,而单纯强调了自然景物和前人作品的影响,这是和他所处的时代和阶级的局限分不开的。

二，关于通过想象进行构思的问题。想象的特点首先是情、物结合。当文思勃发，"情瞳眬而弥鲜，物昭晰而互进"；其次，想象不受时间和空间限制，"精骛八极，心游万仞"，作家可以展开想象的翅膀任意驰骋，"观古今于须臾，抚四海于一瞬"，把大千世界纳入作家的艺术思维活动之中。陆机用形象的语言生动地描绘了艺术思维的过程及其特点。

作家创作时浮想联翩，包罗万有，还必须符合作品的主旨，即序言中说的"意"，也就是作品的整个构思。"选义按部，考辞就班"，内容的选择，结构的安排，语言的运用，都必须符合构思的要求。

在运用想象进行文学创作过程中，经常出现文思开塞的现象。《文赋》讲到"沉辞怫悦"和"浮藻联翩"两种现象；又专门探讨了"应感之会，通塞之纪"。这与我们今天所讲的灵感是相通的。陆机从自己的写作实践中感受到，有时"思风发于胸臆，言泉流于唇齿"；有时却"理翳翳而愈伏，思轧轧其若抽"。但是他并没有理解文思开塞的原因，以及如何培养和运用文思的问题。因此发出"抚空怀而自惋，吾未识夫开塞之所由"的慨叹。这问题，直到刘勰《文心雕龙·神思》篇才基本上得到解决，而陆机最早提出这个问题，理论上的首创之功也是不可抹杀的。

三，关于因袭和创新问题。陆机的诗、赋固然未脱因袭摹拟之习，但《文赋》的基本主张是在学习前人作品的基础上有所革新创造。"游文章之林府,嘉丽藻之彬彬",从学习前人的作品入手;"倾群言之沥液,漱六艺之芳润",吸取诸子百家的精华,最后达到"收百世之阙文,采千载之遗韵;谢朝华于已披,启夕秀于未振"的创新目的。他明确提出:"必所拟之不殊,及暗合于曩篇。虽杼轴于予怀,怵他人之我先。苟伤廉而愆义,亦虽爱而必捐。"这种在学习前人作品的基础上力求创新的理论主张,是符合创作规律,具有积极意义的。

四,对内容和形式的关系,《文赋》也提出了比较正确的看法。"理扶质以立干,文垂条而结繁。"要求以思想内容为根本,确立文章的主体;以语言文字为辅助,编织文章的色彩。以意为主,以辞为辅。在内容方面,强调情;形式方面,强调丽。"诗缘情而绮靡,赋体物而浏亮。"揭示了诗主情,赋写物的特点。在文学作品中借景抒情,寓情于景,情、物本来是结合的。魏晋时期五言诗和抒情短赋的发展,为陆机探讨文学作品内容的特点提供了前提。诗、赋形式上的"绮靡"和"浏亮",反映了魏晋文学摆脱经学附庸地位,冲破儒家传统的"言志"、"美刺"的规范,《文赋》中对诗赋特征的描述正体现了这种文学思潮。陆机在曹丕论文体的基础上,提出十种文体,分别指出各体内容和形式的特点,较之《典论》用"雅""理""实""丽"四个字概括八种文体,显然有很大进步。

陆机不仅重视作品的内容,而且要求有真情实感,"信情貌之不差,故每变而在颜。"形式方面要求构思巧妙,辞采妍丽:"其会意也尚巧,其遣言也贵妍。"作到"妍",就必须讲求对偶、辞采、音韵。《文赋》对此作了具体、细致的论述。其中特别对音律的掌握和运用,辟专段加以探讨外,更用音乐作比喻说明文章的五种弊病,这对六朝声律理论的形成,和重视诗文的艺术手法的风气,都起了先导的作用。

五,关于作家的才性和作品的风格问题。陆机认识到文体千差万别,事物丰富多采,在充分描写物象的前提下,由于作家的才性和文体的差异,形成不同的风格。作家有"夸目者"、"惬心者"、"言穷者"、"论达者",直接影响作品有的"尚奢",有的"贵当",有的"无隘",有的"唯旷"。而不同文体又有内容和形式两方面的特定要求。因此,作品的风格不仅取决于作家的才性,而文体的选择也具有重要意义。作家根据自己的才性选择相应的文体,便于突出作家的个性,形成独特的风格。陆机从强调"穷形尽相"入手,探讨作家才性、文体、风格的关系,最后又提出"辞达理举"、"禁邪制放"的基本要求,凡符合这个基本原则,作家尽可以充分发挥自己的才性,选择相应的文体、创造独具个性的艺术风格。

六,关于文章的地位和作用问题。传统的儒家观点以德行、事功为重,行有余力才学文。文又并非专指文学创作。曹丕的《典论·论文》有很大突破,把文章提到"经国大业","不朽盛事"的地位。陆机继承和发展了曹丕的观点,认为文章具有囊括众理,贯通古今,宣扬风教,滋润万物的作用,而且还可以"被金石而德广,流管弦而日新",具有无限的生命力。由曹丕到陆机，一脉相承，把文学的地位和作用提高到堪与经学并驾齐驱的高度，反映了魏晋时期文学趋向独立的历史现实。

　　此外，《文赋》还从谋篇、定章、遣辞、造句等许多方面提出了一些具体细致的讨论，刘勰《文心雕龙·序志》曾批评陆机《文赋》"巧而碎乱"，但《文赋》论述写作技巧的许多主张，仍有一定的借鉴意义，尤其对六朝文学的艺术发展，具有直接影响。

文心雕龙·神思

刘　勰

古人云：“形在江海之上，心存魏阙之下。”魏阙〔què 确〕，古代宫门上巍然高出的楼观，用以代指朝庭。引文见《庄子·让王》，原意是，隐居于江湖上的人却时刻想着朝庭的爵禄。此处指身在这儿，心却在那儿，人们的思考是不受时间、空间的限制的。神思之谓也。就是说的神思。文之思也，其神远矣。远，指想象丰富，可包罗万有，通上下古今。故寂然凝虑，寂然，静寂。凝虑，专注地思考。思接千载；接，连接。悄焉动容，视通万里；悄焉，寂静无声。动，变化。容，容颜。用容颜的变动代表眼神的变动。吟咏之间，吐纳珠玉之声；吟咏，古人写诗作文往往通过吟咏，故此指创作。珠玉之声，有如珠玉一般铿锵悦耳的声音。眉睫之前，卷舒风云之色。睫〔jié 节〕，眼毛。眉睫之前，即眼前。

卷舒，收卷和舒展。**其思理之致乎！**思理，构思。致，造成。**故思理为妙，**妙，妙用。**神与物游。**精神与外物一起活动，即思维想象受外物影响。**神居胸臆，而志气统其关键；**情志和气质支配着构思活动。**物沿耳目，**沿，顺着，进入，通过。**而辞令管其枢机。**辞令，文词。枢机，关键，指主要部分。**枢机方通，**枢机，此指辞令。**则物无隐貌；关键将塞，则神有遁心。**关键，此指志气。遁〔dùn 顿〕，隐避。**是以陶钧文思，**陶钧，制陶器所用的转轮，此指酝酿文思。**贵在虚静，疏瀹五藏，澡雪精神。**虚，虚怀。静，安静。瀹〔yuè 月〕，疏通。五藏，同五脏，指心、肝、脾、肺、肾五种器官。澡雪，洗涤。此三句是要求作者思想净化，毫无杂念。**积学以储宝，**宝，指知识。**酌理以富才，**酌，斟酌。富，增加，丰富。**研阅以穷照，**研阅，研究观察。照，明，明白。这句说，经过观察研究尽力去明白事理。**驯致以怿辞，**驯致，渐近，逐渐。《易·坤》："履霜坚冰，阴始凝也；驯致其道，至坚冰也。"（坚冰是寒气使凝结而成；顺其阴阳之道，乃达到坚冰。）怿，通绎，抽丝也，引申为寻究事理。绎辞，研究文辞，运用文辞。**然后使玄解之宰，**玄解，指懂得深奥的道理。宰，主宰，此指作者之心。**寻声律而定墨，**寻，遵照。声律，作品的音节。定墨，即写作。这句说，遵照着音节的和谐安排字句。**独照之匠，**承上句"玄解之宰"而来，指有独到见解的作家。**阚意象而运斤。**阚〔kuī 亏〕，同窥。此与"寻"同意。意象，想象构思中的境象。运斤，运用手中的工具。言有独到见解的作家凭借自己的想象来写作。**此盖驭文之首术,谋篇之大端。**大端,重要方面,此言写作要点。**夫神思方运,万涂竞萌,**万涂,各个方面。竞,争着。萌,发生。言构思时凡与创作有关的各个方面都在作者脑海中萌芽了。**规矩虚位,刻镂无形。**规矩,对事物的揣摩。虚位,指虚而不实之物。刻镂,雕刻。无形,与"虚位"同意。二句言要揣摩还没有成形的文思,对尚未具体化的形象加以精雕细刻。**登山则情满于山,观海则意溢于海,**溢,满出。**我才之多少,将与风云而并驱矣。**言作者想象的丰富,可随着变化万端的风云一起变化。**方其搦翰,气倍辞前,**想象比文辞丰富得多。**暨乎篇成,半折心始。**心始,指心中开始考虑的。此句说,写出来的文章不能表达原来的想法。**何则?意翻空而易奇,**翻空,有不受限制之意,即展开想象的翅膀在空中驰骋。**言征实而难巧也。**言,文辞。征实,求实。难巧,难于工巧。**是以意授于思,言授于意,**授,应为受。二句说,思想决定内容,内容决定语言。**密则无际,**密,(言和意)密切结合。无际,没有空隙。**疏则千里。**疏,(言和意)疏漏,结合不好。**或理在方寸而求之域表,**理,道理。域表,疆界之外,指很远的地方。**或义在咫尺而思隔山河。**咫〔zhǐ 止〕,古代长度名,周制八寸,合今制六寸。咫尺,比喻距离很近。**是以秉心养术,**秉,掌握。术,写作方法。秉心,操持其心,即训练思想。**无务苦虑;**无务,不必专力地。**含章司契，不必劳情也**。含，包含。章，文彩。含章，包含了（很好的）文彩。司，掌握。契，证卷，契约，引申为规律，此指要领。司契，掌握写作要领。

人之禀才，禀才，禀赋，才能。**迟速异分**，异分，不同。**文之制体**，制体，确定文体。**大小殊功**：殊功，不同的功力。**相如含笔而腐毫**；相如，司马相如，西汉著名辞赋家。相传他文思不敏捷。《汉书·枚皋传》："司马相如善为文而迟。"腐毫，笔毛腐烂了。**扬雄辍翰而惊梦**；扬雄，西汉著名辞赋家。辍，停止。惊梦，事见桓谭《新论·祛蔽篇》。该书引用扬雄的话，说他作赋后，因困倦小卧，梦其五脏出在地，他用手从地上收而纳之，梦醒后伤元气，病了一年。**桓谭疾感于苦思**；桓谭，东汉哲学家，政治家。因苦思而得病，见《新论·祛蔽篇》，说自己年少时学习扬雄写赋，因苦思太甚而发病。**王充气竭于思虑**；王充，东汉著名思想家，文论家。气竭，气力衰竭。《后汉书·王充传》："充好论说，始若诡异，终有理实。以为俗儒守文，多失其真，乃闭门潜思，绝庆吊之礼，户牖墙壁，各置刀笔，著《论衡》八十五篇，二十余万言。年渐七十，志力衰耗，乃造《养性书》十六篇，裁节嗜欲，颐神自守。""思"，杨明照《校注》认为应改为"沉"。**张衡研《京》以十年**；张衡，东汉科学家，文学家。京，《二京赋》。《后汉书·张衡传》："时天下承平日久，自王侯以下，莫不逾侈。衡乃拟班固《两都赋》作《二京赋》，因以讽谏，精思傅会，十年乃成。"**左思练《都》以一纪**：左思，西晋著名诗人，《文选·三都赋序》李善注引臧荣绪《晋书》中语说,《三都赋》曾构思十年。一纪,十二年。**虽有巨文,亦思之缓也。淮南崇朝而赋《骚》**;淮南,淮南王刘安,西汉思想家,文学家。他是汉高帝刘邦孙,汉武帝叔。崇朝,终朝,指一个早上。赋,写。骚,《离骚传》。赋骚事,《汉书·淮南王传》:"(帝)使为《离骚传》,旦受诏,日食时上。"颜师古注:"传谓解说之,若毛诗传。"**枚皋应诏而成赋**;枚皋,西汉辞赋家。文思敏捷,但多为奉命而作。《汉书·枚皋传》:"上有所感,辄使赋之。为文疾,受诏辄成,故所赋者多。"《西京杂记》云:"枚皋文章敏疾,长卿(相如)制作淹迟,皆尽一时之誉。而长卿首尾温丽,枚皋时有累句,故知疾行无善迹矣。"**子建援牍如口诵**;曹植字子建。《三国志·魏志·陈思王传》:"年十一岁,诵读诗论及辞赋数十万言。善属文。太祖(曹操)尝视其文,谓植曰:'汝倩人邪?'曹植跪,曰:'言出为论,下笔成章,顾当面试,奈何倩人?'时邺铜爵台新成,太祖悉将诸子登台,使各为赋,植援笔立成,可观。"牍,古代写字用的木片。这句说,曹植拿着木片写文章,好象把背诵过的文章抄下来一样。**仲宣举笔似宿构**;《三国志·魏志·王粲传》:"善属文,举笔便成,无所改定,时人常以为宿构。"宿构,头一天已构思好。**阮瑀据案而制书**;《三国志·魏志·王粲传》注引《典略》曰:"太祖尝使瑀作书于韩遂。时太祖适近出,瑀随从,因于马上具草,书成呈之。太祖揽笔欲有所定,而竟不能增损。"案,应为"鞍"。据案,伏在马鞍上。制书,写文章。**祢衡当食而草奏**;当食,吃饭时。草奏写出奏章。此句原意是说:祢衡吃饭时写成奏章。但从《后汉书·祢衡传》来看,当食和草奏是两回事。《祢衡传》:"刘表尝与诸人共草章奏,并极其才思。时衡出,还见之,开省未周(打开来未看完），因毁以抵地。表抚然为骇。衡乃从求笔札，须臾立成，辞义可观。表大悦，益重之。"**"草奏"**应指此。《传》又说："黄祖长子射，时大会宾客，人有献鹦鹉者，射举卮于衡曰：'愿先生赋之，以娱嘉宾。'衡揽笔而作，文无加点，辞采甚丽。"**"当食"**应指此。**虽有短篇，亦思之速也。若夫骏发之士，**骏，疾速。骏发，文思敏捷，思想奔放。骏发之士，指上文淮南王刘安、枚皋、曹植、王粲、阮瑀、祢衡等人。**心总要术，**内心掌握了创作的重要技术、方法。**敏在虑前，**在思虑之前能敏感地抓住问题。**应机立断；**即当机立断。**覃思之人，**覃〔tān 潭〕思，深思。指文思迟缓的人写作时因深思而用很长时间。覃思之人，指司马相如、扬雄、桓谭、王充、张衡、左思等人。**情饶歧路，**饶，丰富，此作缠绕、徘徊讲。言作者情感徘徊于歧路之上，不能一下定得下来。**鉴在疑后，**鉴别认识在疑惑之后。**研虑方定。**研虑，研究考虑，言多方推敲。**机敏故造次而成功；**机敏，指文思敏捷之人。造次，匆忙。**疑虑故愈久而致绩。**疑虑，指文思迟缓的人。致绩，得到成绩。**难易虽殊，并资博练。**资，依靠。博，博学。练，才干。**若学浅而空迟，才疏而徒速。以斯成器，**以斯，以此，凭借这个。成器，成功，指写出好文章。**未之前闻。**是以前没有听说过的。**是以临篇缀虑，**临篇，到写文章之时。**必有二患：理郁者苦贫；**思理郁塞的苦于贫乏。**辞溺者伤乱。**溺，沉湎无节制。辞溺，文辞用得过滥而无节制。乱，杂乱。**然则博见为馈贫之粮，**博见，广博地吸取知识。

馈，济。**贯一为拯乱之药，**贯一，连贯到底，即围绕着一个中心。拯，救。**博而能一，亦有助乎心力矣。**心力，自己的才干能力。二句说，知识广博，写作时又能始终围绕着中心，对自己创作是有帮助的。

　　若情数诡杂，情数，情理，人的思想感情。诡〔guǐ 鬼〕杂，怪异复杂。**体变迁贸。**体，文体，文章风格。迁，变迁。贸，变易。**拙辞或孕于巧义，**巧义，巧妙的义理。这句说：不好的文词有时包含在好的内容中。**庸事或萌于新意，**平庸的事例（内容）有时也在新巧的文章中存在。**视布于麻，**看看布产生于麻的道理。**虽云未费，**费，应作"贵"。言布虽不比麻贵重。**杼轴献功，焕然乃珍。**杼轴〔zhù zhú 柱逐〕，旧式织布机上管经纬线的两个零件。献功，指麻经过杼轴加工。焕然，鲜明，光亮的样子。**至于思表纤旨，**表，外。纤，细。言思虑以外更细微幽隐的意义。**文外曲致，**文辞以外的还没有写到的情致。**言所不追，**这三句说，更细微幽深的意义，更曲折的情致，用语言也追述不出来。**笔固知止。至精而后阐其妙，**至，极。精，精熟的技巧。妙，微妙纤旨。**至变而后通其数，**变，文体的风格变化。通，通达，通晓。数，规律。**伊挚不能言鼎，**伊挚，即伊尹，商汤王的臣子。鼎，古代炊器。相传伊尹曾用鼎中之味，变化精微，难于口辨来比喻治国平天下的道理也难于言传。**轮扁不能语斤，其微矣乎！**作者用伊挚不能言鼎中之味、轮扁不能言自己的熟练技术为喻，说明文章之妙处，也是微妙而不能说清的。

赞曰：赞，古代的一种文体，亦作"讃"。《文心雕龙》于每篇之末借用"赞"这一形式来总结全篇大意，实是一简短的结论。**神用象通**，用，因，凭借，依靠。象，物象，即客观事物。通，相通，指接触。**情变所孕**。构思时情感的变化孕育在物象的变化之中。**物以貌求**，貌，外貌，外形。求，追求，此是表现。**心以理应**。心，感情。理，作品内容。应，反应。**刻镂声律**，这句说：推敲文词的声律。**萌芽比兴**。这句说，产生了比兴的手法。**结虑司契**，结虑，与"凝虑"同意。言专注地构思，掌握写作要领。**垂帷制胜**。帷，帐幕。这句说，运筹于帐幕中就能克敌制胜，是借军事术语来比喻只要能巧妙地运用神思，创作定能成功。

说　明

刘勰（约 465 前后—520 前后），字彦和，东莞〔guǎn 管〕莒〔jǔ 举〕（今山东莒县）人，世居京口（今江苏镇江）。其父刘尚，曾做过越骑校尉，但死得比较早。因此，勰从小家道中衰，生活贫困，不能娶亲。他曾依著名佛教徒僧祐居处定林寺长达十余年之久，遂博通佛经和历代文学作品，为写《文心雕龙》打好了基础。入梁后，他开始做官，初为奉朝请（一个小官），后任中军将军临川王萧宏的记室（管理文书工作），迁车骑仓曹参军（管理仓库的事务官），出为太末（今浙江龙游）令，"政有清绩"。不久，改任仁威南康王萧绩的记室，兼东宫通事舍人（即在昭明太子萧统宫中管理奏章）。后又兼步兵校尉（管理警卫）。昭明太子深爱文学，对刘勰很尊重。由于"勰长于佛理,京师寺塔及名僧碑志,必请勰制文",可知他所作寺塔文和碑文一定很多,可惜亡佚了。后又奉命与慧震一起在定林寺整理佛经,整理毕,请求在定林寺出家,改名慧地。出家不满一年而死。

刘勰除《文心雕龙》外,今尚存《梁建安王造剡〔shàn 剡〕山石城寺石象碑》及《灭惑论》两篇宣传佛理的文章。

《文心雕龙》大约在南齐末年刘勰三十多岁时写成。全书五十篇。《神思》是第二十六篇。神,指构思时的精神状态,即作者的想象活动;思,指创作构思。可见本篇在于论述创作构思和想象活动。

全文四段。

第一段,总论神思在创作中的必要性,指出修养心性,提高写作技巧对神思的作用。刘勰指出创作构思时的想象可以不受时空的限制,想象可以飞越千载,任意翱翔。又指出这种思维活动一定要寂静地、专注地、聚精会神地进行,让自己的想象,上接千载,视通万里,眉眼之间,浮现着风云变化的种种景色。这样,吟咏时,才能发出珠玉般的声音,写出美好悦耳的文字。他还指出,主观的想象不能离开客观的事物。想象在内心活动时,思想是决定的关键,但当作品反映外物时,文词又成了决定一切的枢机。接着,对作家提出了要求:一是"积学",不断积累知识;二是"酌理",不断增长才干;三是"研阅",不断提高对事物的观察能力;四是"怿辞",逐渐掌握运用文辞的技能。这些,是达到熟练驾驭写作的"首术",是"谋篇"布局的大端。只有这样,作家才能

"登山则情满于山,观海则意溢于海"。当然,在充分想象的基础上,对形象的刻画,也不一定使人满意。为什么呢?因想象是容易出奇的,而运用文辞,就难于工巧了。总之,思想决定着内容,内容又决定作品的语言。因此,要求语言和内容的统一,并照应前文归结到"秉心养术",不断提高自己的写作能力。

第二段,论述文思的迟和速。先举实例为证,说明文思有迟和速的差别。接着指出,虽有迟有速,有难有易,但都离不开一个基础,即广博的学识和熟练的技巧。这是紧扣第一段内容而来的。否则,学浅才疏的人,迟也好,速也好,终将是"空迟"和"徒速",无济于作品的写作。

第三段,论说修改润色对写作的必要,并举伊尹辨味和轮扁运斤为例,指出写作之妙,是不可用语言所能说清的。

第四段,用"赞"的形式总结全文,极概括地说明构思时的想象和客观事物的关系,前者虽受后者的影响,而后者又要靠文学作品来表现,故而要讲究文字的推敲,比兴手法的运用,写出主观和客观相结合的好作品。

文心雕龙·情采

刘　勰

　　圣贤书辞，书辞，著作。**总称文章**，文章，《考工记》："画缋（应是缋，同绘。）之事，青与赤谓之文，赤与白谓之章。"这里的"文章"指文采显明。**非采而何？** 采，文采，即文辞采饰。在本篇中泛指作品的艺术形式。**夫水性虚而沦漪结**，性，性质，特征。虚，柔。因水是动荡的，故言虚；正因水虚，才能起波纹。沦漪〔yī 衣〕，水的波纹。结，产生。**木体实而花萼振**，体，本体。实，坚实。萼〔è 饿〕，花瓣下部的花托。花萼，此泛指花朵。振，开放，发。**文附质也。**文，文采。附，依附。质，质地。这三句说，水波有待于水性，花萼全靠树体，可见文采依附于质地。**虎豹无文，则鞟同犬羊**；文，花纹。鞟〔kuò 扩〕，同鞹，去了毛的兽皮。二句说，如果虎豹的皮没有花纹，就和犬羊的皮一样了。**犀兕有皮，而色资丹**

漆：犀〔xī 西〕，雄犀牛，兕〔sì 四〕，雌犀牛。色，犀牛皮制成品上涂饰的颜色。资，凭借。二句说，犀牛皮坚韧，可以制成兵甲，但须涂上丹漆才有色彩之美。**质待文也**。质地又须有一定的文采来表现。**若乃综述性灵**，综述，总述，指抒写。性灵，心性和精神，指思想感情。**敷写器象**，敷，铺陈，叙述。敷写，描写。器象，器物的形象。**镂心鸟迹之中**，镂〔lòu 漏〕，雕刻。镂心，精心雕刻，精心推敲。鸟迹，指文字。**织辞鱼网之上**，织辞，组织文字。鱼网，指纸，据《后汉书·宦者蔡伦传》，蔡伦用破布、鱼网造纸。故这里用鱼网代纸。**其为彪炳，缛采名矣**。彪炳，光彩焕发。缛采，盛多的文采。名，同明，鲜明。**故立文之道，其理有三**：立文，写作。**一曰形文，五色是也**；形文，表形之文，偏指绘画。五色，青、黄、赤、白、黑。**二曰声文，五音是也**；声文，表声之文，偏指音乐。五音，宫、商、角、徵〔zhǐ 只〕、羽。**三曰情文，五性是也**。情文，表情之文，偏指文章。五性，喜、怒、哀、乐、惧。**五色杂而成黼黻**，黼黻〔fǔ fú 俯扶〕，古代礼服上刺绣的花纹，白与黑相错杂的花纹叫黼，黑与青相错杂的花纹叫黻。**五音比而成《韶》、《夏》**，比〔bì 闭〕，并列，调和。韶，舜乐。夏，禹乐。**五性发而为辞章**，发，抒发出来。**神理之数也**。神理，神妙的道理，即天理，自然的道理。数，规律。**《孝经》垂典，丧言不文**，《孝经》，书名，十三经之一。垂典，传下法则。丧，服丧的时候。封建社会时，统治阶级提倡，当父母死时，孝子二十五个月内穿丧服，不喝酒，不吃肉。言，说话。《孝经·亲丧》："子曰：'孝子之丧亲也，……言不文。'"言父母死了，居丧期间，说话不能加文饰。**故知君子常言未尝质也**。质，朴质，没有文采。这是说君子平时说的话并不是朴质无文的。**老子疾伪，故称"美言不信"**，老子，姓李名耳，又叫老聃〔dān 丹〕，春秋时楚人，杰出的思想家，道家学派的创始人，著有《老子》(又叫《道德经》)八十一章。疾，讨厌，憎恶。伪，虚伪，虚妄。美言不信，《老子》第十一章："信言不美，美言不信。"**而五千精妙，则非弃美也**。五千，因《老子》一书共五千多字，故用"五千"指《老子》。精妙，言《老子》一书的内容言辞均是精妙的。非弃美，并没有抛弃美好的言辞。**庄周云："辩雕万物"，谓藻饰也**。庄周，战国时蒙(今河南商丘县)人，道家的代表人物，著有《庄子》一书。辩雕万物，见《庄子·天道》。辩，巧言，能说会道。雕，雕饰。藻饰，用辞藻来进行修饰。二句意为：庄周说，"用巧妙的言辞来描绘万事万物。"就是说用辞藻来修饰。**《韩非》云："艳采辩说，"谓绮丽也**。韩非，战国时思想家，著有《韩非子》五十五篇。《韩非子·外储说左上》："夫不谋治强之功，而艳乎辩说文丽之声。"(大意是说，不去谋划治强的功绩，仅仅去赞美那些巧妙文丽的议论。)刘勰在此引用时改"艳乎辩说"为"艳采辩说"，是说韩非所谓的艳丽辞采的辩说就是强调了文采绮丽。**绮丽以艳说，藻饰以辩雕**，二句说，用绮丽的文采来修饰辩说，用辞藻来雕饰万事万物。**文辞之变，于斯极矣**。二句说：文辞的变化，到了如此的地步，也算到达极点了。**研味《李》、《老》，则知文质附乎性情**；研，研究。味，玩味。李，应为孝，指《孝经》。文质，文采和质朴。详览《庄》、《韩》，则见华实过乎淫侈。华实,复词偏义,单指华丽的言辞。淫侈,凡事过分叫淫侈。**若择源于泾渭之流,按辔于邪正之路,亦可以驭文采矣。**择源,选择河流的源头。泾、渭,二水名。泾水在陕西省中部,是渭河的支流,源出宁夏南部六盘山东麓,东南流经甘肃,到陕西高陵县境入渭河。渭水,源出甘肃渭南县鸟鼠山,东流横贯陕西渭河平原,在潼关入黄河。《诗经·邶风·谷风》:"泾以渭浊。"孔颖达疏:"言泾水以有渭水清,故见泾水浊。"可见古人认为泾水浊渭水清,今调查,实是泾水清,渭水浊。按,控制。辔〔pèi 佩〕,马缰绳。按辔,控制马前进的方向和速度,此是选择之意。驭〔yù 喻〕同御,驾御车马。三句说,如果能在清浊和正邪中加以正确选择,便可驾驭文采了。**夫铅黛所以饰容,而盼倩生于淑姿；**铅,铅粉,敷脸用。黛〔dài 代〕画眉用的青黑色颜料。饰容,修饰容貌。盼倩〔qiàn 欠〕,泛指女子口含微笑、眼波流转的那种美丽动人的情态。《诗经·卫风·硕人》:"巧笑倩兮,美目盼兮。"生,产生。淑,美好。姿,姿态容貌。二句说,铅黛只能修饰外表,真正的美产生于内在的情态。**文采所以饰言,而辩丽本于情性。**辩丽,巧丽。**故情者,文之经,辞者,理之纬。**情和理均指作品内容。文和辞均指作品形式。经纬,纺织时所用直线叫经,横线叫纬。**经正而后纬成,理定而后辞畅：此立文之本源也。**

　　昔诗人什篇,为情而造文；诗人,指《诗经》的作者。什篇,也称篇什,因《诗经》中的"雅"诗和"颂"诗以十篇编为一卷,故后人泛称诗篇为"什篇"或"篇什"。造,创作。为情句,言为了表达思想感情而写出诗篇。**辞人赋颂,为文而造情。**辞人,指汉代辞赋家。赋颂,指汉赋。"为文"句,为了要写出辞赋,不惜虚造感情。**何以明其然?** 然,这样。**盖《风》、《雅》之兴,志思蓄愤,**志思,指内心的情志。蓄愤,积蓄着的怨愤。**而吟咏情性,以讽其上:此为情而造文也;**吟咏,《诗经·周南·关雎序》孔颖达疏:"动声曰吟,长言曰咏,作诗必歌,故言吟咏情性也。"后用吟咏来指歌咏或写作诗歌。**诸子之徒,心非郁陶,**诸子,此泛指辞赋家。郁陶〔yù yáo 玉摇〕,忧闷。**苟驰夸饰,鬻声钓世;此为文而造情也。**苟,草率,随便。驰,驰骋,任意施展。夸饰,过分夸大的修饰。鬻〔yù 玉〕,卖。鬻声钓世,即沽名钓誉。**故为情者要约而写真,为文者淫丽而烦滥。**要约,简要,简约,即精炼。写真,描写真实。淫丽,过分华丽。烦滥,烦杂浮泛而不切实际。**而后之作者,采滥忽真,**采滥,滥用文采。忽真,忽视真实的思想感情。**远弃《风》、《雅》,近师辞赋,故体情之制日疏,逐文之篇愈盛。**体情,体现作者思想感情。制,作品。疏,疏少。逐文,追求文采。**故有志深轩冕,而汎咏皋壤,**轩冕〔miǎn 免〕,古代高级官员乘坐的有屏藩的车子叫轩,他们戴的礼帽叫冕,此指高官厚禄。汎,同泛。泛咏,空洞地吟咏。皋壤,指山野隐居的地方。**心缠几务,而虚述人外。**缠,纠缠,牵挂。几务,同机务,指国家政事。虚述,虚假的述写。人外,尘世之外。**真宰弗存,翩其**

反矣。真宰，指人的真实性情。翩，同偏，翻动的样子。**夫桃李不言而成蹊，有实存也**；蹊〔xī 西〕，路。《史记·李将军列传》："桃李不言，下自成蹊。"**男子树兰而不芳，无其情也**。树，动词，种植。《淮南子·缪称训》"男子树兰，美而不芳"。言男子种植的兰花，虽然很美，但不芳香，因为他们没有真实的思想感情。**夫以草木之微，依情待实**，依情，对"树兰"而言。待实，对"桃李"而言。**况乎文章，述志为本，言与志反，文岂足征？** 言，写出来的作品。足，能。征，征验，凭信。

　　是以联辞结采，将欲明经，联辞结采，指连缀辞句而为文。经，一作理。明经，即明理，阐明道理。**采滥辞诡，则心理愈翳**。采滥，文采烦滥而不切实际。辞诡，文辞奇诡反常。翳〔yì 意〕，隐蔽。**固知翠纶桂饵，反所以失鱼**。翠纶，用翡翠的羽毛装饰的钓鱼绳。桂饵〔ěr 耳〕，用珍贵的肉桂做成的钓饵。**"言隐荣华"，殆谓此也**。《庄子·齐物论》："言隐于荣华。"隐，埋没，掩盖。荣华，繁盛的文采。殆〔dài 代〕，大约，大概。**是以"衣锦褧衣"，恶文太章**；语见《诗经·卫风·硕人》。锦，有采色的丝织品。衣锦，穿上锦绣衣服。褧衣，麻布做的一种套在外面的单衣。恶，厌恶，讨厌。章，同彰，显明。**《贲》象穷白，贵乎反本**。贲〔bì 闭〕，《易经》卦名，《贲》卦，是装饰的意思。象，卦象。穷，穷尽，最终。贵，动词，重视。反，同返，回到。本，根本。言《贲卦》的最终是白色，可见很重视返本。《易》的《贲卦》上九："白贲无咎"，《象》曰：

"白贲无咎,上得志也。"白贲,用白色来装饰。无咎〔jiù 旧〕,没有过错。上九是《贲》卦的最后一爻,象征着装饰到了极点后,又回到没有文饰的白色了。刘勰用此的意思,是主张文辞不要太华丽,要回到根本的朴素上来。　**夫能设谟以位理,**设,设立。谟,同模,规范。位,动词,安排,安置。理,指作品的内容。此句说,要用正确的谋篇布局来安排作品的思想内容。**拟地以置心,**拟,拟定。地,地位。置,安置。心,作者的思想感情。同上一句的意思一样。**心定而后结音,**心定,作品内容确定了。结音,用声音连结起来而成曲调,喻遣辞造句而为篇章。**理正而后摛藻。**理正,同心定。摛〔chī 痴〕,铺陈。摛藻,指使用文辞。**使文不灭质,博不溺心,**博,指辞藻繁盛。溺〔nì 泥〕,淹没。二句言,使得文辞虽然华丽,但不掩盖其思想内容,辞藻再繁盛,也不淹没作家的思想感情。**正采耀乎朱蓝,**正采,正色。古以青、黄、赤、白、黑为正色。蓝,青色。耀,明耀,显耀。此句说,要使朱蓝等正色显耀起来。**间色屏于红紫,**间〔jiàn 践〕色,杂色。屏,屏弃。古人以红(粉红)、紫色为杂色。赤和白相间杂为红色。赤和青相间杂为紫色。**乃可谓雕琢其章,彬彬君子矣。**此是用雕金刻玉来比喻正确地修饰文辞。

赞曰:言以文远,诚哉斯验。验,证明。**心术既形,兹华乃赡。**心,作者的思想感情。术,方法。形,形成。华,文辞。赡〔shàn 善〕,丰富。二句说,作者的思想感情和创作方法一经确定,作品的文辞才可能丰富起来。**吴锦好渝,舜英徒艳。**吴,地名,指今江苏苏州一带。吴锦,吴地出产的锦。好,喜爱,此作容易解。渝,变质。舜，木槿。木槿花的特点是朝开暮落，有花无实，所以说它是白白的鲜艳。**繁采寡情，味之必厌。** 味，玩味。二句说，文采繁富，思想贫乏的作品，玩味它，一定会使人生厌。

说　明

《情采》是《文心雕龙》第三十一篇，论情与采的关系。情指思想感情，即文章的本质，属于思想内容的范畴；采指作品的文采，即语言技巧，属于表现形式的范畴。刘勰认为内容与形式是相辅相成的，内容是经，形式是纬，形式依附于内容，内容又有赖于形式来表达，二者应相互结合，达到华实兼顾，文质并美的境地，这才是好文章。

全文四个自然段。

第一段，首先提出文质并重的主张，认为"文附质"、"质待文"是密切联系着的两个方面。好作品，应反映正确的思想和纯真的感情；而正确的思想和纯真的感情，又必须靠优美的文辞来表现。指出"立文之道，其理有三"，说明"形""声""情"三者各自相配的自然规律。又举古籍为例，说明古代作者重视艺术表现形式的优良传统，得出情是文之经，辞是理之纬的结论，并强调说明：这就是文学创作的根本原则。

第二段，论述"为情造文"和"为文造情"两种写作态度的不同，提出"述志为本"的创作主张，抨击了当时文坛重文轻质，"言与志反"的不良倾向。

刘勰根据文学发展的具体情况，指出诗人与辞人创作态度的不同，前者以真实感情为基础，所以内容饱满，真切动人，而且在形式方面，又能量体裁衣，修短适度，能够"要约而写真"；后者为要达到沽名钓誉的目的，不惜生造感情，令人生厌，由于本末倒置，遗真逐伪，文章必然"淫丽而烦滥"。所谓"后之作者""采滥忽真"，甚而"言与志反"，完全背离了创作以"述志为本"的原则，结果，表现真实感情的作品一天天减少，而单纯追求文采之风愈来愈盛，给文坛带来严重的灾难。

第三段，指出过分追求形式会损害作品的内容，只有"心定""理正"之后写出来的文章，才是内容和形式相统一的好文章，所以他要求从内容出发，正确使用文采。

刘勰首先指出，文章的作用在于明理。那些"采滥忽真"的作家，则因"采滥辞诡"而使道理难明。接着，举"翠纶桂饵反所以失鱼"为例，说明表现思想感情的语言被过份的文采所掩盖，产生了极大的弊病，因此，要求作家应写出"文质彬彬"，内容和形式相统一的优秀作品。

第四段，用"赞"的形式，总括全篇主旨。在上述三段论述的基础上，指出文章还是要求用文采来表现的，否则，文章不可能传播得很远，这是明显地照应前文的"质待文"，但如果"繁采寡情"，也会使作品空泛无味，这又照应了前文的"文附质"。仅从结构来看，刘勰的文章也是布局严谨，首尾一致的。

文心雕龙·物色

刘　勰

　　春秋代序，阴阳惨舒，惨，通憯〔cǎn 惨〕，色彩暗淡。舒，舒畅。物色之动，心亦摇焉。动，变化。摇，波动。以上四句说，四季气候、景物的变化，引起人们心灵的波动。盖阳气萌而玄驹步，阴律凝而丹鸟羞。萌，萌动。玄驹〔jié 居〕，黑红色的蚂蚁。步，行走也。丹鸟，螳螂。羞，进食。微虫犹或入感，四时之动物深矣。若夫珪璋挺其惠心，英华秀其清气，珪，同圭，古玉器名，上锐下方曰珪，半珪曰璋。珪璋，古代贵重的玉制礼器。孔颖达疏："圭璋，玉中之贵也……诸侯朝王以圭，朝后执璋。"挺，挺拔。惠心，即慧心。英华，指美好的花。这里借珪璋、英华以比喻品格高尚、才华超群的作家。物色相召，人谁获安？以上说，四季变迁，连微小的虫蚁尚且有感，何况于人，能见木落而不悲秋，闻虫吟而不兴感吗？

是以献岁发春，悦豫之情畅；献，进。献岁，新的一年。悦豫，悦愉。**滔滔孟夏，郁陶之心凝**；滔滔，屈原《怀沙》："滔滔孟夏，草木莽莽。"王逸注："滔滔，盛阳貌也；孟夏，四月也。"郁陶，忧思郁积的样子。《礼记·檀弓》孔颖达疏："郁陶者，心初悦而未畅之意也。"**天高气清，阴沈之志远**；天高气清，《九辩》："泬〔jué决〕寥兮天高而气清。"王逸注："泬寥，旷荡而虚空也。"**霰雪无垠，矜肃之虑深。**霰〔xiàn献〕，小雪珠。垠，边际。**岁有其物，物有其容；情以物迁，辞以情发。一叶且或迎意，虫声有足引心。**迎，接，触动。《淮南子·说山训》："见一叶落，而知岁之将暮。"**况清风与明月同夜，白日与春林共朝哉！**此四句意为，一片落叶尚能触动人的心思，几声虫鸣足以牵动人的情怀，更何况是风清月朗的夜晚，丽日高照、春天林间的早晨呢？

　　是以诗人感物，联类不穷，流连万象之际，沈吟视听之区；诗人，此指《诗经》的作者。联类，联引类推。流连，依恋不忍离去。万象，指宇宙间一切事物或现象。沉吟，沉思吟味，有默默探索研究之意。**写气图貌，既随物以宛转**；这是承上文"流连万象"说的。气、貌，指自然之气象和状貌。图，描绘。物，指客观自然。宛转，曲折随顺。此指要顺其物而推移，不能随意篡改自然，而要与客观景物宛转相符。**属采附声，亦与心而徘徊。**这又是承上文"沉吟视听"说的。属，连缀。心，指主观的情感。徘徊，此指思想上对外物的反复捉摸，提炼和改造，使之成为人化的自然。"随物宛转"和"与心徘徊"二句是不能分割的。它们相反相成，说的是一回事。这是"神与物游"的进一步发挥，极尽流连之趣，已经达到了心物交融的境地。**故灼灼状桃花之鲜，依依尽杨柳之貌**，灼灼，鲜明的样子。《诗经·周南·桃夭》"桃之夭夭，灼灼其华"。依依，枝条轻柔的样子。《诗经·小雅·采薇》："昔我往矣，杨柳依依。"**杲杲为出日之容，瀌瀌拟雨雪之状，**杲杲〔gǎo 稿〕，形容太阳的明亮。《诗经·卫风·伯兮》："其雨其雨，杲杲出日。"瀌瀌〔biāo 标〕，雨雪极盛貌。《诗经·小雅·角弓》："雨雪瀌瀌，见晛〔xiàn 现〕曰消。"**喈喈逐黄鸟之声，喓喓学草虫之韵。**喈喈〔jiē〕，声音和谐。《诗经·周南·葛覃》："黄鸟于飞，集于灌木，其鸣喈喈。"喓喓〔yāo 妖〕，虫鸣声。《诗经·召南·草虫》"喓喓草虫"。韵，节奏。**皎日嘒星，一言穷理，**皎，明亮。《诗经·王风·大车》"有如皎日"。嘒，微小。《诗经·召南·小星》："嘒彼小星"。一言，一字。**参差沃若，两字穷形：**参差，长短不齐。《诗经·周南·关雎》："参差荇菜。"沃若，鲜美茂盛。《诗经·卫风·氓》："桑之未落，其叶沃若。"两字，指"参差"、"沃若"，皆用二字以形容荇菜和桑叶。**并以少总多，情貌无遗矣。**总，综合概括之意。言用极少的文字蕴藏丰富的含义，把事物的情态，丝毫无遗地表现出来。**虽复思经千载，将何易夺？**夺，更换，改动。**及《离骚》代兴，触类而长，**长，指事物的发展。**物貌难尽，故重沓舒状，**重沓，繁多。舒，形容。**于是嵯峨之类聚，葳蕤之群积矣。**嵯峨〔cuó é〕，形容山岭连绵高险貌。葳蕤 草木茂盛枝叶下垂的样子。**及长卿之徒，诡势瓌声，**长卿，西汉作家司马相如之字。他们的文章写得奇特、音节力求悦耳。**模山范水，**模、范，动词，描绘。**字必鱼贯，**指用双声、叠韵等联绵字，象鱼一样前出后继。**所谓诗人丽则而约言，辞人丽淫而繁句也。**扬雄《法言·吾子》："诗人之赋丽以则，辞人之赋丽以淫。"则，法则。淫，过度。

至如《雅》咏棠华，或黄或白；棠，同裳。《诗经·小雅·裳裳者华》："裳裳者华，或黄或白。"《毛传》："裳裳，犹堂堂也。"**《骚》述秋兰，绿叶紫茎；**骚，指《楚辞》。《九歌·少司命》："秋兰兮青青，绿叶兮紫茎。"《骚》与《雅》对，故不称《九歌》。**凡摛表五色，贵在时见，若青黄屡出，则繁而不珍。**摛〔chī〕，铺陈。见，出现。

自近代以来，文贵形似，窥情风景之上，钻貌草木之中。近代，指晋宋以来。窥，从小孔、缝隙或隐僻处看，此处引申为仔细观察。**吟咏所发，志惟深远！体物为妙，功在密附。**志，指作者的创作情志。密附，尽量附合客观事物真相。**故巧言切状，如印之印泥，**巧言，措辞巧妙。切，切合。**不加雕削，而曲写毫芥。**雕削，即雕琢。曲写，曲折尽状。毫芥，指轻微纤细的事物。**故能瞻言而见貌，印字而知时也。**印，范文澜《文心雕龙注》：疑作即。瞻，看。时，指四时。以上所论与《明诗篇》"俪采百字之偶，争价一句之奇，情必极貌以写物，辞必穷力而追新"相似，皆言晋宋以来诗、赋写景之异于前代，竞相争奇。**然物有恒**

姿，而思无定检，恒，经常，永久。检，法则，法式。或率尔造极，或精思愈疏。率尔，不经心，随便。造极，达到理想之高度。疏，远。此四句言，物之恣态有常，而人之运思多变，故有时随意命笔，却写得惟妙惟肖；而有时深思熟虑，却难于心物无间。　且《诗》《骚》所标，并据要害，故后进锐笔，怯于争锋。标，举。要害，指问题的关键。争锋，较量。莫不因方以借巧，即势以会奇，因方，即依据《诗》、《骚》描写风景的方法写作。即势，即按《诗》、《骚》的趋势来铸造情辞。善于适要，则虽旧弥新矣。是以四序纷回，而入兴贵闲；四序，四季。纷回，物色纷至沓来。入兴贵闲，言作者见四时风物之变迁，感发兴起，要内心闲静。《神思》："是以陶钧文思，贵在虚静，疏瀹五藏，澡雪精神。"即为此意。物色虽繁，而析辞尚简；析辞尚简，即如上文所说"一言穷理""两字穷形"之意。使味飘飘而轻举，情晔晔而更新。晔晔〔yè〕，光彩的样子。古来辞人，异代接武，莫不参伍以相变，因革以为功，武，半步。接武，即接踵。参伍，指错杂。因，沿袭。革，改变。因革，继承革新。物色尽而情有余者，晓会通也。会通，融会贯通。若乃山林皋壤，实文思之奥府，略语则阙，详说则繁。奥，深。阙，同缺。然屈平所以能洞监《风》《骚》之情者，抑亦江山之助乎！洞监，深入察看。

　　赞曰：山沓水匝，树杂云合。沓，重迭。匝〔zā〕，合，聚集。目既往还，指对客观景物的反复观察。心亦吐纳。受物感召而情有所发。**春日迟迟，秋风飒飒。** 迟迟，指春日长而舒缓。飒飒〔sà〕，秋风声。**情往似赠，兴来如答。** 言作者观景物一往情深，景物又引起作者的创作激情，好象赠答一样。

说　明

《物色》是《文心雕龙》的第四十六篇。《文选》赋体有"物色"类。李善注曰："四时所观之物色而为之赋。"又云："有物有文曰色，风虽无正色，然亦有声。"按范文澜的《文心雕龙注》：《物色》"当移在《附会篇》之下，《总术篇》之上。盖物色犹言声也，即《声律篇》以下诸篇之总名，与《附会篇》相对而统于《总术篇》。今在卷十之首，疑有误也。"又据《序志篇》曰："崇替于《时序》，褒贬于《才略》，怊怅于《知音》，耿介于《程器》。"亦可见《物色》本不在《时序》和《才略》之间。因此，按作者原意和范注，本篇应移作第四十四篇。其主要内容是谈文学创作和自然景物的关系以及文学究竟怎样来反映现实等问题。

全文共分四个部分，阐明如下几个问题：

首先，论述了自然景物与文学创作的关系问题。刘勰认为客观景物是文学描写的对象，创作开始于对外物的感受："物色之动，心亦摇焉。"随着四季景物的不同变化，人们就会产生相应的不同的思想感情，而文学就是这种感情的抒发，所以"情以物迁，辞以情发"。这种对物、情、辞的阐述，说明了三者之间的主从关系，肯定了外物对于文学创作的重要意义。这也是刘勰崇实主真的文学观点的反映。他在《征圣篇》中就提出了文学创作的一个基本原则："志足而言文，情信而辞巧。"可见他非常重视文学的真实性，强调文学要真实地反映现实和真实地表现作者的思想感情。这是唯物的观点，表明了文学是客观现实的反映的道理。

其次，总结了《诗经》描写景物的经验：情景交融，语言简练。刘勰认为这与诗人有感于物，联想丰富，流连万象，随物宛转，达到心物交融的境地是分不开的。只有这样，才可能用简洁的文字，概括丰富的内容，表现事物的情态，做到"以少总多，情貌无遗"。而对辞赋家的"模山范水，字必鱼贯"的过分追求形式的倾向，则持否定和批评的态度。他还指出，描绘景物的声色"贵在时见"；不要写"摛表五色，青黄屡出"的作品。

再次，主张描写自然景物既要形似，又要神似；反对晋宋以来片面追求"文贵形似"的不良风气。刘勰认为描写景物不是抄袭自然，而是要从深远的情志出发，去仔细体察吟咏万物的声色。在写作上要象《诗经》、《楚辞》那样善于抓住事物的要点，才能做到"四序纷迴，入兴贵闲；物色虽繁，析辞尚简。"历代优秀的作家都是在继承前代遗产的基础上，才使文章的景物描写既详尽而又含蓄。因此，必须对《诗经》、《楚辞》以来的优良传统加以认真的学习和总结。

最后，点出本文的主旨，也是对全文的总结。说明山川景物是文思的源泉。诗人触景生情，缘情而发，达到情景交融，物我一体的境界才能写出动人的诗篇。

刘勰的这些观点，对我们今天的创作仍有其借鉴意义。

文心雕龙·知音

刘　勰

知音其难哉！知音，本指善于欣赏音乐。这里借指对文学作品的正确理解和评价。音实难知，知实难逢，逢其知音，千载其一乎！夫古来知音，多贱同而思古，贱，轻视。同，指同时代的人。所谓"日进前而不御，遥闻声而相思"也。此两句见《鬼谷子·内揵〔jiàn 建〕篇》。御，使用。声，名声。昔《储说》始出，《子虚》初成，秦皇汉武，恨不同时。既同时矣，则韩囚而马轻，岂不明鉴同时之贱哉？韩非事，见《史记·老庄申韩列传》。韩非曾作《孤愤》、《五蠹》、《内外储》、《说林》、《说难》等篇。其书传至秦。秦王见《孤愤》、《五蠹》之书曰："嗟乎！寡人得见此人，与之游，死不恨矣！"后来韩非到了秦国，由于李斯、姚贾等的陷害，被逼自杀。司马相如事，见《史记·司马相如列传》，相如工辞赋，汉武帝读其《子虚赋》，恨不同时。

后得召见，相如作《上林赋》，武帝任为郎。晚年免官闲居，郁郁而死。**至于班固、傅毅，文在伯仲，而固嗤毅云："下笔不能自休。"**见曹丕《典论·论文》注。**及陈思论才，亦深排孔璋；**陈思，陈思王曹植。其讥孔璋（陈琳）之事见其《与杨德祖书》。**敬礼请润色，叹以为美谈；**敬礼，丁廙〔yì 异〕字敬礼，汉末作家，曹植之好友。润色，对文字加以修饰。丁廙请曹植替他点定文字。曹植称道丁通达谦逊，引丁氏的话以为美谈。美谈，人们乐于称道的好事情。**季绪好诋诃，方之于田巴，意亦见矣。**季绪，刘修字季绪，汉末作家。诋诃〔hē 喝〕，诽谤。方，比拟。田巴，齐国辩士，曾被鲁仲连所驳倒。曹植《与杨德祖书》："刘季绪才不能逮于作者，而好诋诃文章，掎摭利病。昔田巴毁五帝、罪三王、訾五霸于稷下，一旦而服千人。鲁连一说，使终身杜口。刘生之辩，未若田氏，今之仲连，求之不难，可无叹息乎！"**故魏文称"文人相轻"，非虚谈也。**见《典论·论文》。**至如君卿唇舌，而谬欲论文，**楼护字君卿，西汉末年辩士。唇舌，指其口才。**乃称史迁著书，谘东方朔。**史迁，司马迁。谘〔zī〕，询问。东方朔，西汉作家。此语见《史记·自序》司马贞《索隐》，但《索隐》所言与本文有出入。**于是桓谭之徒，相顾嗤笑。**桓谭，东汉初年著名学者，著有《新论》。**彼实博徒，轻言负诮，况乎文士，可妄谈哉！**彼，指楼君卿。博徒，赌徒，指贱者。诮〔qiào 窍〕，讥笑。意思是说，楼护以博徒而轻言文章得失，故宜为桓谭所讥诮。**故鉴照洞明，而贵古贱今**

者，二主是也；二主，指秦始皇与汉武帝。才实鸿懿，而崇
已抑人者，班、曹是也；鸿懿〔yì 忆〕，大而美。班、曹，班固、曹
植。学不逮文，而信伪迷真者，楼护是也。信伪迷真，指
楼护相信司马迁请教东方朔的错误传说。酱瓿之议，岂多叹
哉！瓿〔bù〕，古代器名，盛行于商代。酱瓿，《汉书·扬雄传》："雄著
《太玄》，刘歆亦尝观之。谓雄曰：'空自苦！今学者有利禄，然尚不能
明《易》，又如《玄》何？吾恐后人用覆酱瓿也'。"言刘歆担心扬雄的《太
玄》一书被后人用来盖酱坛子。

　　夫麟凤与麏雉悬绝，珠玉与砾石超殊，麏〔jūn 均〕，
同麇，即麇。雉〔zhì 至〕，鸟名，亦称野鸡。悬绝，相差极远。砾〔lì 历〕
石，碎石，瓦砾。白日垂其照，青眸写其形。眸，眼珠。青眸，
清亮的眼睛。然鲁臣以麟为麏，指冉有。楚人以雉为凤，据
《尹文子·大道下》记载，楚国有一人担着山雉，过路人问他是什么
鸟，他欺骗他，说是凤凰。于是那人买下山雉，进献于楚王。魏氏以
夜光为怪石，魏氏（氏一作民），《尹文子·大道下》："魏之田父，得
玉径尺，不知其玉也，以告邻人。邻人绐〔dài〕之曰：'怪石也。'归而
置之庑下，明照一室，怪而弃之于野。"宋客以燕砾为宝珠。
据《艺文类聚》引《阙子》说，宋国有一个愚笨之人，在梧台之东得一块
燕石，以为是宝珠，归而藏之。周客闻而观焉，笑曰："此特燕石也，与
瓦甓不殊。"形器易征，谬乃若是；文情难鉴，谁曰易分？
征，证验。鉴，审察。

　　夫篇章杂沓，质文交加，杂沓，众多杂乱貌。质文，指作

品的思想内容和艺术形式。**知多偏好，人莫圆该。**知，知音者。该，通赅，包括一切。圆赅，尽备。**慷慨者逆声而击节，**逆声，迎着声音。节，一种古代乐器，用竹编成，可拍之成声，以调节乐曲。击节，点拍。此处引伸为对诗文或艺术的赞赏。**酝藉者见密而高蹈，**酝藉，同蕴藉，宽和而有涵容。密，细密，深沉。高蹈，精神为之遐想远举。亦赞赏意。**浮慧者观绮而跃心，爱奇者闻诡而惊听。**浮慧者，浮浅而又聪明的人。诡，怪异。**会己则嗟讽，异我则沮弃，**会己，合于自己的爱好。嗟，称叹。讽，诵读。异，违背。沮弃，沮丧而抛弃。**各执一隅之解，欲拟万端之变。**隅，角落。拟，衡量。所谓东向而望，不见西墙也。

　　凡操千曲而后晓声，观千剑而后识器。操千曲，极言通晓曲调之多。桓谭《新论》："音不通千曲以上，不足以为知音。"观千剑，《新论》："扬子云工于赋，王君大习兵器。余欲从二子学。子云曰：'能读千赋则善赋。'君大曰：'能观千剑则晓剑。'"**故圆照之象，务先博观。**圆照，全面观察。象，方法。务，必须。**阅乔岳以形培塿，酌沧波以喻畎浍。**乔岳，大山。培塿，小丘。沧波，大海。畎浍〔quǎn kuài 犬快〕，小沟。**无私于轻重，不偏于憎爱；然后能平理若衡，照辞如镜矣。**衡，秤。**是以将阅文情，**文情，指作品的思想内容与艺术形式。**先标六观：一观位体，**位体，安排作品的主题思想。**二观置辞，**置辞，遣词造句。**三观通变，**通变，指作品的继承与革新。**四观奇正，**奇正，两种不同的风格。**五观事义**，事义，即事理，指作品中所引的往事和典故。**六观宫商。**宫商，指声律。**斯术既形，则优劣见矣。**

夫缀文者情动而辞发，观文者披文以入情；披，翻阅。**沿波讨源，虽幽必显**。波，指作品的文辞。讨，研究，寻求。源，指作家的思想感情。**世远莫见其面，觇文辄见其心**。觇〔chān 掺〕，看。**岂成篇之足深，患识照之自浅耳。夫志在山水，琴表其情**；志在山水，琴表其情，《吕氏春秋·本味》："伯牙鼓琴，锺子期听之。方鼓琴而志在泰山，锺子期曰：'善哉乎鼓琴，巍巍乎若泰山。'少选之间，而志在流水，锺子期又曰：'善哉乎鼓琴，汤汤乎若流水。'"**况形之笔端，理将焉匿？**匿，隐藏。**故心之照理，譬目之照形**，心，指读者的内心。理，指作品所含的道理。**目瞭则形无不分，心敏则理无不达**。瞭，目明。达，通晓。**然而俗监之迷者，深废浅售**。监，通鉴，察看。售，卖，销行。这句说，世间眼光庸俗的读者，对内容深的反而抛弃，浅薄的却赞赏不已。**此庄周所以笑《折杨》，宋玉所以伤《白雪》也**。笑，讥笑。《折杨》，《庄子·天地》："大声不入于里耳，《折杨》、《皇荂》，则嗑然而笑。"《折杨》、《皇荂》均为古代俗曲。伤，感叹。《白雪》，即《阳春白雪》。**昔屈平有言："文质疏内，众不知余之异采。"见异唯知音耳**。引文见《楚辞·九章·怀沙》。文质疏内，即文疏质内。文，指外表。疏，粗疏。质，本质。内，通讷，朴质。**异采,指与众不同的才华。异,即异采。扬雄自称"心好沉博绝丽之文",其事浮浅,亦可知矣。**引文见扬雄《答刘歆书》:"雄为郎之岁,自奏少不得学,而心好沉博绝丽之文"。沉博,深沉广博。绝丽,绝妙华丽。其事浮浅,范文澜疑当作"不事浮浅"。事,从事于。**夫唯深识鉴奥,必欢然内怿;**深识鉴奥,指见解深刻,能洞察作品奥妙的人。内,内心。怿〔yì 译〕,喜悦。**譬春台之熙众人,乐饵之止过客。**熙,乐。《老子·二十章》:"众人熙熙,……如登春台。"乐,音乐。饵,食物。《老子·三十五章》:"乐与饵,过客止。"此句说,好的音乐和食品可以留住过客。**盖闻兰为国香,服媚弥芬;书亦国华,玩泽方美。**服,佩带。媚,爱。弥,更加。华,精华。泽,当作绎。绎,抽丝,引伸为寻究事理。**知音君子,其垂意焉。**垂意,留意。焉,于此。

　　赞曰:洪钟万钧,夔旷所定。洪,大。钧,古代重量单位。夔〔kuí 葵〕,舜时乐官。旷,师旷,春秋时晋国乐师。**良书盈箧,妙鉴乃订。**箧〔qiè 切〕,书箱。妙鉴,卓越的见解。订,评议,判断。**流郑淫人,无或失听。**流,流传。郑,郑声,古人以郑声为靡靡之音。淫,过度,无节制。淫人,使人误入歧途。失听,误听。**独有此律,不谬蹊径。**律,法则。蹊径,道路。

说　　明

　　《知音》是《文心雕龙》的第四十八篇,主要论述关于如何正确评价作品的问题。全文共分四段和一个结语。

第一段，论知音之难遇。作者开篇就发出"知音其难哉！"的浩叹，以此说明要公正而恰当地对作品进行评价，是极不容易的。"音实难知，知实难逢。"纵观古今，刘勰把不能正确评价作家作品的原因，归咎于批评者所持的三种偏见，即"贵古贱今"，"崇己抑人"和"信伪迷真"。他反对这些偏见给文学批评带来的弊端，主张从作品实际出发来评价作家作品。在六朝形式主义文风盛行的情况下，坚持这样的观点是难能可贵的。

第二段，论难知之故。刘勰认为作品难于正确评价，有两方面的原因：一是"篇章杂沓，质文交加"；二是"知多偏好，人莫圆该。"他首先将有形之物与无形之文加以比较，说明具体的东西本来容易分辨，然而竟有人"以麟为麏"，"以雉为凤"，"以夜光为怪石"，"以燕砾为宝珠"。居然荒谬到如此程度！更何况是头绪纷繁，千姿百态的文学作品呢？文学并不是有形可触有色可辨的东西，而是一种语言艺术。文学通过形象来反映生活，作者的思想倾向是比较隐蔽的，他总是把自己的爱憎感情融注于作品的形象之中。文学的这一特殊规律，致使批评者难于掌握作品的客观原因。所以刘勰说："文情难鉴，谁曰易分？"

读者的偏爱，是难于正确评价作品的主观原因。偏爱者往往对合于自己胃口的作品大加称赞，而不合于自己心意的就置之不理。他们都用自己的喜爱为尺度，来衡量千变万化的文学作品，这就必然形成"东向而望，不见西墙"的结果了。

　　第三段，论音本易知之理。刘勰虽然认为"文体难鉴"，作品的思想内容不易掌握。但他也认为作品仍然是可以认识的。他非常强调批评家的修养和"博观"对正确评价作品的重要意义。所谓"操千曲而后晓声，观千剑而后识器"，就是指包括创作实践经验在内的广博知识。刘勰还强调在评价作品时，要进行比较分析，即"阅乔岳以形培塿，酌沧波以喻畎浍。"只有善于比较分析，才能鉴别作品的好坏和高低。知识技能的掌握对评价作品固然重要，而"无私于轻重，不偏于爱憎"的正确态度，更是公正评价作品所不可缺少的条件。只有这样，才能"平理若衡，照辞如镜。"

　　究竟怎样来鉴别文情呢？刘勰提出要从六个方面去考察：一看作品的情志安排；二看作品的遣辞造句；三看作品的通古变今；四看作品的表现手法；五看作品的典故运用；六看作品的音调韵律。这六个方面，实际都包括在作品的思想内容和艺术形式中。刘勰认为，若按"六观"的标准来衡量作品，就可看出作品的成败得失。这说明作品的思想内容和艺术形式都是可以认识的。刘勰提出的"六观"对我们今天的文艺批评，仍有借鉴的意义。

　　第四段，论知音程序在于"沿波讨源"和"深识鉴奥"，即由表及里，洞察入微。刘勰认为，文学批评的途径与文学创作恰恰相反。文学创作是由内容（"情"）到形式（"辞"），而文学批评则是由形式（"文"）到内容（"情"），即所谓"缀情者情动而辞发，观文者披文以入情。"批评家通过文辞来理解内容的过程叫"沿波讨源"，只有这样，才能够达到"虽幽必显"。正如他在《序志》篇中所说："振叶以寻根，观澜而索源。"也只有这样，才能"按辔文雅之场，环络藻绘之府"。这是如何做好评论工作的一个方面。另一个方面，只有见识卓越，能洞察作品深意的人，才可能对作品进行正确的评论。

最后，点明本文的宗旨：真正的好作品，需要依靠见识高明的评论家来作出公允的评价，而要正确地评价文学作品，只有遵守文学批评的正常规律，才不至于走上错误的道路。

文心雕龙·序志

刘　勰

　　夫文心者，言为文之用心也。 为文，作文。**昔涓子
《琴心》，** 涓子，据黄侃《文心雕龙札记》说，即《史记·孟子荀卿列
传》中的环渊，也作蜎子。楚人，著书上下篇，《琴心》疑即此书之名。
王孙《巧心》， 《汉书·艺文志》儒家类著录有《王孙子》一篇，一名
《巧心》。**心哉美矣，故用之焉。** "心"这个词美得很呀！故用
它来作为书名。**古来文章，以雕缛成体，岂取驺奭之群
言雕龙也。** 缛，繁盛。雕缛，喻修饰文章。驺奭〔zōu shì 邹士〕，
齐人，《汉书·艺文志》阴阳家类著录有《驺奭子》十二篇。据说他写
文章，就象雕刻龙纹一样的细致。故号曰"雕龙奭"。这几句说，文章
的写作，自古以来都是很讲究修饰的，我用"雕龙"二字作书名，哪里
是因为前人曾用来称颂、赞美驺奭文彩的缘故呢？**夫宇宙绵邈，**
绵邈，长远。**黎献纷杂，** 黎，黎民。献，贤者。黎献纷杂，众人与

贤者混杂。**拔萃出类，智术而已。**萃，草木丛生的样子。拔、出，超过。智术，指人的智慧。**岁月飘忽，**谓时间容易过去。**性灵不居，**性灵，指人的性质秀灵。居，停留。此句喻人的才智不能永远存在。**腾声飞实，制作而已。夫有肖貌天地，禀性五才，**有，范文澜《文心雕龙注》疑是"人"字之误。《汉书·刑法志》："夫人肖天地之貌，怀五常之性。"五才，五常。颜师古注："五常，仁、义、礼、智、信。"也有说五常是指金木水火土的。**拟耳目于日月，方声气乎风雷，**这二句说，人的耳目，好比日月，人的声气，好比风雷。**其超出万物，亦已灵矣。**灵，灵异。**形同草木之脆，名逾金石之坚。**逾，超过。**是以君子处世，树德建言，**树德，树立功德。建言，著书立说。**岂好辩哉，不得已也。**哪里是我喜好辩论，实在是不得已呀！

　　予生七龄，乃梦彩云若锦，则攀而采之。齿在逾立，齿，指年龄。逾立，年过三十岁。《论语·为政》："三十而立。"**则尝夜梦执丹漆之礼器，随仲尼而南行，**礼器，指祭祀之笾豆。《论语·泰伯》："笾豆之事，则有司存。"笾和豆都是祭祀的器皿，笾是竹制的，豆是木制的。这二句说，自己曾梦见捧着红漆的祭器，随孔子而南行。**旦而寤，乃怡然而喜，**旦，天明。寤，醒来。怡，快乐。**大哉圣人之难见哉，乃小子之垂梦欤！**垂梦，托梦。此言伟大的圣人是很难见的，他竟然给我这个无名小子托梦啊！**自生人以来，未有如夫子者也。**生人，人类。夫子，孔子。**敷赞圣旨，莫若注经，**敷，陈述。赞，赞颂。敷赞，阐明。**而马郑诸儒，弘之已精，**马，马融。郑，郑玄。郑是马的学生，他们都是东汉时期著名的大经学家。弘，大。这二句说，马郑二人对经书的阐述已经很精到。**就有深解，未足立家。**就，即使。**唯文章之用，实经典枝条，五礼资之以成，**五礼，《礼记·祭统》说："凡治人之道，莫急于礼；礼有五经，莫重于祭。"郑玄注："礼有五经，谓吉礼、凶礼、宾礼、军礼、嘉礼也。"资，凭借。**六典因之致用，**六典，治典、教典、礼典、政典、刑典、事典。此句谓国家的各种政策法令都依赖文章来颁布。**君臣所以炳焕，军国所以昭明，详其本源，莫非经典。而去圣久远，文体解散，辞人爱奇，言贵浮诡，**辞人，指当时的一般辞赋家。诡，诡异。此句言当时一些辞赋家，喜欢追求新奇，在语言上追求浮泛诡伪之词。**饰羽尚画，文绣鞶帨，**饰羽，《庄子·列御寇》记载颜阖曾批评孔子"饰羽而画，以事华辞"，似即此意。文绣，扬雄《法言·寡见》："今之学也，非独为之华藻也，又从而绣其鞶帨〔pán shuì 盘税〕。鞶，大带。帨，佩巾。二句是以在羽毛和佩巾上加花纹来比喻文辞的过于华丽。**离本弥甚，将遂讹滥。盖周书论辞，贵乎体要；**周书，《尚书》。《尚书》说："辞尚体要，不惟好异辞。"体要，体现文章基本思想。**尼父陈训，恶乎异端；**尼父，孔子。陈训，陈述训导，指孔子教导学生。异端，《论语·为政》："攻乎异端，斯害也已。"这里是指儒家以外的诸子百家的学说。**辞训之异，宜体于要。**辞训，是就上文"周书论辞"和"尼父陈训"而言的。此言文辞和学说这二者虽有区别，但都应该以表现基本思想为主。**于是 搦 笔和墨乃始论文。**

　　详观近代之论文者多矣：至于魏文述典，指魏文帝曹丕的《典论·论文》。**陈思序书，**指陈思王曹植的《与杨德祖 书》。**应玚文论，**现存应玚的《文质论》是讲文与质的关系。**陆机《文赋》，仲洽《流别》，**晋代学者挚虞，字仲洽。这里是指他的《文章流别论》。**弘范《翰林》，**晋代学者李充，字弘范。这里是指他的《翰林论》。**各照隅隙，鲜观衢路，**隅，角落。隙，孔穴。隅隙，指文章的次要方面。衢路，即大路，指文章的主要方面。**或臧否当时之才，**臧否〔pǐ 匹〕，褒贬。**或铨品前修之文，**铨品，评论。前修之文，前人的作品。**或泛举雅俗之旨，**旨，宗旨。**或撮题 篇章之意。**撮，总括。这句说，有的只概括了作品的内容。**魏典密而不周，**曹丕的《典论·论文》虽细密，但不完备。**陈书辩而无当，**曹植《与杨德祖书》虽有辩才，但不够恰当。**应论华而疏略，**应玚的《文质论》虽有文彩，但内容空疏而简略。**陆赋巧而碎乱，**陆机《文赋》虽讲得巧妙，但琐碎杂乱。**《流别》精而少巧，**巧，当为"功"。《史记·太史公自序》："儒者博而寡要，劳而少功。"这里指挚虞的《文章流别论》虽讲得精湛，但不切实用。**《翰林》浅而寡要。**指李充的《翰林论》内容浅薄，又写的不得要领。**又君山公幹之徒，**君山，东汉初年学者桓谭字君山，他在《新论》中偶有论文的观点。公幹，刘桢字公幹，其论文著作今不传。**吉甫、士龙之**

辈，吉甫，西晋学者应贞字吉甫，论文著作今不传。士龙，西晋作家陆云字士龙,陆机的弟弟,他的文学主张大都表达在给他哥哥的信里。**泛议文意，往往间出，并未能振叶以寻根，观澜而索源。**振,摇动。叶,枝叶。根,根本。澜,波澜。源,源头。这里是用枝叶和波澜比喻作品的枝节,用根本和源头比喻作品的要领。**不述先哲之诰，无益后生之虑，**先哲,古代的圣人。诰,教导。虑,思考。此二句说,不阐述古代圣贤的教导,对后人讨论文章,没有什么帮助。

　　盖文心之作也，文心,指《文心雕龙》。**本乎道，**道,本书第一篇《原道》之道。**师乎圣，**圣,本书第二篇《征圣》之圣。**体乎经，**经,本书第三篇《宗经》之经。**酌乎纬，**纬,本书第四篇《正纬》之纬。**变乎骚，**骚,本书第五篇《辨骚》之骚。**文之枢纽，亦云极矣。**极,尽。这二句说,文章的关键也说得极其清楚了。　**若乃论文叙笔，**"文"和"笔"是六朝人对文章体制的辨析。以有韵为文,无韵为笔。**则囿别区分，**囿、区,同指写作的领域。别、分同义,指把"文"和"笔"区别开来。**原始以表末，**原始,追溯文体的起源。表末,论述文体的演变。**释名以章义，**章,彰,明。此句意为解释各种文体的名称来表明各种文体的含义。**选文以定篇，**选取各体的代表文章来作为每种体裁的范文。**敷理以举统。**阐述各体文章的写作要求,使其构成系统。**上篇以上，纲领明矣。**上篇,本书《书记》篇以上各篇。**至于割情析采，**割,一作剖。此句指

《情采》篇。**笼圈条贯**：笼圈，包举的意思。条贯，条理。此句说，全面指出写作的条理。**摛神性**，摛，发布，引申为陈述。神性，指本书的《神思》篇和《体性》篇。**图风势**，图，描绘，引申为说明。风势，指本书的《风骨》篇和《定势》篇。**苞会通**，苞，同包，包括。会通，指本书的《附会》篇和《通变》篇。**阅声字**，阅，检察。声字，指本书的《声律》篇和《练字》篇。**崇替于时序**，崇替，盛衰。此句谓从《时序》篇中看到文章的盛衰。**褒贬于才略**，从《才略》篇中评价了历代作家的才华。**怊怅于知音**，怊怅，感叹。此句谓在《知音》篇中感叹在文学批评中难得知音。**耿介于程器**，耿介，感慨。此句谓在《程器》篇中对作家的政治品质和品德修养发了感慨。**长怀序志，以驭群篇。**长怀，远大的怀抱。此二句说，在《序志》篇中抒发了自己远大的抱负以统帅全书。**下篇以下，毛目显矣。**下篇，指本书《神思》篇以下。毛目，细目。**位理定名**，位，位次。此句谓安排理论，确定篇目的名称。**彰乎大易之数**，彰，明。大易，大衍。《易·系辞上》："大衍之数五十，其用四十有九。"此言《文心雕龙》五十篇，正好符合《易经》的大衍之数。**其为文用，四十九篇而已。**这里指《文心雕龙》五十篇，除本篇《序志》为全书的序言外，正文也恰好是四十九篇。

　　夫铨序一文为易，弥纶群言为难。铨序，铨衡，评述。弥纶，包举，综合。**虽复轻采毛发，深极骨髓，**毛发，喻创作中的枝节问题。骨髓，喻创作中的根本问题。**或有曲意密**

源，似近而远，辞所不载，亦不胜数矣。这四句说，有的
作家曲折的用意与隐密的根源，看起来似乎浅近而实际是很深远的，
本书没有讲到的，那也是很多很多的。及其品列成文，有同乎
旧谈者，非雷同也，势自不可异也；有异乎前论者，非
苟异也，理自不可同也。同之与异，不屑古今，擘肌分
理，唯务折衷。不屑，不在乎。擘〔bò 播〕肌分理，分析文章的
文理。折衷，公正，适当。按辔文雅之场，环络藻绘之府，
亦几乎备矣。按辔，握住马缰绳。环络，环绕。此三句意为，驰
骋于文学园地，差不多全做到了。但言不尽意，圣人所难；识
在瓶管，何能矩矱，瓶管，比喻见识浅薄。矩矱〔huò 货〕，规矩，
法度。后二句自谦见识浅薄，怎么能为别人树立一个标准呢？茫茫
往代，既沉予闻，茫茫，遥远。沉，沉陷。此二句说，遥远的古
代，已使我沉浸在知识的海洋里。眇眇来世，倘尘彼观也。眇
眇，茫茫。倘，一作"谅"。尘，尘埃，沾污，自谦之词。此二句说，在渺
茫的将来，这本书或许会妨碍后人的眼界吧。

　　赞曰：生也有涯，无涯惟智。涯，边际，尽头。智，知
识。逐物实难，凭性良易。物，指客观事物。性，指人的天性。
这二句说，用有限的人生去钻研无穷的客观事物确实是很难的，如果
只凭个人的性情去做，倒是容易的。傲岸泉石，咀嚼文义。傲
岸，高傲。泉石，泉水山石。这二句说，作者愿意隐居泉石山林，细细
体会文章的意义。文果载心，余心有寄。载心，表达心意。

寄，寄托。此二句说，这本书如果真能表达自己的心意，我的心就感
到宽慰了。

<h2 style="text-align:center">说　　明</h2>

《序志》是《文心雕龙》的最后一篇。它是全书的总序。
古人著书，序言往往排在书后。本篇除对书名作了解释外，
主要是阐述了写作《文心雕龙》的动机、目的，以及全书的体
例和主要内容。作者在最后还以亲身的体验，谈到了理论
著作的甘苦和自己写作的基本态度。全文一共分五个自然
段。

第一段，首先对书名作了解释。所谓“文心”，即指作文
之用心，就把作文的纲领、作文的方法，以及文学的体裁和
文学批评都包括进去了。所谓“雕龙”，即指作文如雕刻龙
纹一般，以比喻作文的精细和要讲究文彩，就把当时南朝人
着重文彩的特点显示出来了。从书名的解释上，可以看出
作者不仅对文学的特征已经有了较明确的认识，而且还是
文学作品内容与形式的统一论者。其次，论述了创作的重
要性。刘勰认为，宇宙是无穷无尽的，历代贤愚混杂，有的
人之所以能超出众人，无非是靠自己的才智罢了。但是，时
间容易过去，人的智慧不能永远保存，要使自己的声名和事
业永垂不朽，就必须“树德建言”，努力于著述。

第二段，首先热情地歌颂了孔子，深切地表达了作者对
儒家思想的仰慕。在刘勰看来，要阐明儒家思想，最好是给
儒家经典作注，但又考虑到马融、郑玄等人对儒家经典的阐

述已经很精到，即使自己有某些深入的见解，也未必能自成一家，故转而讨论文章的写作。其次，强调了儒家经典的重要作用。刘勰说："五礼资之以成，六典因之致用，君臣所以炳焕，军国所以昭明，详其本源，莫非经典。"他认为文章之用，实经典枝条，写文章的目的，在于阐述儒家经典。因此，他反对当时浮靡的文风，说它们"离本弥甚，将遂讹滥"。由此可以看出刘勰写作《文心雕龙》，其目的主要是为了挽救当时走上歧路的文风。

第三段，作者论述了魏晋以来的一些主要文学批评论著，既肯定了它们的优点，也指出了它们的缺陷。在刘勰看来，他以前的一些文学理论批评家，由于"未能振叶以寻根，观澜而索源"，没有从儒家经典出发，只谈到了一些枝节问题，因而对后人没有什么帮助。

第四段，是阐述《文心雕龙》一书的大致内容及其体例。全书共分四个部分：（一）阐述自己关于文章写作的基本观点。刘勰表明自己写作《文心雕龙》的主要依据是"本乎道，师乎圣，体乎经，酌乎纬，变乎骚"。他认为，文章的根源是道，最精通道的是圣人，所以要向圣人学习。而圣人之道则表现在经书中。所以要以经书为依据，各种文体都是由经书派生的。同时，经学并不等于文学，因而还应当从纬书里吸取文彩，从楚辞中学习行文的变化。这一部分即所谓总论，就包括《原道》、《征圣》、《宗经》、《正纬》、《辨骚》五篇。（二）论述文学的体裁问题。作者对于各种文体追溯其来源，论述了其演变；解释各体的名称，以表明其意义，选取各

体的代表作品,以确定论述的篇章,论述各体的写作理论,
以构成完整的体系。这一部分即所谓文体论,包括《明诗》
到《谐隐》有韵之文十篇和《史传》到《书记》无韵之文十篇,
一共计二十篇。(三)论述文章的创作问题。作者对文学作
品的内容与形式,进行了系统的理论探讨。关于创作中的
构思、想象和组织结构,语言文字等问题都作了全面地论
述。这一部分即所谓创作论,包括《神思》、《体性》、《风骨》、
《定势》、《附会》、《通变》、《声律》、《练字》等二十篇。(四)
论述文学批评问题,作者对自己的文学史观,如何正确评价
作家,怎样评价文学作品,以及作家的政治品质和道德修养
等问题,作了明确的论述。这一部分即所谓批评论,包括
《时序》、《才略》、《知音》、《程器》四篇。最后在《序志》篇里
抒发了自己的远大抱负,统领各篇。这样,全书对写作的各
个方面,就都作了全面而系统的论述。

　　第五段,是作者论述著书的甘苦和自己写作的基本态
度。首先,说明自己有的意见虽与前人相同,但并不是雷同
抄袭,而是事实上不能有别的说法;有的意见虽与前人的说
法不同,也不是故意标新立异,是按理不能相同。不管自己
的意见与前人或今人同与不同,无非是为了找出正确的道
理而已。其次,作者一方面认为"言不尽意,圣人所难",一方
面又表示谦虚,觉得自己见识浅薄,担心此书无益于后人。

　　最后,本篇末尾的"赞",是作者的结束语。一方面感叹
人生有限,学问无边;一方面又希望自己的著作对后人有所
帮助。

诗 品 序

钟　嵘

气之动物，物之感人，故摇荡性情，形诸舞咏。
气，气候。形，表现。舞咏，诗歌。四句言人的思想感情因受外界事
物的影响而引起变化，并用歌舞来表现。照烛三才，晖丽万
有，照烛，照亮。三才，天、地、人。照烛三才，言诗歌对天地间影响
之大。晖丽万有，使万事万物辉煌光丽。灵祇待之以致飨，幽微
藉之以昭告；灵，天神。祇〔qí 奇〕，地神。待，凭借，依靠。致，给与。
飨，同享。幽微，幽深不明。昭告，明白阐发出来。动天地，感鬼
神，莫近于诗。

昔《南风》之词，《卿云》之颂，厥义夐矣。《南风》，相
传为虞舜所作之歌，见三国魏人王肃《孔子家语》。《卿云》，相传舜让
位于禹时，百工相和而作，见《尚书大传》。颂，颂词。夐〔xiòng 诇〕，
深远。夏歌曰："郁陶乎予心"，夏歌，见伪古文《尚书·五子

之歌》。郁陶，积愤而哀思。楚谣曰："名余曰正则。"引文见屈原
《离骚》。**虽诗体未全，然是五言之滥觞也。**诗体，指五言
诗体。未全，还不是完整的五言诗。滥觞，发源，起源。**逮汉李
陵，始著五言之目矣。**李陵，汉成纪（今甘肃秦安县）人，字少
卿，名将李广之孙，善骑射，汉武帝时，为骑都尉。天汉二年（公元前
99年）陵将步卒五千击匈奴。战败投降。后病死于匈奴。他的作品，
在《汉书·苏武传》中有骚体《别歌》一首。《文选》有李陵《与苏武诗》
三首，但历代学者多认为是后人伪托。目，项目，此指五言诗体。**古
诗眇邈，人世难详，**古诗，《文选》载有《古诗》十九首，但《诗
品》卷上对"古诗"的评价中，言"其外'去者日以疏'四十五首"云云，
可见锺嵘当时看到的"古诗"，当有数十首之多。眇邈〔miǎo miǎo 秒
秒〕，遥远。人，此指"古诗"的作者。世，指"古诗"的写作年代。**推其
文体，固是炎汉之制，**炎汉，指汉朝。**非衰周之倡也。**
衰周，周末。**自王、扬、枚、马之徒，词赋竞爽，而吟咏靡
闻。**王，王褒。扬，扬雄。枚，枚乘。马，司马相如。都是西汉著名的
辞赋家。爽，明朗。吟咏，指诗歌。靡闻，无闻。这是说他们在辞赋
上下功夫，互相争胜，却没有听说他们有什么诗歌创作。**从李都尉
迄班婕妤，将百年间，有妇人焉，一人而已。**李都尉，李
陵。班婕妤〔jié yú 杰鱼〕，西汉女作家，名不详，楼烦（今山西朔县）人，
汉武帝时被选入宫，始为少使（汉女官名），后为婕妤（汉女官名）。后
赵飞燕得宠，乘机进谗，班乃居长信宫，作《怨歌行》等自悼。但《怨歌
行》恐系后人伪托。有妇人，指班婕妤。一人，指李陵。**诗人之风，**

顿已缺丧。东京二百载中，惟有班固《咏史》，质木
无文。东京，指东汉，因东汉建都东京洛阳。《咏史》，早期文人五言
诗之一，写孝女缇萦为赎免父亲刑罚，请求为婢的故事。质木，枯燥
无味。无文，语言无文采。降及建安，建安，汉献帝年号(196—
220)。文学史上用"建安"二字时，大多指汉末魏初，并不严格限于汉
献帝建安那二十四年。曹公父子，笃好诗文；曹公父子，曹操
及其子曹丕、曹植等。平原兄弟，郁为文栋；平原兄弟，指曹植
及曹丕。植曾封平原侯。一说应指曹植及其异母弟白马王曹彪。郁，
盛。文栋，文坛的栋梁。刘桢、王粲，为其羽翼；次有攀龙
托凤，自致于属车者，龙、凤，此指"曹公父子"。属车，侍从之
车，指侍从、部属。自致于属车者，自己努力谋求为部属的人。盖将
百计。彬彬之盛，大备于时矣。尔后陵迟衰微，迄
于有晋。陵迟，陵夷，衰微。太康中，三张、二陆、两潘、
一左，太康，晋武帝年号(280—289)。三张，张载与其弟张协、张亢。
张载，字孟阳，安平(今河北安平)人，官至中书侍郎。有《张孟阳集》。
张协，字景阳，官河间内史。有《张景阳集》。张亢，字季阳。二陆，陆
机、陆云。两潘，潘岳与其侄潘尼。潘岳，字安仁，荥阳中牟(今河南
中牟县东)人，曾任给事黄门侍郎。有《潘黄门集》。潘尼，字正叔，曾
任太常卿。有《潘太常集》。一左，左思。勃尔复兴，勃尔，猝然。
踵武前王，踵武，跟着别人的脚步，效法。风流未沫，未沫，没
有停止。亦文章之中兴也。永嘉时，贵黄、老，稍尚虚

谈，永嘉，晋怀帝年号(307—313)。黄、老，黄帝和老子，二人为道家
之祖，用以称代"道家"。虚谈，清谈，专谈玄理。**于时篇什，理过
其辞，淡乎寡味。爰及江表，**爰〔yuán 元〕，于是。江表，江之
外，东晋都建康(今江苏南京市)，故用"江表"代东晋。**微波尚传。**
微波，指"理过其辞，淡乎寡味"的辞风。**孙绰、许询、桓、庾诸
公，**孙绰，字兴公，太原中都(今山西平遥西北)人，东晋玄言诗的代
表作家，有《孙廷尉集》。许询〔xún 旬〕，字玄度，高阳新城(今河北保
定市北)人，东晋著名玄言诗人。桓，桓温，字元子，谯国龙亢(今安徽
怀远西)人，东晋玄言诗的代表作家。庾，庾亮，字元规，颍川鄢陵(今
河南鄢陵西北)人，玄言诗代表作家。**诗皆平典似《道德论》，**
平典，平淡而多故实。道德论，阐述老庄哲理的论文。**建安风力
尽矣。**建安风力，也称"建安风骨。"建安时期的诗歌，大都具有充
实的内容，真切的感情，和明朗刚健的风格。**先是郭景纯用隽
上之才，变创其体；**郭景纯，名璞，河东闻喜(今山西闻喜)人，曾
任王敦记室参军，因反对王敦谋反，被杀。王敦乱平，追赠弘农太守。
以《游仙诗》十四首为其代表作，大抵借游仙咏怀，蔑弃荣华富贵，表
现了对现实的不满，比玄言诗高出一筹，有《郭弘农集》。隽，同俊，才
智出众。变创其体，改变玄言诗，另创诗体。**刘越石仗清刚之
气，赞成厥美。**刘越石，名琨，中山魏昌(今河北无极东北)人，
今仅存诗三首。清刚，诗语清新刚健。赞成，辅助。厥美，指上面的
"变创其体"。**然彼众我寡，未能动俗。**彼，指玄言诗作家。

我,指郭璞和刘琨等人。**逮义熙中,**义熙,东晋安帝年号(405—418)。**谢益寿斐然继作。**谢益寿,名混,字叔源,小字益寿,陈郡阳夏(今河南太康)人,其诗较清新,长于写景,始革东晋玄言诗风。斐然,有文采的样子。继作,继郭璞、刘琨而作。**元嘉中,**元嘉,南朝宋文帝年号(424—453)。**有谢灵运,**南朝宋著名诗人,小名客儿,故又称谢客,他扭转玄言诗风,开创山水诗派。**才高词盛,富艳难踪,**富艳,宏富艳丽。踪,跟踪。难踪,难得赶上他。**固已含跨刘、郭,凌轹潘、左。**凌轹,压倒。**故知陈思为建安之杰,公幹、仲宣为辅;陆机为太康之英,安仁、景阳为辅;谢客为元嘉之雄,颜延年为辅。**颜延年,名延之,琅邪临沂(今属山东)人。其诗与谢灵运齐名,世称"颜谢"。**斯皆五言之冠冕,**冠冕,古代帝王、官员戴的帽子,此借指首要人物。**文词之命世也。**命世,名高一世。

　　夫四言文约意广,取效《风》《骚》,便可多得;每苦文繁而意少,故世罕习焉。文约,文字简约。意广,意思丰富。文繁,文字冗繁。意少,含意甚少。**五言居文词之要,是众作之有滋味者也,故云会于流俗。**流俗,一般人的风俗习惯。**岂不以指事造形,**指事造形,表现事物,摹拟形状。**穷情写物,最为详切者耶!故诗有三义焉:一曰兴,二曰比,三曰赋。文已尽而意有余,兴也;因物喻志,比**

也；直书其事，寓言写物，赋也。宏斯三义，酌而用之，干之以风力，润之以丹采，使味之者无极，闻之者动心，是诗之至也。若专用比兴，患在意深，意深则词踬；踬〔zhì 制〕，阻碍，此指文词不通畅。若但用赋体，患在意浮，意浮则文散，嬉成流移，嬉〔xī 西〕，轻浮。流移，流动，油滑。文无止泊，泊〔bó 博〕，停止。有芜漫之累矣。芜〔wú 吾〕漫，杂乱。

若乃春风春鸟，秋月秋蝉，夏云暑雨，冬月祁寒，祁寒，大寒。斯四候之感诸诗者也。嘉会寄诗以亲，嘉会，美好的宴会。离群托诗以怨。至于楚臣去境，楚臣，指屈原。去境，指被放逐。汉妾辞宫；汉妾，指王昭君。辞宫，指昭君和亲匈奴而告辞汉朝宫庭。或骨横朔野，朔，北方。魂逐飞蓬，飞蓬，飞转的蓬草。或负戈外戍，杀气雄边；杀气，抵御敌人的气概。塞客衣单，孀闺泪尽；塞客，守边的战士。孀闺，指丈夫久征不还的妇女。或士有解佩出朝，一去忘返；佩，官服上佩带的装饰物。解佩，解去佩物，以示辞官。女有扬蛾入宠，再盼倾国；女，指汉武帝李夫人。蛾，指蛾眉。入宠，得到皇帝的恩宠。再盼句，见《汉书·外戚传》中载有李延年歌："北方有佳人，绝世而独立。一顾倾人城，再顾倾人国。宁不知倾城与倾国，佳人难再得。"凡斯种种，感荡心灵，非陈诗何以展其义？非长歌何以骋其情？故曰："《诗》可以群，可以怨。"《论语·阳货》："诗可以兴，可以观，可以群，可以怨。"使穷贱易安，幽居靡闷，莫尚于诗矣。故词人作者，罔不爱好。今之士俗，斯风炽矣。才能胜衣，胜衣，承受得住衣服。才能胜衣，指小孩。甫就小学，甫，刚刚。小学，古人七八岁入小学。必甘心而驰骛焉。驰骛〔wù务〕，奔走，此指努力写诗。于是庸音杂体，庸音，平庸的诗歌。杂体，杂乱的作品。人各为容。各有各的面目。至使膏腴子弟，膏腴子弟，指富家子弟。耻文不逮，不逮，达不到一定水平。终朝点缀，点缀，加以衬托或修饰。分夜呻吟，分夜，半夜。呻吟，作诗。独观谓为警策，警策，语见陆机《文赋》，此指作品优秀。众睹终沦平钝。次有轻薄之徒，笑曹、刘为古拙，曹，曹植。刘，刘桢。古拙，古朴笨拙。谓鲍照羲皇上人，鲍照，南朝宋著名诗人，字明远，东海（今江苏涟水）人，曾为临海王刘子顼前军参军，故世称鲍参军，现存诗二百多首，其中八十多首为乐府诗。今传《鲍参军集》。羲皇，传说中的古帝王，此句指轻薄之徒奉鲍照为至高无上。谢朓今古独步。谢朓，南朝齐著名诗人，字玄晖，陈郡阳夏（今河南太康）人，与谢灵运同族，人称小谢，曾任宣城太守，也称谢宣城。他是"永明体"代表作家之一。现存诗二百多首。其中，山水诗清新流丽，观察入微，描写逼真，意境新颖，摆脱了玄言诗的影响，有《谢宣城集》。而师鲍照，终不及"日中市朝满"；鲍照《代结客少年场行》中句。学谢朓，劣得"黄鸟度青枝"，南朝齐文学家虞炎《玉阶怨》中句。劣得，仅得。徒自弃于高明，无涉于文流矣。

观王公搢绅之士，搢绅，也写为"缙绅"。称有官职的或曾做过官的人。每博论之余，何尝不以诗为口实，口实，此指谈论诗歌。随其嗜欲，商榷不同，淄渑并泛，淄渑〔zī shéng 资绳〕，今山东省内的两条河水。并泛，混合在一起。朱紫相夺，朱紫相夺，指正色的红与杂色的紫混在一起，借喻对诗的不同看法庞杂混淆。喧议竞起，准的无依。准，标准。的，目标。近彭城刘士章，刘士章，名绘，南朝齐彭城（今江苏徐州）人，才思敏捷。原有集十卷，已佚。俊赏之士，俊赏，有才能的赏鉴家。疾其淆乱，欲为当世诗品，口陈标榜，口陈，口头上说说。其文未遂，感而作焉。昔九品论人，《汉书·古今人表》品评人物分为九等。《七略》裁士，《汉书·艺文志》："成帝时，诏刘向校经传诸子诗赋，向条其篇，撮其指意，录而奏之。会向卒，向子歆总群书，而奏《七略》：故有《辑略》、《六艺略》、《诸子略》、《诗赋略》、《兵书略》、《术数略》、《方技略》。"为我国最早的书目。此指分七类来划分作家。校以宾实，校，考校。宾实，名实。诚多未值。未值，品评与实际不符。至若诗之为技，较尔可知，较尔，明显的样子。以类推之，殆均博弈。博，古代一种棋戏。弈，围棋。方今皇帝，皇帝，指梁武帝萧衍。资生知之上才，资，天赋。生知，生下来便知。体沈郁之幽思，体，体察。沈郁，深沉蕴积。幽思，幽深的文思。文丽日月，赏究天人，赏，鉴赏。究，穷究。天人，天理人情。昔在贵游，齐时，竟陵王萧子良开西邸，招文学，萧衍与沈约、谢朓、王融、萧琛、范云、任昉、陆倕皆从游，号称"竟陵八友"。贵游指此。**已为称首，**称首，称为文坛的首领。**况八纮既奄，**八纮〔hóng 红〕，八方，比喻天下。奄，包有。此指萧衍当了皇帝。**风靡云蒸，**风靡云蒸，形容萧衍周围人才济济。**抱玉者联肩，**抱玉，喻有才学的人。联肩，人肩相联，言其多。**握珠者踵武。**握珠，喻有才学的人。踵武，跟着脚迹，言其多。**固以睐汉、魏而不顾，**以，同已，已经。睐〔kàn 看〕，从高往下看。不顾，不屑一顾。**吞晋、宋于胸中。**吞，吞没。**谅非农歌辕议，**农歌，农人之歌。辕议，赶车人的议论。**敢致流别。**敢，岂敢。致，给予。流别，文章的源流与派别。**嵘之今录，**今录，指《诗品》所录。**庶周旋于闾里，**庶，近，差不多。周旋，应酬，流传。闾〔lǘ 驴〕里，乡里。**均之于谈笑耳。**均之于，等于。

一品之中，略以世代为先后，世代，指所录作者的时代。**不以优劣为诠次。**诠次，编次，排列。**又其人既往，其文克定；**克，能。克定，已能定论。**今所寓言，不录存者。**不评论活着的人。

夫属词比事，连缀文词，排比事迹，泛指撰文记事。**乃为通谈。若乃经国文符，**经国文符，治理国家的文书。**应资博古；**资，依赖，凭借。博古，通晓古代事物。此句言应通晓古今，旁征博引。**撰德驳奏，**撰述德行的文章和驳议、表奏。**宜穷往烈。**往烈，以往的功业。**至乎吟咏情性，**吟咏情性，指诗歌创作。**亦

何贵于用事？ 用事，用典。**"思君如流水"**，见徐幹《室思》诗其三。**既是即目；** 即目，指眼前所见。**"高台多悲风"**，见曹植《杂诗》。**亦惟所见；"清晨登陇首"，**《北堂诗钞》卷一五七引张华诗："清晨登陇首，坎壈〔kǎn lǎn 坎览〕行路难。坎壈，困顿，不得志。**羌无故实，** 羌，发语词。故实，典故。**"明月照积雪"，** 见谢灵运《岁暮》。**讵出经、史？** 讵〔jù 巨〕，岂。**观古今胜语，** 胜语，诗中优秀句子。**多非补假，** 补，补缀。假，假借。**皆由直寻。** 直寻，直接寻找，指作者的直接感受，所谓即目所见。**颜延、** 即颜延之。**谢庄，** 南朝宋文学家，字希逸，陈郡阳夏（今河南太康）人，曾任中书令，加金紫光禄大夫，善诗赋，格调飘逸，文笔清丽，然内容贫乏，好堆砌典故，伤于繁密，著诗文四百余篇。原集十九卷，已散佚，明人辑有《谢光禄集》。**尤为繁密，于时化之，** 化之，潜移默化。于时化之，对当时有影响。**故大明、** 宋孝武帝年号（457—464）。**泰始** 宋明帝年号（465—471）。**中，文章殆同书钞。** 书钞，词章典故的辑录。**近任昉、** 南朝梁文学家，字彦升，乐安博昌（今山东寿光）人，诗用典故过多，所以"诗不得奇"，著作多散佚，明人辑有《任彦升集》。**王元长等，** 南朝齐文学家，名融，琅琊临沂（今山东临沂）人，曾为宁朔将军，"竟陵八友"之一。原有集十卷，已散佚，明人辑有《王宁朔集》。**词不贵奇，竟须新事。** 须，求。新事，新奇的典故。**尔来** 近来。**作者，寝以成俗，** 寝，逐渐。成俗，成为习俗。**遂乃句无虚语，** 句无虚语，句句都用典故。**语**

无虚字,字字都有来历。**拘挛补衲,**拘挛,拘束。补衲(nà 纳),
补缀。**蠹文已甚。**蠹〔dù 杜〕坏,害。**但自然英旨,**英旨,精美
的思想。**罕值其人。**值,遇见。**词既失高,则宜加事义,**
事,典故。义,义理。**虽谢天才,**谢,辞去。此指没有(天才)。**且**
表学问,亦一理哉! 这几句是对作诗中用事的讽刺,大意是,文
词既然不高明,就应该多用典故,尽管没有天才,还显得有学问,这也
算用典的一个理由吧!

　　陆机《文赋》,通而无贬;通,通晓。贬,指出缺点。指
《文赋》没有对作家作品进行评价。**李充《翰林》,疏而不切;**
疏,分条陈述,此指分文体而评论。**王微《鸿宝》,**王微,南朝宋文
学家,字景玄,琅邪(今山东临沂)人,著《鸿宝》十卷。今佚。**密而无**
裁;密,细密。裁,识别,裁夺。**颜延论文,**颜延之《庭诰》中有论
文的话。**精而难晓;挚虞《文志》,**挚虞,曾撰有《文章志》四卷。
详而博赡,详,详尽。博赡,广博宏富。**颇曰知言。**知言,知晓
评论。**观斯数家,皆就谈文体,而不显优劣。至于谢**
客集诗,谢灵运有《诗集》五十卷,《诗集钞》十卷,《诗英》九卷,但已
全佚。**逢诗辄取;张隲《文士》,**张隲有《文士传》五十卷。今
佚。**逢文即书。诸英志录,并义在文,曾无品第。嵘**
今所录,止乎五言。虽然,网罗今古,词文殆集。词
文,实指五言诗。**轻欲辨彰清浊,**轻欲,轻率地想要,自谦之词。
辨彰,辨明,辨别。清浊,好的坏的。**掎摭利病,**掎摭〔jǐ zhí 几职〕,摘

取。利病，优劣。**凡百二十人。**凡，所有的，共。**预此宗流者，**预，参预，加入。此指《诗品》收的一百二十二人。宗流，流派。**便称才子。至斯三品升降，差非定制，**差非，不是。定制，定论。**方申变裁，**变裁，另外的论断。**请寄知者耳。**

昔曹、刘。**殆文章之圣，陆、谢为体贰之才，**陆，陆机。谢，谢灵运。体贰，羽翼，辅佐。**锐精研思，**精心钻研。**千百年中，而不闻宫商之辨，四声之论。**四声，平上去入。**或谓前达偶然不见，**前达，从前有才干的人。**岂其然乎！尝试言之：古曰诗颂，皆被之金竹。**被，加。此有配乐之意，金竹，金属和竹器做的乐器。此指音乐。**故非调五音，无以谐会。若"置酒高堂上"，**见阮瑀《杂诗》。**"明月照高楼"，**见曹植《七哀》。**为韵之首。故三祖之词，**魏武帝曹操太祖、魏文帝曹丕高祖、魏明帝曹睿烈祖合称三祖。**文或不工，而韵入歌唱，此重音韵之义也，与世之言宫商异矣。今既不被管弦，亦何取于声律耶？齐有王元长者，尝谓余云："宫商与二仪俱生，**二仪，天地。俱生，同时产生。**自古词人不知之。惟颜宪子乃云律吕音调，**颜宪子，即颜延之。**而其实大谬；唯见范晔、谢庄，**范晔〔yè 叶〕，南朝宋著名史学家，文学家，字蔚宗。顺阳（今河南淅川东）人，少好学，博涉经史，善为文章，晓音律，善弹琵琶。曾删取众家后汉史书，博采各家之长，著《后汉书》。**颇识之耳。尝欲进知音论，**进，向皇上进奏。未就。"**王元长创其首，谢朓、沈约扬其波。**沈约，南朝梁著名文学家、史学家，字休文，吴兴武康（今浙江德清）人，历仕宋、齐、梁三代，是齐梁文坛领袖，其诗注重声律对偶，与谢朓等共创"永明体"，又提出"四声"（平、上、去、入）"八病"（平头、上尾、蜂腰、鹤膝、大韵、小韵、旁纽、小纽）说，著有《四声谱》、《晋书》、《宋书》等，今仅存《宋书》。**三贤或贵公子孙，**三贤，王融、谢朓、沈约。贵公子孙，指出身和地位高的子孙。**幼有文辩，**文辩，文辩之才。**于是士流景慕，**景慕，佩服仰慕。**务为精密，襞积细微，**襞〔bì 闭〕积，衣服上的褶〔zhě 者〕子。此比声律过于繁琐。**专相陵架，**陵架，超越。**故使文多拘忌，伤其真美。余谓文制，**文制，指诗歌。**本须讽读，不可蹇碍，**蹇〔jiǎn 减〕碍，不顺口。**但令清浊通流，口吻调利，**口吻，指音调。调利，和谐流利。**斯为足矣。至于平上去入，则余病未能，蜂腰鹤膝，**沈约等人所指诗歌创作上的"八病"中的两种病。作诗时，两句中的一句前二字与后二字，用仄声，中间一字用平声，成了两头大（重），中间小（轻）有如蜂腰一样，称"蜂腰"之病；另一句前二字与后二字用平声，中间一字用仄声，成了两头细（轻）中间粗（重），有如鹤之膝，称为"鹤膝"之病。**闾里已具。**这两句说，蜂腰鹤膝之类的特点，在俚歌俗曲中也是有的。

　　陈思赠弟，陈思王曹植有赠异母弟曹彪的诗，即《赠白马王彪》。**仲宣《七哀》，**王粲有《七哀诗》。**公幹思友，**刘桢有《赠徐幹诗》，为思友之作。**阮籍《咏怀》，**阮籍有《咏怀》八十二首。阮籍,字嗣宗,三国时魏著名诗人,"竹林七贤"之一。**子卿双凫**,苏武字子卿,传为他的《别李陵诗》有"双凫俱北飞,一凫独南翔"句。**叔夜双鸾**,嵇康《赠秀才入军》第十九首起句:"双鸾匿景曜"。嵇康,字叔夜,三国时魏著名文学家,"竹林七贤"之一。**茂先寒夕**,张华字茂先,他的"寒夕"诗已佚。**平叔衣单**,何晏字平叔,三国时魏文学家,其"衣单"诗已佚。**安仁倦暑**,潘岳《悼亡诗》其二中有"溽暑随节阑"之句,《在怀县作》中有"隆暑方赫曦"之句,是为"倦暑"之诗。**景阳苦雨**,张协《杂诗》十首中,写雨的句子有好几处。如"飞雨洒朝阑"、"森森散雨足"、"阶下伏泉涌,堂上水生衣"等是。**灵运《邺中》**,谢灵运有《拟魏太子邺中集》八首。**士衡《拟古》**,陆机有《拟古诗》十二首。**越石感乱**,刘琨有《重赠卢谌》、《扶风歌》属感乱一类作品。**景纯咏仙**,郭璞有《游仙诗》十四首。**王微风月**,南朝宋文学家王微,字景玄,其"风月"诗已佚。**谢客山泉**,谢灵运性好山水,以写山水诗著称,故用"山泉"概其诗。**叔源离宴**,《全晋诗》卷七中载谢混《送二王在领军府集诗》,末二句:"乐酒辍今辰,离端起来日",离宴应指此。**鲍照戍边**,鲍照有《代出自蓟北门行》,是咏戍边之作。**太冲《咏史》**,左思有《咏史》诗八首。**颜延入洛**,颜延之有《北使洛》诗。**陶公《咏贫》之作**,东晋诗人陶渊明有《咏贫士诗》。**惠连《捣衣》之作**,南朝宋文学家谢惠连有《捣衣诗》。**斯皆五言之警策者也。所以谓篇章之珠泽**,珠泽,有珍珠的沼泽。**文采之邓林**。邓林,《山海经·海外北经》:"夸父与日逐走，入日，……弃其杖，化为邓林。"此借邓林比喻文采总汇的地方。

说　明

锺嵘（约480—552），字仲伟，颍川长社（今河南长葛西）人。齐永明中为国子生。永元末，任司徒行参军。梁天鉴初，曾上书梁武帝批评时政，反对当时卖官鬻爵的腐朽政治。先后任衡阳王及晋安王记室，故后人称他为"锺记室"。卒于官。著有《诗品》三卷，一名《诗评》，品评了汉魏以来五言诗的优劣，成为我国古代论诗的专著，对后世诗歌批评影响甚大。

《诗品》所论及的人，自汉以来，凡百二十二人。分上、中、下三卷。对五言诗，追溯源流，诠次作家。其序言则为全书总论与精华所在。

序中，阐明了诗歌的产生及其巨大作用；针对当时的不良诗风，作了有价值的批评；提出了诗歌创作的一些重要原则。如反对用典，反对声病，反对"理过其辞，淡乎寡味"的哲理诗；提倡"建安风力"；主张诗的自然美；要求写诗有赖于客观事物的感召；要求作家继承《诗经》和《楚辞》的优良传统；强调诗的形象性，提出赋、比、兴的兼顾运用，其影响是很深远的。《诗品》实际上开创了诗话的先例。

当然，《诗品》在追溯作家的源流上，个别地方有些牵强，在品评诗人上，也有不当之处。

近人将原来分别冠于三品前的序，合而为一，统称《诗品序》。

　　《诗品序》可分为十个自然段,八个部分。

　　第一部分(第一自然段),总写诗歌的产生及其巨大作用。人的思想感情在外界环境的激发下,发生变化,把这种感情抒发出来,便产生了诗歌。其作用可包罗万有,阐述幽微,甚至于动天地,感鬼神。

　　第二部分(第二到第四自然段),论述了五言诗的发生、发展、演变、表现手法,对齐、梁诗歌创作上的不良倾向进行了批评。

　　第二自然段,论述五言诗的发生、发展及其演变。序中认为《楚辞》以前便有五言诗句出现。夏歌中"郁陶乎予心,"《楚辞》中"名余曰正则",是五言诗的起源。到了西汉李陵的《与苏武诗》,正式产生了五言诗。"古诗"则是五言诗成熟的标志。作者按着朝代的先后,由西汉而东汉,而建安而晋,而南朝宋,均一一论及,并列举作家为例作了扼要的评述。并且明确提倡"建安风力",要求诗应清新刚健,反对形式主义的诗风,抨击"理过其辞,淡乎寡味"的哲理诗。

　　第三自然段,在说明五言诗重要的基础上,着重论述了赋、比、兴表现手法的应用。强调了三者的结合,指出专用比、兴和单用赋体的毛病,这是符合诗歌创作规律的。

　　第四自然段,指出齐、梁时产生"庸音杂体,人各为容"的诗风,是作者不了解"感荡心灵"对诗歌创作的重要作用。照应文章首段的"气之动物,物之感人,故摇荡性情,形诸舞咏"之意,又列举"春风春鸟,秋月秋蝉,夏云暑雨,冬月祁

寒","嘉会","离群","去境","辞宫","外戍"等对诗歌创作
的作用,说明了"为情而造文",所以生动感人。齐、梁诗体,
则仅在形式上刻意求工,哪能写出好的篇什来?

第三部分(第五自然段),申说写《诗品》的目的和动机。
作者鉴于当时诗坛的"淄渑并泛,朱紫相夺,喧议竞起,准的
无依"的现实状况,起而对五言诗进行评述,以利于诗歌创
作的健康发展。

以上三部分,为《诗品》卷上序的主要内容。

第四部分(第六自然段),对《诗品》体例作了必要的说
明:编次排列之例,以时代为先后;所涉范围,限于往昔的五
言诗作者。

第五部分(第七自然段),举徐幹、曹植、张华、谢灵运等
作家为例,说明优秀诗作产生于作者的直接感受,即"直
寻";反对类如词章典故辑录的"书钞"作品,反对大量用典
和抄袭他人之作。联系第二自然段内容,"贵黄、老","尚虚
谈"的哲理诗、玄言诗,均为锺嵘所不满。这对当时形式主
义诗风,无疑是有力的批判。

第六部分(第八自然段),表明对诸家文论和诗文辑录
的不满,申说《诗品》将分三品来评价五言诗作者百二十多
人。

以上三部分为《诗品》卷中序的内容。

第七部分(第九自然段),转而论述诗歌的声律,主张自
然和谐的音律,反对"四声八病"说对诗歌创作的束缚。

第八部分(第十自然段),举上品中曹植、王粲、刘桢、阮

籍、潘岳、张协、谢灵运、陆机、左思，中品中嵇康、张华、何
晏、刘琨、郭璞、王微、谢混、鲍照、颜延之、陶渊明、谢惠连等
多人为例，说明他们才是五言诗歌的优秀作家。

以上二部分为《诗品》卷下序的内容。

文 选 序

萧 统

式观元始，式，发语词。观，观察。元始，原始。**眇觌玄风：**
眇〔miǎo 秒〕，通渺，远。觌〔dí 敌〕，见。玄风，原始风俗。这两句说，让我
们回顾一下遥远的原始时代的古老风习。**冬穴夏巢之时，茹毛**
饮血之世，穴，土室，岩洞。夏巢，夏天住在窠巢之中。茹，吃。毛，草
木野生之实。饮血，喝鸟兽血。《礼记·礼运》"昔者先王未有宫室，冬
则居营窟（挖掘而成的洞穴），夏则居橧〔zēng 曾〕巢（聚集柴木造成的
巢）。未有火化，食草木之实、鸟兽之肉，饮其血，茹其毛。"以上两句
说，那是穴居野处，生吃鸟兽及草木籽实的时代。**世质民淳，斯文**
未作。质，质朴。淳，淳厚。文，指文字文章。作，兴起。**逮乎伏羲氏**
之王天下也，伏羲氏，传说中的上古帝王，也称包羲氏。王，动词，
统治。**始画八卦，**八卦，传谓最早的象形文字：☰（乾）、☷（坤）、☵
（坎）、☲（离）、☶（艮）、☳（震）、☱（兑）、☴（巽）。**造书契，**书，以文

字记载事物。契，通锲，刻。书契，文字。**以代结绳之政**，结绳，上古无文字，人们在绳上打结记事。政，政事。**由是文籍生焉**。文籍，书籍。生，出现。《尚书序》："古者伏羲氏之王天下也，始画八卦，造书契，以代结绳之政，由是文籍生焉。"**《易》曰："观乎天文**，天文，指日月星辰。**以察时变**；察，考察。时变，四时季节的变化。**观乎人文**，人文，指古代典籍。**以化成天下。"**化，施教化。成，平服。**文之时义，远矣哉！**文，文籍。时义，时代意义。这二句说，文籍对于时代的重大意义早已有了。

若夫椎轮为大辂之始，椎轮，原始的无辐车轮，截取圆木断面凿成。此指简陋的小车。大辂〔ⅼⓊ 路〕，大车。《论语·卫灵公》："乘殷之辂。"郑注："殷车曰大辂。"**大辂宁有椎轮之质？**这两句说，大辂是由椎轮发展而来，但是大辂哪里有椎轮那样的朴质？**增冰为积水所成**，增冰，层冰，即厚冰。积水，蓄积的水。**积水曾微增冰之凛。**微，无。凛，寒。这二句说：厚冰是蓄积的水凝结而成的，但是水并没有冰那样寒冷。**何哉？盖踵其事而增华。**踵，继。其事，指造车之事。增华，增加文采装饰。**变其本而加厉。**变本，改变了原来的形状性质。加厉，更加厉害。这里指冰比水更加寒冷。**物既有之，文亦宜然。**事物既有这种情形，文章也应当是这样。**随时变改，难可详悉。**

尝试论之曰：《诗序》云：《诗序》，指《毛诗序》。**诗有六义焉：**六义，六种要旨。**一曰风，二曰赋，三曰比，四曰兴，**

五曰雅,六曰颂。"至于今之作者,异乎古昔。古诗之体,今则全取赋名。体,体裁。取,用。班固《两都赋序》:"赋者,古诗之流也。"意思是说,赋也是古诗的体裁之一,现在统统称它作赋。荀、宋表之于前,荀,指荀况(约前313—前238),战国时代著名的思想家、文学家,著《赋篇》,自此文体中就有了赋的名称,在形式上为散体赋的开端。宋,宋玉,战国楚著名辞赋家。汉代大赋以体物为主,有别于屈原以抒情为主的骚体赋,故以荀、宋为宗。表,标。此句说,荀、宋开汉赋的先声。贾、马继之于末。贾,贾谊(前200—前168),西汉杰出的政论家、文学家。马,司马相如。末,后。自兹以降,源流实繁。兹,此。降〔jiàng 匠〕,下。源流,指水的本源和支流,此指赋的源流。述邑居则有"凭虚"、"亡是"之作。述,描述。邑,京城。居,住所。"凭虚",凭虚公子,东汉张衡在《西京赋》里托凭虚公子以述西京的繁盛。"亡是",亡是公,与凭虚公子同为作家虚构的人物。西汉司马相如在《上林赋》里托亡是公以述皇帝在上林苑游猎的情况。戒畋游则有《长杨》、《羽猎》之制。戒,劝戒。畋〔tián 田〕,田猎。西汉扬雄著《长杨赋》和《羽猎赋》,以讽谏皇帝之好畋猎。若其纪一事,纪,记。记事如晋潘岳《籍田赋》。咏一物,咏物之作如西汉王褒的《洞箫赋》、曹魏嵇康的《长笛赋》。风云草木之兴,兴,兴起。写风云的如宋玉《风赋》。写草木的如曹魏锺会的《菊花赋》。鱼虫禽兽之流,流,类。写鱼虫禽兽的,如晋挚虞的《观鱼赋》。推而广之,不可胜载矣。指各种题材的赋甚多。又楚人屈原,

含忠履洁，含，怀。履，行为。洁，高洁。《史记·屈原贾生列传》："屈原正道直行，竭忠尽智以事其君。"**君非从流**，君，国君，此指楚怀王、襄王。从流，从善如流，喻勇于求善。《左传》成公八年："从善如流。"注："如流，喻速。"**臣进逆耳**，逆耳，逆耳之言，忠心的话。《孔子家语》载孔子说："良药苦于口而利于病，忠言逆于耳而利于行。"这两句说，楚王没有从善如流的品德，屈原却进逆耳的忠言。**深思远虑，遂放湘南**。这两句说，由于屈原政治上的深谋远虑与鼠目寸光的楚王相冲突，于是就被放逐到湘水一带。**耿介之意既伤**，耿介，刚直。《楚辞·九辩》："独耿介而不随合，愿慕先圣之遗教。"王逸注："执节守度，不枉倾也。"保持节操，遵守法度，不随便转向。伤，伤害。这句说，屈原刚直的心意既然受到了伤害。**壹郁之怀靡愬**；壹郁，即抑郁，忧闷。怀，心情。靡，无。愬，通诉。这句话，长期受到压抑，忧愁郁闷的心情无处可以倾诉。**临渊有怀沙之志**，临渊，面对深渊。怀沙，怀抱沙石自沉。《史记·屈原贾生列传》："屈原至于江滨，……乃作《怀沙》之赋。……于是怀石，遂自投于汨罗以死。"**吟泽有憔悴之容**。吟，行吟。泽，水泽。憔悴，困顿萎靡。《楚辞·渔父》："屈原既放，游于江潭，行吟泽畔，颜色憔悴，形容枯槁。"这句说，屈原在水泽之滨边走边吟的时候，容貌十分困顿萎靡。**骚人之文，自兹而作**。骚人，屈原作《离骚》，因称屈原或《楚辞》作者为骚人。这二句说，骚体从屈原以后就兴起了。

诗者，盖志之所之也，情动于中而形于言。 这二句说，诗是作者思想意志的体现，感情在内心激荡而用言语表现出来。**《关雎》、《麟趾》，正始之道著**；《关雎》，《诗·周南》之首篇。《麟趾》，《诗·周南》之末篇。《关雎》、《麟趾》，概括了《诗·周南》全部篇章。《毛诗·正义》："《周南》《召南》二十五篇之诗，皆是正其初始之道，王业风化之基本也。"这两句说，《关雎》《麟趾》端正人伦教化的初始之道，得以光大。**桑间濮上，亡国之音表**；桑间濮上，卫地名。《礼记·乐记》："桑间濮上之音，亡国之音也。"郑玄注："濮水之上，地有桑间者，亡国之音于此之水出也。昔殷纣使师延作靡靡之乐，已而自沉于濮水。"这两句说，桑间濮上的靡靡之乐，是亡国之音的表征。**故风雅之道，粲然可观**。粲，灿烂，鲜艳。这两句说，所以《国风》、《大雅》、《小雅》的教化之道，光辉灿烂，达到相当高的水平。**自炎汉中叶**，炎汉，古代讲阴阳五行〔xíng 形〕，认为汉王朝属"火德"，所以称为炎汉。叶，时期，世。**厥途渐异**；厥〔jué 决〕，其。途，道路。这两句说，自汉朝中期，诗歌的发展道路逐渐的歧异起来。**退傅有《在邹》之作**，退傅，指西汉韦孟，韦孟曾做楚元王的师傅，历元王子夷王及孙王戊。后因戊荒淫无道，孟作诗讽谏，不听。孟遂去位，所以这里称他作"退傅"。韦孟退职后居邹，又作《在邹》诗。《讽谏》、《在邹》诗均为四言。《文心雕龙·明诗》："汉初四言，韦孟首倡。"**降将著"河梁"之篇**，降将，指李陵。传为李陵作的《与苏武诗》，有"携手上河梁"之句。诗共三首，均为五言，系后人伪托。**四言五言，区以别矣**。这两句说，四言诗、五言诗区别开来了。**又少则三字，多则九言**，三言诗如汉《安世房中歌》、《郊祀歌》等。九言诗最早的作者是魏文帝曹丕之孙高贵乡公曹髦，见《文章缘起》，有目无诗。**各体互兴，分镳并驱。**体，诗体。互兴，交互兴起。镳〔biāo 彪〕，马勒子，也用称乘骑。分镳，分道扬镳。这两句说，各种文体交互兴起，犹如不同的乘骑，齐足并驱。**颂者，所以游扬德业，褒赞成功。**游扬，到处宣扬。德业，事业。褒赞，表扬称赞。《毛诗序》："颂者，美盛德之形容，以其成功告神明者也。"**吉甫有"穆若"之谈，**吉甫，周之卿士尹吉甫。《诗·大雅·烝民》："吉甫作诵，穆如清风。"二句诗意为，尹吉甫作的颂歌，意味深长，象清微的和风，化养万物。这句说，尹吉甫有"穆如清风"的歌词。**季子有"至矣"之叹。**季子，春秋时吴公子季札，聘问鲁国观乐，听《颂》歌后赞叹道："至矣哉！"见《左传》襄公二十九年。这句说，吴公子季札在鲁观乐时曾发出"好极了"的赞叹。**舒布为诗，既言如彼；**舒，展示。布，铺陈。舒布，表现。言，助辞，无义。这两句说，抒发描写为诗歌，就象韦孟、李陵所作那样。**总成为颂，又亦若此。**总成，总括而成。这两句说，总括美德而加以颂扬，就象尹吉甫所作，季札所叹那样。**次则：箴兴于补阙，**箴，古代文体之一，其本义是治病用的针石之针（针的异体字），用以攻疾防患。补阙，弥补缺失。《诗·大雅·烝民》："衮职有阙，维仲山甫补之。"谓王有缺点和过错，只有仲山甫能够补救它。这句说，箴这种文体的产生，目的在于补救缺失。**戒出于弼匡，**戒，古代文体之一。君主、尊长劝戒臣属幼辈之辞。弼，辅助。匡，匡正。这句说，戒这种文体的产生，目的出于辅助、匡正。**论则析理精微，**论分析事理，应该工致细密。**铭则叙事清润，**铭文叙事应该清新圆润。**美终则**

诔发，美终，赞美有功业、德行的死者。诔，累列死者生时德行的文辞，后为哀祭文的一种。这句说，赞美有功业、德行的死者，就产生诔这种文体。**图像则赞兴**。图像，画像。赞，赞美人的文辞。为了配合画像表彰功德，赞这种文体就兴起了。**又：诏诰教令之流**，诏诰，诏书告示之类。教，教民之辞。令，命令。诏、诰、教、令都是古代帝王或朝庭所发的公文。**表奏牋记之列**，表奏，封建时代臣下对主上进言陈事的公文。《文心雕龙·章表》："秦初定制，改书曰奏。汉定礼仪，则有四品：一曰章，二曰奏，三曰表，四曰议。章以谢恩，奏以按劾，表以陈情，议以执异。"牋〔jiān 监〕记，《文心雕龙·书记》："记之言志，进己志也。牋者，表也，表识其情也。"范文澜注："牋之与记，随事立名，义非大异。"**书誓符檄之品**，古代称相互往来的信件为书。誓，盟誓。符，做凭信用的符契，又叫符信。檄，古代官府用以征召、晓喻或声讨敌人的文书。品，品种。**吊祭悲哀之作**，吊，吊祭死者或慰问其家属的文字。祭，祭死者的文字。悲哀，哀悼之作。张铣说："悲，盖伤痛之文也。哀者，亦爱念之辞。"作，作品。**答客指事之制**，答客，假借答复客人的问难，以抒写情怀的一种文体。如东方朔《答客难》、扬雄《解嘲》等。指事，即《文选》中的"七"体，如枚乘《七发》，说七件事以启发楚太子。故称指事。制，著作。**三言八字之文**，三言八字之文，两种解释：(1).指三字句、八字句的诗，吕延济说："三言，谓汉武《秋风辞》。八字，谓魏文帝《乐府诗》。"(2)曾钊说："疑即《文章缘起》所谓'离合体'。"乃是一种文字游戏，把一字拆开，又拼合成一种隐语。三言如"卯金刀""字禾子"隐喻"刘秀"。八字如《曹娥碑》背书"黄绢幼妇，外孙齑臼"。杨修释为"绝妙好辞"。

篇辞引序，篇，诗章之称。如《淮南王篇》之类。辞，辞赋的一种，如
《秋风辞》、《归去来辞》之类。引，文体之一，有伸、长之意，如班固《典
引》之类。又《乐府诗》中也有叫引的，如《箜篌引》。序，文体名，用来
陈述作者的意趣，如本篇即是。**碑碣志状**，碑，碑文。碣，碣文。
碑、碣都是用来刻石纪功的。长方形的石刻叫碑，圆首形或形在方圆
之间，上小下大的石刻叫碣。志，《正字通》："凡史传记事之文曰志。"
状，叙述事实而以上陈的文辞叫状。**众制锋起**，众制，各种体制。锋
起，蜂起。如群蜂齐飞，纷纷而起。**源流间出**，源流，源头和支流。间
出，相间而出，言其杂。这二句承上"次则"十三句，意谓汉代中叶以
后，除诗、赋外，其余如箴、戒、论、铭等等体制，都应时纷纷产生。**譬
陶匏异器，并为入耳之误**；譬，比如。陶，指埙同埙，〔xūn 勋〕，
古代吹奏乐器，陶制，故又称陶埙。匏〔páo 袍〕，古乐器，指笙、竽之类。
异器，不同的乐器。入耳，悦耳。娱，娱乐。这两句说，譬如埙、笙这些
乐器虽然种类不同，但都可悦耳。**黼黻不同，俱为悦目之玩**。
黼黻〔fǔ fú 辅伏〕，古礼服上刺绣的花纹。白黑相间叫黼，黑青相间叫
黻。玩，赏玩。悦目，好看。这二句说，古礼服上的花纹颜色尽管不
同，都是可供赏玩的东西。**作者之致，盖云备矣**。致，表达。
备，完备。这两句说，作家们所能表达的，大概可以说都在这里了。

　余监抚馀闲，居多暇日，监抚，监国与抚军。《左传》闵
公二年："冢子(太子)君行则守，有守则从。从曰抚军，守曰监国。"馀
闲，剩馀的闲暇时间。居，生活。这两句说，我在监国、抚军这些政事

之外，生活多闲暇的日子。**历观文囿，泛览辞林，**历观，遍观。
文囿〔yòu 幼〕，文学园地。泛览，广泛阅览。辞林，文辞荟萃之林。这
两句谓，泛览了文学园地里大量的书籍文章。**未尝不心游目想，**
这句说，没有不在心目中想象文章中的情景事理。**移晷忘倦。**晷
〔guǐ 诡〕，日影，引申为时光。移晷，时光过去。忘倦，并不感到疲倦。
自姬、汉以来，眇焉悠邈，姬，指周代，周为姬姓。眇〔miǎo 秒〕，
通渺。眇焉，渺然。悠，远，长。邈〔miǎo 秒〕，远。这二句说，从周、汉
以来，已经很久很久了。**时更七代，数逾千祀。**时，时代。更，
更替。七代，周、秦、汉、魏、晋、宋、齐。数，时数。逾，超过。祀，年。
这二句意为，更替了七个朝代，时间已经超过了一千年。**词人才
子，则名溢于缥囊；**溢，满。缥〔piāo 飘〕囊，吕向注："缥，青白
色；囊有底袋也，用以盛书。"这两句意为名家高手多得很。**飞文染
翰，则卷盈乎缃帙。**飞文，飞扬文辞。染，濡染。翰，毛笔，引
申为文词。卷，书卷。盈，充满。缃帙〔xiāng zhì 湘至〕，浅黄色的书
衣(书套)，引申为书卷。这两句意为名篇佳作极多。**自非略其
芜秽，集其清英，**略，抛开。芜秽，糟粕。集，搜集。清英，许巽
〔xùn 训〕行《文选笔记》认为"清"应作菁〔jīng 精〕，精华。这两句说，
如不抛开它的糟粕，集中它的精华。**盖欲兼功太半，难矣。**兼，
并。兼功太半，并全功于大半；即事半功倍的意思。这二句意为，要
想收到事半功倍的效果是很难的。

　　若夫姬公之籍，孔父之书，姬公，周公。孔父，孔子。与

日月俱悬，鬼神争奥，俱悬，一同高挂（天空）。鬼神争奥，周公孔子之书，其玄妙深奥可与鬼神相敌。孝敬之准式，人伦之师友；孝敬，孝亲敬长，引申为礼教。准式，准则法式。人伦，伦理道德。师友，师长，楷模。岂可重以芟夷，加以剪截？重〔chóng虫〕，重新。芟〔shān山〕，删除杂草。夷，削平。截〔jié节〕，切断。这两句说，岂可重新加以删节切断？老、庄之作，管、孟之流，老、庄之作，老子、庄子的著作。管、孟之流，《管子》、《孟子》之类。盖以立意为宗，不以能文为本。立意，建立理论。宗，目的。能文，擅长作文。本，根本。今之所撰，又以略诸。撰〔xuǎn〕，通选。略，省略。诸，之。这几句说：《老子》、《庄子》、《管子》、《孟子》这些著作，是以建立理论为旨，不以擅长作文为根本，今天我之所选，又把它们省略掉。

　　若贤人之美辞，美辞，优美的辞令。忠臣之抗直，抗直，刚直不屈，此谓刚直之言。谋夫之话，谋夫，出谋划策的人。辨士之端，辨士，能言善辨之士。端，指舌端，谓言论。《韩诗外传》："君子避三端：避文士之笔端，避武士之锋端，避辨士之舌端。"冰释泉涌，金相玉振。冰释，象冰那样融化。金相〔xiàng〕玉振，吕延济说："振，发声也，言金质玉声。"这几句说，贤人、忠臣、谋夫、辨士的言辞犹如泉水迸涌，内容文采配合得很好，能使听者的疑团象冰一样融解。所谓坐狙丘，议稷下，狙〔jū居〕丘，地名。稷〔jì计〕下，在今山东临淄北。坐狙丘，议稷下，见曹植《与杨德祖书》李善注引

《鲁连子》:"齐之辩者曰田巴,辩于狙丘而议于稷下,毁五帝,罪三王,一旦而服千人。"**仲连之却秦军,**赵孝成王时,秦兵围赵都邯郸,魏王使辛垣衍劝赵尊秦为帝,齐鲁仲连适在赵,以利害驳斥了辛垣衍,使赵王打消了降意。秦将听到,退军五十里。见《战国策·赵策》。**食其之下齐国,**郦食其〔yì jī〕在楚汉战争中,说服齐王田广降汉,见《史记·郦生陆贾列传》。**留侯之发八难,**留侯是张良的封号。汉高祖用郦食其计,欲立六国后,张良用八事难之,乃止。见《史记·留侯世家》。**曲逆之吐六奇,**曲逆,陈平封曲逆侯。平佐汉高祖,出过六条奇计。见《史记·陈丞相世家》。**盖乃事美一时,语流千载,**事美,事情美好。一时,一个时代。语流,(赞美之)语流传。**概见坟籍,旁出子史。**概,更概。坟籍,上古帝王伏羲、神农、黄帝之书谓之三坟。此处泛指典籍。旁出,旁见侧出。子史,诸子及史传。**若斯之流,又亦繁博。**斯,这些,指谋夫、辨士之言。亦,特。繁博,多而广。**虽传之简牍,而事异篇章,**传,流传。简牍〔dú 读〕,古代用来刻写文字的竹片叫简,木片叫牍。后世用以泛指书籍。事,指事情性质。篇,首尾完整的诗文。章,文章。**今之所集,亦所不取。**所集的对象是诗篇文章,所不取的是上述那些非文学性的著作。**至于记事之史,系年之书,**系年之书,指史书。杜预《左传序》:"记事者以事系日,以日系月,以月系时,以时系年,所以记远近,别同异也。"系,联属。**所以褒贬是非,纪别异同,**褒贬是非,赞美对的;贬斥不对(为非作歹)的。纪别异同,即"纪远近,别同异"之意，即区别、记录年代之远近，分别事理的同和异。**方之****篇翰，亦已不同。**方，比。篇翰，文辞，篇章。**若其赞论之****综辑辞采，**其，指史书。赞论，即《文选》所选史书中的"传赞"一类，如《汉书·公孙弘传赞》、《后汉书·皇后纪论》等。综辑，联缀。**序****述之错比文华，**序述，指史书"叙传"的"述赞"，《文选》中归为"史述赞"一类，如《汉书·述高纪赞》、《汉书·述成纪赞》等。错比，杂错排比组织之意。**事出于沉思，义归乎翰藻，**事，事义，事类，诗文中文字所含的史实典故，朱自清先生说："事出于沉思的事，实当解作'事义''事类'的'事'，专指引事而言，并非泛说。"（见《文选序事出于沉思义归乎翰藻说》）沉思，深思。义，思想意义。归，附丽。藻，喻文采。**故与夫篇什，杂而集之。**篇什，犹言诗章。杂，全部。《国语·越语》下："杂受其刑。"韦昭注："杂犹俱也。"**远自周室，迄****于圣代，**周室，周朝。迄，到。圣代，指梁代。**都为三十卷，名曰****《文选》云尔。**都，凡，总共。云尔，语末助词，相当于"如此而已"。

　　凡次文之体，各以汇聚；凡，大凡。次，按次序编列。体，体例。汇聚，类聚。**诗赋体既不一，又以类分，类分之中，各****以时代相次。**这几句说，大凡编列文章的体制，各按同类汇聚在一起；诗、赋两大体制包罗内容多，又按类来区分；每个分类，又各以时代先后来排列它们的次序。

说　　明

　　萧统（501—531），字德施，梁武帝萧衍长子。天监元年

(501)立为皇太子,三十一岁病卒,谥曰昭明,世称昭明太子。统自幼受儒家思想教育,性好文学。东宫藏书三万卷,引纳才学之士,商榷古今,自己也善作文辞,原集已佚,后人辑有《昭明太子集》。

所编《文选》(《昭明文选》)是我国现存最早的诗文总集,保存了周秦到齐梁一百二十多位作家的五百多篇文学作品,这个集子,一直流传不废,对后世文学的影响极为深远,甚至形成专门研究的学问,即所谓"选学"。唐高宗时,李善为《文选》作注。玄宗时,吕延祚又集吕延济、刘良、张铣、吕向、李周翰五人为之作注,称为五臣注。南宋后将李善注,五臣注两种版本汇刻,称"六臣注《文选》"。

本篇是萧统为《文选》作的序文。可分七段:

第一段,从原始时代的生活说起,说明文字、书籍是时代社会的产物。序文采用了伏羲氏开始画八卦造书契的传统说法,把人民群众的发明创造归功于圣帝明王,反映了萧统的阶级、时代局限性。引《易》说明文籍的作用在于以教化驯服普天下的百姓,是儒家思想的体现。但是认为文化是历史的产物,文字书籍的出现具有重大时代意义,却也具有唯物主义的因素。文章从远古讲起,讲了文化的重要性,高屋建瓴,预伏选文的原因。

第二段,日常事务和用具的发展,是从简单到复杂,由质朴趋向文华,以此推论文章的发展也必然遵循同样的规律,随着时代要求而不断发展。以器物和自然物的发展变化推论作为意识形态的文学作品的发展变化,看来不免有些简单化,但其中所蕴含的朴素唯物主义因素和进化的观点在当时应当说还是难能可贵的。

第三段从诗之六义讲了赋的发生发展情况,又讲了骚体的产生。这里有两点值得注意:(一)《汉书·艺文志》把屈原的作品列入"赋"类,这里分别论述,体现了汉赋偏重"体物",骚体着重"抒情"的差别;(二)屈原作品的"耿介之意"和"壹郁之怀",都是当时楚国复杂的政治斗争条件所造成的,可见萧统认为文章"随时改变"的观点中,含有社会政治的因素,不仅时代、节候的影响而已。

第四段叙述其余各种文体的产生,都与社会需要有关。"众制锋起,源流间出",极盛一时,暗示选文客观条件已经成熟。

第五段进一步申说编选文集的目的是为了便于读者在浩繁的文学遗产中能够有效地进行学习,说明选编文集的必要性,同时表明自己的志趣和意向。

第六段说明不选经书、子书的原因,对学术著作与诗赋辞翰作了区分。

第七段说明不选战国秦汉之际谋夫辨士之语及历史著作的原因,指出史书中的赞、论、序、述由于"综辑辞采","错比文华"而加选录,揭示了"事出于沉思,义归乎翰藻"是选文的标准。标志着齐梁时代人们对文学与非文学作品认识的进一步深化。这个标准文质两方面都提到了,但实际选目还是偏重辞采文华,反映了当时的文学风尚。

最后一段讲编排体制。

《文选》共列三十五种文体的作品，都是应封建贵族社会的需要而选编的。乐府诗歌本起源于民间，两汉至南北朝民间有不少优秀的乐府诗歌，可是没有受到注意。这也表现了萧统文学观的局限。

唐　宋

与东方左史虬修竹篇序

陈子昂

东方公足下：东方公，东方虬〔qiú 求〕，武则天当政时代任左史，是陈子昂的诗友。**文章道弊五百年矣。**文章道弊，指风雅传统衰微。五百年，指西晋到唐初这段时间。**汉魏风骨，晋宋莫传，**汉魏风骨，即建安风骨。莫传，没有人继承。**然而文献有可征者。**文献，典籍。可征，可资查考。这几句说，汉魏风骨虽然从晋宋以来就没有人继承了，然而从文献上还是可以考查的。**仆尝暇时观齐、梁间诗，**暇〔xiá 霞〕，空闲。**彩丽竞繁，而兴寄都绝，**追求华丽的文彩的情况越来越严重，寄托情志的比兴手法都抛弃了。**每以永叹。**永叹，长叹。**思古人常恐逶迤颓靡，风雅不作，**逶迤〔wēi yí 威移〕，斜行，曲折前进。颓，衰败。靡，委靡。逶迤颓靡，这里指"文章道弊"。不作，不再出现。**以耿耿也。**

耿耿，心中不安。一昨于解三处见明公《咏孤桐篇》，解三，
生平不详。明公，对东方虬的尊称。《咏孤桐篇》已失传。骨气端
翔，即骨端而气翔。音情顿挫，音调抑扬，感情起伏。光英朗
练，光英，光华。朗练，明朗洁白。有金石声，语出《晋书·孙绰传》：
"(孙绰)尝作《天台山赋》，辞致甚工，初成，以示友人范荣期，云：'卿试
掷地，当作金石声也。'"后人因以"有金石声"、"掷地作金石声"称誉
内容坚实，音调铿锵，可以传之久远的诗文。遂用洗心饰视，发
挥幽郁。洗心，洗涤心灵。饰视，擦亮眼睛。发挥幽郁，发抒忧郁
之情。不图正始之音，不图，不料。正始之音，指《国风》的优良
传统。《毛诗序》云："正始之道，王化之基。"《正义》云："皆是正其初
始之大道，王业风化之基本也。"复睹于兹，可使建安作者相
视而笑。相视而笑，相互看着感到高兴。解君云："张茂先、
何敬祖，东方生与其比肩。"解君，即解三。张茂先，即张华，
西晋著名诗人。何敬祖，即何劭，西晋文人，与张华同时。东方生，指
东方虬。比肩，并驾齐驱。仆亦以为知言也。知言，有见识的话。
故感叹雅制，作《修竹诗》一篇，当有知音以传示之。
雅制，此指东方虬的《咏孤桐篇》。以传示之，把《修竹篇》拿给他看。

说　明

　　陈子昂（661—702）字伯玉，梓州射洪（今四川省射洪
县）人，唐初著名文学家，诗、文皆名于世，主要活动在武则
天时期，官至右拾遗。

　　陈子昂是唐初文学复古的积极倡导者，《修竹篇序》表现了他关于诗歌复古的基本观点。唐初的文学复古问题，是适应当时政治上复兴儒学以巩固重新统一的封建王朝而提出来的。陈子昂的文学复古思想，必须放在当时的整个复古潮流中才能得到恰当解释。

　　东汉之末以迄南朝，皇权衰落，经学式微，两汉经师发展先秦儒家之道而形成的封建正统思想的权威下降。与此相应，魏晋南北朝文学在相当程度上脱离"正始之道，王化之基"，在个人情性的抒发和对形式美的追求方面有了长足的进步。当隋朝建立之初，为适应统一的封建王朝政治上的需要，儒学复古和文章复古问题就提出来了。这方面的代表人物，可以举出李谔和王通。唐初，在这个问题上仍沿隋朝的旧辙，但对复古问题显得更加迫切，因而也更加强调。高祖李渊深叹魏晋以来"雅道沦缺"，"儒风莫扇"，"周孔之教，阙而不修"，以为"说礼敦诗，本仁祖义，建邦立极，咸必由之。"(《令诸州举送明经诏》,《全唐文》卷三) 因而强调"敦本息末，崇尚儒宗"。(《赐学官胄子诏》,《全唐文》卷三) 太宗李世民更明确地提出了复古的要求："朕虽德谢前王，而情深好古，伤大雅之既隐，惧斯文之将坠，故广命贤才，旁古遗逸，探六经之奥旨，采三代之英华。古典之废于今者，咸择善而修复；新声之乱于雅者，并随违而矫正。"(《颁示礼乐诏》,《全唐文》卷六) 既出于大唐立国的客观需要，又由于最高统治者的一再提倡，唐初文人多主复古。如王勃痛感几百年来"斯文不振"，倡言"激扬正道，大庇生人，黜非圣之书,除不稽之论。"(《上吏部裴侍郎表》,《王子安集》卷八)其时类似之论甚多。陈子昂的《修竹篇序》也正是这一文学思潮的集中反映。

《修竹篇序》中提出的有关诗歌的理论观点,其核心是复古,具体地说,就是恢复"正始之音",使诗歌创作回到汉儒所强调的"正始之道,王化之基"上面去。在这一点上,与当时自上而下流行的复古主张,基本上是一致的。所谓"文章道弊五百年",指的就是自三国至于作者的四百余年间文学创作的偏离"王化"、"治道"。在作者看来,建安文学以"风骨"著称,系于世运兴衰,慷慨多气,词语峻质,尚不离"风雅"传统,因此值得肯定。但建安以后,"风雅"的传统尽丧,特别是齐梁文学,"彩丽竞繁,而兴寄都绝",可谓颓靡之极了。在这里,作者提出"兴寄"的问题。"兴寄"的一般概念是托物寄兴,抒写情性,但把它与陈子昂关于恢复正始之音的主张联系起来理解,提倡"兴寄",乃是要恢复正统儒家诗论所强调的"言志"的传统。这样,"兴寄"作为文学内容,实际带有郑玄论《诗》所强调的"美刺"之意。晋宋至于齐梁,文学或抒一己之情,无关颂美匡恶之宏旨,甚至表现声色之娱,更流于有伤"风化"的靡靡之音。这在陈子昂看来,当然是"道弊"之至了。陈子昂在《座右铭》里曾这样概括自己的主张:"诗礼固可学,郑卫不足听。"(《陈子昂集》补遗)这也正是《修竹篇序》所要表达的基本观点。

从文学自身发展来说,初唐文坛以至整个唐代文坛都面对如何对待六朝文学的问题。对这个问题,陈子昂的态度十分鲜明，即抹杀六朝而直追建安。六朝文学确与建安文学不同，这是"道弊"，还是发展而变新，标准不同，看法会完全相反。陈子昂以正统的"风雅"为论诗标准，当然不可能对六朝文学有任何肯定。六朝文学确有其颓靡的一面，针对这一点而倡导"风骨"，确有补偏救弊之功，对从陈隋到唐代诗风的逐渐转变，有一定的积极作用。但无视六朝文学在文学创作的个性化以及在语言艺术上的巨大发展，而予以一概抹杀，却又是不恰当的。文学的继承性作为规律，是不以人的意志为转移的。事实上，初唐文人虽在理论上常常尖锐批判六朝文学而提倡恢复古道，而在创作实践上，却谁也不能完全洗尽六朝影响，相反，倒都对六朝文学的成就多少有所吸收。唐代诗歌的繁荣绝不是否定了六朝文学的成就而追步汉魏的结果，相反，六朝文学的成就倒是唐诗繁荣的重要前提。初唐四杰的成就可以说明这个问题，即使陈子昂自己，在实践上也没有完全拒绝六朝的成就。《感遇诗》及其他一些作品确实以"风骨"、"兴寄"为宗，一变六朝抒情诗的风气，但由于执着于超越六朝而恢复古道，故重于因袭而缺乏创新，因此受到皎然"复多而变少"的批评。(参见《诗式》)但陈子昂在创作中终究未能完全拒绝六朝文学的艺术成就，明张颐《陈伯玉文集序》说陈著"有六朝初唐气味"，是符合事实的。

　　陈子昂的诗歌复古理论及其创作实践，在唐代有重要影响，终唐之世，一再受到文人学士的盛赞，但都是就他在文学中恢复正统思想的地位这一点而言的。至于对唐代诗歌艺术的大繁荣，陈子昂确实说不上有多大的贡献。

戏为六绝句

杜甫

庚信文章老更成，庚信(513—581)，字子山，南阳新野(今河南新野县)人。南北朝著名文学家，官至开府仪同三司，世称庚开府。文章，兼指诗、赋。这句说，庚信的文章到了晚年更加成熟。**凌云健笔意纵横。**凌云健笔，指诗的意气昂扬刚健。意纵横，指诗意纵横开阔。**今人嗤点流传赋，**嗤〔chī 痴〕，讥笑。点，评点，挑剔的意思。这句说，现代人把庚信流传下来的作品，加以讥笑指责。**不觉前贤畏后生。**前贤，泛指一切有成就的前辈作家。仇兆鳌在《杜诗详注》中解释这句说："岂知前贤自有品格，未见其当畏后生也。"

王杨卢骆当时体，王杨卢骆，初唐四杰。王勃(650—676)，字子安，绛州龙门(今山西稷县)人，曾官虢州参军，后因事废官，一生处于下位，最后溺海而死。杨炯(650—693?)，陕西华阴人，曾官盈川令。卢照邻(635—689?),字升之,号幽忧子,河北范阳(今北京附近)人,曾官新都尉。一生不得意。骆宾王(640?—684),婺州义乌(今浙江义乌)人。作过长安县主簿,临海县丞等小官,后遭事下狱,被杀。这句说,四杰诗文是当时风尚的表现。**轻薄为文哂未休。**轻薄,轻佻浮薄。轻薄为文,是后生们讥笑四杰之词。哂〔shěn审〕,讥笑。哂未休,讥笑不已,如《玉泉子》所说:"杨(炯)好用古人姓名,谓之点鬼簿;骆(宾王)好用数对,谓之算博士。"这句说,后生说四杰是轻薄为文,因而讥笑不止。**尔曹身与名俱灭,**尔曹,你们,指后生。身与名,指躯体与名声。这句说,你们的身与名一同消亡。**不废江河万古流。**不废,不停止。这句说,四子之文流传不止,如同江河万古流。

　　纵使卢王操翰墨,纵使,即使。卢王,概指四杰。因限于字数故省骆、杨。操翰墨,指写作。**劣于汉魏近风骚。**劣,不及。对这句话的解释有两种意见:一是认为句子结构是上四下三,如钱谦益在《读杜二笺》中写道:"卢王之文体虽劣于汉魏,而其流实出于风骚,此所以不废江河万古流也。"另一种意见认为"劣于"另读,"汉魏近风骚"连读,谓不如汉魏之近于风骚。仇兆鳌《杜诗详注》:"汉魏本于离骚,离骚本于国风,此先后原委也。钱笺谓劣于汉魏而近风骚,误矣。"**龙文虎脊皆君驭。**龙文虎脊,都是毛色斑驳的骏马,此喻瑰丽的辞彩。君,指四杰。驭,驾驭。这句说,四杰的创作能驾驭瑰丽的辞彩。**历块过都见尔曹。**历,越过。块,土块。都,指城市。历块过都,言越城市如同跨过小的土块一样,形容奔驰很快。王褒《圣主得贤臣颂》说:"过都越国,蹶如历块。"吕延济注:"言过国都,疾如行一小块之间"。见,看出。尔曹,指后生。这句说四杰的才力能过都越国,后生则不能。

才力应难跨数公,数公,指庾信、四杰等。这句说,今人之才力很难超过前贤。**凡今谁是出群雄?** 凡今,当今。这句说,现在哪个是文坛上超群出众的人? **或看翡翠兰苕上,**翡翠,指羽毛美丽的翠鸟。兰苕,香草。翡翠兰苕,比喻文彩鲜妍,郭璞诗云:"翡翠戏兰苕,容色更相鲜。"这句说,有些作品表现出文彩之鲜妍。**未掣鲸鱼碧海中。**掣〔chè 彻〕,牵引。鲸鱼碧海,比喻作者才力雄健。这两句说,有些作家能写出文采鲜妍的作品,但缺乏"掣鲸鱼碧海中"的能力。

不薄今人爱古人,清词丽句必为邻。这两句说,自己论诗不厚古薄今,只要是清词丽句,都加以肯定。**窃攀屈、宋宜方驾**窃,谦词。窃攀,努力高攀。方驾,并驾齐驱。这句说,窃自追攀屈原、宋玉并与之并驾齐驱。**恐与齐梁作后尘,**齐梁,指浮靡艳丽文风。吴见思《杜诗论文》说:"清词丽句,极力模仿,与为比肩;而所谓清丽者,必拟屈宋,但不可过为纤艳入于齐梁耳"。

未及前贤更勿疑,今人才力赶不上前贤是不容怀疑的。**递相祖述复先谁?** 递,依次。祖述,效法。这句说,在效法前贤中,以谁为先呢? **别裁伪体亲风雅,**别,分别。裁,革去。伪体,指违背风雅之体。别裁伪体与亲风雅是相辅相成的。伪体不裁,风雅无从亲。亲近了风雅,自能远离伪体。这句说,区别革除伪体取法

《国风》和《大雅》《小雅》。**转益多师是汝师。**转益多师，以诸
贤为师。

说　明

杜甫（712—770）字子美，原籍湖北襄阳，出生于河南巩
县，盛唐大诗人；肃宗时，曾官左拾遗、检校工部员外郎，世
称"杜拾遗"或"杜工部"。

《戏为六绝句》写于唐代宗宝应元年（762），时杜甫年届
五十，正是创作思想的成熟期。《戏为六绝句》不但开创了
以诗论诗的文学批评形式，而且对诗歌创作在理论上和实
践上都有重要意义。

这六首绝句，中心是讨论诗歌遗产的学习和继承问题。
自隋唐之际以来，适应复兴儒学的需要，文人著论，几乎异
口同声声讨六朝文学之颓靡浮艳，陈子昂是他们的代表。更
有甚者，有人连战国屈、宋以来的文学都加以否定，只承认
六经及孔、孟之文。如李华认为："夫子之文章，偃、商传焉，
偃、商殁而孔伋、孟轲作，盖六经之遗也。屈平、宋玉，哀而
伤，靡而不返，六经之道遯矣。论及后世，力足者不能知，知
之者力或不足，则文义寝以微矣。"（《崔沔集序》，《全唐文》
卷三一五）在这样一股复古潮流中，对屈、宋以来特别是六
朝的文学遗产能以艺术的眼光审察而加以肯定者，为数不
多。在杜甫之前，有注《文选》的李善；玄宗朝张说虽祖尚儒
学，却也相当重视艺术，具有较高的艺术修养，他说："自大
夫之颂成室，太史之赋京都，魏则十龙儒雅，晋则三阳藻缀。

朝分南北，运迄周、隋，文人才子，重世间出，岂止枏榴体物，陈琳得以示人，鵷鹭寄辞，阮藉称其王佑。"(《洛州张司马集序》,《全唐文》卷二二五)对汉魏以迄陈隋的文学成就显然有所肯定。杜甫的《戏为六绝句》，也是针对"好古者遗近，务实者去华"，割断历史，笼统否定六朝以至唐初诗歌的倾向而发的。

在《戏为六绝句》中，杜甫提出的对待前人诗歌遗产的基本态度是："别裁伪体亲风雅，转益多师是汝师。"以"风雅"为准的，表现了杜甫的正统观念，但联系六首绝句的总精神看，杜甫在这里强调"风雅"，也含有肯定风诗和雅诗能抒自然真情的意思。林昌彝《射鹰楼诗话》引黄少香语："诗欲其真，不欲其伪。……得其真，则一花一木，一水一石，一讴一咏，皆有天趣，足以移人；失其真，则虽镂金错采，累牍连篇，吾不知其中何所有也。古今论诗有二：曰性情，曰格调。性情真也，袭格调而丧其面目，伪矣；格调亦真也，离性情而饰其衣冠，伪矣。此杜少陵所以有'别裁伪体'之说也。"以不能表现性情之真者为"伪体"，与"伪体"相对之"风雅"，自然是情真意切之作了。这样看，杜甫之重"风雅"，除了有正统的诗教观的影响外，还显然吸收了刘勰、钟嵘等人重性情的理论精华。这也表明了杜甫是以真正的诗人的眼光来看"风雅"的。此外，既然"风雅"是表现了自然真情的诗，则它就不必限于《诗经》里风诗和雅诗。浦起龙《读杜心解》谓"'风雅'亦非专指《三百》，凡往近作者皆是。"当合杜甫本意。因此，才紧接着提出"转益多师"的要求。以"多师"为师，就是广泛地向前人今人学习。在《戏为六绝句》中，杜甫称赞了屈、宋至六朝以迄唐初的一系列诗人。对六朝文藻，陈子昂等人多简单地批评为"颓靡"、"浮艳"，而杜甫却说："不薄今人爱古人，清词丽句必为邻。"提倡向屈、宋以至六朝、唐初诗歌的语言艺术成就学习。当然，"恐与齐梁作后尘"，对确有浮艳之弊的作品，也不可盲目学习。总起来说，杜甫所论对待遗产的原则，还是比较全面的。

　　文学的发展绝不能割断历史。没有六朝文学在内容形式上的重要发展，绝不会有唐代文学的繁荣。假使唐代是直接建安，我们今天看到的唐诗绝不会是这个面目。从总结文学继承与发展的规律性来说，《戏为六绝句》确有其理论价值。在文学创作实践上，已有文学成果的影响也是不可低估的，初唐的许多作家在理论上不承认六朝文学的成就，而在创作中却不自觉地在吸收六朝文学的艺术营养。而杜甫把这种吸收和学习提到自觉的高度上，对诗歌创作的发展显然也有重要的实践意义。在实践中，杜甫就是一个真正作到了以"多师"为师，非常虚心地向前人学习的大诗人。从杜诗中，我们可以看到杜甫对屈、宋、苏、李、陶、谢、阴、何等前代诗人都苦心学习，这正是他能攀上诗歌艺术顶峰的重要原因。中唐元稹《唐故工部员外郎杜君墓系铭并序》说："至于子美，盖所谓上薄风、骚，下该沈、宋，古傍苏、李，气夺曹、刘，掩颜、谢之孤高，杂徐、庾之流丽，尽得古今之体势，而兼人人之所独专矣。"这正道出了杜甫以"多师"为师，融合各家之长而自成一家之诗的特点。

诗　式（选录）

皎　然

　　夫诗者，众妙之华实，六经之菁英，虽非圣功，妙均于圣。彼天地日月，玄化之渊奥，玄化，造化，指自然界。鬼神之微冥，精思一搜，万象不能藏其巧。其作用也，放意须险，指立意要新奇。定句须难，虽取由我衷，而得若神表。至如天真挺拔之句，与造化争衡，可以意冥，意冥，通过想象去体会。冥〔míng 明〕，暗合。难以言状，非作者不能知也。作者，指精通创作的人。泊西汉以来，文体四变。文体，指诗体。按照《诗式》所论，似以苏李的自然天成，《古诗十九首》的始见作用，魏晋、六朝的雕绘偶俪，唐人的律诗为四变。将恐风雅寖泯，寖泯，逐渐消失。辄欲商较以正其源。今从两汉已降，至于我唐，名篇丽句，凡若干人，命曰《诗式》。使无天机者坐致天机，坐致，安坐而得。形容极容易。天机，天赋的聪明。若君子见之，庶有益于诗教矣。

明　势

高手述作，如登衡、巫，衡，指湖南的衡山。巫，指四川、湖北之间的巫山。都是有名的高山。觌三湘、鄢、郢山川之盛，三湘，说法不一。一说指湖南的湘潭、湘乡、湘阴地区。大致是指洞庭湖南北，湘江流域一带。鄢、郢，均为春秋时楚国都名。鄢在今湖北省宜城县，郢在今湖北省江陵县。萦回盘礴，盘礴〔bó 膊〕盘旋。千变万态。或极天高崎，萃焉不群，气腾势飞，合沓相属。原注：奇势在工。合沓相属，重叠相连。或修江耿耿，万里无波，欻出高深重复之状。原注：奇势互发。欻〔xū虚〕，忽然。古今逸格，皆造其极妙矣。

明　作　用

作者措意，虽有声律，不妨作用。如壶公瓢中，自有天地日月，据《云笈七签》载：施存学大丹之道，后遇张申，为云台治官，常悬一壶如五升器大，化为天地，中有日月，自宿其内，人谓曰壶公。时时抛针掷线，似断而复续。此为诗中之仙。拘忌之徒，非可企及矣。

明 四 声

乐章有宫商五音之说，不闻四声。近自周颙、刘绘流出，周颙（？—485年），字彦伦，汝南安城人。永明声律说的创始人之一。刘绘（458—502），字士章，彭城人。善音韵。宫商畅于诗体。轻重低昂之节，韵合情高，此未损文格。沈休文酷裁八病，沈休文，沈约字休文。碎用四声，故风雅殆尽。后之才子，天机不高，为沈生弊法所媚，慒然随流，溺而不返。

诗 有 四 不

气高而不怒，怒则失于风流；力劲而不露，露则伤于斤斧；情多而不暗，暗则蹶于拙钝；才赡而不疏，疏则损于筋脉。赡，丰富。

诗 有 四 深

气象氤氲，氤氲〔yīn yūn 因晕〕，气或光色混和动荡的样子。由深于体势；意度盘礴，由深于作用；用律不滞，由深于声对；声对，声律对偶。用事不直，由深于义类。义类，可用以类比的事理，即诗中所引用的前言往事。

诗 有 二 要

要力全而不苦涩，要气足而不怒张。

诗 有 二 废

虽欲废巧尚直，而思致不得置；虽欲废词尚意，而典丽不得遗。

诗 有 四 离

虽期道情，而离深僻；虽用经史，而离书生；虽尚高逸，而离迂远；虽欲飞动，而离轻浮。

诗 有 六 迷

以虚诞而为高古，以缓漫而为冲淡，以错用意而为独善，以诡怪而为新奇，以烂熟而为稳约，以气少力弱而为容易。

诗 有 六 至

至险而不僻，至奇而不差，至丽而自然，至苦而无迹，至近而意远，至放而不迂。

诗 有 七 德

一识理，二高古，三典丽，四风流，五精神，六质
干，七体裁。

诗 有 五 格

不用事第一，作用事第二，<small>原注：其有不用事而措意不
高者，黜入第二格。</small>直用事第三，<small>原注：其中亦有不用事而格稍
下，贬居第三。</small>有事无事第四，<small>原注：比于第三格中稍下，故
入第四。</small>有事无事情格俱下第五。<small>原注：情格俱下，有事
无事可知也。</small>

邺 中 集

评曰：邺中七子，陈王最高。刘桢辞气偏，王得
其中。<small>王，指王粲。</small>不拘对属，偶或有之。语与兴驱，
势逐情起，不由作意，气格自高。与《十九首》其流一
也。

文 章 宗 旨

评曰：康乐公早岁能文，<small>康乐公，指谢灵运（385—
433）。灵运为谢玄之孙，晋时袭封康乐公，故称。</small>性颖神澈。及

通内典，内典，指佛经。佛教徒自称佛教的典籍为"内典"，称佛教以外的典籍为"外典"。**心地更精，故所作诗，发皆造极，得非空王之道助邪？**空王，指佛。空王之道，即佛理。**夫文章，天下之公器，安敢私焉。曩者尝与诸公论康乐为文，真于情性，尚于作用，不顾词彩，而风流自然。彼清景当中，天地秋色，诗之量也；庆云从风，舒卷万状，诗之变也。不然，何以得其格高，其气正，其体贞，其貌古，其辞深，其才婉，其德宏，其调逸，其声谐哉？至如《述祖德》一章、《拟邺中》八首、《经庐陵王墓》、《临池上楼》，识度高明，盖诗中之日月也，安可攀援哉！惠休所评"谢诗如芙蓉出水"，斯言颇近矣！故能上蹑风骚，下超魏晋。建安制作，其椎轮乎？**椎轮，以圆木为轮的原始车子。萧统《文选序》中说："椎轮为大辂之始，大辂宁有椎轮之质？"后因以椎轮喻事物的创始。这里用以说明灵运之作是建安创作的继承和发展。

用　事

评曰：诗人皆以征古为用事，不必尽然也。今且于六义之中，略论比兴。取象曰比，取义曰兴。义即象下之意。凡禽鱼草木人物名数，万象之中义类同者，尽入比兴，《关雎》即其义也。如陶公以孤云比贫士，陶渊明《咏贫士》诗开头四句："万族各有托，孤云独无依。暧暧空中灭，何时见余晖？"**鲍照以直比朱弦，以清比冰壶。**鲍照《代白头吟》："直如朱丝绳，清如玉壶冰。"李善注："朱丝，朱弦也。"**时久呼比为用事，呼用事为比。如陆机《齐讴行》："鄙哉牛山叹，**《晏子春秋》内篇谏上第十七："景公游于牛山，北临其国城而流涕曰：若何滂滂去此而死乎！……晏子对曰：使贤者常守之，则太公、桓公将常守之矣；使勇者常守之，则庄公、灵公将常守之矣。数君者将守之，则吾君安得此位而立焉？以其迭处之，迭去之，至于君也。而独为之流涕，是不仁也。……"**未及至人情。**至人，指道德修养最完善的人。**爽鸠苟已徂，**《左传》昭公二十年："(齐侯)饮酒乐，公曰：古而无死，其乐若何？晏子对曰：古而无死，则古之乐也，君何得焉？昔爽鸠氏始居此地，季荝因之，有逢伯陵因之，蒲姑氏因之，而后太公因之。古若无死，爽鸠氏之乐，非君所愿也。"**吾子安得停？"此规谏之忠，是用事，非比也。如康乐公《还旧园作》："偶与张、邴合，**《史记·张释之传》："其子曰张挚，字长公。官至大夫，免。以不能取容当世，故终身不仕。"《汉书·两龚传》："初，琅琊邴汉亦以清行征用。……汉兄子曼容亦养志自修，为官不肯过六百石，辄自免去。"**久欲归东山"，**东山，在会稽境内，风景幽美，此处有谢玄故宅。**此叙志之忠，是比，非用事也。详味可知。**

取 境

评曰：或云：诗不假修饰，任其丑朴；但风韵正，天真全，即名上等。予曰：不然。无盐缺容而有德，《列女传》："锺离春者，齐无盐邑之女，宣王之正后也。其为人极丑无双，……行年四十，无所容入，衒嫁不仇，流弃莫执。于是乃拂拭短褐，自谒宣王，……愿备后宫之扫除。……（宣王）拜无盐君为后，齐国大安。"曷若文王太姒有容而有德乎？《列女传》："太姒者，武王之母，……仁而明道，文王嘉之，亲迎于渭。"又云：不要苦思，苦思则丧自然之质。此亦不然。夫不入虎穴，焉得虎子？取境之时，须至难至险，始见奇句；成篇之后，观其气貌，有似等闲，不思而得：此高手也。有时意静神王，王〔wàng 旺〕，通旺。《庄子·养生主》："神虽王，不善也。"佳句纵横，若不可遏，宛如神助。不然，盖由先积精思，因神王而得乎？

重意诗例

评曰：两重意已上，皆文外之旨。若遇高手，如康乐公，览而察之，但见情性，不睹文字，盖诗道之极也。向使此道尊之于儒，则冠六经之首；贵之于道，则居众妙之门；《老子》第一章："玄之又玄，众妙之门。"崇之于

释，则彻空王之奥。但恐徒挥其斤而无其质，《庄子·
徐无鬼》："郢人垩慢其鼻端若蝇翼，使匠石斫之。匠石运斤成风，听
而斫之，尽垩而鼻不伤。郢人立不失容。宋元君闻之，召匠石曰：尝
试为寡人为之。匠石曰：臣则尝能斫之，虽然，臣之质（施技的对象，
指郢人）死久矣。"故伯牙所以叹息也。指俞伯牙、锺子期事，
见《吕氏春秋·本味》。畴昔国朝协律郎吴兢，与越僧元监
集秀句，唐人吴兢曾选编《古今诗人秀句》，其书已佚。《文镜秘府
论》南卷中存其序文。二子天机素少，选又不精，多采浮浅
之言，以诱蒙俗。特入瞽夫偷语之便，何异借贼兵而
资盗粮，李斯《谏逐客书》："今乃弃黔首以资敌国，却宾客以业诸
侯，使天下之士，退而不敢西向，裹足不入秦，此所谓藉寇兵而赍盗粮
者也。"无益于诗教矣。

辩体有一十九字

评曰：夫诗人之思初发，取境偏高，则一首举体
便高；取境偏逸，则一首举体便逸。才性等字亦然。
才性，原注：一作"情性"。体有所长，体，原注：一作"本"。故各
功归一字。偏高偏逸之例，直于诗体、篇目风貌不
妨。一字之下，风律外彰，体德内蕴。如车之有毂，
毂〔gǔ 古〕，车轮中心的圆木，中心有孔可插车轴，四周与辐条相连。
众辐归焉。其一十九字，括文章德体风味尽矣，如

《易》之有象辞焉。象〔tuàn〕辞，《易》中的卦辞，总论一卦的基本观念。如乾下的"元、亨、利、贞"四字。孔颖达疏："象辞统论一卦之义，或说其卦之德，或说其卦之文，或说其卦之名。"今但注于前卷中，后卷不复备举。其比、兴等六义，本乎情思，亦蕴乎十九字中，无复别出矣。

高原注：风韵朗畅曰高。逸原注：体格闲放曰逸。贞原注：放词正直曰贞。忠原注：临危不变曰忠。节原注：持操不改曰节。志原注：立性不改曰志。气原注：风情耿耿曰气。情原注：缘境不尽曰情。思原注：气多含蓄曰思。德原注：词温而正曰德。诚原注：检束防闲曰诚。闲原注：情性疏野曰闲。达原注：心迹旷诞曰达。悲原注：伤甚曰悲。怨原注：词理凄切曰怨。意原注：立言盘泊曰意。力原注：体裁劲健曰力。静原注：非如松风不动，林狖未鸣，乃谓意中之静。远原注：非谓渺渺望水，杳杳看山，乃谓意中之远。

团扇二篇

评曰：江则假象见意，江，指江淹（444—505）。字文通，南朝梁文学家。这里所评的是他的杂体诗《班婕妤》。其诗云："纨扇如圆月，出自机中素。画作秦王女，乘鸾向烟雾。采色世所重，虽新不代故。窃恐凉风至，吹我玉阶树。君子恩未毕，零落在中路。"班则貌题直书。班，指班婕妤。名不详。西汉女文学家。这里所评的是传为她所作的《怨歌行》。其诗云："新制齐纨素，皎洁如霜雪。裁为合欢扇，团团似明月。出入君怀袖，动摇微风发。常恐秋节至，凉飚夺炎热。弃捐箧笥中，恩情中道绝。"至如"**出入君怀袖，摇动微风发。常恐秋节至，凉飚夺炎热**"，**旨婉词正，有洁妇之节，但此两对，亦足以掩映。江生诗曰："画作秦王女，乘鸾向烟雾。"**鸾〔luán 峦〕，传说中的凤凰一类的鸟。《列仙传》："箫史者，秦穆公时人，善吹箫，能致孔雀白鹤于庭。穆公有女字弄玉，好之，公遂以女妻焉。日教弄玉作凤鸣。居数年，吹似凤声，凤凰来止其屋。公为作凤台，夫妇止其上。一旦，皆随凤凰飞去。"**兴生于中，无有古事。假使佳人玩之在手，乘鸾之意，飘然莫偕。虽荡如夏姬**，夏姬，春秋时郑穆公之女。初为陈国大夫御叔之妻，生子微舒。御叔死，她与陈灵公及大夫孔宁、仪行父有私情往来。后给襄老为妻。襄老战死，她又嫁申公巫臣。**自忘情改节。吾许江生情远辞丽，方之班女，亦未可减价。**

王仲宣七哀

评曰：仲宣诗云："出门无所见，白骨蔽平原。路有饥妇人，抱子弃草间。顾闻号泣声，挥涕独不还。未知身死处，何能两相完？驱马弃之去，不忍听此言。"此中事在耳目，故伤见乎辞。及至"南登灞陵岸，回首望长安"，察思则已极，览辞则不伤。一篇之功，并在于此，使今古作者味之无厌。末句因"南登

灞陵岸""悟彼泉下人",盖以逝者不返,吾将何亲,故有伤肝之叹。沈约云：不傍经史,直率胸臆。吾许其知诗者也。如此之流,皆名为上上逸品者矣。

复古通变体 原注：所谓通于变也。

评曰：作者须知复变之道。反古曰复,不滞曰变。若惟复不变,则陷于相似之格,其状如驽骥同厩,非造父不能辨。造父,人名,古之善御者。周穆王时人。能知复变之手,亦诗人之造父也。以此相似一类,置于古籍之中,能使弱手视之眩目,何异宋人死鼠为玉璞,岂知周客卢胡而笑哉！《战国策·秦策》:"郑人谓玉未理者为璞,周人谓鼠未腊者为朴。周人怀朴过郑贾曰:'欲买朴乎?'郑贾曰:'欲之。'其出朴。视之,乃鼠也。因谢不取。"按,疑本文"宋"字为"郑"字之讹。卢胡,即卢胡,发自喉间的笑声。《后汉书·应劭传》:"宋愚夫亦宝燕石,缇缊十重,夫睹之者掩口卢胡而笑。"缊〔xì袭〕,包裹、覆盖东西的织物。缇〔tí 提〕,丹黄色,浅绛色。又复变二门,复忌太过,诗人呼为膏肓之疾,《左传》成公十年:"疾不可为也。在肓之上,膏之下。攻之不可,达之不及,药不至焉,不可为也。"膏,心下微脂。肓〔huāng 荒〕,隔上薄膜。膏肓之疾,谓不可医治的病。安可治也。如释氏顿教学者,顿教,佛教分顿、渐二派,以速疾证悟真理者为顿教。有沉性之失,殊不知性起之法，万象皆真。夫变若造微，不忌太过。苟不失正，亦何咎哉！如陈子昂复多而变少，沈、宋复少而变多。沈，指沈佺期，宋，指宋之问。今代作者，不能尽举。吾始知复变之道，岂惟文章乎？在儒为权，在文为变，在道为方便。方便，佛家语。权宜的意思。后辈若乏天机，强效复古，反令思扰神沮。何则？夫不工剑术，而欲弹抚干将太阿之铗，干将，剑名。《吴越春秋》："干将，吴人。莫邪，干将之妻也。干将作剑，莫邪断发剪爪，投于炉中，金铁乃濡，遂以成剑，阳曰干将，阴曰莫邪。"太阿，剑名。《越绝书》："楚王令风胡子之吴，见欧冶子、干将，使人作铁剑。欧冶子、干将凿茨山，洩其溪，取铁英，作为铁剑三枚，一曰龙渊，二曰泰阿，三曰工布。"铗，剑。《楚辞·涉江》："带长铗之陆离兮。"必有伤手之患。《老子》第七十四章："夫代大匠斫，希有不伤其手者矣。"宜其诚之哉！

说　明

　　《诗式》是唐代的一部重要的论诗专著。现存的有一卷本和五卷本两种。《历代诗话》等所收，都只有一卷，至"辨体有一十九字"止，"中序"以后缺。唯清末陆心源《十万卷楼丛书》所收为五卷足本。作者皎然，本名谢清昼，人称昼上人，谢灵运十世孙，湖州（今浙江湖州市一带）人。主要活动于大历、贞元时代。童年即出家为僧。善为诗，颜真卿、韦应物并重之。贞元中，湖州刺史于頔编其诗文为《杼山集》，并为之序。皎然的论诗著作，于《诗式》之外，尚有《诗

议》《评论》等。《诗式》分诗为五格,第一卷总论诗歌创作原
理及第一格,第二卷至第五卷分别论第二格至第五格,各摘
录两汉至中唐诗人名篇丽句为例。本篇所选,基本上包括
了《诗式》第一卷的全文。最后一节选自第五卷。

唐代是我国诗歌创作的一个黄金时代,也是我国古代
诗歌理论发展的一个重要时期。自唐初陈子昂提倡诗文复
古始,再由于李白、杜甫等大作家推波助澜,并以创作的实
绩扭转了六朝遗留的雕琢浮艳的积习,于是重内容、尚自
然、贵复古之风大盛。诗歌创作出现了空前繁荣的局面,取
得了巨大成就。但是,随之而来的也还有另一种倾向,一些
轻薄浅学之辈,拾前贤"复古"牙慧,走向另一极端:唯内容
是重而轻视艺术,听任自然而忽视创造,贵古而贱今。伟大
诗人杜甫在《戏为六绝句》中就曾批判过这种错误倾向。在
这种形势下,皎然总结前人经验,在一系列重大的诗歌理论
问题上,发表了一些救弊补偏的观点。他充分肯定了诗歌
创作的艺术价值,指出诗是"众妙之华实,六经之菁英,虽
非圣功,妙均于圣",认为诗歌作为一种艺术创造,与圣人制
经有同等的价值。因此,他既不忽视作品内容,又很注意艺
术形式;既崇尚自然,又非常强调艺术创造;既不反对继承,
又极力提倡变革。这些观点,不但击中了时弊,而且理论更
加全面和深刻。

皎然在诗学上最突出的贡献是对于诗歌意境学说的阐
述。他认为,最好的诗应当是"真于情性,尚于作用,不顾词
彩,而风流自然"的,故云"但见情性,不睹文字,盖诗道之极

也。"他既要求作诗应当充分抒情达意,却又不主张在语言文字上斤斤计较,甚至是赞成"废言尚意"的。那么,如何才能达到这样的要求呢?他提倡"假象见意"。就是主张借助形象来传情达意。《团扇二篇》具体阐发了这样的观点。诗中须有"意"和"象"的问题并不是皎然最先指出的。但是,最简洁明了而且精确无误地揭示出"意"与"象"的关系,并且以"假象见意"及其程度如何作为评价诗歌作品的主要艺术标准的,还应当首推皎然。在此基础上,他又提出了"诗情缘境发"(见《秋日遥和卢使君游何山寺宿扬上人房论涅槃经义》)的命题。他认为,诗歌是通过描绘"境"来抒发思想感情的。所谓"缘境不尽曰情",即是说抒情性最强的诗应当是通过"境"来表现而给人以无穷馀味的。他所说的"境",指的是作品中所描绘的能够表达某种思想感情的典型的生活环境或精神状态。它来自客观世界,但又渗透了作者的思想感情,是主客观融合而成的一种艺术境界,即后人所说的"意境"。皎然所谓"境",既要求外观"气象氤氲",又要求内涵"意度盘礴",是经过作者精心选择和构思的产物。这种"境"是由"象"构成的,但又与"象"不尽相同。它是多种具体形象的有机组合,特别强调通过"象"与"象"之间的内在联系和动态趋势来启发读者。因此,它比"象"的涵义更丰富也更明确。

皎然把有无意境和意境创造的程度作为衡量诗歌作品优劣的主要艺术标准。他认为,诗作的艺术效果首先是由"取境"决定的。《辨体有一十九字》中说:"夫诗人之思初发,取境偏高,则一首举体便高;取境偏逸,则一首举体便逸。"他赞美王粲的《七哀诗》也正是由于这首诗创造出了令人产生"伤肝之叹"的意境。他推崇谢灵运的诗也是由于谢诗善于创造"情在言外""旨冥句中"的意境。总之,"诗情缘境发"是皎然的诗歌理论中的一个基本范畴,他的《诗式》等著作就是以此为核心建立自己的理论体系的。

正因为如此,皎然就很重视"取境"问题。"取境",就是创造意境。它必须经过巧妙的艺术构思。所谓"尚于作用",就是重视诗的艺术构思。而巧妙的构思"盖由先积精思,因神王而得"。《诗式》一书所述,多半都是围绕着如何创造意境阐述的。他要求"取境"要独创,即立意新颖("放意须险")、形象独特("采奇于象外")、语言精粹("定句须难");创造出的意境要自然,"观其气貌,有似等闲,不思而得";描绘意境要"状飞动之趣",即要有动态美。

总之,皎然关于诗歌意境方面的论述是多方面的,研究得也相当深入。其丰富性、系统性、深刻性和明确性是前无古人的。应当说,他正是我国诗歌意境说的真正奠基人。皎然所阐明的意境说,开创了我国诗歌理论的新局面,对形成独具特色的中国诗学做出了巨大贡献,产生了不可磨灭的影响。它是我国传统诗学发展史上的一座里程碑。

此外,皎然在阐明诗歌创作原则时提出的"四不""四深""二要""二废""四离""六迷""六至"等等,闪耀着辩证的光辉。《辨体有一十九字》中关于诗歌风格的阐述,对后世也有很大影响。

与元九书

白　居　易

月日，居易白，微之足下：微之，元稹字。足下，对对方的尊称。

自足下谪江陵，谪，贬谪，降职到偏远的地方去。江陵，湖北省江陵县。元稹因触犯宦官与权贵，于公元810年从监察御史降职为江陵士曹参军。至于今，凡枉赠答诗仅百篇。枉，枉劳。表示对对方的尊重，是一种谦虚语气。仅百篇，有百篇之多。每诗来，或辱序，或辱书，冠于卷首。辱序，委屈你写序，是一种谦虚语气。冠，加在前面。皆所以陈古今歌诗之义，且自叙为文因缘与年月之远近也。仆既受足下诗，又谕足下此意，常欲承答来旨，粗论歌诗大端，承答来旨，酬答来信中的意思。粗，约略。大端，大概。并自述为文之意，总

为一书，致足下前。累岁已来，牵故少暇；牵，牵连。暇，
空闲。间有容隙，或欲为之，空隙，空闲的时候。为之，指写信。
又自思所陈亦无出足下之见，临纸复罢者数四，卒
不能成就其志以至于今。罢，停止。数四，好几次。其志，指
写信这一愿望。今俟罪浔阳，俟〔sì 四〕罪，待罪。浔阳，今江西
九江市。除盥栉食寝外无余事，盥栉〔guàn zhì 贯治〕洗脸
梳头。因览足下去通州日所留新旧文二十六轴，开卷
得意，忽如会面。通州，今四川省达县。元稹于公元815年调任
通州司马。轴，卷，唐朝以前的书都是手抄本，用轴卷起来，一轴就是
一卷。忽如会面，好象面谈一样。心所蓄者，便欲快言，往
往自疑，不知相去万里也。这三句说，心里积存的话，就想痛
快地倾吐出来，简直忘记了彼此之间相隔的遥远路程。既而愤悱
之气思有所泄，遂追就前志，勉为此书。愤悱，郁阿。泄，
发泄。前志，以前的心愿。足下幸试为仆留意一省。省，察
看。

　　夫文尚矣，尚，崇高。三才各有文：三才，天、地、人。各
有文，各有各的文章。天之文，三光首之；三光，日、月、星。地
之文，五材首之；五材，金、木、水、火、土。人之文，六经首
之。六经，《诗》《书》《易》《礼》《乐》《春秋》。就六经言，
《诗》又首之。《诗》又首之，"六经"的名称最早见于《礼记·经解
篇》和《庄子·天运篇》，都把《诗》列在第一。何者？圣人感人

心而天下和平。感人心者，莫先乎情，莫始乎言，莫切乎声，莫深乎义。这几句说，感动人心灵的东西，没有比感情更首要的，没有早于语言的，没有比声音更亲切的，没有比思想更深刻的。诗者，根情，苗言，华声，实义。这几句说，诗这个东西，感情是它的根本，语言是它的枝叶，声音是它的花朵，思想是它的果实。上至圣贤，下至愚骏，愚骏〔ái 癌〕，愚笨的人。微及豚鱼，幽及鬼神，豚〔tún 屯〕，小猪。幽，神秘。群分而气同，形异而情一，这几句说，种类虽不同而精神相似，形状虽殊而情感却相通。未有声入而不应，情交而不感者。声入，声音入于耳。不应，不起反应。情交，接触感情。不感，不受感动。

圣人知其然，因其言，经之以六义；经，贯串。六义，指《诗经》的风、雅、颂、赋、比、兴。缘其声，纬之以五音。缘，因。纬，约束。五音，宫、商、角、徵〔zhǐ 止〕、羽。这两句说，为了声音好听，必须用五音来约束。音有韵，义有类。义，即上文的"六义"，指不同的类别和表现手法。韵协则言顺，言顺则声易入。韵协，韵律协调。言顺，语言通顺。声易入，容易为人接受。类举则情见，情见则感易交。类举，义类分明。情见，感情表现出来。感易交，感情容易使人接受。于是乎孕大含深，贯微洞密，上下通而一气泰，忧乐合而百志熙。孕，包含。洞，透彻。一气，天地之气。《旧唐书》、《唐文粹》都作二气。熙，和乐，和悦。五帝三皇所以直道而行，垂拱而理者，五帝，黄帝、颛顼、

帝喾、唐尧、虞舜。三皇,燧人、伏羲、神农。垂,垂衣。拱,敛手。理,
治理。垂拱而理,不费气力而天下得到治理。**揭此以为大柄,决**
此以为大宝也。 揭,高举。柄,权柄。决,通抉。这两句说,由
于掌握了这个武器,抓住了这个法宝。

故闻"元首明,股肱良"之歌, 语见《尚书·皋陶谟》:
"元首明哉,股肱〔gōng 工〕良哉,庶事熙哉!"元首,指君。股肱,指臣。
则知虞道昌矣。 虞,朝代名,传说中舜有天下的时期。**闻五子**
洛汭之歌,则知夏政荒矣。 伪古文《尚书》中说:夏朝的统治
者太康荒淫无道,失去了帝位,他的兄弟五人在洛汭等候他不来,述
大禹之戒以作歌,其中之一是:"惟彼陶唐,有此翼方;今失厥道,乱其
纪纲,乃底灭亡"。**言者无罪,闻者足戒,言者闻者,莫不**
两尽其心焉。 这句说,这样双方都尽到了责任。

洎周衰秦兴,采诗官废, 洎〔jì 计〕,到了。汉代以来的
许多学者认为古代有采诗之官。如《汉书·艺文志》:"古有采诗之
官,王者所以观风俗,知得失,自考正也。"**上不以诗补察时政,**
下不以歌泄导人情。 补察时政,考察政治的得失。泄导人情,
表达人们的愿望。**乃至于谄成之风动,救失之道缺。** 谄
〔chǎn 产〕成之风,吹捧成绩的风气。救失之道,纠正错误的方法。**于**
时六义始刓矣。 刓〔wán 完〕,削。

国风变为骚辞,五言始于苏、李。 苏、李,指苏武、李
陵。前人认为苏武、李陵的赠答诗是五言诗之祖,实际上是后人的伪

作。**苏、李、骚人，皆不遇者**，骚人，指屈原。不遇，命运不济。**各系其志，发而为文。**这几句说，苏武、李陵、屈原等人，都是命运不济，把各自的感情抒发出来就成为作品。**故河梁之句，止于伤别，**河梁之句，指旧传苏、李赠答的诗。李陵赠苏武第三首有："携手上河梁，游子暮何之"之句。**泽畔之吟，归于怨思。**泽畔之吟，指屈原的《离骚》等作品，《楚辞·渔父》："屈原既放，游于江潭，行吟泽畔，颜色憔悴，形容枯槁。"归于怨思，抒发放逐后的愤懑情绪。**徬徨抑郁，不暇及他耳。**彷徨，犹疑不决。抑郁，心有忿恨，不能申诉而烦闷。**然去《诗》未远，梗概尚存。**梗概，大体。**故兴离别，则引双凫一雁为喻，**指旧传苏武归国时留别李陵的诗："双凫俱北飞，一雁独南翔。子当留斯馆，我当还故乡。"**讽君子小人，则引香草恶鸟为比。**《离骚》用香草比君子，用恶鸟比小人。**虽义类不具，犹得风人之什二三焉。**不具，不完备。什二三，十分之二三。**于时六义始缺矣。**

晋、宋以还，得者盖寡。以还，以来。**以康乐之奥博，多溺于山水；**康乐，谢灵运封康乐公，故称谢康乐。他的作品偏重于山水景物的描写，很少反映社会问题，白居易对此感到遗憾。溺，沉湎无节制。**以渊明之高古，偏放于田园。**渊明，陶潜，东晋大诗人，写了很多描写田园生活的诗，也有部分反映现实的作品，白居易认为他对现实反映还不够。偏放，偏重。**江、鲍之流，又狭于此。**江，江淹。鲍，鲍照。狭，狭隘。又狭于此，他们诗歌的内容比这更狭隘。**如梁鸿《五噫》之例者，百无一二焉。**梁鸿，字伯鸾，汉章帝时人，与妻孟光居霸陵山中，以耕、织为业。曾东出关，路过当时的京城洛阳，愤慨统治者的奢侈生活，作了一首《五噫歌》。歌辞是："陟彼北芒兮，噫！顾瞻帝京兮，噫！宫阙崔巍兮，噫！民之劬劳兮，噫！辽辽未央兮，噫！"。百无一二，即百篇中找不到一、二篇。**于时六义寝微矣，陵夷矣。**寝，渐渐。陵夷，衰颓。

至于梁、陈间，率不过嘲风雪、弄花草而已。这句说，到了梁、陈间，大多都不过是嘲弄风雪、玩弄花草的作品。**噫！风雪花草之物，《三百篇》中岂舍之乎？顾所用何如耳。**这句说，但看你怎样用法啊！**设如"北风其凉"，假风以刺威虐也；**北风其凉，见《诗经·邶风·北风》。全诗是讽刺暴虐的统治。**"雨雪霏霏"，因雪以愍征役也；**雨雪霏霏，见《诗经·小雅·采薇》。全诗是描写守边战士生活的。愍〔mǐn 悯〕，哀怜。**"棠棣之华"，感华以讽兄弟也；**棠棣之华，见《诗经·小雅·棠棣》。全诗是劝谕兄弟友爱的。棠棣，植物名，果实象李子而略小，花两三朵为一缀。诗人看到棠棣之华（花）两三朵彼此相依，联想到兄弟应该互相团结。讽，劝谕。**"采采芣苢"，美草以乐有子也。**芣苢〔fú yǐ 浮以〕，草名，车前子。古人相信它的种子可以治妇人不孕。采采芣苢，见《诗经·周南·芣苢》。全诗是妇女采芣苢时所唱的歌。**皆兴发于此而义归于彼。**这句说，这些都是借物抒情，含义并不局限于所描写事物的本身。**反是者，可乎哉！然则，"余霞散成绮，澄江净如练"，**见谢朓《晚登

三山还望京邑》。"离花先委露，别叶乍辞风"之什，见鲍照
《玩月城西门》。丽则丽矣，吾不知其所讽焉。故仆所谓
嘲风雪、弄花草而已。于时六义尽去矣。

　　唐兴二百年，其间诗人不可胜数。所可举者，陈
子昂有《感遇诗》二十首，陈子昂，唐初文学革新运动的开拓
者，白居易显然受了他的影响。鲍防有《感兴诗》十五首。鲍
防，字子慎，天宝十二年进士。他是当时有名的诗人，写了不少反映社
会现实的诗，《感兴诗》十五首，已佚。又诗之豪者，世称李、杜。
李之作，才矣奇矣，人不逮矣，索其风雅比兴，十无
一焉。索，寻找。这几句说，李白的作品，有才气、不平凡，别人赶不
上他，但寻找他作品具有"风、雅、比、兴"特点的，十篇中没有一篇。
杜诗最多，可传者千余首。传，流传。至于贯串古今，
觑缕格律，尽工尽善，又过于李。觑〔luó 罗〕缕，委曲详尽
而有条理。然撮其《新安吏》、《石壕吏》、《潼关吏》、《塞
芦子》、《留花门》之章，撮〔cuō 搓〕，聚集。"朱门酒肉臭，
路有冻死骨"之句，亦不过三四十首"朱门酒肉臭，路有冻
死骨"，见杜甫《自京赴奉先县咏怀五百字》。杜尚如此，况不
逮杜者乎！

　　仆常痛诗道崩坏，忽忽愤发，或食辍哺、夜辍寝，
不量才力，欲扶起之。辍〔chò 绰〕，停止。哺〔bǔ 补〕，吃饭。
寝，睡觉。嗟夫！事有大谬者，又不可一二而言，然亦

不能不粗陈于左右。事有大谬，事实与愿望有大相违反的。左
右，过去书信中用以称对方，表示尊敬。

仆始生六七月时，乳母抱弄于书屏下，有指
"无"字"之"字示仆者，仆虽口未能言，心已默识。
默识，暗记。后有问此二字者，虽百十其试，而指之不
差，则仆宿昔之缘，已在文字中矣。宿昔，从前，旧日。缘，
因缘，即佛经中说的前生的缘法。及五六岁，便学为诗，九
岁谙声识韵，十五六始知有进士，苦节读书。谙〔ān
庵〕，熟记，熟悉。苦节读书，下苦功夫读书。二十已来，昼课
赋，夜课书，间又课诗，不遑寝息矣。课赋，把学习做赋，
定为功课。不遑，没有空闲。寝息，睡觉休息。以至于口舌成
疮，这句说，因为诵读太勤，口舌成疮。手肘成胝，胝〔zhī 知〕，厚
皮。这句说，手肘因磨擦而起厚皮。既壮而肤革不丰盈，肤
革，皮肤。未老而齿发早衰白。瞥瞥然如飞蝇垂珠在
眸子中也，动以万数。这两句说，两眼昏花，动不动就象有几
万只苍蝇乱飞，几万颗珠子摇晃一样。瞥瞥〔piē 撇〕，眼光掠过，这
里形容眼花。眸子，眼中瞳仁。盖以苦学力文所致，又自悲
矣。力文，尽力于文。

家贫多故，二十七方从乡赋。乡赋，地方选拔人才的
考试。公元799年，白居易在宣城（今安徽省宣城县）参加乡试。考
取后被保送到长安（今陕西省西安市）参加进士考试。既第之后，

虽专于科试，亦不废诗。第，登科。科试，科举考试。及授
校书郎，已盈三四百首。校书郎，官名，在唐朝属于秘书省，
职务是校订、掌管书籍。公元802年，白居易又应吏部的考试，合格
后，授职为校书郎。或出示交友如足下辈，见皆谓之工，
其实未窥作者之域耳。工，巧妙。窥〔kuī 亏〕，探索。域，领
域。自登朝以来，年齿渐长，登朝，作了朝廷的官。年齿，年
纪。阅事渐多，每与人言，多询时务，阅，阅历。阅事渐多，
经验逐渐多起来。询，询问，请教。每读书史，多求理道。理
道，治理天下之道。始知文章合为时而著，歌诗合为事
而作。合，应。是时皇帝初即位，皇帝，指唐宪宗李纯。宰府
有正人，指杜黄裳、郑絪等比较正直的官。屡降玺书，访人急
病。玺〔xǐ 喜〕，本来是印章的通称，秦以后专指皇帝的印。玺书，
秦以后专指皇帝的诏书。访，走访询问。人，人民。急病，疾苦。
仆当此日，擢在翰林，擢〔zhuō 捉〕，提拔。翰林，指翰林学士。
公元807年，白居易被任命为翰林学士。身是谏官，谏官，向皇
帝进行劝谏的官。公元808年，白居易被任为左拾遗。拾遗，谏官。
手请谏纸，请，领取。谏纸，向皇帝上奏、进言、劝谏用的纸张。启
奏之外，有可以救济人病，裨补时阙，裨〔bì 闭〕，补益。时
阙，指当时政治上的缺陷。阙同缺。而难于指言者，辄咏歌
之，欲稍稍递进闻于上。指言，直言。辄，就。稍稍，逐渐。递
进，顺次向前。闻于上，传到皇帝耳里。上以广宸聪，宸〔chén

辰），指皇帝宫殿，又引伸为王位、帝王的代号，故"宸聪"是指皇帝的听闻。**副忧勤；**帮助皇帝治理国事。**次以酬恩奖，塞言责；**酬，报答。恩奖，恩德。责，职责。**下以复吾平生之志。**复，实现。**岂图志未就而悔已生，言未闻而谤已成矣。**

又请为左右终言之。终言之，彻底讲下去。**凡闻仆《贺雨诗》，而众口籍籍，已谓非宜矣。**《贺雨诗》是一首讽劝皇帝改善人民生活的诗，籍籍，喧聒，闲话很多。非宜，不合时宜。**闻仆《哭孔戡诗》，众面脉脉，尽不悦矣。**《哭孔戡诗》是表扬孔戡正直不畏权贵有斗争精神的诗。脉脉，扳起面孔不开腔。**闻《秦中吟》，则权豪贵近者相目而变色矣。**《秦中吟》十首，比较系统地揭发了当时政治黑暗，反映了人民的疾苦。相目，面对面的看着。变色，变了脸色。**闻乐游园寄足下诗，则执政柄者扼腕矣。**乐游园寄足下诗，指《登乐游园望诗》，是讽刺统治者的作品。柄，权力。执政柄者，掌握政权的人。扼腕，把住手腕表示愤怒。**闻《宿紫阁村》诗，则握军要者切齿矣。**《宿紫阁村》，《白氏长庆集》作《宿紫阁北村》，是一首暴露当时神策军横暴情状的诗。握军要者，指掌握军权的人。切齿，咬牙痛恨。**大率如此，不可遍举。不相与者号为沽名，号为诋讦，号为讪谤。**不相与者，没有交往的人。诋讦，〔dǐ jié 底洁〕，攻击。讪〔shàn 善〕谤，讽刺毁谤。**苟相与者，则如牛僧孺之戒焉。**牛僧孺，字思黯，唐穆宗时的宰相。牛僧孺之戒，以牛僧孺因直言获罪为戒。牛僧孺曾参加"直言极谏"科考试，指陈时政，语言激烈，因而得罪了宦官和权贵，与考官同受处分。**乃至骨肉妻孥皆以我为非也。**孥〔ná 奴〕，儿女。**其不我非者，**非，动词。"我"是"非"的宾语。**举世不过三两人。有邓鲂者，见仆诗而喜，无何而鲂死。**邓鲂，白居易同时诗人，一生不得意，贫困而死。无何，未几，不久。**有唐衢者，见仆诗而泣，未几而衢死。**唐衢，白居易同时代的诗人，也是最早欣赏白诗的人。他累考进士不第。看见有感叹的诗文，读后必哭。所以说"见仆诗而泣"。**其余则足下，足下又十年来困踬若此。**困踬〔zhì 志〕，困厄不得升进。**呜呼！岂六义四始之风，天将破坏不可支持耶？抑又不知天之意不欲使下人之病苦闻于上耶？**抑，或者。闻于上，使皇帝知道。**不然，何有志于诗者不利若此之甚也。**

然仆又自思关东一男子耳。关东，指函谷关以东的地方。**除读书属文以外，其他懵然无知，**懵〔měng 猛〕，无知貌。**乃至书画棋博可以接群居之欢者，一无通晓，即其愚拙可知矣。**棋博，下棋戏博。**初应进士时，中朝无缌麻之亲，**缌〔sī 思〕，细麻布。缌麻，旧时丧服名，其服用细麻制成，是古代"五服"中最轻的丧服。这是说朝中连个最疏远的亲族也没有。**达官无半面之旧，**旧，交情。**策蹇步于利足之途；**蹇〔jiǎn 俭〕，跛脚。这句说，一跛一跛地走上了角逐名利的道途。科名是要善于奔走趋附的人才能取得的，所以称为利足之途。**张空拳于战文之场。**赤手空拳，进入了比赛文章的战场。**十年之间，三登科第，**白居易于公元 800 年登进士第；802 年应吏部考试，以书判拔萃登科，806 年应"才识兼茂明于体用科"，被录取入第四等，所以称三登科第。**名入众耳，迹升清贯，**清贯，接近皇帝，地位清高的官员。唐朝的官职中有必须进士出身才能担任的，称为"清望官"。**出交贤俊，入侍冕旒。**冕旒〔liú 流〕，古代最尊贵的礼冠，天子之冕十二旒（用五采丝绳穿五采玉，叫旒），诸侯以下递减。这里指天子的冕旒，借指皇帝。**始得名于文章，终得罪于文章，亦其宜也。**这几句说，开始时是由文章得名，末了又由文章得罪，也是应该的。

日者，又闻亲友间说：礼、吏部举选人，多以仆私试赋判传为准的。日者，前些时候。举选人，选拔人才。唐朝制度：进士考试归礼部管，进士登科后，再要通过吏部考试，才能受职。赋、判，两种文体。私试赋，指白居易为应试而作的《性习相远近赋》、《汉高皇帝亲斩白蛇赋》等。私试判，指白居易为应试而作的判词百道。准的，标准。**其余诗句亦往往在人口中。**在人口中，被人传诵。**仆恧然自愧，不之信也。**恧〔nǜ〕然，惭愧的样子。**及再来长安，又闻有军使高霞寓者，**高霞寓，当时禁军的一员大将。**欲聘倡妓，妓大夸曰："我诵得白学士《长恨歌》，岂同他妓哉"？由是增价。**聘，是用财物娶女子。白学士,指白居易,因为白曾经作过翰林学士,所以称白学士。《长恨歌》是白居易根据唐玄宗和杨贵妃的传说故事所写成的一首长诗。增价,抬高身价。**又足下书云,到通州日,见江馆柱间有题仆诗者,复何人哉?**江馆,旅馆。**又昨过汉南日,**汉南,今湖北襄樊市一带,汉水以南地区。白居易从长安到江州必经过汉南之地。**适遇主人集众乐,娱他宾,诸妓见仆来,指而相顾曰:"此是《秦中吟》、《长恨歌》主耳"。**主,作者。**自长安抵江西,三四千里,**抵,至、到。江西,唐朝江南西道(现江西、安徽、湖北等省的一部分地方)的简称。**凡乡校、佛寺、逆旅、行舟之中往往有题仆诗者,士庶、僧徒、孀妇、处女之口每每有咏仆诗者。**乡校,地方的学校。逆旅,旅馆。士庶,士大夫阶层与庶民。僧徒,僧侣、僧众。孀妇,寡妇。**此诚雕虫之技,不足为多,然今时俗所重,正在此耳。**雕虫之技,汉朝扬雄《法言·吾子》:"或问:'吾子少而好赋?'曰:'然。童子雕虫篆刻。'俄而曰:'壮夫不为也。'"不足为多,不足称道。**虽前贤如渊、云者,**渊、云,王褒字子渊,扬雄字子云,都是汉朝著名的文学家。**前辈如李、杜者,亦未能忘情于其间哉!**这句说,尽管是雕虫小技,大作家还是丢不开啊!

　　古人云:"名者公器,不可以多取。"《庄子·天运篇》:"名,公器也,不可多取。"意思是,名誉是大家共有的东西,个人不应该占得太多。**仆是何者,窃时之名已多。**窃,窃有。**既**

窃时名，又欲窃时之富贵，使已为造物者，肯兼与之
乎？造物者，旧时以为万物是天造的，故称天为造物者。今之迍
穷，理固然也。迍〔zhūn 谆〕穷，穷困。况诗人多蹇，如陈
子昂、杜甫，各授一拾遗，而迍剥至死。蹇，困难。迍剥，
困苦和被迫害。李白、孟浩然辈不及一命，穷悴终身。孟
浩然，湖北襄阳人。曾赴长安谋求官职，但以"当路无人"，还归故乡，
隐居终老。悴〔cuì 萃〕，忧。穷悴终身，穷困忧愁一生。李白也因作
诗得罪了唐玄宗，一辈子不能作官。不及一命，是说连最小的官都没
有作过。近日孟郊六十，终试协律；孟郊，白居易同时诗
人。五十岁才考中进士，一生穷困，只做到协律郎的小官。试，没有
正式任命。协律，协律郎，替皇帝管理音乐的小官。张籍五十，未
离一太祝。张籍，白居易同时诗人，一辈子不得意，五十岁时还
只做着太祝的小官。太祝，替皇帝管理祭祀事务的小官。彼何人
哉！彼何人哉！这两句说，他们都是多么出色的人物啊！况仆
之才又不逮彼。今虽谪佐远郡，而官品至第五，郡，州
的通称。远郡，指江州。白居易这时作江州司马。司马是帮助州刺
史处理政务的官，实际等于闲职。月俸四五万，寒有衣，饥有
食，给身之外，施及家人，亦可谓不负白氏之子矣。
给身，供养自已。施，给予。微之微之，勿念我哉！

　　仆数月以来，检讨囊袠中，得新旧诗，各以类
分，分为卷首。检讨，检查核实。这里是检出来。袠〔zhì 志〕，

书套。囊袟，书包。自拾遗来，凡所适所感，关于美刺兴比者，又自武德讫元和，因事立题，武德，唐高祖的年号，公元618—626年。元和，唐宪宗的年号，公元806—820年。题为《新乐府》者，共一百五十首，谓之讽谕诗。《新乐府》，白居易讽谕诗中较重要的一组诗，共五十首。又或退公独处，或移病闲居，退公，下班。移病，因病请假。知足保和，吟玩情性者一百首，谓之闲适诗。保和，保养元气。吟玩情性，陶冶性情。又有事物牵于外，情理勤于内，随感遇而形于叹咏者一百首，谓之感伤诗。感遇，感受和遭遇。又有五言、七言、长句、绝句，自一百韵至两韵者四百余首，谓之杂律诗。凡为十五卷，约八百首。异时相见，当尽致于执事。致，送给。执事，用于对方的一种敬称。

微之！古人云："穷则独善其身，达则兼济天下"。引文见《孟子·尽心上》。意思是，不得意的时候，要保持住个人的品德，有了地位以后，应该把天下治理好。仆虽不肖，常师此语。大丈夫所守者道，所待者时。道，原则。时，时机。时之来也，为云龙，为风鹏，勃然突然，陈力以出；为云龙，为风鹏，比喻有才能的人又遇到大好的时机。勃然突然，忽然而起。陈力，拿出自己的力量。时之不来也，为雾豹，为冥鸿，寂兮寥兮，奉身而退。雾豹，隐藏在大雾里的豹子。用来比喻隐退的圣人。冥鸿，飞在高空的鸿雁，用来比喻远走高飞的贤人。寂兮寥兮,悄悄地。奉身而退,抽身退隐。**进退出处,何往而不自得哉?** 出处,或是出来做事,或是隐退而不仕。自得,悠然自得。**故仆志在兼济,行在独善,奉而始终之则为道,言而发明之则为诗。** 后两句说,把这种志愿和行动坚持到底,就是自己的原则;再将它用语言表达出来,就是自己的诗。**谓之讽谕诗,兼济之志也;** 这两句说,叫做讽谕诗的,体现了兼济天下的志愿。**谓之闲适诗,独善之义也。** 这两句说,叫做闲适诗的,反映了独善其身的意愿。**故览仆诗,知仆之道焉。其余杂律诗,或诱于一时一物,发于一笑一吟,** 诱,诱导。发,触发。**率然成章,非平生所尚者,** 率,轻率,不加思考。成章,写成作品。尚,重视。**但以亲朋合散之际,取其释恨佐欢。** 合,欢聚。散,分别。际,时候。释恨,消愁。佐欢,辅助欢乐。**今铨次之间,未能删去,他时有为我编集斯文者,略之可也。** 铨次,权衡编排。编集,纂编汇集。

　　微之! 夫贵耳贱目,荣古陋今,人之大情也。 人之大情,人之常情。**仆不能远征古旧,如近岁韦苏州歌行,才丽之外,颇近兴讽。** 征,征引。韦苏州,韦应物,比白居易较早的诗人,他的五言诗最有名。因为曾作苏州刺史,故称韦苏州。歌行,歌行体的诗。才丽之外,颇近兴讽,他的诗除了才情词藻之外,很有近于讽谕诗的。**其五言诗又高雅闲淡,自成一家之体。** 一家之体,具有独特的风格。**今之秉笔者谁能及**

之？然当苏州在时，人亦未甚爱重，必待身后，然后
人贵之。身后，死了以后。贵，推崇。今仆之诗，人所爱
者，悉不过杂律诗与《长恨歌》已下耳。时之所重，
仆之所轻。至于讽谕者，意激而言质，闲适者，思淡
而词迂，以质合迂，宜人之不爱也。意激，意见尖锐。言
质，语言质朴。思淡，情意淡泊。词迂，音节和缓。以质合迂，既质朴
又和缓。宜，应该。

　　今所爱者，并世而生，独足下耳。并世，同时代。然
千百年后，安知复无如足下者出而知爱我诗哉？故
自八九年来，与足下小通则以诗相戒，小穷则以诗相
勉，索居则以诗相慰，同处则以诗相娱。小通，时运稍
好。小穷，稍受挫折。索居，孤独地生活。同处，相聚在一起。知吾
罪吾，率以诗也。这两句说，了解我和遣责我的，都是由于诗歌
啊！如今年春游城南时，与足下马上相戏。城南，长安
城南。因各诵新艳小律，不杂他篇，新艳小律，清新艳丽的
小诗。不杂，不混杂。自皇子陂归昭国里，迭吟递唱，不
绝声者二十余里。皇子陂〔pí 皮〕，长安城南的一个名胜地。昭
国里，在长安城东南部，白居易曾经在这里住过。迭吟递唱，此唱彼
和。樊、李在旁，无所措口。樊，樊宗宪。李，李景信。又一说
是樊宗师和李建。无所措口，没处插上口。知我者以为诗仙，
不知我者以为诗魔。何则？劳心灵，役声气，连朝

接夕，不自知其苦，非魔而何？劳心灵，花费心血。役声气，花费力气。偶同人当美景，或花时宴罢，或月夜酒酣，一咏一吟，不知老之将至。虽骖鸾鹤、游蓬瀛者之适，无以加于此焉。虽，即使。骖〔cān 餐〕，驾。鸾，一种象凤凰的鸟。蓬瀛，蓬莱和瀛洲，传说是海上的两座仙山。适，快乐。又非仙而何？微之微之！此吾所以与足下外形骸、脱踪迹、傲轩鼎、轻人寰者，又以此也。外形骸〔hái 孩〕，忽略肉体不拘形迹。傲轩鼎，蔑视富贵权势。轩鼎，贵族豪门所坐的车和所用的食器。人寰，人世。

　　当此之时，足下兴有余力，且与仆悉索还往中诗，兴有余力，兴致还未尽。还往，来往的朋友。取其尤长者，如张十八古乐府，张十八，张籍。李二十新歌行，李二十，李绅。卢、杨二秘书律诗，卢，卢拱。杨，杨巨源。窦七、元八绝句，窦七，窦巩。元八，元宗简。博搜精缀，编而次之，博搜，广泛搜集。精缀，严格选择。编而次之，编排起来。号《元白往还诗集》。众君子得拟议于此者，莫不踊跃欣喜，以为盛事。拟议，考虑，安排。嗟呼！言未终而足下左转，左转，降职。古代以右为尊，以左为卑，所以降职称为左迁或左转。这里指元稹被贬为江陵府士曹参军。不数月而仆又继行，继行，指他继元稹被贬之后，也被贬为江州司马。心期索然，何日成就，又可为之叹息矣。心期，心意。索然，没有兴致。

又仆尝语足下：凡人为文，私于自是，不忍于割截，私于自是，自以为是。割截，删改。或失于繁多，其间妍媸益又自惑，妍，美。媸，丑。自惑，自己看不清。必待交友有公鉴无姑息者，讨论而削夺之，然后繁简当否得其中矣。公鉴，公平的估价。姑息，无原则的宽容。况仆与足下，为文尤患其多。已尚病之，况他人乎？今且各纂诗笔，纂〔zuǎn 撰〕，编纂。诗笔，诗歌和散文。粗为卷第，待与足下相见日，各出所有，终前志焉。又不知相遇是何年，相见在何地，溘然而至，溘〔kè 客〕然，忽然。此句指生命完结。则如之何！微之微之！知我心哉！

　　浔阳腊月，江风苦寒，岁暮鲜欢，夜长无睡。鲜，少。引笔铺纸，悄然灯前，有念则书，言无次第，勿以繁杂为倦，且以代一夕之话也。书，写。且，权且。微之微之！知我心哉！乐天再拜。

说　明

　　白居易（772—846）字乐天，原籍太原，祖上迁居下邽（今陕西渭南县），为下邽人。中唐大诗人。贞元中进士，元和时官左拾遗，以得罪权贵贬为江州司马，后历任杭州、苏州刺史，官至刑部尚书。《与元九书》写于元和十年（815），其时作者在江州司马任上。

文学复古问题，在初唐即已提出。（见陈子昂《修竹篇序》说明）到了中唐，复古更成了强大的文学思潮。散文有韩愈倡导的古文运动；诗歌则为元、白为首的新乐府运动。初唐的复古，意在巩固刚刚建立的大一统的唐王朝，中唐的复古，由于安史之乱后社会矛盾日趋尖锐化，朝廷政治日益腐败，故又突出地带有补偏救弊的目的。就诗歌来说，中唐时代，由于社会矛盾的激发，越来越多的文人著文强调诗歌补察时政的作用。元和初，李行修正式上书皇帝提出"复采诗之官以察风俗"的建议，李行修还强调应重视"劳歌怨诽之音"，认为它可以"察吏理，审教化"。（《请置诗学博士书》，《全唐文》卷六九五）这当然不是某一个人的认识，而是当时一批关心时政的文人包括从事新乐府创作的诗人们的共同看法。因此，中唐的新乐府运动既有为王朝利益服务的一面，又有揭时政之败坏，哀民生之多艰的进步的一面。这两方面，在作为新乐府运动的理论总结的《与元九书》中，都有表现。

《与元九书》表明，白居易提出自己的诗歌主张，是痛感于"诗道崩坏"，因而"欲扶起之"。而他所欲扶翼振新的"诗道"，基本上继承了汉儒关于诗歌有补于政治的功利观。白居易于诗强调"补察时政"，"泄导人情"，究其极，当然还是为了有利于"王化"、"治道"。

白居易关于诗的最高标准是"六义"，而对"六义"，他所取者在于"美刺兴比"。按照这个标准，文学应为时政而作，即"文章合为时而著，歌诗合为事而作。"除此之外，吟咏性情之作皆不足道。按照这个标准，白居易认为周衰以后就很少有好诗。白居易分三个时期论"六义"的逐渐沦丧。首先是战国以迄汉魏，屈、宋骚辞，苏、李五言，俱"各系其志，发而为文"，而"去《诗》不远，梗概尚存"，还有可取之处，但"仅得风人之什二三"："于时六义始缺矣"。其次是晋、宋以后，得"六义"之旨者极少，或如谢灵运之"溺于山水"，或如陶渊明之"放于田园"："于时六义寖微矣，陵夷矣"。第三是梁、陈间，"率不过嘲风雪，弄花草而已"，"丽则丽矣，吾不知其所讽焉"："于时六义尽去矣"。白居易以"美刺兴比"这个标准来衡量自唐兴以来二百余年的诗歌，认为值得称道者，不过陈、鲍、李、杜四人，而这四人，好诗也并不多。

在此，白居易突出强调了诗歌应"救济人病，裨补时阙"，肯定了诗歌的社会功效和现实意义。白居易以"美刺兴比"为诗歌的最高标准，通观《与元九书》全文，他所侧重的不在"美"，而在"刺"。他胸怀"兼济之志"，从同情人民的开明士大夫立场来观察他所处的那个民不聊生的时代，能看到的更多的是"时阙"和"人病"。因此，对白居易来说，"六义互铺陈"，几乎就等于"唯歌生民病"。在白居易以前，诗歌领域早已有从国风、小雅、汉乐府以至杜甫、元结等人反映"时阙"、"人病"的诗，早已有反映社会黑暗、民生疾苦的传统，而把诗歌反映社会黑暗、民生疾苦从理论上明确地、强调地加以肯定，白居易可以说是第一个人。尽管他的最终目的还在于维护"王道"、"教化"，但以历史的观点看，他的这种主张从社会实际出发，以反映社会黑暗和民生疾苦为主的诗歌理论，是有其进步意义的。特别值得称道的是，白居易在实践上贯彻自己的主张，不顾权豪贵近切齿扼腕，创作了一批以"时阙"、"人病"为题材的优秀诗歌，创导了新乐府运动，从而丰富了唐诗的内容。这个在诗史上的功绩，是应该肯定的。

　　然而，白居易单纯以"美刺"论诗，忽视了诗歌吟咏性情的特点，因而在论述历代诗歌发展的过程中，表现出相当的局限性，这正体现了他深受儒家正统诗教影响的论诗宗旨。

答李翊书

韩　愈

六月二十六日，愈白，李生足下：

生之书辞甚高，而其问何下而恭也！书辞甚高，指李翊的信文辞很好。问，来信中的提问。下而恭，谦恭。能如是，谁不欲告生以其道？其道，指作文的原则。道德之归也有日矣，况其外之文乎？道德之归，道德归属于你，即是说李生将成为有道德的人。有日，指日可待。抑愈所谓望孔子之门墙而不入于其宫者，焉足以知是且非邪？孔子之门墙而不入于其宫，见《论语·子张篇》："子贡曰：譬之宫墙，赐之墙也及肩，窥见室家之好。夫子之墙数仞，不得其门而入，不见宗庙之美，百官之富。得其门者或寡矣。"韩愈借宫墙之论来说明孔子之道德、学问高深，他自己对孔子之道，只从表面上知道一点，还未"入于其宫"，还不足以辨明是与非。虽然，不可不为生言之。虽然，尽管这样。

生所谓立言者是也，生所为者与所期者，甚似而几矣。立言，著书立说。几，近。抑不知生之志，蕲胜于人而取于人耶？蕲〔qí 其〕，通祈，祈求。取于人，被人看得起或为人所尊敬。将蕲至于古之立言者耶？古之立言，指孔、孟等的著书立说。蕲胜于人而取于人，则固胜于人而可取于人矣。这二句说，你祈求的如果只是胜过别人而为人所取，那么，你固然已经胜过别人，可以为人所取了。将蕲至于古之立言者，则无望其速成，无诱于势利，无望其速成，不要希望一蹴而成功。无诱于势利，不要为势利所引诱。当时应科目和士大夫阶级所用的文体是时文（骈俪），不是古文（散文）。作时文才有可能取功名富贵，韩愈希望人作古文，所以说不要为势利所引诱。养其根而俟其实，加其膏而希其光。俟〔sì〕，等待。膏，油，古人用油灯照明。这二句说，养树根而等待它结果实，加油而等待它明亮。根之茂者其实遂，膏之沃者其光晔，其实遂，果子结得饱满。沃，盛多。晔〔yè 叶〕，通烨，光盛貌，引申为光明。仁义之人，其言蔼如也。蔼如，和顺的样子。

抑又有难者，愈之所为不自知其至犹未也？其至犹未，大意是不知我做到还是没有做到。虽然，学之二十余年矣。始者非三代两汉之书不敢观，三代，夏、商、周三个朝代。两汉，西汉和东汉。非圣人之志不敢存，圣人，指尧、舜、禹、汤、文、武、周公和孔子等。志，在这里指道。**处若忘，行若遗，俨乎其若思，茫乎其若迷。**处，动词，居住。行，行动。俨，同严，庄严貌。思，考虑。茫，模糊不清。迷，迷惑。这四句形容他在用功过程中神志迷惘，进入忘我境界。**当其取于心而注于手也，惟陈言之务去，戛戛乎其难哉!** 取于心，心中想到。注于手，笔下抒写。惟陈言之务去，务必去掉陈辞滥调。戛戛〔jiá 荚〕，象声词，形容很费劲。**其观于人，不知其非笑之为非笑也。**观于人，给人看。非，反对。笑，讥笑。这两句说，当把自己的文章拿给别人看时，我不知道他们的反对和讥笑是反对和讥笑。意思是，自己有信心，对别人的讥笑毫不介意。**如是者，亦有年，犹不改，然后识古书之正伪，与虽正而不至焉者，昭昭然白黑分矣。**正，指上文所说"仁义之人其言蔼如"的作品。伪，指不符合上述标准或后人伪托的作品。不至，还没有达到完美境界。昭昭，明显。**而务去之，乃徐有得也。**而务去之，指自己写文章务求去掉古书之"伪"和"虽正而不至"的缺点。徐，逐渐。**当其取于心而注于手也，汩汩然来矣。**汩汩〔gǔ 骨〕，水激流貌，比喻文思勃发，如川流不息，不会枯竭。**其观于人也，笑之则以为喜，誉之则以为忧，以其犹有人之说者存也。**笑为喜，以讥笑为好事。誉为忧，把别人赞誉看成可忧虑的事情。**如是者亦有年，然后浩乎其沛然矣。**浩，水广大。沛然，水势湍急、充盛貌。这句是借水势作比喻，形容文章气势雄伟。**吾**

又惧其杂也，迎而距之，杂，不纯。迎，迎上去。距，同"拒"。之，指文章中不纯的东西。平心而察之，察，体察。其皆醇也，然后肆焉。醇〔chún 纯〕，淳朴或淳正，同上文的杂相反。肆〔sì 四〕，纵，纵笔急书。虽然，不可以不养也。养，培养，指巩固以上的成果。行之乎仁义之途，游之乎《诗》、《书》之源，无迷其途，无绝其源，终吾身而已矣。仁义，据《原道》解，"仁"是博爱。"义"是"行而宜之"。《诗》，《诗经》。《书》，《尚书》。韩愈推崇孔、孟之道，所以他要求以《诗》、《书》为立文、立言之本源。

气，水也；言，浮物也；水大而物之浮者大小毕浮。气，指文章的气势。言，指文章的语言。这是以水之浮物作比喻来论文章气势与语言的关系。毕浮，完全浮起来。气之与言犹是也，气盛则言之短长与声之高下者皆宜。气盛，文气充沛。言，言词。声，声调。宜，合适，合拍。虽如是，其敢自谓几于成乎！几，近。这句说，即令是这样，哪里敢说近乎成功呢！虽几于成，其用于人也奚取焉？奚，何。这句说，虽然近乎成功，但它用之于人也不会为人所见取。这是指古文不为当时士大夫所需要。虽然，待用于人者，其肖于器邪？肖，像。器，器皿、用具。这是说，等待被别人取用的人，就象一具器皿吧！用与舍属诸人。这句说，器皿之使用或不用，权柄完全操在别人手里。君子则不然，处心有道，行已有方，用则施诸人，舍则传诸其徒，垂诸文而为后世法。这六句说，君子无论是见用或不见用，都要行乎"仁、义"之道，游乎《诗》、《书》之源；被任用，就加惠于人；不被用，就把自己的道传授给学生，写成文章流传后世，作为后代效法的榜样。**如是者，其亦足乐乎？其无足乐也？**其，语词。这几句说，像这样，是值得快乐，还是不值得快乐呢？

有志乎古者希矣。志乎古，有志继承古之文道。希，少。**志乎古，必遗乎今，吾诚乐而悲之。**遗，弃。诚，的确。这几句说，有志继承古之文道，必然到处碰壁，我的确为此既快乐而又悲伤啊。**亟称其人，所以劝之，非敢褒其可褒，而贬其可贬也。**亟〔qì 气〕，屡。劝，劝勉。褒，赞扬，夸奖。贬，批评缺点。

问于愈者多矣，念生之言不志乎利，聊相为言之。愈白。不志乎利，不以利己为志。

说　明

韩愈(768—824)字退之，河阳(今河南孟县)人，中唐大文学家，尤长于散文；贞元中进士，官至吏部侍郎，卒谥文，世称"韩吏部"或"韩文公"。因唐时昌黎韩氏为望族，韩愈自称出自昌黎韩氏，故又称"韩昌黎"。

中唐的文学复古，在散文方面为古文运动，为首的是韩愈。古文运动的主旨，从内容说，是复兴儒学，从形式说，是改革文体。这两者，《答李翊书》都有所论及，而主要着力的，在后者。

如果说，中唐的文学复古，意在政治上的补偏救弊，古文运动的具体出发点,则在于纠正思想上对儒学的偏离。自初唐以来,统治者虽以儒立国,大力复兴并扶植儒学,但对佛、道思想,也采取了兼容并包的政策;自武后以后,皇帝还大多迷信宗教。但在初、盛唐时期,由于保持了高度的中央集权,国力强盛,思想领域的矛盾还并不突出。中唐时期,由于朝政趋于腐败,宦官弄权,藩镇跋扈,财政支绌,国力衰微,一些正统思想比较浓厚的士大夫,在寻求重新加强中央集权的办法时,才看到了思想领域矛盾的突出,重新强调地提出了振兴儒学的问题。他们的代表人物,主要就是韩愈。因此,韩愈倡导文章复古,在思想上与李华、柳冕等不同,带有明显的排斥异端特别是佛、道的宗旨,如皮日休所说:"文公之文,蹴杨、墨于不毛之地,蹂释、老于无人之境,故得孔道巍然而自正。"(《请韩文公配飨太学书》,《全唐文》卷七九六)

《答李翊书》首先对"立言"提出要求:"无望其速成,无诱于势利,养其根而俟其实,加其膏而希其光。"所谓"根"、"膏",即仁义道德修养,而"实"、"光"则指文辞的表现。其意同于《答尉迟生书》所谓"本深而末茂"。仁义与文辞有本、末之分,对文章来说,儒道是最要紧的。而儒道的修养,一方面需积久之功,不可急于求成;另方面又需有坚毅之志,不可为"势利"所诱,而这"势利",就包括当时影响很大的佛、道势力。这鲜明地表现了韩愈倡导文章复古的基本宗旨。

但在《答李翊书》里面,韩愈首先强调了文章的复古问题。学习古文，应以古为法，因此强调"非三代两汉之书不敢观"。只有以古为法，才能扫除近古以来的积弊。其次，学古而又不能食古不化，因袭陈言。对具体的语言词汇的运用，他主张"文从字顺"，(《南阳樊绍述墓志铭》)，并不完全脱离作者生活的时代的语言实际，这与后来明"七子"的复古有所不同。当然，韩愈并非是提倡散文的口语化。韩愈倡导的古文，与当时的口语还是有很大距离的。第三，关于气、言、声的关系问题，强调以气为主导，"气盛则言之短长与声之高下皆宜"。这在实际上是针对过分追求文辞声律而割裂文气的某些骈文而言的。既然以气为主，言、声随气而行，或散或骈，不拘一格，文章自然一气贯通，"浩乎其沛然"了。从一般的散文艺术的特点上看，韩愈所讲气盛言宜的道理，也较能说明文章风格境界与语言的关系。清代桐城派文家刘大櫆、张裕钊等论气、言、声关系，基本上来于韩说。

韩愈对散文的艺术形式相当重视，他虽本于"道"，却并不轻视"文"，认为"辞不足不可以为成文"，(《答尉迟生书》)对"文"的一些具体方面也有所论述，故对散文艺术的发展有所推动。正因为如此，韩愈身后受到重道轻文的宋代理学家的非难，认为他并没有真正认识"文以载道"的道理，仍是以"文"为主的；程门弟子杨时甚至认为他"不过乎欲雕章镂句，取名誉而止耳。"(《与陈传道序》，《杨龟山集》卷四)，这正了说明韩愈的文论与道学家是不同的。

答韦中立论师道书

柳 宗 元

二十一日,宗元白:

辱书云,欲相师。欲相师,想以我为师。仆道不笃,道,指德行修养。笃,深厚。业甚浅近,业,学业。环顾其中,未见可师者。环顾,向四周看,引申为全面衡量自己。其中,指自己的道德和学业。师,学习。虽常好言论,为文章,甚不自是也。好言论,喜欢议论。不自是,不自认为正确。不意吾子自京师来蛮夷间,乃幸见取。子,你。蛮夷间,指南方,此指永州。见,被。仆自卜固无取;假令有取,亦不敢为人师。自卜,自己估计。固无取,本来没有可取之处。假令,即使。为众人师且不敢,众人,一般人。况敢为吾子师乎?

孟子称"人之患,在好为人师。"语见《孟子·离娄上》。

由魏、晋氏以下，人益不事师。不事师，不从事于拜老师。**今之世不闻有师；有辄讙笑之，以为狂人。**有师，有为人师之举。有，如果有此举。讙，哗的异体字，象声辞，喧哗。狂人，指精神失常的人。**独韩愈奋不顾流俗，犯笑侮，**流俗，习俗。犯，冒犯。笑侮，讥笑和侮辱。**收召后学，作《师说》，因抗颜而为师；**后学，学生。抗颜，犹言正色，谓态度严正不屈。**世果群怪聚骂，指目牵引，而增与为言辞。**果，果然。群怪，群聚而怪之。指目牵引，指着一个攻击目标拉在一起。**愈以是得狂名，居长安，炊不暇熟，又挈挈而东。**炊不暇熟，形容时间短促，一顿饭没煮熟。挈挈〔qiè 切〕，孤独。**如是者，数矣。**数〔shuò 朔〕屡次。

屈子赋曰："邑犬群吠，吠所怪也。"邑，古代称国为邑，泛指一般城镇。屈原《九章·怀沙》："邑犬群吠兮，吠所怪也。"**仆往闻庸、蜀之南，恒雨少日，日出则犬吠，余以为过言。**庸，春秋时小国，介于巴、秦、楚三国之间。蜀，古国名。过言，言过其实。**前六七年，仆来南。**唐宪宗元和元年（806）柳宗元从长安被贬到邵州作刺史，中途，贬永州司马，故说来南。**二年冬，幸大雪逾岭被南越中数州，数州之犬，皆苍黄吠噬狂走者累日，至无雪乃已。**二年，唐宪宗元和二年（807）。逾，越过。岭，五岭。南越，岭南一带。被，覆盖。苍黄，匆促，慌张。噬〔shì 是〕，咬。狂走，疯狂地乱跑。**然后始信前所闻者。今韩**

愈既自以为蜀之日，而吾子又欲使吾为越之雪，不以病乎？ 自以为蜀之日，自己以好为人师遭人嘲笑。使吾为越之雪，让我也成为时人嘲笑的对象。**非独见病，亦以病吾子。** 见，被。这二句说，不只我被害，也害了你。**然雪与日岂有过哉？** 过，过错。**顾吠者犬耳。度今天下不吠者几人，而谁敢衒怪于群目，以召闹取怒乎？** 度，推测，估计。衒，同炫，炫耀。怪，埋怨或责备。怒，愤怒。这几句说，估计一下天下不狂吠乱嚷的能有几个人，谁还敢以为师来炫怪于众人的眼前，招惹无谓的喧闹与愤怒呢？

　　仆自谪过以来，益少志虑。 谪过，因过而被贬谪。益，越。志虑，志向和谋划。**居南中九年，增脚气病，渐不喜闹，岂可使呶呶者早暮咈吾耳、骚吾心，** 呶呶〔nǎo 挠〕，喧哗。咈〔fú 扶〕，乖违。骚，骚扰。**则固僵仆烦愦，愈不可过矣。** 僵仆，僵硬地倒下去。愦〔kuì 溃〕，昏乱，胡涂。**平居望外遭齿舌不少，独欠为人师耳。** 望外，出乎意料之外。齿舌，口舌。

　　抑又闻之，古者重冠礼，将以责成人之道，是圣人所尤用心者也。 冠礼，古代贵族男子成年时（二十岁）加冠的礼节。责，要求。道，道理。这几句是说，举行冠礼，是表示以成年人的标准来要求被加冠者，所以这是圣人尤其重视的。**数百年来，人不复行。近有孙昌胤者，独发愤行之。既成礼，明**

日造朝，至外庭，荐笏，言于卿士曰："某子冠毕。"造，前往。荐〔jiàn 箭〕，插。古代做官的人，插笏于绅带。笏〔hù 户〕，朝笏，古时臣子上朝手中所执的狭长的板子，作指画或记事之用，也叫"手板"。冠毕，加冠礼完了。应之者咸怃然。京兆尹郑叔则怫然曳笏却立曰："何预我耶？"廷中皆大笑。怫然，脸上变色貌。却，退。何预我耶，这与我何干呢。天下不以非郑尹而快孙子，何哉？非，非难。快，嘲笑。孙子，孙昌胤。这句说，天下人不以此非难郑叔而嘲笑孙子，这是为什么呢？独为所不为也。独，唯独。为，做。这句说，唯独孙子做大家不做的事。今之命师者，大类此。命师，命名为师。

　　吾子行厚而辞深，凡所作，皆恢恢然有古人形貌，虽仆敢为师，亦何所增加也。行厚，品行宽厚。辞深，文辞含义很深。恢恢然，宽广貌。亦何所增，也没有什么使你有所增长。假而以仆年先吾子，闻道著书之日不后，假而，假如。仆年先吾子，我的年龄比你大。诚欲往来言所闻，则仆固愿悉陈中所得者。悉，全部。陈中，陈述胸中。吾子苟自择之，取某事、去某事则可矣；择，选择。若定是非以教吾子，仆材不足，而又畏前所陈者，其为不敢也决矣。材，能力。定，决定、肯定。吾子前所欲见吾文，既悉以陈之，非以耀明于子，聊欲以观子气色诚好恶何如也。聊，姑且。诚，的确。今书来，言者皆大过，吾子诚非佞誉诬谀之徒，直见爱甚故然耳。大过，赞誉过分了。佞，用花言巧语谄媚人。誉，赞美。诬谀，欺骗谀媚。见；加，被。

　　始吾幼且少，为文章以辞为工。辞，辞藻。工，美。及长，乃知文者以明道，是固不苟为炳炳烺烺、务采色、夸声音而以为能也。炳炳，光明。烺烺〔lǎng 朗〕，火明貌。炳炳烺烺，形容光彩。务采色、夸声音，指骈文崇尚华美的词采、和谐的声律。凡吾所陈，皆自谓近道，而不知道之果近乎远乎？吾子好道而可吾文，可，赞许。或者其于道不远矣。故吾每为文章，未尝敢以轻心掉之，惧其剽而不留也；掉，逗。剽〔piào 票〕，敏捷，引申为浮滑。留，含蓄深厚。未尝敢以怠心易之，惧其弛而不严也；怠，懈怠。弛〔chí 迟〕，松懈。严，谨严。未尝敢以昏气出之，惧其昧没而杂也；昏，昏迷。昧没，昏暗不明。杂，芜杂。未尝敢以矜气作之，惧其偃蹇而骄也。矜〔jīn 今〕，自以为贤能。偃蹇〔jiǎn 简〕，高耸，引申为自恃过高。抑之欲其奥，扬之欲其明，抑，收敛。奥，深奥。扬，发扬。明，明朗。疏之欲其通，廉之欲其节，疏，疏畅。通，通达。廉，简洁。节，精炼。激而发之欲其清，固而存之欲其重。激，激荡。清。明晰。固，凝聚。此吾所以羽翼夫道也。羽翼，辅佐。本之《书》以求其质，本之《诗》以求其恒，本，根据。质，朴素。《尚书》叙述朴素，不尚华藻。恒，永恒。《诗经》中许多抒情作品具有永恒的感染力。本之《礼》以求其宜，本之《春秋》以求其断，礼，《礼记》，这是一部记述礼仪法度的书。宜，合乎时宜。断，决断。**本之《易》以求其动。**《易》，《易经》。动，变化。**此吾所以取道之原也。参之《谷梁氏》以厉其气，参之《孟》、《荀》，以畅其支。**参，参考。《谷梁》，《春秋》三传之一，主要讲"微言大义"，叙事较少。厉，锤炼。《孟》，《孟子》。《荀》，《荀子》。支，同枝。畅其支，使枝条畅茂。**参之《庄》、《老》以肆其端，**肆，纵笔抒写。端，头绪。**参之《国语》以博其趣，**博，扩大。**参之《离骚》以致其幽，**致，达到，求得。幽，幽深。**参之《太史公》以著其洁，**《太史公》指《史记》。洁，简洁。**此吾所以旁推交通而以为之文也。**这句说，我在《五经》之外，又旁及子史百家，广泛学习，融会贯通，吸取各家之长来从事文学创作。**凡若此者，果是耶，非耶？有取乎，抑无其取乎？吾子幸观焉，择焉，有馀以告焉。**这几句说，我希望你看了后，加以选择，如有空闲时写信告我吧。**苟亟来以广是道，子不有得矣，则我得矣，又何以师云尔哉？**苟，如果。亟，屡次。这几句说，我们大家来谈为文之道，互相启发，即使你没有收获，我还是有收获的，又何必要以师相称呢？**取其实而去其名，无招越、蜀吠怪而为外廷所笑，则幸矣。**招，招致。外廷所笑，指孙子加冠礼一事而言。**宗元复白。**

说　明

柳宗元(773—819)字子厚,河东解(今山西运城县解州镇)人,世称"柳河东",中唐大文学家,诗文皆精,尤长于文。贞元中进士,以参与实行革新政治的王叔文集团,官礼部员外郎,革新失败后,被贬为永州司马,后迁柳州刺史,卒于任上。韦中立为潭州刺史韦彪之孙,勤奋好学,曾不辞道远,从长安赴永州求教于柳宗元,后柳不断对他有所教诲。是书写于元和八年(813),时作者在永州司马任上。

就韩愈所倡导的古文运动来说,柳宗元其实并不完全与韩一致,故在唐代,称韩而及柳者极少。但因他与韩愈同时,亦着力于古文写作,并有极高成就,故后人常以韩、柳并称。柳宗元的散文理论主张,与韩愈最大的区别是对"道"的理解有所不同。韩愈之"道",纯为儒道,而柳宗元讲"文以明道"之"道",就不那么纯。柳宗元并不反对儒道,但他吸收了道家的"自然之道",故强调天道自然而对汉儒天人感应之说有所批判,在本文中我们也可以看到,柳宗元虽屡次提到"道",却一字不及仁义,可见他所强调的,与韩不尽相同。正因为如此,明清的一些散文家虽认为韩、柳皆为散文大家,却往往尊韩而抑柳,对柳间有贬斥。

由于"道"有所区别,韩、柳对文章复古所师法的对象也不尽一致。韩愈独尊儒学,故强调"师古圣贤人",(《答刘正夫书》)称"非三代两汉之书不敢观,非圣人之志不敢存。"(《答李翊书》)柳宗元讲文章学古,除强调本于五经,参以

《孟》、《荀》等外,还提出要"参之《庄》、《老》以肆其端",主张"旁推交通而以为之文",可见他取途较广,这也使得他的散文在内容及形式上与韩文都有所不同。

对于散文创作,柳宗元强调"文者以明道",以"道"为本,以"文"为末,这一点与韩愈同。因此,他"不苟为炳炳烺烺,务采色,夸声音而以为能也",不单纯追求形式的美;所谓"务采色,夸声音",显然是针对某些骈文而言的。但柳宗元也并不因为"文"不如"道"重要,就轻视"文",相反,正因为重"道",所以他也重"文",自谓"每为文章,未尝敢以轻心掉之。"柳宗元主张古文创作必须严肃认真,不能有半点"轻心"、"怠心"、"昏气"、"矜气",否则,文章就会"剽而不留","弛而不严","昧没而杂","偃蹇而骄",无法承担"羽翼夫道"的任务。柳宗元还对散文艺术提出了奥而且明,通而且节,清而且重的要求。一般地说,追求"奥",则易流于晦涩而有失于明畅;追求"通",则易流而松散而有失于节制;追求"清",则易流于飘浮而乏凝重。把"奥"与"明","通"与"节","清"与"重"三组对立的概念统一起来,就富于辩证精神,防止了趋于一端的偏弊。

与李生论诗书

司 空 图

　　文之难，而诗之难尤难。古今之喻多矣，而愚以为辨于味，而后可以言诗也。言诗，谈论写诗。江岭之南，凡足资于适口者，资，助。适口，适合口味。若醯，非不酸也，止于酸而已；醯〔xī 希〕，醋。若醝，非不咸也，止于咸而已。醝〔cuō 搓〕，盐。华之人以充饥而遽辍，知其咸酸之外，醇美者有所乏耳。华之人，指中原地区的人。遽〔jù 句〕辍．骤然停止。彼江岭之人，习之而不辨也，宜哉。诗贯六义，则讽谕、抑扬、渟蓄、温雅，皆在其间矣。诗，指《诗经》。六义，见《诗大序》。讽谕，委婉地进行规劝。抑扬，指诗抑扬变化的情调。渟〔tíng 亭〕蓄，本指水积聚不流动，这里指诗的含蓄酝藉。温雅，温和而雅正。皆在其间矣，指诗的讽谕、抑扬、渟蓄、温雅都包括在六艺范围以内。**然直致所得**，直接写出自己的心得体会。**以格自奇。**以独具的风格各自为奇。**前辈诸集,亦不专攻于此,矧其下者耶!** 矧〔shěn 审〕,何况。**王右丞、韦苏州澄淡精致,格在其中,岂妨于遒举哉!** 王右丞,王维,官至尚书右丞。韦苏州,韦应物,曾任苏州刺史。澄淡,清澄淡远。精致,精工细致。遒〔qiú 求〕举,笔力挺拔。这句说,他们清澄淡远精工细致的风格,与刚劲挺拔的风格各自见长,并不互相排斥。**贾浪仙诚有警句,视其全篇,意思殊馁,** 贾浪仙,贾岛,字浪仙。警句,指诗中警拔的句子。馁〔něi〕,饥饿。殊馁,引申为很空虚。**大抵附于蹇涩,方可致才,** 大抵,大多。附,依附。蹇,跛足,引申为艰难。涩,生涩,艰涩。致才,显示才能。这两句说,贾岛的诗大部分是依靠雕琢字句和枯窘艰涩的味儿来显示他的才能。**亦为体之不备也,矧其下者哉!** 体,诗体。备,完备。**噫,近而不浮,远而不尽,然后可以言韵外之致耳。**近而不浮,诗的意境近在眼前,却不显得浮浅。远而不尽,诗的意境深远,意味无穷。韵外之致,略等于"言外之意"、"味外之味"。

　　愚幼常自负,既久而逾觉缺然。逾,同愈,更加。缺,欠缺。**然得于早春,则有"早嫩侵沙短,冰轻著雨销。"** 引文见《司空表圣诗集》卷一《早春》。**又"人家寒食月,花影午时天。"** 原注:"上句云:隔谷见鸡犬,山苗接楚田。"全篇已佚。**又"雨微吟足思,花落梦无慑。"** 引文见《司空表圣诗集》卷一《下方》。**得于山中,则有"坡暖冬生笋,松凉夏健人。"**

引文见《下方》。又"川明虹照雨，树密鸟冲人。"引文见《华下送文浦》。得于江南，则有"戍鼓和潮暗，船灯照岛幽。"引文见《寄永嘉崔道融》。又"曲塘春尽雨，方响夜深船。"引文见《江行》。又"夜短猿悲减，风和鹊喜灵。"全篇已佚。得于塞下，则有"马色经寒惨，雕声带晚饥。"引文见《塞上》。得于丧乱，则有"骅骝思故第，鹦鹉失佳人。"全篇已佚。又"鲸鲵人海涸，魑魅棘林高。"全篇已佚。得于道宫，则有"棋声花院闭，幡影石幢幽"。全篇已佚。得于夏景，则有"地凉清鹤梦，林静肃僧仪。"全篇已佚。得于佛寺，则有"松日明金象，苔龛响木鱼。"引文见《上陌梯寺怀旧僧》。又"解吟僧亦俗，爱舞鹤终卑。"引文见《僧舍贻友》。得于郊园，则有"远陂春旱渗，犹有水禽飞。"原注："上句云：'绿树连村暗，黄花入麦稀。'"引文见《独望》。得于乐府，则有"晚妆留拜月，春睡更生香。"全篇已佚。得于寂寥，则有"孤萤出荒池，落叶穿破屋。"引文见《秋思》。得于惬适，则有"客来当意惬，花发遇歌成。"引文见《长安赠王注》。虽庶几不滨于浅涸，亦未废作者之讥诃也。庶几，差不多。滨，水边，这里作动词，意为接近。浅涸，浅露枯竭。讥诃，嘲笑呵斥。又七言云："逃难人多分隙地，放生麇大出寒林。"引文见《山中》。又"得

剑乍如添健仆，亡书久似忆良朋。"引文见《退栖》。又
"孤屿池痕春涨满，小栏花韵午晴初。"引文见《光启四年
春戊申》。又"五更惆怅回孤枕，犹自残灯照落花。"原
注："上句云：'故国春归未有涯，小栏高槛别人家。'"引文见《华上》。
又"殷勤元旦日，歌舞又明年。"原注："上句云：'甲子今重
数，生涯只自怜。'"引文见《元日》。皆不拘于一概也。

　　盖绝句之作，本于诣极，诣〔yì意〕，造诣。诣极，造诣很
深。这两句说，写绝句，一定要有极深的艺术修养。此外，千变万
状，不知所以神而自神也，神，指诗的最高境界。岂容易
哉？今足下之诗，时辈固有难色，这两句说，你的诗，同时
代的诗人很难表示赞许。倘复以全美为工，即知味外之旨
矣。倘，倘使。旨，美味。这二句说，你如果再进一步努力，在诗歌
创作上达到全美的境界，那就知道什么是"味外之旨"了。勉旃，某
再拜。旃〔zhān毡〕，"之""焉"的合音。勉旃，等于说"努力吧！"

说　明

　　司空图（837—908）字表圣，河中虞乡（今山西永济县）
人，晚唐诗人、诗论家；咸通中进士，官中书舍人。黄巢起义
爆发后，遁隐中条山王官谷，朱温代唐，绝食而死。
　　唐代能在较大程度上摆脱儒家功用观而著力于诗歌艺
术的研究者，中唐以皎然为代表，晚唐则以司空图为代表人

物。皎然、司空图的诗论，是唐代诗歌艺术发展的必然结果。

司空图对于诗艺，着重于风格境界的研究。他的诗论代表作《诗品》，描述了诗的二十四种艺术风格。风格作为诗歌艺术美的外在方面，还是比较易于体会的，而诗歌艺术美的内在方面，就不那么容易体会了。这诗歌艺术美的内在方面，就是司空图在本文中所谓的"味"。诗歌真能给欣赏者以美感的，不在于它的语言形式和对于物象的描绘，如果说，诗的语言形式和对于物象的描绘也能给予欣赏者以美感，那只不过是初级的，还谈不上是品"味"。真能给予欣赏者以美感的，是寄于语言、形象之外的、以诗人的情意为中心的艺术境界，这就是"味"。对创作者来说，应不满足于形式美而创造出诗歌耐人寻味的艺术境界；对欣赏者来说，则应不满足于形式美的欣赏，应进而品味诗歌的艺术境界。一般地说，这比较困难。司空图说："文之难，而诗之难尤难。"难就难在品味，因此他说："愚以为辨于味，而后可以言诗也。"

在理论上，强调诗人情意寄于言外，象外，起于六朝。从思想上说，这是玄学的言意之辨深刻影响于文学理论的结果；从文学创作本身来说，魏晋以后，直接抒情言志的诗相对地少了，更多的诗是讲求兴托，特别是以自然山水为题材的诗发展起来以后，诗人不满足于客观地摹山范水，而追求寄情于景，以景见情。这样，在理论上，"兴"的地位大大提高。赋、比、兴的顺序变成了兴、比、赋，"兴"的含义也有了新的解释。锺嵘《诗品序》倡言诗之"滋味",以"滋味"为五言诗的主要审美特征,而当他谈诗歌艺术美的创造时,讲兴、比、赋,首标"兴"义:"文已尽而意有余,兴也。"这实际上是说,诗的"滋味"的主要因素,就是寄于"文"外的诗人情意。"文已尽而意有余",才能达到"使味之者无极"的审美效果。中唐皎然论诗,讲"文外之旨",讲"风味",也是在谈艺术境界的创造问题。皎然以"但见性情,不睹文字"为"诗道之极",即以创造寄于文外的艺术境界为诗之极致。

　　司空图论"味",是对锺嵘以来的诗歌艺术境界理论的继承和发展。他在《与极浦书》中说:"戴蓉州云:'诗家之景,如蓝田日暖,良玉生烟;可望而不可置于眉睫之前也。'象外之象,景外之景,岂容易可谈哉?""象外之象","景外之景",即本文所谓"味外之旨"。总之,司空图要求诗人的情意寓于语言、物象之中,而又寄于语言、物象之外。寓于其中与寄于其外的统一,就是有艺术境界,就是有味。细心体会司空图诗有关"味"的论说,可以启发我们较深入地认识诗歌艺术的特征。

　　《诗品·含蓄》强调"不着一字,尽得风流",实际上是诗"味"说的另一形式的表述。"不着一字,尽得风流",即是追求文字之外的风流,与皎然所谓"但见性情,不睹文字",是一样的意思。所谓"不着一字",并非不要文字,没有文字,即不成其为诗。"不着一字",是说诗人之"旨"、之"致"不直接见于文字。司空图在本文里举出自己"得于早春","得于山中","得于江南"、"得于丧乱"等诗句,都是寄意于文外、象外的。如"得于丧乱"的"骅骝思故策，鹦鹉失佳人"，丧乱流离，天涯沦落之情不直接诉诸文字，但通过诗句又可体味，这就叫做"文已尽而意有余"，这就叫做"不着一字，尽得风流"。

司空图的诗"味"说集前人论诗"味"之大成，对后代诗论也有很大的影响。南宋严羽主"无迹可求"的"兴趣"，即脱胎于司空图此说。此外，论诗主言外、韵外、象外、景外，成为诗论里很流行的内容，如清贺贻孙《诗筏》谓"盛唐之诗有血痕而无墨痕"，刘熙载《艺概》论杜诗："杜诗只有无二字足以评之。有者，只见性情气骨也；无者，不见语言文字也。"都是很有深度的艺术评论。可见以"味"论诗，确实抓住了诗歌的一个重要艺术特征。

答吴充秀才书

欧阳修

修顿首白，顿首，叩拜。白，告。先辈吴君足下：先辈，唐宋时习俗，凡应举者互称先辈。吴君，吴充（1021—1080），字仲卿，建州浦城（今福建莆田）人，《宋史》卷三百十二有传。前辱示书及文三篇，书，信。发而读之，发，展开。浩乎若千万言之多，浩乎，形容博大。及少定而视焉，才数百言尔。以上四句，形容吴充的文章言简意丰。非夫辞丰意雄，辞丰意雄，文辞丰盈，义理雄健。霈然有不可御之势，霈然，同沛然，盛大。何以至此！然犹自患伥伥莫有开之使前者，伥伥，无所适貌。开，开导。此好学之谦言也。

修材不足用于时，材，才能。仕不足荣于世，仕，官位。其毁誉不足轻重，气力不足动人。四句自谓才疏职卑，褒贬均不足以引起别人的重视。**世之欲假誉以为重，借力而后进者，奚取于修焉！** 这三句说，对于想借助别人赞许和推荐而求得器重和进取的人，我是无能为力的。奚取，何取。**先辈学精文雄，**学问精深，文章雄健。**其施于时，**施，用。**又非待修誉而为重，力而后进者也。** 二句大意是，并不需要借助我的赞许和力量才能受到重视而有所前进。**然而惠然见临，若有所责，**似有所求。**得非急于谋道，**得非，岂不是。**不择其人而问焉者欤？**

　　夫学者，未始不为道，未始，未尝。韩愈《送陈秀才彤序》："盖学所以为道，文所以为理也。"韩愈主要指孔孟之道。欧阳修所谓的道具有儒家的思想内容，但与"百事"联系起来，更具有社会现实意义。**而至者鲜焉。**鲜，少。**非道之于人远也，学者有所溺焉尔。**溺，偏好。**盖文之为言，难工而可喜，易悦而自足。** 这三句说，一般说来文章作为语言的表现，难于达到工巧的程度，却容易引起作者个人的喜悦而自以为是。**世之学者，往往溺之，一有工焉，则曰，吾学足矣。** 这几句意为，写文章的人偏爱自己作品，稍有成就，便自满自足。**甚者至弃百事不关于心，**百事，指"履之于身，施之于事"（《与张秀才第二书》）的社会现实生活。**曰，吾文士也，职于文而已。**职于文，以文为职。**此其所以至之鲜也。**

　　昔孔子老而归鲁，六经之作，数年之顷尔。据《史记·孔子世家》载:鲁哀公八年(孔子六十五岁)自卫反鲁,不复求仕,致力于修《诗》、《书》,订《礼》、《乐》,作《春秋》。先后六年,到鲁哀公十四年,完成了《诗》、《书》、《易》、《礼》、《乐》、《春秋》等书的删订和著述。**然读《易》者如无《春秋》,读《书》者如无《诗》,**欧阳修《与乐秀才第一书》:"古之学者非一家,其为道虽同,言语文章,未尝相似,孔子之系《易》,周公之作《书》,奚斯之作《颂》。其辞皆不同,而各自以为经。"以上均指五经诸子之作各有特点,不相因袭。**何其用功少而至于至也。**至于至,达到最高境界。**圣人之文,虽不可及,然大抵道胜者文不难而自至也。故孟子皇皇不暇著书,荀卿盖亦晚而有作。**皇皇,同遑遑,匆忙的样子。以上是说孟、荀之作以涵养道德为先,不以文辞为重。**若子云、仲淹方勉焉以模言语,**扬雄(公元前53年—公元18年)字子云。他的《太玄》模仿《易》,《法言》模仿《论语》。王通(584—617)字仲淹,绛州龙门(今山西河津)人,隋代哲学家,著有《中说》(一称《文中子》),模仿《论语》。勉焉以模言语:尽力模仿他人语言以作文章。**此道未足而强言者也。后之惑者,徒见前世之文传,以为学者文而已,**认为做学问不过是写文章罢了。**故愈力愈勤而愈不至。此足下所谓终日不出于轩序,**轩,有窗槛的长廊或小室。序,厢房。**不能纵横高下皆如意者,道未足也。若道之充焉,虽行乎天地,入于渊泉,无不之也。**之,至。

　　先辈之文,浩乎沛然,博大而充实。**可谓善矣。而**

又志于为道，犹自以为未广，若不止焉，孟、荀可至而不难也。修学道而不至者，然幸不甘于所悦而溺于所止，因吾子之能不自止，又以励修之少进焉，四句意为，我是志在学道而不成的人，所幸是不偏于个人的喜好而停滞不前，又由于你的进取精神，更加鼓励我前进。幸甚幸甚。修白。

说　明

欧阳修（1007—1072）字永叔，号醉翁，晚号六一居士。庐陵（今江西吉安市）人。宋仁宗天圣八年（1030）进士，官至户部侍郎，参知政事。神宗熙宁四年（1071）以观文殿学士、太子少师致仕。《宋史》卷三百十九有传。著有《欧阳文忠公集》。

欧阳修生活的北宋中期，社会矛盾重重。北宋王朝对外屈辱求和，纳银输绢，对内实行集权统治，用高官厚禄笼络新旧官僚，造成武备废弛，吏治败坏，整个统治集团沉溺在奢侈淫靡的腐化生活里。适应这种政治形势和大贵族、官僚集团艺术趣味的要求而产生的西昆体，继承晚唐五代淫靡文风，片面追求辞采声韵，内容空虚无聊，藉以点缀升平，粉饰现实。这种风气左右文坛达几十年之久。《宋史·欧阳修传》说："宋兴且百年，而文章体裁，犹仍五季余习。镂刻骈偶，澱涩弗振，士因陋守旧，论卑气弱。"

与这种政治形势和文学思潮对立的，是代表中小地主阶级利益，经科举出身具有进步倾向的知识分子。他们政治上反对保守,要求革新,形成了以范仲淹(989—1052)为首的政治革新派;在文学上出现了以反对西昆体为中心的诗文革新运动。

欧阳修是宋代诗文革新运动的领袖。他继承宋初诗文革新先驱者的成就,把宋代的诗文革新推向了高峰,在理论和创作实践上都成为宋代诗文革新的一面旗帜。韩琦在《欧阳修墓志铭》中说:"自汉司马迁没数百年而唐韩愈出,愈之后数百年而公始出"。苏轼《居士集叙》也说:"愈之后三百有余年,而后得欧阳子。"《宋史》把欧阳修与韩愈并列,说:"挽百川之颓波,息千古之邪说,使斯文之正气,可以羽翼大道,扶持人心,此两人之力也。"

《答吴充秀才书》是书信体的文论。全篇共分五个自然段,第一、二、五三个自然段适应书信程式的要求,承答来书及所示文章,对吴充好学志道的精神加以肯定和赞扬,并以谦逊的态度自谓才疏职卑,"毁誉不足轻重,气力不足动人",但引以为同道,相互激励。第三、四两段是本文的中心,正面阐述自己的主张,列举历史上正反两方面事例,说明"道胜者文不难而自至"的道理。

道和文的关系问题,是欧阳修古文理论的核心内容。他重道而不废文,对二者关系及其具体内容的理解较前人更进一步。他认为道是主要的,起决定性作用,"圣人之文,虽不可及,然大抵道胜者文不难而自至也。"这种主张实际上是对当时徒事辞采藻丽文风的针砭。"吾文士也,职于文而已",便很难达到道胜文至。

　　韩愈提倡的道,是孔孟之道,即儒家的社会伦理观念和维护封建统治的法制。欧阳修也很重视儒家的道,但他把道和现实生活的"百事"联系起来,反对"弃百事不关于心"的脱离现实的倾向。在《与张秀才第二书》中对道的内容更有进一步地说明:"君子之于学也务为道,为道必求知古,知古明道而后履之以身,施之于事,而又见于文章,而发之以信后世。"《代人上王枢密求先集序书》也说:"君子所学也,言以载事,而文以饰言,事信言文,乃能表见于后世。"总之,欧阳修的道虽与儒家传统思想相通,但更注意联系社会现实,因此作者必须关心现实生活,文章必须有充实的思想内容,发挥为社会现实服务的作用。

　　道和文毕竟是两码事,重道,重事,至于文,还有能与不能之分。《送徐无党南归序》一文讲得非常清楚:"修于身者无所不获,施于事者有得有不得焉,其见于言者则又有能不能也。"他认为有的施于事不见于言,有的修于身而不施于事,不见于言。孔子弟子就有能政事的、能言的、修身的三种类型。这与韩愈说的"圣人之道,不用文则已,用则必尚其能者"(《答刘正夫书》)的精神是一致的。他们从古文家的角度讲道,因此,重道而不废文。

上 人 书

王 安 石

　　尝谓文者，礼教治政云尔。二句意为，（我）曾说过文章就是伦理道德政治教化罢了。**其书诸策而传之人，大体归然而已。**然，这，即指上文所说的礼教治政。这句说，大体都归于礼教治政而已。**而曰"言之不文，行之不远"云者，**引文为孔子语，见《左传》襄公二十五年。大意是说语言缺少文采，就不能流传很远。**徒谓辞之不可以已也，**只是说不能取消文辞修饰。已，废止。**非圣人作文之本意也。**

　　自孔子之死久，韩子作，韩子，韩愈。作，出现。**望圣人于百千年中，卓然也。**望，仰望，此作继承。卓然，特出，不平凡。大意是说，韩愈是千百年后继承孔子之道的特出人物。**独子厚名与韩并，子厚非韩比也，**柳宗元不能和韩愈相比。**然**

其文卒配韩以传，亦豪杰可畏者也。可畏，可敬。韩子尝语人以文矣，曰云云；子厚亦曰云云；疑二子者，徒语人以其辞耳，认为韩、柳只是告诉人家文章的语言辞采。作文之本意，不如是其已也。二句说，写文章的根本目的，不仅是这样就完了。

孟子曰："君子欲其自得之也，自得之，则居之安；居之安，则资之深；资之深，则取诸左右逢其原。"引文见《孟子·离娄下》，原文首句应为"君子深造之以道，欲其自得之也"。引文大意是，君子在道方面要有所深造，就要自觉地有所得，才能牢固地掌握而不动摇，才能积蓄深厚，取之不尽，最后达到左右逢源，得心应手的境界。孟子之云尔，非直施于文而已，然亦可托以为作文之本意。这三句说，以上孟子所说，不只是用于作文，但也可看作是作文的根本。

且所谓文者，务为有补于世而已矣；所谓辞者，犹器之有刻镂绘画也。刻镂〔lòu 漏〕，雕刻。诚使巧且华，不必适用；诚使适用，亦不必巧且华。要之以适用为本，要之，总之。以刻镂绘画为之容而已。容，外貌。不适用，非所以为器也。不为之容，其亦若是乎否也？四句大意：不适用，就不成为器物，不讲求外貌，难道也象这样（非所以为器）吗，还是不象呢？然容亦未可已也，勿先之其可也。二句说，外貌也是不能不有的，但不要把它放在首位就可以了。

某学文久，数挟此说以自治，经常坚持这种观点以从事文章的写作。**始欲书之策而传之人，其试于事者，则有待矣。**试，试用。事，指写作实践。这三句意为，开始想把我的观点写成书传授给别人，从事于写作的人就有了依据。**其为是非邪？未能自定也。**这三句说，我这个说法是对吗，还是不对呢？还不能自己肯定。**执事，**对对方的尊称。**正人也。不阿其所好者。**阿〔ē〕曲从。**书杂文十篇献左右，**左右，对对方的尊称。**愿赐之教，使之是非定焉。**

说　明

王安石（1021—1086）字介甫，号半山，抚州临川（今江西临川）人。宋仁宗庆历二年（1042）进士。嘉祐三年（1058）呈《上仁宗皇帝言事书》提出变法革新的政治主张。神宗熙宁二年（1069）授参知政事，制定以理财、整军为主要内容的一系列变法措施。后罢相退居江宁。有《王临川集》。《宋史》卷三百二十七有传。

王安石曾受欧阳修的赏识。他不仅是一位杰出的政治家，也是一位著名的文学家。他写的许多诗文，都是为在政治上推行新法服务的。《宋史》本传说："安石议论高奇，能以辨博济其说，果于自用，慨然有矫世变俗之志。"这不仅指出了他的文章特点，也说明了他的写作目的。

王安石的文学主张和欧阳修一样，不满西昆体文风，在

《张刑部诗序》中指出："杨（杨亿）刘（刘筠）以其文词染当世"，"学者迷其端原，靡靡然穷日力以摹之，粉墨青朱，颠错丛庞，无文章黼黻之序。"《上人书》较集中地阐述了他的文学主张。

这封信开门见山直接提出文章的作用问题，实际是阐述了对文学和政治关系的看法。这是唐代"文以明道"的古文运动的中心问题，因此紧接着在第二段中便对韩、柳在古文运动中的地位和作用做了历史评价，尊韩抑柳，重道亦不废文，但反对"徒语人以其辞"的倾向。第三段引用儒家经典为依据，强调自身修养的"自得"工夫。第四段提出"务为有补于世"的主张，强调了写作的目的和原则，这是由第一段提出的文章的作用和性质所决定的。最后一段说明写这封信的意图，申明自己的观点，征询对方的意见。全文简明扼要，观点明确，有历史分析，有理论根据，富有论辩性。

本文阐述了两个重要理论问题。

首先提出文章的社会作用问题，他强调文章直接为礼教治政服务。他认为强调"言之不文，行之不远"，只片面重视辞采，并非圣人作文的本意。因此他充分肯定韩、柳古文运动的历史功绩，但反对他们"徒语人以其辞"。王安石作《韩子》一诗批评韩愈："力去陈言夸末俗，可怜无补费精神。"他反对只在语言文字上下功夫，强调直接为现实政治服务。在这个前提下，他提倡作者的思想修养，深厚积蓄，然后写作文章，便可左右逢源，得心应手。

　　其次，"所谓文者务为有补于世而已"，这是他的基本主张，要求写作必须有明确的目的，对社会发挥积极、有益的作用。为此他提出"以适用为本"的写作原则。在这个思想指导下，他主张以内容为主，同时也不忽视形式。他把内容和形式关系比作器物以及器物外形上的刻镂图饰，器物是为了用，图饰是必要的修饰，前者为主，后者亦不可废，只是"勿先之其可也。"这种看法说明了文章内容和形式的一般关系，是正确的。但文学作品与政论、书信等应用文体不同，忽略艺术形式、缺乏艺术性的作品，思想内容既得不到充分表现，社会效果也将大大削弱。而王安石的这些论文主张正体现了一般政治家重功利的文学观。

书黄子思诗集后

苏　轼

予尝论书，书，指书法。以谓锺、王之迹，迹，笔迹，指
书法。锺繇〔yáo 摇〕，字元常，颍川长社（今河南长葛东）人，三国魏
书法家，兼善各体，尤精隶、楷。王羲之，字逸少，东晋琅玡临沂（今属
山东）人，大书法家，善行、草，尤以草书见称。萧散简远，妙在笔
画之外。二句指锺、王书法潇洒自然，疏朗有致。至唐颜、柳，颜真
卿，字清臣，唐京兆万年（今陕西西安）人，唐代著名书法家，工楷行，
世称其字为“颜体”。柳公权，字诚悬，唐京兆华原（今陕西耀县）人，
唐代著名书法家，以楷书名世。颜、柳齐名，有“颜筋柳骨”之称。
始集古今笔法而尽发之，集中古今书法的特长而充分发挥。
极书之变，天下翕然以为宗师。翕〔xī 吸〕然，一致。宗师，
师表。三句意为，书法发展到颜、柳，才集古今之大成，极尽变化之能
事，受到普遍赞赏并被奉为师表。而锺、王之法益微。锺、王的

书法艺术越发衰弱。

至于诗亦然。苏、李之天成，这句以"天成"称赞苏武、李陵诗的风格。曹、刘之自得，曹，曹植。刘，刘桢。自得，从容自然，无须绳墨。陶、谢之超然，陶，陶渊明。谢，谢灵运。超然，自然超逸。盖亦至矣。而李太白、杜子美以英玮绝世之姿，凌跨百代，英玮，杰出。凌跨，超越。古今诗人尽废。然魏、晋以来，高风绝尘，绝尘，超越世俗。亦少衰矣。李、杜之后，诗人继作，虽间有远韵，间，偶尔。远韵，韵调高超。而才不逮意。独韦应物、柳宗元发纤秾于简古，寄至味于淡泊，《东坡题跋》评韩、柳诗称："所贵乎枯淡者，谓其外枯而中膏，似淡而实美，渊明、子厚之流是也。"寄至味于淡泊，意思是浓烈的诗味就体现在朴实自然的艺术风格中。非余子所及也。唐末司空图崎岖兵乱之间，这句说，司空图生活在坎坷不平兵荒马乱的年代里。而诗文高雅，犹有承平之遗风。承平，太平时代。其论诗曰："梅止于酸，盐止于咸，饮食不可无盐梅，而其美常在咸酸之外。"引文见司空图《与李生论诗书》，语句有不同。盖自列其诗之有得于文字之表者二十四韵，表，外。文字之表，即指司空图所谓的"韵外之致"、"味外之旨"。二十四韵，指《二十四诗品》。恨当时不识其妙，予三复其言而悲之。三复，多次考虑。悲，惋惜。

闽人黄子思，黄孝先，字子思，福州浦城人。庆历、皇祐间号能文者。庆历(1041—1048)、皇祐(1049—1053)，都是仁宗年号。予尝闻前辈诵其诗，每得佳句妙语，反复数四，乃识其所谓。信乎表圣之言，美在咸酸之外，可以一唱而三叹也。一唱三叹，陆机《文赋》："虽一唱而三叹，固既雅而不艳。"后世称文艺作品有余味者为"一唱三叹"。予既与其子几道、其孙师是游，得窥其家集。而子思笃行高志，这句说，子思行为诚挚，志向高远。为吏有异材，见于墓志详矣，予不复论，独评其诗如此。

说　明

苏轼(1037—1101)字子瞻，号东坡居士，四川眉山人，与父苏洵、弟苏辙并称"三苏"，都是北宋著名的文学家，而苏轼的成就和影响最大。宋仁宗嘉祐二年(1057)及第，深得欧阳修赏识，官至礼部尚书。

苏轼多才多艺，书、画有极高造诣，诗、文更有巨大成就，尤其开创豪放派词风，在宋代产生广泛影响。著有《东坡全集》一百十卷，《宋史》卷三百三十八有传。

苏轼的思想较为复杂，儒、释、道对他都有深刻影响，当他跃居文坛领袖时期，欧阳修已经逝世，他继承并发展了由宋初到欧阳修所开展并已取得决定性胜利的诗文革新运动，一方面反对"浮巧轻媚丛错采绣"的骈体时文，同时也反对矫枉过正的"求深务奇"(《谢南省主文启》五首的《欧阳内翰》)的偏向,在理论和创作上,把诗文革新运动引上一个新的阶段。

苏轼的文学主张散见在他的部分诗、文、书、序、札记之中。他强调作者要有深厚积累,文章要有充实的内容,在《南行前集叙》中说:"夫昔之为文者,非能为之为工,乃不能不为之为工也。山川之有云雾,草木之有华实,充满郁勃而见于外,夫虽欲无有,其可得耶?"他要求文章要"有为而作",联系现实,"言必中当世之过。凿凿乎如五谷必可以疗饥,断断乎如药石必可以伐病。"(《凫绎先生诗集序》)

苏轼博学多才,创作上有很高的成就,他结合自己的实践,在艺术上提出许多独到的见解。《答谢民师书》提出文章"大略如行云流水,初无定质,但常行于所当行,常止于不可不止,文理自然,姿态横生。"根据内容要求,自由表达,摆脱形式限制,使之恰到好处,以取得自然流畅,波澜起伏的艺术效果。他提倡"辞达"说:"夫言止于达意,即疑若不文,是大不然。求物之妙,如系风捕影。能使是物了然于心者,盖千万人而不一遇也,而况能使了然于口与手者乎?是之谓辞达。辞至于能达,则文不可胜用矣。"所谓"辞达",就是充分表现事物,力求生动明晰。苏轼还强调"神似",反对"形似",他在《书鄢陵王主簿所画折枝》二首之一说:"论画以形似,见与儿童邻。赋诗即此诗,定非知诗人。诗画本一律,天工与清新。"清新自然,意境深远,形象生动,才能收到传神的艺术效果。这个论点和《书黄子思诗集后》的主张基本上是一致的。

《书黄子思诗集后》一文属序跋体文论，但并未全面评价作者的创作道路和作品的成就，只是借题发挥，正面阐述笔者对诗歌艺术风格的主张。全文共分三段，以书喻诗，首论书法，次论诗歌，再次结束全文，自叙为文缘由及其宗旨。

苏轼的诗歌风格论，是在总结自己创作实践经验的基础上提出来的。他在《文说》中说："吾文如万斛泉源，不择地而出。在平地滔滔汩汩，虽一日千里无难。及其与山石曲折，随物赋形，而不可知也。所可知者，常行于所当行，常止于不可不止，如是而已矣。"这种挥洒自如，随心所欲的艺术表现力，构成苏轼自由豪迈，纵横变化的艺术风格，不仅反对强求一律，而且提倡那种清淡含蓄的艺术特点。例如他批评王安石为文，"未不善也，而患在于好使人同己。"（《答张文潜书》）苏诗的风格是"天马脱羁，飞仙游戏，穷极变幻，而适如其意中所欲出"（沈德潜《说诗晬语》），但在《书黄子思诗集后》中却极力推崇韦、柳诗"发纤秾于简古，寄至味于淡泊"的风格，即使对李、杜也稍有不足之感。《评韩、柳诗》一文说："所贵乎枯淡者，谓其外枯而中膏，似淡而实美"，即外在的质朴平淡与内在的含蓄浓郁相结合。这种作品意境深远，耐人寻味。这种风格概括了陶（渊明）、谢（灵运）、韦（应物）、柳（宗元）一派诗人的创作特点，这也正是唐末司空图所总结和提倡的诗风，因此苏轼非常赞赏司空图论诗"味在咸酸之外"的主张。

　　苏轼所提倡的艺术风格，和他自己的创作特点似乎有矛盾之处，其实也不难理解。苏轼的主导倾向是豪迈、奔放的浪漫派精神，但也写了一些婉转含蓄，轻灵流丽的作品特别是晚年，流放的生活无情地消磨了他的意志，创作上追求含蓄平淡，写了一些闲远淡雅的作品，艺术风格发生了一定的变化。其次，作为天才横溢的诗人，苏轼对超迈雄奇之作得心应手，而对平淡含蓄的风格就有难为之感。吴可《藏海诗话》就说："东坡豪，山谷奇，二者有余，而于渊明则为不足，是以皆羡之。"这种说法，不无道理。

答洪驹父书

黄 庭 坚

　　驹父外甥教授：洪刍，字驹父，豫章（今江西南昌市）人，黄庭坚外甥，与兄朋、弟炎、羽并有才名，号"四洪"。教授，官名，宋时州、县置教授，掌管学校考试等事。**别来三岁，**徽宗建中靖国元年（1101），庭坚在鄂州，王蕃、洪刍来会。至崇宁二年（1103）写此书时，将近三年。当时庭坚仍在鄂州。**未尝不思念。闲居绝不与人事相接，故不能作书，虽晋城亦未曾作书也。**晋，同进。**专人来，得手书，审在官不废讲学，**审，详明悉知。**眠食安胜，**安胜，安适。**诸稚子长茂，**稚子，幼子。**慰喜无量。**

　　寄诗语意老重，老重，古朴庄重。**数读过，不能去手，继以叹息，少加意读书，古人不难到也。诸文亦皆好，但少古人绳墨耳。**绳墨，规矩，法度。**可更熟读**

司马子长、韩退之文章。司马迁字子长。韩愈字退之。

凡作一文，皆须有宗有趣，宗，主旨。趣，趣向，意旨。终始关键，指首尾结构。有开有阖；开，展开。阖，收煞。如四渎虽纳百川，四渎〔dú 独〕，《尔雅·释水》："江、淮、河、济为四渎，四渎者，发原注海者也。"江，长江、淮，淮河、河，黄河、济，济水。或汇而为广泽，汪洋千里，要自发源注海耳。

老夫绍圣以前，绍圣(1094—1097)，宋哲宗年号。绍圣二年庭坚贬官涪〔fú 扶〕州(四川涪陵)别驾，谪居黔州(今四川彭水)。绍圣前，指贬官涪州前。不知作文斧斤，作文斧斤，指作文章的方法、技巧。取旧所作读之，皆可笑。绍圣以后，指谪居黔州后。始知作文章，但以老病惰懒，不能下笔也。外甥勉之，为我雪耻。

《骂犬文》虽雄奇，《骂犬文》，洪驹父所寄文章篇名。然不作可也。东坡文章妙天下，其短处在好骂，慎勿袭其轨也。注意不要重蹈其前辙。

甚恨不得相见，极论诗与文章之善病，充分讨论诗文写作的利弊。临书不能万一，千万强学自爱，少饮酒为佳。

所寄《释权》一篇，词笔从横，从横，同纵横。极见日新之效。很能看出日新月异的进步效果。更须治经，治经，攻读经书。深其渊源，乃可到古人耳。青琐祭文，疑为洪驹父所寄文章篇名。语意甚工，但用字时有未安处。自作语最难，老杜作诗，退之作文，无一字无来处，盖后人读书少，故谓韩、杜自作此语耳。古之能为文章者，真能陶冶万物，虽取古人之陈言入于翰墨，如灵丹一粒，点铁成金也。

文章最为儒者末事，然索学之，索，须。又不可不知其曲折，幸熟思之。至于推之使高，推，推动。如泰山之崇崛，崇崛，高大突起。如垂天之云；《庄子·逍遥游》："鹏之背不知其几千里也，怒而飞，其翼若垂天之云。"极言其高大。作之使雄壮，作，振起。如沧江八月之涛，沧江，泛指大江。海运吞舟之鱼，《庄子·逍遥游》："是鸟也，海运则将徙于南冥。"王先谦集解："行于海上，故曰海运。"一说海运即海啸。据此可理解为大鹏借海啸产生的巨风而飞腾。又不可守绳墨令俭陋也。俭陋，狭窄。以上七句大意是，促使文章之气势高大，如同泰山之突起，又象高空之密云；使文章振起雄壮之势，若大江秋天的波涛，似沧海吞舟之大鱼，象这样的作品又不能固守成法使其气势狭窄。

说　明

黄庭坚(1045—1105)，字鲁直，号山谷道人，又号涪翁，江西分宁(今江西修水)人。宋英宗治平四年(1067)进士，苏轼赞其诗文"超轶绝尘，独立万物之表"，由此声名始震。(《宋史·本传》)官至校书郎、起居舍人，后几经贬官，终死于宜州(今广西宜山)贬所。著有《黄山谷诗集》、《豫章先生文集》。《宋史》卷四百四十四有传。

黄庭坚的思想以儒家传统学说为主，但也深受老庄和禅学影响。他步入仕途，就被卷入党争的漩涡，多次遭受打击，政治上很不得意。他的诗歌创作很受苏轼赏识，他与秦观、张耒、晁补之齐名，并称为"苏门四学士"，但他的成就和影响远超过其他三人，甚至与苏轼齐驱，并称"苏黄"。

黄庭坚是江西诗派的开山祖，但江西诗派的创作繁盛期却在黄庭坚死后。江西诗派是中国文学史上第一次出现并自觉结成宗派的文学流派。江西派诗人推崇黄庭坚的理论，效仿他的创作，形成了一个影响较大、延续时间较久的诗歌流派。南宋时期的许多大诗人如陆游、杨万里等，都是出自江西诗派又能脱出江西诗派樊篱而取得较大成就的诗人。

《答洪驹父书》比较集中地反映出黄庭坚诗歌创作的理论主张。这是一封写给晚辈同道者的信，坦率自然，较少客套。全文分四段，除第一段承答来书简言近况外，其余三段全部谈论诗文利弊。概括全文内容大致如下：

一、首先肯定洪驹父的诗"语意老重"、"诸文亦皆好"，但指出读书少，缺乏古人绳墨，还没有达到古人的境界。多读书，学习前人的法度，这是黄庭坚论诗的重要主张之一。这种主张在一定程度上反映了学诗的必然过程，对初学者来说尤其重要。任何优秀作品都是继承和发展前人已有成就的结果。要继承就要学习，但是继承并不能代替创造，没有创造就没有发展。黄庭坚重继承有合理的一面，但强调过分，未免重流轻源，掉书袋，蹈袭前人。黄庭坚开创的江西诗派其病也在抄袭模拟之弊，因而招致许多人的抨击。宋人魏泰就已经指出："黄庭坚作诗得名，好用南朝人语，专求古人未使之事，又一二奇字，缀茸成诗。自以为工，其实所见之癖也。"（《临汉隐居诗话》）由学习继承而导致形式模拟，是黄庭坚诗论的重要流弊。

　　二、黄庭坚论诗并非轻视思想内容，本文提出"凡作一文，皆须有宗有趣"。要求"宗趣"，旨在重视思想内容。他在《与王观复书》中还说："但当以理为主，理得而辞顺。""理"属思想内容，"辞"属语言形式，以内容为主，形式为辅，内容决定形式，这种主张显然是对的。但他深受儒家传统诗教的束缚，强调符合"温柔敦厚"的规范；因此他反对以诗讥刺社会现实。他在《书王知载朐山杂咏后》中说："（诗）非强谏争于廷，怨忿诟于道，怒邻骂坐之为也。"本文中讲的"东坡文章妙天下，其短处在好骂，慎勿袭其轨也。"都是这种思想的反映，因而导致了黄庭坚诗论的重要缺陷，在很大程度上限制了黄庭坚诗歌作品的思想性，同时也给江西派的诗歌创作带来一定的消极影响。

　　三、黄庭坚论诗影响最大的是在语言形式和写作技巧方面。这与强调多读书、学习古人的绳墨是一致的。他重视用字造句，提出"无一字无来处"、"点铁成金"和"夺胎换骨"的方法。他认为："自作语最难，老杜作诗，退之作文，无一字无来处，盖后人读书少，故谓韩、杜自作此语耳。"释惠洪《冷斋夜话》引黄庭坚的话:"诗意无穷而人之才有限,以有限之才追无穷之意,虽渊明、少陵不得工也。然不易其意而造其语,谓之换骨法;窥入其意而形容之,谓之夺胎法。"可见他所谓的"夺胎换骨",无非是要求在立意遣词上巧妙地借鉴和因袭前人。因而很容易流为变相的抄袭和剽窃。黄庭坚的诗论遭到后世的指责,大半也是由此引起的。

　　四、黄庭坚在这封信的开端指出洪驹父的文章"但少古人绳墨",而结尾处又提出"不可守绳墨令俭陋也"。守绳墨与不守绳墨有个发展过程。守绳墨可看作是学诗的入门,不守绳墨则是作诗之极致。这种主张具有一定的合理性。它反映了学诗由入门到成熟的不同阶段。如果把守绳墨和不守绳墨,理解为学诗不可不循法,而作诗又不可囿于法,这才是创作的正路。黄庭坚的本意似乎也在于此。

论 词

李 清 照

乐府、声诗并著，乐府，宋人称词为乐府。声诗，指能入乐的诗。最盛于唐。开元、天宝间，开元(713—741)、天宝(742—756)，均为唐玄宗年号。有李八郎者，李八郎，唐代著名歌手李衮。能歌，擅天下。擅〔shàn 善〕，压倒，胜过。时新及第进士，开宴曲江，曲江，在长安城东南，是唐代京郊著名风景区，每届新及第进士，便在此饮宴游赏。榜中一名士，先召李，使易服隐名姓，易服隐名姓，唐代盛行赛歌，竞技者易服隐名，出奇制胜。衣冠故敝，故敝，破旧。精神惨沮，惨沮，沮丧失色。与同之宴所，之，往，到。曰："表弟愿与坐末"，与，参与。坐末，末位。众皆不顾。既酒行乐作，歌者进，时曹元谦、念奴为冠。曹、念，当时著名歌手。歌罢，众皆咨嗟称赏。咨嗟，赞叹。名士忽指李曰："请表弟歌。"众皆哂，哂〔shěn 审〕，讥笑。或有怒者。及转喉发声，歌一曲，众皆泣下。罗拜，罗拜，环拜。曰："此李八郎也。"

自后郑卫之声日炽，日炽，一天天势盛。流靡之变日烦。流靡，放荡奢侈。已有《菩萨蛮》、《春光好》、《莎鸡子》、《更漏子》、《浣溪纱》、《梦江南》、《渔父》等词，《菩萨蛮》等皆词调名。不可遍举。

五代干戈，五代（907—960），指后梁、后唐、后晋、后汉、后周五朝。四海瓜分豆剖，五代十国战乱不止，国土四分五裂。斯文道熄。独江南李氏君臣尚文雅，独，只有。尚文雅，崇尚文学。李氏君臣，指南唐二主李璟、李煜父子及臣子冯延巳等。故有"小楼吹彻玉笙寒"，见李璟词《摊破浣溪纱》。"吹皱一池春水"之词。见冯延巳词《谒金门》。语虽奇甚，所谓"亡国之音哀以思"也！

逮至本朝，礼乐文武大备。又涵养百余年，涵养，休养生息。始有柳屯田永者，变旧声作新声，出《乐章集》。北宋柳永，原名三变，字耆卿，崇安人，官屯田员外郎，世称柳屯田。词有《乐章集》三卷。柳词音律谐婉，语言通俗，多描写歌妓、羁旅生活，流传极广，对宋词发展有很大影响。变旧声作新声，指改制唐、宋旧曲，翻作新调，开创慢词的先河。大得声称于世。虽协音律，而词语尘下。词语尘下，指柳词不够高雅。又有张子野，

宋子京兄弟, 张先(990—1028),字子野,浙江吴兴人,有《张子野词》。宋祁(998—1061),字子京,兄宋庠(996—1066)字公序,安州安陆人。宋祁词有近人赵万里辑《校辑宋金元人词·宋景文公长短句》,宋庠词已佚。**沈唐、元绛、晁次膺辈继出,** 沈唐,字公述,其词见《花庵词选》。元绛(1008—1083),字厚之,其词见《花草粹编》。晁次膺,一名晁端礼(1046—1113),字次膺,有《闲斋琴趣》。**虽时时有妙语,而破碎何足名家!至晏元献、欧阳永叔、苏子瞻,** 晏殊(991—1055)字同叔,江西临川人,卒谥元献。**学际天人,** 际,交会,贯通。此句指才能出众。**作为小歌词,直如酌蠡水于大海,** 蠡〔lí 离〕,瓢瓢。这两句说,他们作小歌词简直象从大海里取一瓢水,轻而易举。**然皆句读不葺之诗尔。** 句读不葺,句子长短不整齐。葺,修缮。**又往往不协音律者,何耶?盖诗文分平侧,** 侧,同仄。**而歌词分五音,** 五音指唇齿喉舌鼻五个部位所发之音。**又分五声,** 五声,指宫商角徵羽五个高低不同的音阶。**又分六律,** 六律,以阳声六律代表十二律吕。阳声六律为黄钟、太蔟、姑洗、蕤宾、夷则、无射〔yì 义〕;阴声六吕为大吕、夹钟、仲吕、林钟、南吕、应钟。律吕为正音之器。传说黄帝时伶伦截竹为筒,阴阳各六,筒有长短,声有清浊高下,谓之律吕,以正声音。**又分清浊轻重。** 宋人以轻清为阳,重浊为阴。以上四句,指作词务叶音律,音韵和谐,方可入乐歌唱。**且如近世所谓《声声慢》、《雨中花》、《喜迁莺》,既押平声韵,又押入声韵。**

《玉楼春》本押平声韵，又押上去声，又押入声。本押仄声韵，如押上声则协，如押入声，则不可歌矣。王介甫、曾子固，曾巩（1019—1083），字子固。文章似西汉，若作一小歌词，则人必绝倒，绝倒，大笑。不可读也。乃知别是一家，意为词具有自己的特点，不同于诗文。知之者少。后晏叔原、贺方回、秦少游、黄鲁直出，晏几道（1030—1106?），字叔原，号小山，晏殊幼子，有《小山词》。贺铸（1063—1120），字方回，有《东山寓声乐府》。秦观（1049—1100），字少游，号淮海居士，有《淮海集》。始能知之。又晏苦无铺叙；贺苦少典重；典重，典雅庄重。秦则专主情致，情致，情趣风味。而少故实，故实，典故。譬如贫家美女，虽极妍丽丰逸，而终乏富贵态；黄即尚故实，而多疵病，譬如良玉有瑕，价自减半矣。

说　明

李清照（1084—1151?）号易安居士，济南人。二十一岁和太学生赵明诚结婚，过了二十几年平静安适的生活。1127年金兵攻陷汴京（今开封），北宋灭亡，被迫南渡，三年后赵明诚病死，她单身漂泊江南，饱尝国破家亡的忧患，过着孤独凄苦的生活，死年约六十多岁。俞正燮《癸巳类稿》有《易安居士事辑》，《宋史·艺文志》著录文集七卷，词六卷，但多散佚，通行《漱玉词》一卷，仅有词十七首，经历代收集整理，有词五十多首,和部分残存诗文,辑为《李清照集》。

　李清照生活在两宋交替时期,在当时就是一位负有盛名的女作家。她以词著称,是婉约派的代表词人之一。她的前期作品,以描写爱情生活和对自然景物的感受为主,题材狭窄,社会意义不大,后期由于社会乱离和个人遭遇的不幸,作品的内容和风格发生很大变化,家国之恨成为作品的基调,相应地增加了作品的社会意义。李清照的词艺术成就很高,不依傍古人,自出机杼,而能达到曲尽人意的境界,因此为历代所称颂。《论词》一文,是她早期写的探讨词的发展和写作特点的文章,这是北宋末期最早出现的较为全面、系统地阐述词的创作的专论,因而在文学理论批评史上受到普遍重视。

　《论词》从词的特点出发,探讨了词的发展过程,按历史线索把词的发展大体分为三个阶段:

　盛唐时期,词已经产生,它与音乐结合,以歌唱为主;其次作为饮宴助兴的声乐出现,受到广泛重视,但与诗文的正统地位不同,文人填词尚不多见;

　晚唐、五代词调骤增,词作日繁,出现了以词名家的南唐李氏君臣,词的艺术创造有所发展,而“郑卫之声”,“亡国之音”的思想内容却不足取;

　宋代词作趋向全盛,出现了许多名家,词的创作和风格都发生了很大变化,而李清照对此却持否定态度。柳永“变旧声作新声”,“虽协音律,而词语尘下”;晏、欧、苏三家,“学际天人,作为小歌词,直如酌蠡水于大海,然皆句读不葺之诗尔,又往往不协音律者"。即使对"始能知之"者的晏、贺、秦、黄四家,也认为各有疵病,很不满足。

李清照对宋代词人的评价,侧重于词的写作特点和体制,柳永的慢词创作对体制有很大创造;苏词的豪放派作品,在写作技巧和艺术风格上都具有明显的创新。李清照看到了宋词发展上的巨大变化,却以保守态度予以否定。她强调音韵和谐,反对以诗为词、以文为词和"词语尘下"。以诗为词,以文为词,二者主要是忽视音律,不符合词的音乐性特点,至于"词语尘下",主要指一些不健康的艺术描写,不符合典雅的要求,然而柳词打破了抒情小词的狭隘格局,苏词扩大了词的题材和主题,冲破了传统的音律限制,对词的发展都起了积极的先导作用。

李清照提出"别是一家"的观点,这是她对宋代词家进行针砭的理论根据,也是婉约派词论的核心主张。每一种文学体裁都有自己的历史传统和写作特点,这正是与其它体裁区别的重要标志。就这个意义说,"别是一家"之说卓有见地,值得肯定。但固守自己的特点,不注意吸取其它体裁的长处,将会限制自己的发展。从这方面看,"别是一家",又有一定的局限。"别是一家"的要求重在音韵,强调音律和谐,反对以诗为词,以文入词。这是从传统观点出发,要求配乐歌唱,说明词的音乐性的特点。但词的发展已与音乐分离,成为与诗、文一样可供诵读的案头文学,虽然仍需具有音乐美,但过分强调音律、配乐,就要限制词的题材和主题,束缚思想内容的表达了。

李清照论词宗主婉约派,强调音乐美和抒情性,突出了词的艺术特点,但对婉约派词人亦有所批评。"铺叙"无碍于抒情,而"典重"、"故实"却未必有益,但符合典雅和富丽的特点,这正是以周邦彦为代表的一派词人的传统主张。这种主张反映了李清照前期生活和创作实践的特点。随着时势和生活的变化,她后期的创作基本上突破了自己的理论主张,思想内容和艺术风格都发生了明显的变化。

题酒边词

胡　寅

词曲者，古乐府之末造也。<small>末造，末世。这里是后代的</small>
<small>意思。这两句说，词曲是古代乐府诗的继承和发展。</small>古乐府者，诗
之傍行也。<small>傍行，犹言旁支。傍〔páng 旁〕，通旁。</small>诗出于《离
骚》、《楚辞》。<small>"诗"字疑讹误。</small>而《离骚》者，变风变雅之怨
而迫、哀而伤者也。其发乎情则同，而止乎礼义则异。
<small>《毛诗序》："故变风发乎情，止乎礼义。发乎情，民之性也；止乎礼义，</small>
<small>先王之泽也。"</small>名之曰曲，以其曲尽人情耳。方之曲艺，
<small>方，比。曲艺，《礼记·文王世子》："曲艺皆誓之。"郑玄注："曲艺，为</small>
<small>小技能也。"孔颖达疏："曲艺谓小小技术，若医卜之属也。"</small>犹不逮
焉；其去《曲礼》，<small>《曲礼》，《礼记》中的篇名，杂记春秋前后贵族饮</small>
<small>食、起居、丧葬等各种礼制的细节。</small>则益远矣。然文章豪放之

士，鲜不寄意于此者，随亦自扫其迹，曰谬浪游戏而已也。鲜〔xiǎn 险〕，少有。谬浪，随便开玩笑。《诗经·终风》："谬浪笑敖。"毛传："言戏谬不敬。"谬〔xuè 血〕，开玩笑。唐人，为之最工者。柳耆卿后出，柳耆卿，柳永字耆卿，北宋词人，有《乐章集》。掩众制而尽其妙，掩众制，超过一般人的创作。掩，盖过；好之者以为不可复加。及眉山苏氏，苏氏，指苏轼。轼字东坡，眉山（今属四川省）人。一洗绮罗香泽之态，摆脱绸缪宛转之度，绸缪〔móu 谋〕，指男女之间的浓情密意。绸缪原意为紧密缠缚，引申为缠绵。《诗经·绸缪》："绸缪束薪。"朱熹《诗集传》注："绸缪，犹缠绵也。"这篇诗就是以束薪起兴，描写新婚夫妇的缠绵之情的。使人登高望远，举首高歌，而逸怀浩气超然乎尘垢之外。尘垢，尘土和污垢。这里是庸俗邪恶的意思。垢〔gòu 够〕，附着在物体上的肮脏东西，引申为邪恶。于是《花间》为皂隶，《花间》，即《花间集》，词集名，共十卷。五代后蜀赵崇祚编。选录晚唐、五代词人十八家所作词五百首。皂隶，古代奴仆名称。《左传》昭公七年："人有十等……王臣公，公臣大夫，大夫臣士，士臣皂，皂臣舆，舆臣隶，隶臣僚，僚臣仆，仆臣台。"这里的"臣"是使役的意思。皂隶，后专以称衙门里的差役。而柳氏为舆台矣。柳氏，指柳永。舆台，泛指奴隶。以上两句是说苏轼的词远远高出于《花间集》和柳永的作品之上。芗林居士，指向子諲（1086—1153），《酒边词》的作者。子諲字伯恭，宋代临江（今四川省忠县）人。仕至户部侍郎。金使将入境，子諲不肯拜金诏，忤秦桧意，乃辞官。退闲

十五年。号所居曰"芗林"。居士，古称有才德而隐居不仕的人。佛教
称在家修道的居家道士为居士。旧时有些自命清高的人也往往自称
居士。**步趋苏堂而哜其胾者也。** 哜〔jì剂〕，品尝。胾〔zì字〕，
切成大块的肉。这句说，向子諲对苏词有深刻研究，学到了他的长
处。**观其退江北所作于后，而进江南所作于前，** 以上二
句指《酒边词》的编排顺序。词集分上下两卷：上卷题为"江南新词"，
为子諲后半生在江南时所作；下卷题为"江北旧词"，为其前半生在江
北时所作。把前期的作品置于后，故云"退"；把后期的作品放在前，
故云"进"。**以枯木之心，幻出葩华，** 葩华，美丽的花朵。葩〔pā
趴〕，原意是花，这里是华美的意思。华，同花。**酌元酒之尊，** 元
酒，即玄酒。古代行祭礼时用的水，以其色黑，谓之玄。元，通玄。尊，
酒杯。**弃置醇味，非染而不色，安能及此！余得其全
集于公之外孙汶上刘荀子卿，** 汶上，县名。在山东省西南
部。**反复厌饫，** 厌饫，饱尝美味。厌，通餍，吃饱。饫〔yù玉〕，古
代的一种宴席。**复以归之，因题其后。公宏才伟绩，** 公，指
向子諲。**精忠大节，在人耳目，固史载之矣。后之人昧
其平生，而听其余韵，亦犹读《梅花赋》而未知宋广平
欤？** 宋广平，指宋璟（663—737），唐代著名政治家，曾任宰相，作有《梅
花赋》。皮日休《桃花赋序》说："余尝慕宋广平之为相，贞姿劲质，刚
态毅状，疑其铁肠石心，不解吐婉媚辞。然睹其文而有《梅花赋》，清
便富艳，得南朝徐（陵）、庾（信）体，殊不类其为人也。后苏相公昧道
得而称之，广平之名遂振。呜呼，以广平之才，未为是赋，则苏公果暇

知其人哉！"**武夷胡寅题**。武夷，指福建崇安县境内的武夷山。胡寅是崇安人，故称。

说　明

《题酒边词》是胡寅为向子諲的词集《酒边词》写的题词。胡寅（1098—1156），字明仲。宣和时中进士。女真统治集团南侵，陷京师，立张邦昌，寅弃官逃避。建炎三年，诏议南迁，他上书高宗，指斥朝廷畏缩退避，主张集合义师，举行北伐，被贬谪。秦桧当国，寅遭忌恨，被迫归隐。后又被罗织罪名，流放新州。桧死复官，卒谥文忠。有《论语详说》《读史管见》《斐然集》，有词见钓台石刻。

这篇题词，由追溯词曲的渊源开始，略述词的发展和演变过程，从历史发展的高度，来赞美向子諲的词作，并且联系他的为人，推崇其高风亮节。有些很精辟的见解。

首先，作者认为，词曲是古代乐府的继续和发展，是诗的一种。当时比较流行的一种观点是认为词"别是一家"，甚至主张词为艳科，把词与诗对立起来，力图使词保持五代以来形成的"绮罗香泽之态""绸缪宛转之度"，只作为有闲阶级茶馀酒后娱乐助兴的一种小摆设。胡寅这样论述词的源流，把词与诗同等看待，对正确认识词的性质和社会作用具有重要的理论意义。另一方面，胡寅也揭示了词与诗的不同之处。他认为，词更主要的是接受了楚词，特别是《离骚》的传统，具有类似"变风变雅"的特征，它的抒情性更强，甚而至于"怨而迫、哀而伤"，不尽合乎"礼义"，甚至相去"益远"。所谓"止乎礼义则异",即指词有突破传统礼义之处。这种观点显然不同于正统儒家的"哀而不伤"、"温柔敦厚"的诗教。作者肯定了词的进步方向,对词的发展有促进作用。

正因为如此,胡寅特别推崇苏东坡的词。他认为苏词开拓了新的领域,创造了新的风格,能使人奋发,使人向上,陶冶出高尚的情操。它既超过了"花间"词人的作品,又超过了柳永的创作,做出了划时代的贡献。作者赞美向子諲的《酒边词》也是从他善于学习和体现苏词的长处这个角度出发的。可见,他是把苏词作为词的最高标准来看待的。他的这种高度评价苏词,对豪放派词的形成和发展起了推动作用。

此外,从题词末尾对向子諲的为人品行的赞叹可以看出,胡寅很重视作者的品德修养。他认为词的风格是作者人格的反映。

岁寒堂诗话(选录)

张　戒

　　建安、陶、阮以前，陶，陶渊明。阮，阮籍。诗专以言志；潘、陆以后，潘、陆，潘岳、陆机。诗专以咏物；咏物，描写自然景物。兼而有之者，李、杜也。言志乃诗人之本意，咏物特诗人之馀事。特，只，仅。古诗、苏、李、曹、刘、陶、阮，古诗，汉代无名氏作，萧统收入《文选》者，题为《古诗十九首》。苏、李，苏武、李陵。曹、刘，曹植、刘桢。本不期于咏物，期，希望。而咏物之工，工，工巧。卓然天成，卓然，特出。不可复及；其情真，其味长，其气胜，视《三百篇》几于无愧。视，比。全句说，和《诗经》相比较几乎并不逊色。凡以得诗人之本意也。潘、陆以后，专意咏物，雕镌刻镂之工日以增，而诗人之本旨扫地尽矣。谢康乐"池塘生春草"，谢灵运《登池上楼》诗句。颜延之"明月照积雪"，颜延之字延年，南朝宋代诗人，与谢灵运齐名，世称"颜谢"，诗句出于谢灵运《岁暮》，此为误记。谢玄晖"澄江静如练"，南朝齐代诗人谢朓字玄晖，诗句见谢朓《晚登三山还望京邑》。江文通"日暮碧云合"，南朝梁代文学家江淹字文通，诗句见《杂体·休上人怨别》。王籍"鸟鸣山更幽"，王籍字文海，南朝梁代诗人，诗句见《入若耶溪》。谢贞"风定花犹落"，谢贞字元正，南朝陈代诗人，《南史·谢贞传》称这句诗是他在八岁时作的。诗名《春日闲居》。柳恽"亭皋木叶下"，柳恽字文畅，南朝梁代诗人，诗句见《捣衣诗》。亭皋，水边高而平的地。何逊"夜雨滴空阶"，何逊字仲言，南朝梁代诗人，诗句见《临行与故游夜别》。就其一篇之中，稍免雕镌，镌〔juān 捐〕，凿，刻。粗足意味，意味，意境韵味。便称佳句；然比之陶、阮以前苏、李、古诗、曹、刘之作，九牛一毛也。大抵句中若无意味，譬之山无烟云，春无草树，岂复可观？阮嗣宗诗，专以意胜；意，指作品的思想感情。阮籍《咏怀》诗隐约曲折地表现内心无从发泄的愤懑和痛苦，《诗品》称为"言在耳目之内，情寄八荒之表"。陶渊明诗，专以味胜；味，诗味，指富有意境，能产生耐人寻味的艺术美。曹子建诗，专以韵胜；韵，韵致，指语言优雅，音韵和谐而产生的艺术效果。杜子美诗，专以气胜。气，意气，指思想感情和语言形式相结合而产生的意态和气势。然意可学也，味亦可学也，若夫韵有高下，气有强弱，则不可强矣。强〔qiǎng抢〕，勉强，强求。此韩退之之文，曹子建、杜子美之诗，后世所以莫能及也。世徒见杜子美诗多粗俗，粗俗，语言质朴。不知粗俗语在诗句中最难，非粗俗，乃高古之极也。高古，高雅古朴。自曹、刘死，至今一千年，惟子美一人能之；中间鲍照虽有此作，鲍照字明远，南朝宋代文学家。然仅称俊快，俊快，峻急。《南齐书·文学传论》说鲍照诗"发唱惊挺，操调险急"。未至高古。元、白、张籍、王建乐府，张籍字文昌，王建字仲初，都是中唐著名诗人，乐府诗张、王齐名，并称"张王乐府"。专以道得人心中事为工，然其词浅近，其气卑弱。至于卢仝，卢仝号玉川子，中唐诗人。遂有"不唧溜钝汉"，诗句见卢仝《扬州送伯龄过江》。唧溜，机灵，钝汉，笨拙的汉子。"七椀吃不得"之句，诗句见《走笔谢孟谏议寄来新茶》诗句。乃信口乱道，不足言诗也。近世苏、黄亦喜用俗语，然时用之，亦颇安排勉强，不能如子美胸襟流出也。子美之诗，颜鲁公之书，雄姿杰出，千古独步，可仰而不可及耳。

国朝诸人诗为一等，国朝，指宋朝。唐人诗为一等，六朝诗为一等，陶、阮、建安七子、两汉为一等，风骚为一等，学者须以次参究，盈科而后进可也。"盈科而后进"，见《孟子·离娄下》。科，坎。这句意为，泉水注满洼地而后继续奔流。七句大意是，根据以上五等，依次参酌，在充分了解前人创作的基础上进行写作。**黄鲁直自言学杜子美，子瞻自言学陶渊明，二人好恶，已自不同。鲁直学子美，但得其格律耳。子瞻则又专称渊明，且曰，曹、刘、鲍、谢、李、杜诸子皆不及也。**见苏轼《与苏辙书》**夫鲍、谢不及则有之；若子建、李、杜之诗，亦何愧于渊明！即渊明之诗，妙在有味耳。而子建诗，微婉之情，洒落之韵，**洒落，潇洒。**抑扬顿挫之气，固不可以优劣论也。古今诗人推陈王及古诗第一，**陈王，曹植，封陈思王。**此乃不易之论。至于李、杜，尤不可轻议。欧阳公喜太白诗，乃称其"清风明月不用一钱买，玉山自倒非人推"之句；**《欧阳文忠公集》卷一百二十九《笔说·李白杜甫诗优劣说》称赞李白《襄阳歌》"清风明月不用一钱买，玉山自倒非人推"诗句，说李白"天才自放，非甫可到也"。**此等句虽奇逸，然在太白诗中，特其浅浅者。鲁直云："太白诗与汉、魏乐府争衡，"**王琦注《李太白全集》卷三十四"丛说二百二十则"引《黄山谷文集》："太白歌诗，度越六代，与汉、魏乐府争衡。"**此语乃真知太白者。王介甫云："白诗多说妇人，识见污下。"**据《苕溪渔隐丛话前集》卷六引《钟山语录》说，王安石评论杜甫、欧阳修、韩愈、李白四家诗，认为李白属最下等，说："白识见污下，十首九**

说妇人与酒，然其才豪俊，亦可取也。"介甫之论过矣。孔子删诗，三百五篇说妇人者过半，岂可亦谓之识见污下耶？元微之尝谓"自诗人以来，未有如子美者"，而复以太白为不及。语见元稹《唐故工部员外郎杜君墓系铭并序》故退之云："不知群儿愚，那用故谤伤。"语见韩愈《调张籍》。故谤伤，故意诽谤伤人。退之于李、杜，但极口推尊，而未尝优劣，此乃公论也。子美诗奄有古今，奄，包括。学者能识国风骚人之旨，然后知子美用意处；识汉、魏诗，然后知子美遣词处；至于"掩颜、谢之孤高，杂徐、庾之流丽"，语见元稹《唐故工部员外郎杜君墓系铭》。在子美不足道耳。欧阳公诗学退之，又学李太白；王介甫诗，山谷以为学三谢；三谢，谢灵运、谢惠连、谢朓。苏子瞻学刘梦得，刘禹锡字梦得，唐代著名文学家。学白乐天、太白，晚而学渊明；鲁直自言学子美。人才高下，固有分限，然亦在所习，不可不谨。其始也学之，其终也岂能过之，屋下架屋，愈见其小。后有作者出，必欲与李、杜争衡，当复从汉、魏诗中出尔。

诗以用事为博，用事，引用典故。始于颜光禄，颜延之，宋武帝时为金紫光禄大夫。而极于杜子美；以押韵为工，始于韩退之，而极于苏、黄。然"诗者，志之所之

也，情动于中而形于言"，语见《毛诗序》。岂专意于咏物
哉？子建"明月照高楼，流光正徘徊"诗句见曹植《七哀》。
本以言妇人清夜独居愁思之切，非以咏月也；而后
人咏月之句，虽极其工巧，终莫能及。渊明"狗吠深
巷中，鸡鸣桑树颠"，诗句见陶渊明《归园田居》。本以言郊
居闲适之趣，非以咏田园；而后人咏田园之句，虽极
其工巧，终莫能及。故曰："言之不足，故长言之；长
言之不足，故咏叹之；咏叹之不足，故不知手之舞
之、足之蹈之。"语见《礼记·乐记》。后人所谓"含不尽之
意"者此也。含不尽之意，欧阳修《六一诗话》："圣俞尝语余曰：
'……必能状难写之景如在目前，含不尽之意见于言外，然后为至
矣。'"用事押韵，何足道哉？苏、黄用事押韵之工，至
矣尽矣，然究其实，乃诗人中一害，使后生只知用事
押韵之为诗，而不知咏物之为工，言志之为本也。风
雅自此扫地矣。

　　韵有不可及者，曹子建是也；味有不可及者，渊
明是也；才力有不可及者，李太白、韩退之是也；意
气有不可及者，杜子美是也。文章古今迥然不同，锺
嵘《诗品》，以古诗第一，子建次之，此论诚然。观子
建"明月照高楼"、"高台多悲风"、"南国有佳人"诗句

见《杂诗》。"惊风飘白日"，诗句见《赠徐幹》。"谒帝承明庐"诗句见《赠白马王彪》。等篇，音节铿锵抑扬，态度温润清和，金声而玉振之，金，指钟。玉，指磬。这三句说，如同钟、磬发出的声音,非常悦耳。辞不迫切，而意已独至，与三百五篇异世同律，此所谓韵不可及也。渊明"狗吠深巷中，鸡鸣桑树颠"，"采菊东篱下，悠然见南山"，诗句见《饮酒》。此景物虽在目前，而非至闲至静之中，则不能到，此味不可及也。杜子美、李太白、韩退之三人，才力俱不可及，而就其中退之喜崛奇之态，太白多天仙之词，退之犹可学，太白不可及也。至于杜子美，则又不然，气吞曹、刘，固无与为敌。如放归鄜州，鄜〔fū 夫〕州，今陕西富县。而云"维时遭艰虞，维，发语词。时，世道，时代。艰虞，艰难。朝野少暇日，顾惭恩私被，诏许归蓬荜"；诗句见《北征》。蓬荜，蓬户荜门，指穷人的住处。这里指自己家。诗句大意是，世道艰辛，朝野为之奔走，而自己却恩准回家探亲，感到很惭愧。新婚戍边，而云"勿为新婚念，努力事戎行"，"罗襦不复施，对君洗红妆"，诗句见《新婚别》。《壮游》云："两宫各警跸，万里遥相望。"警，警戒。跸〔bì 毕〕，清道。古代皇帝出入所经之地要戒严，称警跸。时玄宗在成都，其子肃宗在灵武，故云两宫。《洗兵马》

云："鹤驾通宵凤辇备,鸡鸣问寝龙楼晓。" 鹤驾,太子车驾。凤辇〔niǎn 捻〕,太子所乘车。龙楼,门楼,上有铜龙,故名之。二句是杜甫讽谕太子应尽子职。**凡此皆微而婉,正而有礼。孔子所谓"可以兴,可以观,可以群,可以怨,迩之事父,远之事君"者。**语见《论语·阳货》。**如"刺规多谏诤,端拱自光辉,俭约前王体,风流后代希",**诗句见杜甫《送卢十四弟侍御护韦尚书灵榇归上都二十韵》。大意是,希望对方尽到谏官职责,发扬皇权光辉,继承前朝美德,为后世做出榜样。**"公若登台辅,临危莫爱身",**诗句见杜甫《奉送严公入朝十韵》。**乃圣贤法言,非特诗人而已。**

　　"萧萧马鸣,悠悠旆旌"。诗句见《诗经·小雅·车攻》。**以"萧萧""悠悠"字,而出师整暇之情状,宛在目前;此语非惟创始之为难,乃中的之为工也。**中〔zhòng 仲〕的,正中目标。这里的意思是抓住事物的本质特征,做到恰如其分地描写。**荆轲云:"风萧萧兮易水寒,壮士一去兮不复还。"**引文见《史记·刺客列传》**自常人观之,语既不多,又无新巧,然而此二语遂能写出天地愁惨之状,极壮士赴死如归之情,此亦所谓中的也。古诗"白杨多悲风,萧萧愁杀人"。**诗句见《古诗十九首》。**"萧萧"两字,处处可用,然惟坟墓之间,白杨悲风,尤为至切,所以为奇。乐天云:"说喜不得言喜,说怨不得言怨。"**

语句见伪托白居易《金针诗格》。乐天特得其粗尔。此句用悲愁字，乃愈见其亲切处，何可少耶？诗人之工，特在一时情味，一时情味，指诗人抓住彼时彼地具体而生动的感受。固不可预设法式也。预设法式，事先定出框子。

　　国风云："爱而不见，搔首踟蹰。"诗句见《诗经·邶风·静女》。踟蹰〔chí、chú〕，犹豫。"瞻望弗及，伫立以泣。"诗句见《诗经·邶风·燕燕》。其词婉，其意微，微，深。不迫不露，此其所以可贵也。古诗云："馨香盈怀袖，路远莫致之。"李太白云："皓齿终不发，芳心空自持。"诗句见《古风》。皆无愧于国风矣。杜牧之云："多情却是总无情，惟觉尊前笑不成。"杜牧字牧之，唐代著名诗人，诗句见《赠别》。意非不佳，然而词意浅露，略无馀蕴。元、白、张籍，其病正在此；只知道得人心中事，而不知道尽则又浅露也。后来诗人能道得人心中事者少尔，尚何无馀蕴之责哉？

说　明

　　张戒，字定复，河东绛州正平〔今山西新绛县〕人，《宋史》无传，生卒年无法确考。北宋宣和末年（1125）登进士第，南宋绍兴五年（1135）赵鼎推荐入朝，官至司农少卿。在南宋初期主和、主战两派政治力量的尖锐斗争中，张戒坚定地站在主战派一边。因此,主战派赵鼎为相,张戒入朝,加官晋职;主和派秦桧得势,赵鼎罢相,张戒也遭到贬官斥逐。

张戒有诗才,但作品并没有留传下来。他与江西派著名诗人交往密切,对江西诗派的流弊有较深的理解。《诗话》就是在批判苏、黄诗风的基础上,阐述了自己的诗歌理论主张。

《岁寒堂诗话》原书已佚,清人丁福保辑《历代诗话续篇》收《岁寒堂诗话》分上、下两卷。上卷以探讨诗歌创作理论为主,兼评历代诗人及其作品,全面地阐述了张戒的诗歌理论主张;下卷集中评论杜甫诗作,反映了他以杜诗为楷模,加以推崇和效仿的精神。这里选录诗话六段,概括其主要观点如下:

一、言志为本,咏物为工,是张戒论诗的基本主张。

"言志乃诗人之本意,咏物特诗人之馀事"。"志",是情志,"言志",就是抒发作者的思想感情,这是作诗的目的和出发点。"咏物",指描写自然景物,诗人托物言志,借景抒情,内容充实,也会产生很高的艺术性。反之,单纯地描写自然景物,必然玩物丧志,不仅内容空虚,艺术上也是乏味的。"言志"并不废"咏物",而是要求"本不期于咏物,而咏物之工,卓然天成"。描写自然景物并不是目的,而是借物寓情,通过对自然景物的描写,寄托作者强烈的思想感情。《诗话》从"言志"说起,不仅强调了诗歌的思想内容,同时也突出了诗歌抒情性的特点。强调思想内容,有利于发挥诗歌的社会作用;突出抒情性的特点,就必须重视诗歌的艺术性。《诗话》的大量篇幅正是从抒情性的特点出发，探讨了诗歌的艺术性问题。他用"意味"说明艺术性的重要，没有"意味"的作品，就象没有烟云映衬的秃山，没有草木丛生的春日，是非常单调而毫无生气的，对艺术性他提出三个因素：情真、味长、气胜。在列举诗人艺术特长时，又提出意胜、味胜、韵胜、气胜四个概念，分别概括了构成诗歌艺术性的思想感情、艺术感染力、音韵效果、充沛的激情等因素。

二、思想内容强调"情真"，艺术表现要求"中的"。

张戒强调"因情造文"，反对"为文造情"。他继承《诗序》关于"情动于中而形于言"的观点，认为曹植、李白、杜甫"皆情意有馀，汹涌而后发者也"，这是"因情造文"的范例。而苏轼"以议论作诗"，黄庭坚"专以补缀奇字"，未脱六朝人"镌刻之习气"，皆属"为文造情"者，既缺乏真实的思想感情，艺术上也是苍白无力的。张戒已接触到了艺术创造的真实性问题。

张戒提出诗歌创作必须"中的"的主张。他举《诗经·小雅·车攻》为例，认为它不只具有创造性，更为重要的是把战马嘶鸣，旗幡招展，军旅整肃之情状，描写得淋漓尽致；而荆轲的《易水歌》"自常人观之，语既不多，又无新巧，然此二语遂能写出天地愁惨之状，极壮士赴死如归之情，此亦所谓中的也。""中的"包括抒情和写景两方面内容，既要求抓住事物的基本特征，使所描写的对象形象鲜明生动，情深而意切，这样的作品才能产生强烈的艺术感染力。如何才能做到"中的"？张戒提出："诗人之工，特在一时情味，固不可预设法式也。"即是要求诗歌创作感物而动,因情而发,抓住彼时彼地具体而生动的感受,作出形象的描绘,才能充分表现事物的基本特征。反之,诗人对所描写的对象缺乏深刻具体的感受,预先定好框子,按固定模式写作,这种作品不是非驴非马,就是枯燥乏味。

三、对诗歌的艺术风格,他赞赏古朴自然,反对雕琢字句、以议论为诗、追求用事用韵;他强调诗歌必须微婉含蓄,反对详尽浅露,他提倡正而有礼,反对怨怒、俚俗等等。张戒论诗歌的艺术风格,一方面说明他对诗歌艺术特点有较深的理解和体会,同时也反映出他受儒家传统思想的束缚,有很大的局限性。

张戒把历代诗歌分成五等,宋诗排列最后,企图为学诗者开辟一条新的途径。他推重李、杜,但并不主张直接学习李、杜,而要求溯本求源,从头学起。这种主张直接启发了严羽,《沧浪诗话》便对这种观点做了进一步的发挥。这对写诗来说不无可取之处,但过多地强调向前人作品学习,未免失之片面。张戒反对苏、黄诗风的流弊,在一定程度上起了补偏救弊的作用,但对苏、黄持全面否定态度,看不到宋诗的长处,抹煞宋诗在诗歌发展史上的地位和影响,也有偏颇之处。

沧浪诗话·诗辨

严　羽

夫学诗者以识为主：识，见识，见解。入门须正，立志须高；以汉、魏、晋、盛唐为师，不作开元、天宝以下人物。若自生退屈，退屈，佛家语，畏缩之意。即有下劣诗魔入其肺腑之间；由立志之不高也。行有未至，可加工力；路头一差，路头，路数，指学诗的门径。愈骛愈远；骛〔wù 务〕，追求。由入门之不正也。故曰：学其上，仅得其中；学其中，斯为下矣。又曰：见过于师，仅堪传授；见与师齐，减师半德也。这四句为全谿禅师语，见《传灯录》卷十六。德，通得。工夫须从上做下，不可从下做上。先须熟读《楚辞》，朝夕讽咏以为之本；及读《古诗十九首》，乐府四篇，胡才甫《沧浪诗话笺注》："乐府四篇，不详所指。按《乐府诗集》无四篇之目，又《文选》录乐府凡七篇，均与此不合。"郭绍虞《沧浪诗话校释》："王运熙谓六臣本《文选》列古乐府四首，李善本《文选》只有三首。"**李陵、苏武、汉、魏五言皆须熟读，即以李、杜二集枕藉观之，如今人之治经，然后博取盛唐名家，酝酿胸中，久之自然悟入。** 悟，了解。悟入，凭自己主观体会达到理解。**虽学之不至，亦不失正路。此乃从顶𩒺上做来，** 顶𩒺〔níng 拧〕头顶。**谓之向上一路，** 向上一路，指佛理的最精妙处。《传灯录》卷七："（宝积禅师上堂示众曰）向上一路，千圣不传，学者劳形，如猿捉影。"**谓之直截根源，** 直截根源，指佛理最根本的东西。《传灯录》卷三十载永嘉真觉大师《证道歌》："直截根源佛所印，摘叶寻枝我不能。"印，符合，印证。**谓之顿门，** 顿门，佛教禅宗在中国传播，五祖宏忍下，分为南宗北宗。南宗直指人心，见性成佛，不立文字，号为顿门，又名心宗。**谓之单刀直入也。** 直接抓住佛理的精髓。《传灯录》卷九："（灵佑禅师曰）单刀趣入，则凡圣情尽体露真常。"

诗之法有五：曰体制， 指体裁。**曰格力，** 指格调。**曰气象，** 指仪态，风貌，近似风格。**曰兴趣，** 兴趣，即主观感情和客观事物相结合，构成鲜明生动的形象和意境。**曰音节。** 指音韵，节奏。

诗之品有九： 品，品貌，品类，此就风格而言。**曰高，曰古，曰深，曰远，曰长，曰雄浑，曰飘逸，曰悲壮，曰凄**

婉。陶明濬《诗说杂记》卷七："何谓高？凌青云而直上，浮颢〔hào 浩〕气之清英是也。何谓古？ 金薤〔xiè 泄〕琳琅，黼黻溢目者是也。何谓深？ 盘谷狮林，隐翳幽奥者是也。何谓远？ 沧溟万倾，飞鸟决眦者是也。何谓长？ 重江东注，千流万转者是也。何谓雄浑？ 荒荒油云，寥寥长风者是也。何谓飘逸？ 秋天闲静，孤云一鹤者是也。何谓悲壮？ 笳拍铙〔náo 挠〕歌，酣畅猛起者是也。何谓凄婉？ 丝哀竹滥，如怨如慕者是也。古人之诗多矣，要必有如此气象，而后可与言诗。"其用工有三：工，功夫，技巧。曰起结，开端结尾曰句法，句子的组织。曰字眼。诗句中关键性的词语。其大概有二：曰优游不迫，曰沉着痛快。优游，悠闲。诗之极致有一，极致，最高的造诣。曰入神。抒情、写物达到神妙的境界。诗而入神，至矣，尽矣，蔑以加矣，蔑〔miè 灭〕无。惟李、杜得之，他人得之盖寡也。

禅家者流，禅家，此指佛家。乘有大小，佛教分大乘教，小乘教。佛家讲经说法，因人而异，人有智愚，故说有深浅，其深广者为大乘，浅小者为小乘。宗有南北，佛教禅宗自五祖宏忍后分为南北二宗。南宗由慧能所创，北宗由神秀所创，南宗讲顿悟，北宗讲渐悟。道有邪正；《五灯会元》卷四："有此眼目，方辨得邪正宗党。"学者须从最上乘，具正法眼，佛语"正法眼藏"，即中正不偏，包罗万法的佛理真谛。《五灯会元》卷一：释迦曰："吾有正法眼藏付嘱摩诃迦叶。"悟第一义。第一义，佛家语，至上至深之理，或事理最紧要处。**若小乘禅、声闻、辟支果，**佛家有三乘：一为声闻乘，从佛闻法，仅求自己得道，称小乘。二为缘觉乘，即辟支乘，并无师承，独自悟道。三为菩萨乘，着重利他，普济众生，称大乘。**皆非正也。论诗如论禅：汉、魏、晋与盛唐之诗，则第一义也。大历以还之诗，**大历，唐代宗年号(766—779)。**则小乘禅也，已落第二义矣。晚唐之诗，则声闻、辟支果也。学汉、魏、晋与盛唐诗者，临济下也。**临济宗源出六祖弟子怀江，四传至临济义玄禅师，称临济宗，盛行于宋，有杨歧、黄龙二派。**学大历以还之诗者，曹洞下也。**曹洞宗源出六祖弟子行思，四传至良价禅师，住瑞州洞山，五传本寂禅师，住抚州曹山，故合称曹洞宗。临济、曹洞属禅宗不同流派，本无高下之分，严羽以此喻盛唐、大历以还之诗，有些附会。**大抵禅道惟在妙悟，**妙悟，佛家语，敏慧善悟。**诗道亦在妙悟。且孟襄阳学力下韩退之远甚，**孟浩然，襄阳人，唐代著名诗人。**而其诗独出退之之上者，一味妙悟故也。惟悟乃为当行，**当行，内行。**乃为本色。**本色，本来面目。**然悟有浅深，有分限之悟，**分限，一定限度。**有透彻之悟，有但得一知半解之悟。汉、魏尚矣，不假悟也。**许学夷《诗源辩体》："汉魏天成，本不假悟，六朝刻雕绮靡，又不可以言悟。"**谢灵运至盛唐诸公，透彻之悟也。**郭绍虞《沧浪诗话校释》："案沧浪此说，本于皎然《诗式》。《诗式》云：'两重意以上皆文外之旨，若遇高手如康乐公，览而察之，

但见情性，不睹文字，盖诣道之极也。此即'透彻之悟'之意。疑沧浪
亦拾人牙慧，未必真是从熟参得来也。"他虽有悟者，皆非第
一义也。吾评之非僭也，僭〔jiàn　渐〕，超越本分。辨之非妄
也。妄，虚妄，不实。天下有可废之人，无可废之言。诗
道如是也。若以为不然，则是见诗之不广，参诗之
不熟耳。参，佛家语。集人坐禅、说法、念诵谓之"参"。参诗不
熟，即作诗的工夫不深。试取汉、魏之诗而熟参之，次取
晋、宋之诗而熟参之，次取南北朝之诗而熟参之，
次取沈、宋、王、杨、卢、骆、陈拾遗之诗而熟参之，
沈，沈佺期。宋，宋之问。王，王勃。杨，杨炯。卢，卢照邻。骆，骆宾
王。陈拾遗，陈子昂。次取开元、天宝诸家之诗而熟参
之，次独取李、杜二公之诗而熟参之，又取大历十才
子之诗而熟参之，大历十才子，唐代大历时期的卢纶、吉中孚、
韩翃、钱起、司空曙、苗发、崔峒、耿沣、夏侯审、李端，皆能诗，齐名，号
"大历十才子"。又取元和之诗而熟参之，元和（806—820），
唐宪宗李纯年号。元和诗人，以元稹、白居易为代表。又取晚唐
诸家之诗而熟参之，又取本朝苏、黄以下诸公之诗
而熟参之，其真是非亦有不能隐者。倘犹于此而无
见焉，则是为外道蒙蔽其真识，不可救药，终不悟
也。

　　夫诗有别材，非关书也；诗有别趣，非关理也。

材,材料。趣,意趣。指诗歌所特有的抒情和形象的特点,它与文章、著述以阐述事理为主有明显区别。**而古人未尝不读书、不穷理。所谓不涉理路,不落言筌者,上也。**理路,指议论,说理。言筌,指堆砌文字。筌,捕鱼的竹器。两句大意为,读书穷理虽然是必要的,但作诗却不能陷入抽象议论和堆砌文字。**诗者,吟咏情性也。盛唐诗人惟在兴趣,羚羊挂角,无迹可求。**前句是比喻,后句是说明。主要指诗歌含蓄、蕴籍、意在言外的特点。《传灯录》卷十七:"(道膺禅师谓众曰):如好猎狗,只解寻得有踪迹底,忽遇羚羊挂角,莫道迹,气亦不识。"羚羊,形似山羊,夜宿则悬角木上以防患。**故其妙处透彻玲珑,不可凑泊,**透彻玲珑,指形象空明超脱。凑泊,靠近,捉摸。**如空中之音,相中之色,**相,佛教名词,对性而言,佛教把一切事物外现的形象状态,称为之相。相中之色,即事物外现形象的色彩。**水中之月,镜中之象,言有尽而意无穷。近代诸公作奇特解会,**奇特解会,禅语,特殊的理解。**遂以文字为诗,以才学为诗,以议论为诗。夫岂不工,终非古人之诗也。盖于一唱三叹之音,有所歉焉。且其作多务使事,**使事用典。**不问兴致;**兴致,兴趣。**用字必有来历,押韵必有出处,读之反覆终篇,不知着到何在,**着,着落。这句说,不知用意何在。**其末流甚者,叫噪怒张,**大叫大嚷。**殊乖忠厚之风,殆以骂詈为诗。**指苏轼作诗讥刺时事,多怨刺之言。**诗而至**

此,可谓一厄也。然则近代之诗无取乎？曰：有之，吾取其合于古人者而已。国初之诗，尚沿袭唐人：王黄州学白乐天，王禹偁字元之，曾知黄州，人称王黄州。杨文公、刘中山学李商隐，杨亿字大年，谥曰文；刘筠字子仪，中山人。二人均是宋初西昆派的盟主，时称"杨刘"。盛文肃学韦苏州，盛度字公量，谥文肃。欧阳公学韩退之古诗，梅圣俞学唐人平淡处。梅尧臣字圣俞，欧阳修《六一诗话》称其诗"覃思精微，以深远闲淡为意"。至东坡、山谷始自出己意以为诗，唐人之风变矣。山谷用工尤为深刻，《沧浪诗话校释》："案山谷《赠子勉诗》云：'妙在和光同尘，事须钩深入神。听它下虎口著，我不为牛后人。'所谓深刻者指此。《朱子语类》亦云：'苏、黄只是今人诗。苏才豪，然一滚说尽无馀意，黄费安排。'"其后法席盛行，海内称为江西宗派。近世赵紫芝、翁灵舒辈，独喜贾岛、姚合之诗，赵师秀字紫芝（号灵秀）、翁卷（号灵舒）、徐照（号灵晖）、徐玑（号灵渊）均为永嘉人，时号"永嘉四灵"。四人诗格相类，工为唐律，专以贾岛、姚合、刘得仁为法。稍稍复就清苦之风；江湖诗人多效其体，江湖诗人，指南宋后期的江湖派诗人。南宋书商陈起，曾刊行《江湖集》、《江湖后集》、《江湖续集》、《中兴江湖集》等诗歌总集，收戴复古、刘过等多家作品，后来就称其中所收作家为江湖派，其实他们的思想倾向、风格以及艺术成就都各自不同。一时自谓之唐宗；不知止入声闻、辟支

之果,岂盛唐诸公大乘正法眼者哉! 嗟乎! 正法眼
之无传久矣。唐诗之说未唱,唐诗之道或有时而明
也。今既唱其体曰唐诗矣,则学者谓唐诗诚止于是
耳,得非诗道之重不幸耶! 故予不自量度,辄定诗
之宗旨,且借禅以为喻,推原汉、魏以来,而截然谓
当以盛唐为法,虽获罪于世之君子,不辞也。

说　　明

　　严羽字仪卿,号沧浪逋客,邵武(今福建邵武县)人。生
当宋末,隐居不仕,生卒年及其事迹无法确考。大约生于南
宋孝宗淳熙年间(1174—1185),卒于理宗末年(1264),据王
运熙先生考证,他至少活到度宗咸淳元年(1265)。宋末元
初黄公绍为严羽诗集《沧浪吟卷》作序,说他为人"粹温中有
奇气","为诗宗盛唐,自风骚而下,讲究精到。"严羽自恃才
高,性格豪放,一生际遇不佳,流浪江湖,现存诗中颇多怀才
不遇、感时伤世之作。严羽诗集《沧浪先生吟卷》(一名《沧
浪吟卷》)两卷,一百二十一题,一百四十六首。《沧浪诗话》
附于诗卷后,宋末魏庆之编辑《诗人玉屑》,几乎全部收入。
　　《沧浪诗话》包括五个部分:
　　第一部分,诗辨:论述学诗的门径、方法、诗歌的风格
和艺术特点;
　　第二部分,诗体:论述历代诗歌体制的流变和分类;
　　第三部分,诗法:论述诗歌写作上的一些具体问题;

第四部分，诗评：从艺术风格上评述历代作家；

第五部分，考证：对某些作家、作品的时代、本事、真伪、讹误作了一些考订辨正。

严羽自称："仆之《诗辨》，乃断千百年公案，诚惊世绝俗之谈，至当归一之论。其间说江西诗病，真取心肝刽子手。以禅喻诗，莫此亲切。是自家实证实悟者，是自家闭门凿破此片田地，即非傍人篱壁，拾人涕唾得来者。李、杜复生，不易吾言矣。"（《答出继叔临安吴景仙书》）这段话虽自恃才高，过甚其辞，但其诗论中确有独到之处。

一、江西派推崇黄庭坚，讲求"夺胎换骨"，"点铁成金"，"无一字无来处"，流风所及，遂致剽窃模拟；四灵派专师贾岛、姚合，诗风纤仄、清苦。在严羽看来，这两派师古门径不对，不仅气象不足，而且形象贫弱，诗味不足。针对时弊，严羽提出"以识为主"，要求学诗要有眼力，辨认真伪邪正。认准学习对象，走正学习路子，这是学诗的第一步，即所谓"入门须正"。严羽把学习汉、魏、晋、盛唐当成"正路"，认为这才是"从顶领上做来"，走"向上一路"，是"直截根源"，主要看到了这几个时代的诗歌气象博大，形象鲜明的特点。他强调艺术性，重视艺术表现，与强调美刺、兴寄的传统观点不同，有忽视思想内容的倾向，但对提高诗歌的艺术水平，有积极的作用。

二、严羽以禅喻诗，重在妙悟，"惟悟乃为当行，乃为本色。"这种主张不为前人所道，"是自家实证实悟者"。以禅喻诗失于虚幻，但也在一定程度上揭示了诗歌艺术的特点。

"悟"有两种含义：

第一，学习鉴赏前人的作品要"悟"。即对前人作品深入体会、反复琢磨的过程，也就是严羽所说的"熟参"的功夫。经过"熟参"才能"悟"出作品所达到的最高境界，并从中学习前人写作的特点和经验。严羽把前人的作品分为两类："第一义"之悟，包括汉、魏、晋、盛唐。"第二义"之悟，即所谓"一知半解之悟"，主要指中、晚唐和两宋诗歌。这是针对苏黄、江西、四灵、江湖派诗歌创作的流弊而发出的猛烈抨击。

第二，诗歌创作要"悟"。主要指诗歌创作要捕捉形象。处理好"词、理、意、兴"的关系。这里接触到艺术思维的特点。他用"别材"、"别趣"两个概念，强调诗歌要"吟咏情性"，必须运用艺术思维的规律寓情于物，突出具体可感的艺术形象；诗人虽然"未尝不读书，不穷理"，但必须"不涉理路，不落言筌"，即不要抽象说教，不要引经据典掉书袋。正是在这个意义上，他反对"以文字为诗，以才学为诗，以议论为诗"。这里严羽已体会到了形象思维与逻辑思维的不同、并肯定了它在诗中的地位。

三、严羽评价诗歌的最高标准是"入神"。"诗而入神，至矣，尽矣，蔑以加矣！"严羽的论诗主张是就抒情诗特点而发的，他评价抒情诗主要强调"气象"和"兴趣"。气象要深厚、博大。汉、魏、晋、盛唐诗，都具有这种特点。《诗评》中说："唐人与本朝人诗，未论工拙，直是气象不同。""汉魏古诗，气象混沌，难以句摘"。"建安之作，全在气象，不可寻枝摘叶"等等都指出了这个特点。"兴趣"包括形象、意境以及由此而产生的情趣。形象鲜明，意境深远，情趣必然浓郁。他推崇那种空明、超然的形象，由这种形象构成的诗歌的整个意境，具有含蓄蕴藉的特点。这就是他所说的"透彻玲珑，不可凑泊，如空中之音，相中之色，水中之月，镜中之象，言有尽而意无穷"的具体内容。作品自然含蓄，就会收到"一唱三叹"的艺术效果。严羽的主张，是针对苏、黄和江西诗派而发的，为了补救时弊，他特别声明："虽获罪于世之君子，不辞也。"

严羽的诗论对提高诗歌创作的艺术水平，具有积极意义，但以禅喻诗又迷离恍忽，在这一方面，对后世的诗歌创作和诗歌理论，也产生了一定的消极影响。

金元明清

论诗三十首（选录）

元 好 问

其 一

汉谣魏什久纷纭，纷纭，杂乱。这句说，汉、魏以来的诗歌很久就失其统绪，伪体乱真，诗风屡变。**正体无人与细论。**正体，指风雅传统，与伪体对立。细论，仔细地研讨、评论。这句说，诗歌的正体已经没有人认真地提倡、发扬了。**谁是诗中疏凿手？**疏凿手，疏浚挖通河道的能手。这句说，谁是能分辨诗体正伪的能手。**暂教泾、渭各清浑。**暂，猝然，突然。泾渭，二水名，借作清浊的代称，此喻诗体的正伪。

其 二

曹、刘坐啸虎生风，曹、刘，曹植、刘桢。坐啸，闲坐吟啸。虎生风,《易·乾·文言》:"云从龙,风从虎。"谓龙起生云,虎啸生风。这是比喻曹、刘诗歌的豪壮气势。**四海无人角两雄。** 角〔jué 决〕,较量。两雄,指曹植、刘桢。**可惜并州刘越石,** 并州,古地名,辖境约当今山西省大部和河北、内蒙古的一部分,治所在晋阳(今山西省太原市西南)。刘越石,刘琨,字越石,并州人。**不教横槊建安中。** 横槊〔shuò 朔〕,即横槊赋诗。古谓文武双全的将军,拿起武器可以作战,把槊横拿着(战争间隙)就可以写诗。以上二句说,可惜并州的刘琨,没有让他在建安诗坛纵横驰骋。

其　四

一语天然万古新, 天然,自然生成,非人工造作。这句说,陶渊明的诗朴素自然万古清新。**豪华落尽见真淳。** 豪华,词藻华丽。见,同现。真淳,真实质朴。**南窗白日羲皇上,** 羲〔xī 希〕皇上,即羲皇上人,太古的人。羲皇,指伏羲氏。古人想象伏羲以前的人,无忧无虑,生活闲适。陶渊明《归去来兮辞》:"倚南窗以寄傲。"又《与子俨等疏》:"常言五、六月中,北窗下卧,遇凉风暂至,自谓是羲皇上人。"**未害渊明是晋人。** 害,妨碍

其　五

纵横诗笔见高情, 纵横诗笔,诗笔狂放,不受拘束。高情,高尚

的品格或情趣。这句说，阮籍诗抒写自如，表现出高尚的品格和情趣。**何物能浇魂磊平？** 魂磊，比喻郁积在心胸中的不平之气。这句说，什么东西能浇灭阮籍胸中那股抑郁不平之气呢？**老阮不狂谁会得？** 老阮，阮籍。会得，领会得到，猜得到。这句说，阮籍谨慎而不狂放，又有谁能猜得到他胸中有股不平之气呢？**出门一笑大江横。** 诗句见黄庭坚《王充道送水仙花五十枝欣然会心为之作咏》。这句说，出得门来，大江横前却一笑置之。

其 七

慷慨歌谣绝不传， 慷慨，意气激昂，胸襟开阔。这句说，古代北方敕勒族人民慷慨悲壮的诗歌传统中断失传了。**穹庐一曲本天然。** 穹〔qióng 穷〕庐一曲，指北朝民歌《敕勒歌》，其中有"天似穹庐，笼盖四野"之句。穹庐，古代称游牧民族居住的毡帐。天然，发自真情实感，没有雕琢痕迹。**中州万古英雄气，也到阴山敕勒川。** 中州，指中原地区。英雄气，英雄们慷慨激昂的气概。阴山，山脉名，在今内蒙古自治区。敕勒川，阴山附近的地名或河流名，或泛指敕勒族所居住的草原。即今内蒙古自治区土默旗一带。这二句说，中原雄健豪放的诗歌传统在北朝民歌中也可见到。

其 八

沈宋横驰翰墨场,沈宋,初唐诗人沈佺期和宋之问。二人俱以律诗见称。《新唐书·宋之问传》:"魏建安后迄江左,诗律屡变。至沈约、庾信,以音韵相婉附,属对精密。及之问、沈佺期,又加靡丽,回忌声病,约句准篇,如锦绣成文。学者宗之、号为沈宋。"横驰翰墨场,在诗坛上纵横驰骋。**风流初不废齐梁。**风流,指诗的精神韵味,即风格。初,本来,原来。不废齐梁,继承齐梁的绮靡诗风。这句说,沈、宋诗的风格本来就未能摆脱齐梁的影响。**论功若准平吴例,合著黄金铸子昂。**准,依据,按照。合,应当。著,同着用。平吴例,范蠡既佐越王勾践平吴,泛舟五湖,不知所终,勾践使工匠用良金铸范蠡像"而朝礼之"(参见《国语·吴语》)。二句意谓,陈子昂改变齐、梁余风,论其功劳若按范蠡平吴的先例,应该为陈子昂塑金身像。

其十一

眼处心生句自神,眼处,眼睛看到的地方。心生,发自内心的真情实感。这句说,诗人亲自观察事物,有真情实感,自然能写出入神之句。**暗中摸索总非真。**暗中摸索,指创作时因无真实感受只凭主观臆想。这句说,并无对现实生活的真实感受,只凭主观臆想,总不会写出真实之境。**画图临出秦川景，亲到长安有几人?** 临，临摹。秦川，泛指长安一带。宋范宽有《秦川图》。二句慨叹后人作诗多无实感，一味模仿古人，就象学画的人临名画《秦川图》一样，实际有几个人亲自到过长安呢?

其十二

望帝春心托杜鹃，佳人锦瑟怨华年。 李商隐《锦瑟》诗:"锦瑟无端五十弦，一弦一柱思华年。庄生晓梦迷蝴蝶，望帝春心托杜鹃。沧海月明珠有泪，蓝田日暖玉生烟。此情可待成追忆，只是当时已惘然。"望帝，周末蜀国一个君主的称号，名叫杜宇，相传死后魂魄化为鸟，鸣声凄苦。春心，伤春之心。锦瑟，瑟上绘文如锦。瑟是一种乐器，传说古瑟本有五十弦，后代的弦数不一，一般是二十五弦。华年，青春。**诗家总爱西昆好，** 西昆，北宋初杨亿、刘筠、钱惟演等，作诗标榜宗法李商隐，并将同人唱和之作编成《西昆酬唱集》。后学者争效之，称为"西昆体"，这里指李商隐的作品。**独恨无人作郑笺。** 郑笺，郑玄作《诗毛氏笺》。此泛指笺注。这句说，只可惜无人为李商隐诗作精确的笺注。

其二十四

"有情芍药含春泪，无力蔷薇卧晚枝。" 这是秦观《春日》

绝句中的两句。《春日》："一夕轻雷落万丝，霁光浮瓦碧参差。有情
芍药含春泪，无力蔷薇卧晚枝。"春泪，指未干的雨点。晚枝，一作晓
枝。秦观，字少游，又字太虚，号淮海居士，高邮（今属江苏）人。北宋
词人，亦能诗，有《淮海集》。**拈出退之《山石》句，始知渠是女
郎诗。** 拈〔niān〕出，信手取来。退之，即韩愈。《山石》，韩愈写的一
首纪游诗，写他由黄昏、入夜而至黎明的山寺见闻，其中写景的诗句
如"芭蕉叶大栀子肥"，形象鲜明，表现了韩诗宏伟奇崛的风格，历来
为人们所称道。渠，他，指秦观。这句说，秦观的诗句毕竟伤于纤弱，
拿出韩愈《山石》诗的句子一比，更显得太柔弱了。

其二十九

池塘春草谢家春，万古千秋五字新。 池塘春草，指谢灵运
《登池上楼》名句"池塘生春草"。谢家春，谢灵运笔下的春天景色。这
二句说，"池塘生春草"所描绘出的春天景色，千秋万代永远是清新
的。**传语闭门陈正字，** 陈正字，北宋诗人陈师道，字无己，又字
履常，号后山居士，彭城（今江苏徐州）人，曾任秘书省正字。他作诗
常闭门谢客，拥被苦思，呻吟如病。黄庭坚《病起江亭即事》有"闭门
觅句陈无己。"这句说，传话给闭门写诗的陈师道吧。**可怜无补费
精神。** 这是王安石《韩子》诗中原句。这句意思是，可惜闭门觅句
对写诗毫无补益，白白耗费精力。

说　明

元好问(1190—1257)字裕之，号遗山，太原秀容(今山西忻县)人，金代文学家。祖系出自北魏拓跋氏。金宣宗兴定五年进士，历任镇平、内乡县令及吏部主事，左司员外郎等职。金亡不仕，工诗文，在金、元之际颇负盛名。诗词风格沉郁，并多伤时感事之作。论诗以"诚"为本，(参见《杨叔能小亨集引》)崇尚"天然"、"真淳"。有《遗山集》四十卷，编金人诗为《中州集》十卷。《金史》卷一百二十六《文艺》有传。

《论诗三十首》作者原注："丁丑岁三乡作。"丁丑，金宣宗兴定元年(1217)；三乡，今河南洛宁县三乡镇。自杜甫《戏为六绝句》之后，以诗论诗，尤其以绝句论诗，成为风气，元好问的《论诗三十首》是其中最杰出的一组。这组诗，对汉、魏以来至宋代的诗歌，择其有重要影响的作家、作品加以评论，是对前代诗歌创作经验的总结，也反映了作者的文艺思想和美学观点。

这里选录的十首，主要讲了以下几点意见：

第一，主张刚健豪壮的风格，反对纤弱柔靡的诗风。

第一首开宗明义，标举"汉谣魏什"树立论诗的标准，并以疏凿手自任，发扬正体，裁汰伪体，匡正一代诗风。在"曹刘坐啸虎生风"、"慷慨歌谣久不传"，"沈宋横驰翰墨场"，"有情芍药含春泪"，"池塘春草谢家春"等首中，对慷慨豪壮风格的曹植、刘桢、刘琨、阮籍、陈子昂、韩愈等人的诗作尽情赞扬,对纤弱柔靡、善作"女郎诗"的秦观,则加以讥讽。从对这些诗人的褒贬中,我们看到了作者的审美标准,作者之所以标举豪迈悲壮的风格,和他自己的生活和创作有密切关系。他"值金源亡国,以宗社丘墟之感,发为慷慨悲歌"(《瓯北诗话》卷八《论元遗山诗》),所以,评论古人诗,也着重推崇这一方面,这种对不同诗风的轩轾,虽不无偏颇之处,但基本上是允妥的。

第二,提倡清新自然,反对雕琢。

元氏虽然爱好气魄雄大的诗篇,但对朴素清新,自然天成的风格也给予肯定和赞扬。他高度评价陶渊明的"一语天然万古新,豪华落尽见真淳",肯定谢灵运的"池塘生春草"为"万古千秋五字新"。元氏热情赞扬陶、谢诗写得朴质自然,清新可喜,而对于闭门苦吟的陈师道,则以为"可怜无补费精神"。表示了他对雕琢诗风的贬斥。

第三,提倡亲身体验,反对一味模仿。

由于主张以"诚"为本,元好问对诗歌创作又强调"真"。"真"从何来?只能来自实际生活的体验。不管是豪迈雄健也好,朴素清新也好,都不能从模仿中得来,而是诗人戛戛独创的结果,这种独创要以真实的生活经历作基础,因此,进行诗歌创作,需要有自己的亲身体验,要有真情实感,不能凭主观臆造和一味模仿他人。元好问认为,只有"眼处心生"才能"句自神",要想画出秦川的壮丽景色,只有"亲到长安"才能做到。否则,"暗中摸索",向壁虚构,只能流于矫饰。这类失真的诗,当然不可能有"神",不可能是好诗。

　　总之,《论诗三十首》的基本精神, 是健康的, 但限于评论各家风格,很少涉及各家的思想内容,便不能清楚地看出各种风格产生的原因,这是作者的不足之处

词 源 序

张 炎

　　古之乐章、乐府、乐歌、乐曲，四者都是指配合音乐可以歌唱的诗。皆出于雅正。雅正，典雅纯正。粤自隋、唐以来，粤，句首助词，无义。声诗间为长短句，声诗，配乐歌唱的诗，即乐歌。间〔jiàn〕，间或。至唐人则有《尊前》、《花间集》。《尊前》，即《尊前集》，词总集名，编者不详。二卷。录唐五代作家三十余人词二百余首。《花间集》，词总集名，五代后蜀赵崇祚编。十卷。选录晚唐五代词十八家五百首。迄于崇宁，崇宁，宋徽宗年号(1102—1106)立大晟府。大晟〔shèng 盛〕府，宋徽宗时的宫廷音乐机关。命周美成诸人讨论古乐，审定古调，周美成(1057—1121)，名邦彦，字美成，钱塘(今浙江杭州)人，北宋词人，精通音律。徽宗时为徽猷阁待制，提举大晟府。作品多写闺情、羁旅，也有咏物之作。格律严谨，为后来格律派词人所宗。有《清真居士集》，已佚，今存《片玉

词》。沦落之后，少得存者。由此八十四调之声稍传，
古代乐律分十二律吕，又分七音。十二律吕各与七音相乘得八十四
调。而美成诸人又复增演慢曲、引、近，慢曲、引、近，词调
类别名。或移宫换羽为三犯、四犯之曲，谓制作犯调之曲。
宋词中之犯调有两类：一类是宫调相犯，即一词中兼用两个或两个以
上音律不同的曲调；一类是句法相犯，这近于元曲中之集曲，是集取
同一宫调中两个以上不同词调的乐句而成一新调。三犯、四犯之曲
如《三犯渡江云》、《玲珑四犯》之类。按月律为之，月律，古代以乐
律与时令相合称月律。宋徽宗曾令大晟府"依月用律，月进一曲"（见
南宋王灼《碧鸡漫志》卷二）。其曲遂繁。美成负一代词名，
负，享有。所作之词，浑厚和雅，浑厚，质朴厚重，常用以形容
诗文书画的笔力、风格。和，音调和谐。雅，文词典雅。这二句说，周
美成制作的词，风格质朴厚重，音调和谐，文词优美。善于融化诗
句，融化诗句，把别人诗句不着痕迹地用到自己作品中。而于音
谱且间有未谐，可见其难矣。作词者多效其体制，失
之软媚而无所取。软媚，柔媚。此惟美成为然，不能学
也。二句说，这只有周美成是这样，别人是学不到的。所可仿效
之词，岂一美成而已！二句说，所可供仿效的词，哪里只有一
个周美成呢！旧有刊本《六十家词》，此书久佚。可歌可诵
者，指不多屈，指不多屈，即屈指可数。中间如秦少游、高
竹屋，高观国，字宾王，山阴（今浙江绍兴）人，南宋词人。与史达祖同

时,常相唱和。有词集名《竹屋痴语》。**姜白石**、姜夔,字尧章,号白石道人,鄱阳(今江西鄱阳)人,南宋著名词人,音乐家。词重格律,音节谐美。多为写景咏物及记述客游之作,有词集名《白石道人歌曲》。**史邦卿**、史达祖,字邦卿,号梅溪,汴(今河南开封)人。曾为韩侂胄的堂吏,掌文书。其词多写闲情逸致,在形式上以细腻工巧见长,有《梅溪词》。**吴梦窗**,吴文英,字君特,号梦窗,又字觉翁,四明(今浙江鄞县)人。南宋著名词人,其词或赞美统治阶级的豪华生活,或抒发感伤的情绪,字句工丽,音律和谐,并喜欢堆砌典故词藻,用意晦涩。有《梦窗甲乙丙丁稿》。**此数家格调不侔**,格调,风格。不侔,不同。**句法挺异,俱能特立清新之意**,特立,独创。**删削靡曼之词**,删削,删除。靡曼,柔弱。**自成一家,各名于世。作词者能取诸人之所长,去诸人之所短,精加玩味,象而为之**,象,模仿。**岂不能与美成辈争雄长哉!**雄长〔zhǎng 掌〕,称雄于一时一地。**余疏陋谫才**,疏陋,粗疏浅陋。谫〔jiǎn 剪〕,浅薄。**昔在先人侍侧**,先人,指张炎已故的父亲张枢。侍侧,侍从于尊长之侧。**闻杨守斋**、杨缵,字继翁,又字守斋,号紫霞翁,尹陵人。有词见《绝妙好词》。**毛敏仲**、未详。**徐南溪诸公商榷音律**,徐理,号南溪,会稽(今浙江绍兴)人。有词见《阳春白雪》。**尝知绪馀**,绪馀,抽丝后留在茧子上的残丝,后泛指剩余的,次要的部分。**故生平好为词章,用功逾四十年**,逾,超过。**未见其进。今老矣,嗟古音之寥寥**,感叹懂得古音的人很少了。

虑雅词之落落，虑，忧。落落，稀疏貌。这句说，我忧虑优秀的词作越来越少。**僭述管见**，僭〔jiàn 荐〕，超越本分。管见，比喻见识狭小，象在管中窥物一样。这句说，我不自量力陈述我的一孔之见。**类列于后，与同志者商略之。**

说　明

　　张炎（1248——?）字叔夏，号玉田，又号乐笑翁，临安（今浙江杭州）人，是南宋初年抗金爱国将领张俊的六世孙。他的高祖张鉴有《南湖集》，父张枢"晓畅音律"，有《寄闲集》，都是词人。张炎生于宋理宗淳祐八年，宋亡时三十三岁，一度往燕京向蒙元政府求官，失意而归，后曾在四明设卜肆谋生，卒于元代延祐、至治年间（公元 1320 年前后），年约七十余岁，有词八卷，名《山中白云》。

　　《词源》有元初钱良祐序，署年丁巳，为延祐四年（1317），陆文圭跋有"梨园白发，澧宫蛾眉，余情哀思，听者泪落，君亦因是弃家客游无方三十年矣"的话，此书写成时，上距宋亡四十多年，张炎已七十岁了。所以，《词源》是张炎晚年的著作。《词源》分上、下两卷，上卷论音律，下卷论词的鉴赏和创作。这篇序文所表达的观点，大致代表了张炎的文学思想。本文讲了下面几个问题：

　　第一，讲词的产生和演变过程，提出了一个衡量词的基本标准——雅正。作者开头就说："古之乐章、乐府、乐歌、乐曲，皆出于雅正。"可见他对词的典雅纯正的高度重视。雅正首先是对词的内容的要求,衡量词的好坏,首先要看它的内容是否雅正,然后再看内容表达是否完美。作者历述从隋、唐以来词的诞生及词调(音乐)的演变,就是立足于此。从"雅正"这个最基本的标准出发,他还提出词要意趣高远和清空。他认为"意趣不高远",不免"失雅正之音"。他说:"词欲雅而正,志之所之,一为情所役,则失其雅正之音。"在张炎看来,词家不能"为情所役",以词为倾吐一己私情的工具,否则,就会失去"雅正之音",与郑、卫之音相去无几了。这显然是针对柳永一类的俚词而言的,具有浓厚的封建的正统意识。

第二,通过对周美成、秦少游等宋代词人的评论,提出词要立意清新,自成一家。他赞扬周词的"浑厚和雅,善于融化诗句",指出他于乐谱"间有未谐"的缺点,更进而指出他的追随者只学得其皮毛,堕入形式主义泥坑,以至于"失之软媚而无所取"。针对这种弊病,他提出博采众长,转益多师,"特立清新之意,删削靡曼之词","自成一家,各名于世"。认为这样就可以与大家争"雄长",为突破周邦彦、吴文英一路晦涩、软媚的词风树立了理论依据。

第三,自述写作《词源》的经过和主旨。张炎由于"嗟古音之寥寥,虑雅词之落落",根据自己四十余年填词的丰富经验,"商榷音律",进一步表明了编著《词源》的主旨。

录鬼簿序

锺　嗣　成

　　贤愚寿夭死生祸福之理，固兼乎气数而言，气数，气运，命运。圣贤未尝不论也。盖阴阳之诎伸，即人鬼之生死。诎，同屈。二句说，阴阳的互相交替，也就是表现为人与鬼的生死变化。人而知夫生死之道，顺受其正，又岂有岩墙桎梏之厄哉？《孟子·尽心上》："孟子曰：莫非命也，顺受其正。是故知命者，不立乎岩墙之下。尽其道而死者，正命也；桎梏死者，非正命也。"正，指生死变化的正常规律。岩墙，高耸险峻的墙。桎梏〔zhì gù 质固〕，镣铐。厄，苦穷。顺受其正，正命而死，即寿终。岩墙、桎梏，喻死于非命，即不得寿终。三句是说：人只要知道了生死的道理，遵循着它变化的规律行事，怎么会陷入处在岩墙之下或身披镣铐的那种困厄的处境呢？虽然，人之生斯世也，但知以已死者为鬼，而未知未死者亦鬼也。酒瓮饭囊，即酒囊饭袋,比喻无用的人,只会吃喝。罂〔yīng 英〕盛酒器,小口大腹。

或醉或梦,块然泥土者,块然,象土块那样无知的样子。《庄子·应帝王》:"块然独以其形立。"**则其人虽生,与已死之鬼何异?此曹固未暇论也。**此曹,这一辈人。这句说:这一辈人当然没有功夫去评论他们。**其或稍知义理,**义理,道理。**口发善言,而于学问之道,甘于暴弃,**暴,糟蹋,损害。弃,抛弃。这句谓自甘堕落,不求进步。**临终之后,漠然无闻,**漠,通寞,寂静无声。**则又不若块然之鬼为愈也!**愈,胜,较好。这句说,那还不如"块然之鬼"好。

　　予尝见未死之鬼,吊已死之鬼,未之思也,特一间耳。未死之鬼,指活人。已死之鬼,指死去的人。吊,祭奠,悼念死者。特,只。一间,非常接近,相差无几。这几句说,我曾经看到未死的鬼吊已死的鬼,没有想到他们之间的差别,仅仅是那么一点点。**独不知天地开辟,亘古及今,自有不死之鬼在。何则?圣贤之君臣,忠孝之士子。**士子,这里指士大夫。**小善大功,著在方册者,**方册,同方策,典籍。**日月炳焕,**炳,光明。焕,光亮。这句说,象日月那样辉煌。**山川流峙,**峙〔zhì 至〕,耸立。这句说,象高山大川那样永远峙立、奔流。**及乎千万劫无穷已,**劫,梵文 kalpa 的音译"劫波"的略称,意译为远大时节。古印度传说,世界经历若干万年毁灭一次,重新再开始,这样一个周期叫做一劫。**是则虽鬼而不鬼者也。**意谓人虽死功业长存。**余因**

暇日，缅怀故人，缅怀，追念。故人，已死的人。门第卑微，职位不振，卑微，指家族的等第低。职位不振，谓官做得小。高才博识，俱有可录，岁月弥久，湮没无闻，遂传其本末，吊以乐章；《录鬼簿》于已死作家的小传后附有《凌波仙》挽词。复以前乎此者，前乎此者，指前辈名公。叙其姓名，述其所作，冀乎初学之士，冀，希望。刻意词章，刻意，极意，用心。词章，诗文的总称，此指杂剧创作。使冰寒于水，青胜于蓝，这二句化用《荀子·劝学》"青，取之于蓝，而青于蓝；冰，水为之，而寒于水"语意，谓使后辈功业超过前辈。则亦幸矣。名之曰《录鬼簿》。嗟乎！余亦鬼也。使已死未死之鬼，作不死之鬼，得以传远，余又何幸焉！若夫高尚之士，性理之学。指宋元理学。以为得罪于圣门者，圣门，此指儒家。这三句意谓，对于高尚之士和儒家性理之学来说，我这样推崇这些杂剧作家是一定会得罪于孔圣门下的。吾党且啖蛤蜊，别与知味者道。吾党，我们。啖〔dàn，淡〕吃。蛤蜊〔gé lí，格离〕，一种生活在浅海泥中可供食用的软体动物。《南史·王融传》："(王融)诣(往访)王僧祐，因遇沈昭略，未相识。昭略屡顾盼，谓主人曰：'是何少年？'融殊不平，谓曰：'仆出于扶桑，入于旸谷，照耀天下，谁人不知，而卿此问？'昭略云：'不知许(这样)事，且食蛤蜊。'"沈昭略表示不理睬王融对自己的讥讽，自顾吃蛤蜊。这里借作不管别人的讥讽，保持自己的爱好。这二句说，我们且自吃蛤蜊，另外和懂得味道的人去谈论。

　　至顺元年龙集庚午月建甲申二十二日辛未古汴锺嗣成序。至顺,元文宗年号。龙,岁星。龙集庚午,岁在庚午,即公元1330年。月建甲申,月值甲申,即七月。古汴,古代(唐朝)的汴州,即今河南省开封市。

说　明

　　锺嗣〔sì 四〕成,字继先,号丑斋,元初古汴(今河南开封市)人。戏剧家。寄居杭州,青年时曾师事杭州儒者邓善之等,习经世之学,屡试不第。所交游之人多为当时聚集在杭州的杂剧家。深通音律,并长于乐府小曲的撰作。著有《录鬼簿》二卷。所作杂剧有《章台柳》、《钱神论》等七种,已佚,仅存散曲数十首。

　　元代戏曲勃兴,同时也出现了关于戏曲的理论和批评,尽管它们还是一鳞半爪,在理论上很不成熟,也还是值得珍视的。当时的曲论中,包括对戏曲和散曲的评论,署名燕南芝庵的《唱论》、陶宗仪的《辍耕录》等著作中,都有一些关于曲的有益见解。锺嗣成《录鬼簿》广泛地记载了中国戏曲繁荣时期元代的戏曲、散曲作家的生平事迹和作品目录,是研究我国金、元文学的宝贵史料,同时也是我国戏曲理论和戏曲批评上的重要著作。《录鬼簿序》是作者为该书写的序言,集中地体现了他的文学思想和戏曲理论观点。在这篇序言中,主要表明了作者的三点看法。

　　第一,作者首次肯定了戏曲作家的地位和戏曲文学的价值。在我国文学史上,自古以来认为诗文是正宗,戏曲、小说不被重视，戏曲作家也往往受到封建正统士大夫的轻视和非议，因而他们的生平与创作自然不载于正史列传，作者却一反传统的偏见，不管他们的"门第卑微，职位不振"，竭力推崇他们的"高才博学，俱有可传"，认为他们与圣君贤臣同为"不死之鬼"，同可"著在方策"，他们的业绩可与日月齐光，山川并峙，具有不朽的价值。在元代戏曲作家社会地位特别卑下的情况下，作者此论，确有胆识。

第二，正是由于作者认识到戏曲事业的意义，所以他希望通过对杂剧家及其剧作的介绍，对戏曲创作的发展起积极的推动作用。"冀乎初学之士，刻意词章，使冰寒于水，青胜于蓝"。作者是把戏曲创作当成一项神圣的事业，并愿为促进它的繁荣与发展而尽力。这在当时也是很了不起的。《录鬼簿续编》的作者贾仲明，曾经称誉锺嗣成"德业辉光，文行温润，人莫能及"。在推动戏曲艺术的发展方面，锺嗣成之功确不可没。

第三，这篇序文，表现了作者反正统的坚毅精神。由于当时的戏剧文学多有反正统的进步内容，为戏剧作家和戏剧文学张目，必将"得罪于圣门"，为"高尚之士，性理之学"所不容。但作者却说："吾党且啖蛤蜊，别与知味者道。"态度明朗而坚定。这种献身戏曲事业的精神，也很值得称道。

与李空同论诗书

何 景 明

敬奉华牍, 奉,同捧。华,称美之词。牍,古代写字用的木板,后世称书信为牍或尺牍。华牍,在这里指李梦阳致作者的信。李梦阳(1473—1530),字献吉,自号空同子,庆阳(今甘肃庆阳县)人,弘治间进士,官至户部郎中。正德初,因上书弹劾宦官刘瑾,下狱。刘瑾被诛,出狱,起官江西提学副使。为明前七子领袖之一,主张"文必秦汉,诗必盛唐"。著有《空同集》。**省诵连日初憮然若遗,** 憮,当作怃。怃然:怅然失意的样子。若遗,若有所失,形容内心不安。**既涣涣然若有释也。** 既,不久之后。涣涣然,松散的样子。释,消溶。这句意为,不久之后疑虑得到消除,心情一下子轻松了。**发迷彻蔽,** 发迷,启发迷惑。彻蔽,去掉蒙蔽。这句言李梦阳的信对自己启发很大。这是客套话。**爱助激成,** 爱助,关怀帮助。激成,激励之使成就事业。**空同子功德我者厚矣,** 功德,这里作动词用。功德我,施于我功德。**仆自念离析以**

来单处寡类，寡类，缺少同道之人。格人逖德，格人，与人阻隔。逖〔tì 替〕德，远离有德之人。程缺元龟，程，效法。元龟，古代以龟甲为占卜之具，故元龟引申为准则。这句意为没有准则可资效法。去道符爽，去道，离开正道。爽，差错。符爽，与错误失正者相合。是故述作靡式，靡，无。式，榜样。而进退失步也。空同子曰："子必有谔谔之评。"谔谔〔è 娥〕，直言争辩的样子。夫空同子何有于仆谔谔也。然仆所自志者，何可弗一质之。弗，不。质，质正，商榷。

　　追昔为诗，空同子刻意古范，古范，古代诗歌的模式。铸形宿镆，镆，当作模。宿镆，过去的旧模子，而独守尺寸。尺寸，这里指古代诗歌的程式法度。以上三句是，作者对李梦阳作诗一意模仿古代诗歌形式格调的倾向的批评。仆则欲富于材积，材同才，才积，才学的积累。领会神情，临景构结，不仿形迹。以上三句意为，作者言自己作诗虽学古，但重于积累才学，领会神情，不作形式的模仿，而能根据眼前景象构思。诗曰："惟其有之，是以似之。"《左传·襄公三年》："夫唯善，故能举其类。《诗》云：'惟其有之，是以似之。'"诗句意为，唯有德之人能识似己者而加以推举。以有求似，仆之愚也。以有求似，以自己有的心得为基础而求近于古人。亦即不求外在形貌的似于古人，而求神情实质的近于古人。愚，愚见，自谦之词。近诗以盛唐为尚，宋人似苍老而实疏卤，苍老，诗的一种劲健质朴的境界。疏卤，粗糙。元人似

秀峻而实浅俗。今仆诗不免元习，而空同近作，间入
于宋。仆固蹇拙薄劣，蹇拙，蹩脚。薄劣，贫乏粗劣。何敢
自列于古人？空同方雄视数代，立振古之作，振古，自
古以来。《诗经·周颂·载芟》："振古如兹。"以上两句言李梦阳高视
独步于唐宋以来的诗坛，以做自古以来未有之好诗自命。乃亦至
此，乃，却。何也？凡物有则，弗及者、及而退者与过焉
者，均谓之不至。以上五句意为，大凡事物都有准则，没有达到
的，虽达到了而又后退的，或过头的，都叫做不及。学古不可不及，亦
不可过头，而应以恰到好处为准的。譬之为诗，仆则可谓勿及
者，若空同，求之则过矣。

　　夫意象应曰合，意象乖曰离，意，思想感情。象，客观
事物的物象。应，统一。乖，背离。是故乾坤之卦，体天地之
撰，意象尽矣。撰，自然现象的变化规律。《易·系辞》："阴阳合
德，而刚柔有体，以体天地之撰。"这三句意为，乾卦象天，坤卦象地，
乾坤相合，体现了天地阴阳等自然现象的变化规律，是意象相应的极
致。空同丙寅间诗为合，丙寅，指明武宗正德元年（1506）。丙
寅间诗，指李梦阳下狱以前一个时期的诗。江西以后诗为离。
江西，指李梦阳出狱后迁江西提学副使时期。李梦阳出狱在正德五年
（1510）。譬之乐，众响赴会，赴会，会合，一统。条理乃贯；
一音独奏，成章则难。故丝竹之音要眇，要眇〔yāo miǎo
腰秒〕，美好。木革之音杀直，杀〔shài 晒〕，声音细小。直，平直。

不委婉。若独取杀直，而并弃要眇之声，何以穷极至妙，感情饰听也？饰听，美妙动听。试取丙寅间作，叩其音，尚中金石；中〔zhòng 仲〕，合。金石，钟磬之类的乐器。而江西以后之作，辞艰者意反近，意苦者辞反常，辞艰，用词艰深。近，浅显。意苦，极力以求立意高深。常，平常。辞艰意近及意苦辞常，都属于所谓意象乖离，不是好诗。色淡黯而中理披慢，中理，内在的文理。披慢，支离散乱。读之若摇鞞铎耳。鞞〔pí 皮〕，鼓。鼓铎为古代军中所用鼓和铃，仅作信号之用，声不悦耳。空同贬清俊响亮，而明柔淡沉著含蓄典厚之义，柔淡，平和静穆。典厚，典雅醇厚。此诗家要旨大体也。然究之作者命意敷辞，敷，布。敷辞，措辞。兼于诸义不设自具。诸义，即前所谓柔淡、沉着等等。这句意为，作者在立意措辞之中，各种境界不需刻意为之而自然具备，亦即情之所至，临景构结，意象自合，不需要特别去故作柔淡、沉着等等。若闲缓寂寞以为柔淡，重浊剜切以为沉著，剜〔wān 弯〕，用力挖。剜切，着力重加刻划。艰诘晦塞以为含蓄，艰诘〔jié 洁〕，艰涩。野俚辏积以为典厚，野俚，凡俗。辏〔còu 奏〕积，拼凑。岂惟缪于诸义，缪〔miù〕，通谬，错误。亦并其俊语亮节，俊语，俊爽的语言。亮节，响亮的音节。悉失之矣。

鸿荒邈矣，鸿荒，指蒙昧混沌的远古时代。书契以来，书契，文字。这句意为有文字以来。人文渐朗，人文，旧指人事。人

文渐朗，人事逐渐开明进化。**孔子斯为折中之圣，**折中，同折衷，
取正。《史记·孔子世家赞》："言六艺者折中于夫子。"意为儒者谈六
经均以孔子学说为准则。**自余诸子，悉成一家之言。体物
杂撰，**描写事物的各类著述。**言辞各殊，君子不例而同之
也，**例，比照，模拟。同之，与之相同。**取其善焉已尔。故曹、
刘、阮、陆，**指曹植，刘桢、阮籍、陆机。**下及李、杜，异曲同
工，各擅其时。**各自独步于当时的诗坛。**并称能言。何也？
辞有高下，皆能拟议以成其变化也。**《易·系辞》："拟之
而后言，议之而后动，拟议以成其变化。"意为如有所言动，须先考虑
商量，这样就可以既不离成规而又有所变化。**若必例其同曲，
夫然后取，则既主曹、刘、阮、陆矣，李、杜即不得更登
诗坛，何以谓千载独步也？**

　　仆尝谓诗文有不可易之法者，辞断而意属，属〔zhǔ
主〕，连续不断。这句意为，辞语有所停顿而诗意却须一以贯之。**联
类而比物也。**联类，使同类事物相联系。比物，使相近的事物相
比并。**上考古圣立言，中征秦汉绪论，**征，证。绪论，指秦至
西汉的论说文。**下采魏、晋声诗，莫之有易也。夫文靡于
隋，**靡，靡曼，柔弱轻浮。**韩力振之，然古文之法亡于韩；**以
上三句意为，韩愈力振古文之衰，成为大家，古文之法尽备，但因此也
不能再有发展，在这个意义上，作者认为古文之法亡于韩。**诗弱于
陶，**陶，指陶渊明。**谢力振之，**谢，指谢灵运。**然古诗之法，亦

亡于谢。比空同尝称陆、谢,仆参详其作,参详, 比较研
究。陆诗语俳,体不俳也,谢则体语俱俳矣,俳〔pái 排〕,
俳语,对句。未可以其语似,遂得并例也。故法同则语
不必同矣。仆观尧、舜、周、孔、子思,孟氏之书,皆
不相沿袭,而相发明。发明, 发挥阐明。是故德日新而道
广,此实圣圣传授之心也。圣圣传授, 圣人与圣人之间互相传
授。后世俗儒,专守训诂,执其一说,终身弗解,相传
之意背矣。 这句意为, 相传的要义在发明圣人之理, 如拘守字
句, 就违背了相传之意。今为诗不推类极变,推类极变, 据同类
加以推求而穷极其变化。开其未发,泯其拟议之迹,泯, 消除。
拟议, 指作诗之前过多考虑谈论古诗之法, 以致为成法所束。亦即模
拟。以成神圣之功,徒叙其已陈,已陈, 已经陈旧过时的东西。
修饰成文,稍离旧本,便自杌陧,杌陧〔wù niè 务聂〕,倾危
不安。如小儿倚物能行,独趋颠仆。虽由此,即曹、刘,
即阮、陆,即李、杜,且何以益于道化也? 道化, 诗道之变
化发展。佛有筏喻,言舍筏则达岸矣,达岸则舍筏矣。
据《阿犁吒经》:"山水甚深,无有船桥,有人欲从此到彼岸,结筏乘之
而度。至岸讫,作此念,此筏益我,不可舍此,当担戴去。于意云何,为
筏有何益? 比丘曰: 无益。佛言: 彼人更以此筏还水中, 或于岸边
舍去, 云何? 比丘曰: 有益。佛言: 如是, 我为汝等长夜说筏喻法,
欲使弃舍,不欲使受。若汝等知我长夜说筏喻法尚可以舍是法,况非

法耶?"佛家以筏喻正法,到达涅槃彼岸,即正法亦应舍弃。此以筏喻古人为诗之法,以为学诗而有所得,便应舍去古人旧法,否则,古法将成为因袭的包袱,正如已登岸还不能舍筏,筏将成为累赘。

　　今空同之才,足以命世,命世,名世,闻名于世。**其志金石可断,又有超代轶俗之见。**超代,超出于当代。轶俗,超越于世俗。**自仆游从,获睹作述,今且十余年来矣。其高者不能外前人也,下焉者已践近代矣。**不能外前人,不能超出于前人的范围。践,达到。践近代,到近代诗人的地步。**自创一堂室,开一户牖,成一家之言,以传不朽者,非空同撰焉,谁也?《易·大传》曰:"神而明之",**语出《易·系辞上》,意为能知易道之神理而彰明之。**"存乎德行",**《易·系辞上》:"默而成之,不言而信,存乎德行。"大意为有德行的人不必多言即能有所成就,即能取信于人。**"成性存存,道义之门。"**语出《易·系辞上》,大意为天地万物由道义而成其本性,而得以存在。据清惠栋《周易述》:"乾坤,易之门。易出乾为道门,入坤为义门。"则"道义之门"即指易。按作者征引《易·系辞》的这三句,是取其大意,以强调道德性情的修养。**是故可以通古今,可以摄众妙,**摄,吸收。**可以出万有。**出,超出。万有,天地万物。**是故殊途百虑,而一致同归。**此乃化用《易·系辞下》"天下同归而殊途,一致而百虑"二句。**夫声以窍生,色以质丽。**窍,孔。后一句说,色彩由事物本质显现出美丽。**虚其窍,不假声矣;**虚其窍,其声自发，不须凭借外来之声。**实其质，不假色矣。**充实事物固有的本质，其色自丽，不须凭借外加之色。**苟实其窍，虚其质，而求之声色之末，则终于无有矣。**以上四句意为，事物之有声有色，在于其有发声之窍，具色之质，声色是事物本质的外在表现而非本质，故称之为"末"。如塞其窍，去其质，而求其声色的外在形式，到头来连声色也没有了。

北风便，北风，这里指邮递。《洛阳伽蓝记》："北风驱雁，飞雪千里。"古人认为雁可传书，北风驱雁，书信可达。**冀反复鄙说，**反复，回答。**幸甚！**

说　明

何景明（1483—1521），字仲默，号大复，信阳（今河南省信阳市）人，弘治间进士，官至陕西提学副使，著有《大复集》。何景明亦为"前七子"领袖，于文学创作主张复古，与李梦阳相近，但具体的着眼点则不同。李梦阳学古强调学古人之规矩法度，何景明学古则强调领会神情而不徒得其形貌。此外，李、何的创作风格也并不完全一致。大体地说，李主骨气而往往流于刻板，何重才情而间有清新之作。由于具体主张和作风的不同，李、何之间在正德年间进行过激烈的论争。先是李致书何，指摘其为诗"有乖于先法"。（原信已失传，此系李氏《驳何氏论文书》中追述。）此文就是何对李的指摘的答复。此后，李、何之间继续多次书信往还，反复论辩，直至何不再作答为止。

　　明前期的文坛,自永乐以后,长期为"台阁体"平庸萎靡的文风所统治。弘治间,以李东阳为首的"茶陵派"虽力主宗法杜甫,但未跳出"台阁体"的圈子。"前七子"提出复古的主张,本是为救治"台阁体"造成的萎靡文风,使诗文创作有所振起而发的。他们的复古理论首先出自李梦阳。《明史·文苑传》说:"梦阳才思雄鸷,卓然以复古自命。弘治时,宰相李东阳主文柄,天下翕然宗之,梦阳独讥其萎弱,倡言文必秦汉,诗必盛唐,非是者弗道"。七子的复古主义虽对"台阁体"的文风有所冲击,但由于过分泥古,思想上、艺术上都不能为诗文创作输入新鲜血液,因此,他们的复古就不具有中外文学艺术史上其他某些复古运动所具有的革新意义。七子的诗文,并非全无佳作,但赝古之作亦复不少,这在当时以及后来,都没有产生什么好的影响,并引起了一些真正有志于革新的人士的讥评。复古主义的毛病,也引起了七子内部的矛盾,这主要就是李、何之争。

　　何景明的这篇《与李空同论诗书》,虽大体不离复古主义的立场,但当他具体论述自己与李梦阳的复古主张的分歧时,却常常能击中复古主义的要害。

　　此文主要阐述了一个问题,即学古的态度问题。

　　首先,作者提出了自己与李梦阳在学古问题上的基本分歧:"空同子刻意古范,铸形宿镆,而独守尺寸。仆则欲富于材积,领会神情,临景构结,不仿形迹。"这里对李梦阳的批评,确实是很中肯的。没有继承就没有发展,前人不可不学,但问题在怎样学。"刻意古范,铸形宿镆",那就是把学习当成翻砂。在规矩法度上亦步亦趋跟古人走，学得再象，也只是赝品，古人的作品具在，这样的赝品又有什么价值呢？针对李梦阳复古主张的弊病，何景明提出学古要重在内在精神，而不能着眼于外在的形迹。"以有求似"，就是在精神实质上的学习，而不是外在形迹上的模仿。这样的主张，显然是正确的。但何景明把他和李梦阳的这种分歧归结为学古的不及和太过的区别，则又模糊了这种分歧的关键所在，不那么确切了。

接着作者提出意象相应的问题，是对他的领会神情，不仿形迹的主张的进一步发挥。他指出："意象应则合，意象乖则离"，强调了诗歌的内在精神和这种精神藉以显现的物象的统一和谐，认为诗歌的各种风格境界，都是意象统一的结果，而不是外在形迹的模拟可以造成的。他指出李梦阳创作上的毛病，一方面是贬清新而重沉着典厚的风格，有失全面。而另一方面，更重要的是李梦阳的沉着典厚等等，也不是出于意象的统一，而是在外在的语言形式上下功夫而勉强造成的。这样的毛病，也正是不重神情，只仿形迹的结果。

何景明强调领会神情，但并不认为凡法都不可学，他只是认为，学习古法也有一个态度的问题。正确的态度，就是他所谓的"君子不例而同之"，"皆能拟议以成其变化"。这就要求学古法而不泥于古，能在学习的基础上有所发展创造。他指出古代诗文有"不可易之法"，即"辞断而意属，联类而比物"，说的是命意敷辞的基本原则。学习古法，就是要学习这样的基本原则,而不是在语言形式上对古人亦步亦趋。因此,学习古法要注意两点:一,"法同则语不必同",不要对古人的作品句模字拟,"叙其已陈,修饰成文";二,学习古法对诗文创作不是目的而是手段,犹如筏之于渡。登岸舍筏,说明了学习古法的一个重要原则,也说明了必须从学古达到创新的境界。把学习古法当成字句的模拟或死死抱住古法不放,就永远不能有自己的创造,只能象小儿学步那样,"倚物能行,独趋颠仆"。这一点,对李梦阳来说,也是正中要害的。

最后,何景明指出诗文创作的要务在于充实内容实质,而不要单纯追求"声色之末",这样,就能"自创一堂室,开一户牖,成一家之言,以传不朽"。

总之,何景明此文反对单纯形式的模拟,提出领会神情,不仿形迹的主张,是有价值的,有启发性的。但有两点需要说明。第一,此文指出李梦阳的文学主张和创作的弊病,都是中肯的,但李梦阳虽主张模拟,却并不完全反对变化和创新,尽管这一方面并不居于主要地位。因此,不能仅据此文断定李梦阳的全部文学主张和创作实践。第二,何景明在此文中提出的主张与他的创作实践是有距离的。他的诗文虽有清新之作,显露了他的才气,但并未达到"泯其拟议之迹",并未达到登岸舍筏的境界。"文必秦汉,诗必盛唐"对他的创作还是有所束缚的。

叶子肃诗序

徐　渭

人有学为鸟言者，其音则鸟也，而性则人也。这几句意为，人能模仿鸟鸣，但并不因此就成为鸟，其本性仍然是人。鸟有学为人言者，其音则人也，而性则鸟也。此可以定人与鸟之衡哉。衡：秤，这里引申为衡量的标准。这句意为，衡量是人是鸟的标准，在其内在的性，而不在其外在的音。今之为诗者，何以异于是？不出于已之所自得，而徒窃于人之所尝言，曰：某篇是某体，某篇则否；某句似某人，某句则否。此虽极工逼肖，而已不免于鸟之为人言也。

若吾友子肃之诗则不然。其情坦以直，故语无晦；其情散以博，散以博，谓情感奔放而丰富。故语无拘；其情多喜而少忧，故语虽苦而能遣其情；苦〔gǔ 古〕，粗率而少文彩。遣，抒发。**好高而耻下，故语虽俭而实丰。盖所谓出于己之所自得，而不窃于人之所尝言者也。就其所自得以论其所自鸣，**自得，自得于心的真情实感。自鸣，以自己的声音表达出来。**规其微疵而约于至纯，**规，校正，修改。约，简约。**此则渭之所献于子肃者也。若曰某篇不似某体，某句不似某人，是乌知子肃者哉！**

说　明

徐渭（1521——1593）字文清，后改字文长，号青藤，又号天池山人，别署田水月，山阴（今浙江省绍兴市）人，诸生，屡试不举，中年曾入浙江总督胡宗宪幕，屡出奇计破倭寇。后胡得罪被杀，他也曾因家事入狱，出狱后潦倒终生。徐渭早年学王阳明学，也曾研究过佛学和道家学说，性情狂傲，反对礼法，在当时被目为“狂人”。徐渭在文艺上是个通才，诗、文、戏剧、书、画皆精，著有诗文集《徐文长集》、《逸稿》，杂剧《四声猿》（包括《渔阳弄》、《雌木兰》、《女状元》、《翠乡梦》）以及戏剧理论著作《南词叙录》。

明中后期，由于资本主义生产关系的萌芽的出现和市民阶层的成长，新的思想萌芽开始出现。这对文学和文学理论都不能不产生深刻的影响，明中后期文学新思潮的出现，即与此有关。作为文学新思潮的突出代表，首先出来冲击传统礼教桎梏，倡导思想解放的，是徐渭。他声言“不为儒缚”（《自为墓志铭》），声言“凡利人者皆圣人也”，（《论中三》),这实际上就是泰州学派所谓"百性日用是道",(王艮语,见《王心斋遗集》卷一《语录》)"穿衣吃饭,即是人伦物理"(李贽《答邓石阳》)的另一种说法。这种思想用之于文学,文学亦应以利人为本,也应从为"理"转而为为"人",因此就要以人心、人情为本。徐渭认为为文应"取兴于人心"(《论中四》),"取吾心之所通"(《诗说序》),应宣泄"人之情"(《曲序》),都可以说是带有一定的人本主义色彩的思想精华。李贽的"童心"说,汤显祖的主情说,以及袁宏道的"率性而行,是谓真人"(《识张幼于箴铭后》)的思想,都与这一思想一脉相承。徐渭从思想上打开了文学繁荣的道路,对明后期及清前期文学都有重大影响。徐渭还特别重视和提倡戏剧、小说和民间诗歌曲词。他一反传统观念,把"今之优之唱而白之宾"提高到了与古代经典同等的地位(《论中五》),他特别赞尝"天机自动、触物发声"的民间创作。他的这些思想,后来在李贽、汤显祖、冯梦龙等人那里都得到了理论上的发挥和创作、编辑上的实践。

　　徐渭生当明"前七子"之后,与"后七子"同时,以他自由狂放的思想性格,以他以"人心""人情"为本的文学主张,对前后七子模拟古董的风气,自然要深恶痛绝,《叶子肃诗序》就是他在这一方面的代表作。他指出,模拟的文风不过是鹦鹉学舌,"徒窃于人之所尝言",可谓一语中的。值得注意的是,他与过去一般反对拟古的作家不同,他是从文学应该表现人之"性"、人之"情"这一点出发来反对拟古的,这就使他对复古主义的批判带有新思想的色彩。他认为,文学应以"己之所自得"出之，即"能遣其情"，以表现人之真性。这种表现，应该是"坦以直"，"语无拘"，即自然真率地表达自我的性情。这不但批判了文学创作上模拟之风，对传统的"明道""载道"之说也是一个有力的冲击，开了明中后期戏剧、小说言情为主的一代新风。稍后，戏剧大师汤显祖的主张戏剧创作以"情"为主，冯梦龙的主张文学应抒"男女之真情"(《序山歌》)，都是徐渭这种思想的继续。这种思想对公安三袁在诗文创作上提出"独抒性灵"(袁宏道《小修诗叙》)的主张，也有重要影响。

艺苑卮言 （选录）

王 世 贞

世人选体，往往谈西京、建安，西京，在这里指西汉诗歌。便薄陶、谢。陶，指陶渊明。谢，指谢灵运。此似晓不晓者。毋论彼时诸公，即齐、梁纤调 纤调，指南朝齐、梁时纤弱绮靡的诗歌。李、杜变风，变风，语出《毛诗序》，一般认为是《诗经》中反映周政衰乱时期的作品，后人亦常指讽刺时政的诗为变风。亦自可采；贞元而后，方足覆瓿。贞元，唐德宗年号。瓿〔bù部〕，古代器名。据《汉书·扬雄传》，刘歆读了扬雄的《太玄》、《法言》，对扬说：“吾恐后人用覆酱瓿也。”这句意为贞元以后的诗歌才无甚可取，只能拿来盖酱缸。大抵诗以专诣为境，专诣，独到的造诣。以饶美为材，师匠宜高，捃拾宜博。捃〔jùn 俊〕拾，采取，收集。

西京、建安，似非琢磨可到，琢磨，研讨、考虑。这两句意为西汉、建安诗自然天成，非研虑可得。要在专习凝领之久，专习，专心研习。凝，凝注，专注。领，领会。神与境会，神，心神，主要指思想情感。境，客观外境。会，融合。忽然而来，浑然而就，无岐级可寻，岐，同歧，岔路，此指路径。级，台阶。岐级，指作诗的途径、方法。无色声可指。色，辞采。声，声律。这几句意为，西汉建安之诗，自然天成，内容形式浑然一体，找不到诗法的痕迹，也无法指陈其声色。三谢固自琢磨而得，三谢，南朝诗人谢灵运、谢惠连、谢朓。然琢磨之极，妙亦自然。这三句意为，三谢诗系琢磨而得，不及西汉、建安诗之自然浑成。但因琢磨达到极高造诣，其诗也能得自然之妙。在诗歌创作中，琢磨亦不可废。

"物相杂故曰文"，语出《易·系辞上》，意为物相错杂组合而成文。文须五色错综，语由《礼记·乐记》"五色成文而不乱"化出。乃成华采；须经纬就绪，乃成条理。《左传·昭公二十五年》："礼，上下之纪，天地之经纬也。"疏："言礼之于天地，犹织之有经纬，得经纬相错乃成文，如天地得礼始成就。"这两句说，必须经纬安排好了，才有条理，而后成文。

李献吉劝人勿读唐以后文，献吉，李梦阳的字。吾始甚狭之，狭之，以李梦阳之说为狭隘。今乃信其然耳。现在才相信那是对的。**记问既杂**，记问，学习。杂，驳杂。**下笔之际，自然于笔端搅扰，驱斥为难。**驱斥，驾驭，掌握。**若模拟一篇，则易于驱斥；又觉局促，痕迹宛露，非斫轮手。**斫轮，车匠斫木制造车轮。《庄子·天道》言轮扁斫轮，"得之于手而应于心"，后即以喻技巧熟练。**自今而后，拟以纯灰三斛细涤其肠**，涤肠，喻清洗杂学。**日取六经、《周礼》、《孟子》、《老》、《庄》、《列》、《荀》、《国语》、《左传》、《战国策》、《韩非子》、《离骚》、《吕氏春秋》、《淮南子》、《史记》、班氏《汉书》，西京以还至六朝及韩、柳，便须铨择佳者**，铨择，选择。**熟读涵咏之**，涵咏，沉浸，深入体会。**令其渐渍汪洋。**渍〔zì字〕，积水。**遇有操觚**，觚〔gū孤〕，古代书写用的木简。操觚，意即作文。**一师心匠。**以己之匠心为师，自出心裁。**气从意畅，神与境合，分途策驭，默受指挥，台阁山林，绝迹大漠，岂不快哉！**这七句意为，意气既畅，神境既合，为文即可驱斥自如，意之所之，无所不至，痛快淋漓。**世亦有知是古非今者，然使招之而后来，麾之而后却，已落第二义矣。**第二义，佛家以至上至深的妙理即所谓"真谛"为第一义，第二义即未达于"真谛"者。严羽《沧浪诗话·诗辨》："论诗如论禅：汉、魏、晋等作与盛唐之诗，则第一义也；大历以还之诗，则已落第二义矣。"

风雅《三百》、古诗《十九》，人谓无句法，非也。极自有法，无阶级可寻耳。阶级，台阶，此指凭借或途径。这两句意为《诗经》和《古诗十九首》自有句法，但运用极妙，语语自然，没有途径可寻。

曹公莽莽，曹公，指曹操。莽莽，开阔。古直悲凉。锺嵘《诗品》："曹公古直，甚有悲凉之句。"古直，古雅质朴。子桓小藻，子桓，曹丕字子桓。小藻，有华采而不流于浓艳。自是乐府本色。子建天才流丽，虽誉冠千古，而实逊父兄。逊，比不上。父兄，指曹操、曹丕。何以故？材太高，辞太华。

渊明托旨冲淡，其造语有极工者，乃大入思来，指构思艰辛。琢之使无痕迹耳。后人苦一切深沉，苦，苦于。取其形似，谓为自然，谬以千里。

"问君何为尔，心远地自偏"，"此还有真意，欲辨已忘言"，以上四句为陶渊明《饮酒诗》二十首之二"结庐在人境"中句。为，一作能。还，一作中。清悠淡永，有自然之味。然坐此不得入汉、魏果中，坐，因。果，佛家所谓"因果"之"果"，这里意为成就。是未庄严佛阶级语。庄严，法藏《华严经探玄记》："庄严有二义：一是具德义，二是交饰义。"这里取其交饰义，即文彩。阶级，此指地步、程度。这句指陶诗自然缺乏文彩。

乐府之所贵者，事与情而已。事，现实生活。情，情感态度。**张籍善言情，王建善征事，**张籍、王建俱为中唐诗人，白居易新乐府运动的参加者，擅长乐府诗，世称"张王乐府"。**而境皆不佳。**境，诗的境界。

献吉之于文，复古功大矣。所以不能厌服众志者，厌，通餍，满足，引申为心服，满意。厌服，心悦诚服。**何居？**居〔jī姬〕，语尾助词，表疑问。**一曰操撰易，**操撰，操持，这里指写作。易，轻易，不慎重。**一曰下语杂。**下语杂，用语驳杂。**易则沉思者病之，**病，以为病。**杂则颛古者卑之。**颛古，执着于古。语出欧阳修《集古录自序》："予性颛而嗜古。"卑，卑视。

说　明

王世贞（1526——1590）字元美，自号凤洲，又号弇州山人，太仓（今江苏省太仓县）人，嘉靖间进士，官至南京刑部尚书，著有《弇州山人四部稿》及《弇州续稿》。王世贞与李攀龙、宗臣、谢榛、梁有誉、徐中行、吴国伦共称"后七子"，王、李是领袖。

"前七子"的复古主张和创作实践，一开始就是缺乏生命力的。复古主义在思想上坚持封建正统思想，在艺术上模仿前人的成法,所以成就不高。“后七子”的继起,表面上似乎把复古运动向前推进了一步,实际上却是进一步暴露了复古主义的弊病。在当时,复古主义受到了各方面的批评,文坛上新兴力量的代表者徐渭、李贽等更对复古主义进行了猛烈的抨击。这就是王世贞所面临的形势。因此,他一方面坚持“文必秦汉,诗必盛唐”的老路,一方面又要对“前七子”的理论加以修正,提出一些实际上违背复古主义原则的主张。他的这种矛盾,主要反映在《艺苑卮言》中。《艺苑卮言》八卷,是王世贞论诗文的一部著作,“卮言”语出《庄子·寓言》“卮言日出”。卮〔zhī 知〕是古代的一种酒器,满则失去平衡而倾倒,空则保持平衡而直立。“卮言”即取卮之或倾或立,并无一定,比喻言之随事而变,并无定准,后人即用以作为对自己著作的谦词,有“漫谈”之意。

从这里选录的几条,我们可以看出:

第一,王世贞仍然坚持以秦汉、盛唐诗文为最高标准,即所谓“第一义”,基本上遵循着“前七子”的主张。他所谓的“师匠宜高”,就是要以秦汉、盛唐为师,他提出“捃拾宜博”,也只“博”到先秦至唐的范围,还是认为“勿读唐以后文”是对的,至于诗,则说“贞元而后,方足覆瓿”,是明确地以盛唐为限的。由此可见前后七子文论的连续性。

第二,王世贞提出学古而不泥于古的规矩法度。他认为,学古是入门,在“熟读涵咏”之后,下笔为文,就不能拘于古人的成法,而应“一师心匠”,自出心裁,这样才能“气从意畅,神与境合”。在这一点上,他与何景明领会神情,不仿形

迹的主张基本上是一致的。与此有关的是王世贞对古法的
认识。他认为古人诗文有法，但这法并不是有形迹可模的
尺寸法度。他谈到《诗经》、《古诗十九首》"极自有法，无阶
级可寻耳"，陶渊明诗"琢之使无痕迹"，都说明古人用法之
妙，虽有法而不落痕迹。因此，学古而像李梦阳那样"尺寸
古法"，就只能得其形似，而不能学到古人的真功夫。

　　第三，由于着眼于神情而不着眼于形迹，王世贞很重视
诗歌的境界问题。他认为诗歌境界是情与事的统一，颇近
于何景明"意象应则合"的观点。因此，他认为偏于言情或
偏于征事，"境皆不佳"。将"情"和"景"融为一体，像西汉、
建安诗歌那样，做到"神与境会"，就能得佳境。与此有关的
是辞的问题。语言是用于刻划形象的，事离不开情，因此辞
也离不开情，离开情而用辞，所刻划的形象就不能与情完美
统一，就有害于境界。在这个问题上，他主张诗歌语言宜有
"华采"，但不应太过。他品藻三曹诗，就是从境界着眼的。
他认为，曹操、曹丕诗都不离乐府本色，而曹植之所以"实逊
父兄"，主要就是由于好骋才，辞藻过于华美，辞过于情，以
致造成形象与感情的脱节。

　　总起来说，王世贞希望对拟古之风有所突破，发表了一
些有价值的观点。但由于不离复古主义的基本立场，虽对
李梦阳等人的主张有所修正，在创作实践上终究还是只能
在秦汉盛唐的圈子里面翻觔斗，不能从自己所处的时代吸
取诗情。这样，所谓"一师心匠"，在实践上就不能不落空，
故"后七子"在文学创作上终于不能有什么起色。

童 心 说

李　贽

龙洞山农叙《西厢》，龙洞山农,不详,疑为李贽别号。末语云："知者勿谓我尚有童心可也。"李贽当时已年老,故声称"勿谓我尚有童心"。但实际上这是反话,李贽始终认为自己是保有童心的。夫童心者,真心也,若以童心为不可,是以真心为不可也。夫童心者,绝假纯真,绝假,与"假"隔绝,没有一点假。最初一念之本心也。这句意为,童心是人在未接受外来影响之前的最初的自然淳朴的思想感情。若失却童心,便失却真心;失却真心,便失却真人。人而非真,全不复有初矣。初,人最初的自然淳朴状态,亦即下文所谓"童子者,人之初也;童心者,心之初也。"

童子者,人之初也;童心者,心之初也。夫心之初,曷可失也？ 曷,何。然童心胡然而遽失也？ 胡然,怎样。遽,遂,就。盖方其始也,有闻见从耳目而入,而以为主于其内而童心失。 内,指人的内心世界。其长也,有道理从闻见而入,而以为主于其内而童心失。其久也,道理闻见日以益多,则所知所觉日以益广,于是焉又知美名之可好也,而务欲以扬之而童心失;知不美之名之可丑也,而务欲以掩之而童心失。夫道理闻见,皆自多读书识义理而来也。 义理,旧时指经义。宋以后主要指程朱理学。由这两句可见,所谓"道理闻见"并非指一般的知识学问,而是指理学家宣扬的封建伦理教条。古之圣人,曷尝不读书哉？然纵不读书,童心固自在也,纵多读书,亦以护此童心而使之勿失焉耳,非若学者反以多读书识义理而反障之也。 学者,指一般道学家,即李贽所谓"今世学道圣人"。(《复邓石阳》)障,蒙蔽。夫学者既以多读书识义理障其童心矣,圣人又何用多著书立言以障学人为耶？ 学人,义同上所谓"学者"。童心既障,于是发而为言语,则言语不由衷;见而为政事,则政事无根柢,著而为文辞,则文辞不能达。 达,表现真情实感。非内含以章美也。 章,同彰,表现。非笃实生辉光也, 这两句意为,假人之文不是由内在的真情表现出美,也不是由诚实的本性而产生光辉。欲求一句有德之言,卒不可得。所以者何？ 以童心既障，而以从外入者闻见道理为之心也。

　　夫既以闻见道理为心矣，则所言者皆闻见道理之言，非童心自出之言也。言虽工，于我何与？岂非以假人言假言，言假言，说假话。而事假事、文假文乎？做假事，写假文。盖其人既假，则无所不假矣。由是而以假言与假人言，则假人喜；以假事与假人道，则假人喜；以假文与假人谈，则假人喜。无所不假，则无所不喜。满场是假，矮人何辩也？场，戏场。辩，通辨。这两句以矮子看戏作比喻，说明假人一切皆假，看不清真象者就无从辨别了。然则虽有天下之至文，至文，发自童心的最好的作品。其湮灭于假人而不尽见于后世者，又岂少哉？何也？天下之至文，未有不出于童心焉者也。苟童心尚存，则道理不行，闻见不立，无时不文，无人不文，无一样创制体格文字而非文者。以上六句意为，只要童心长存，障蔽童心的道理闻见都不能发生作用，只要出自童心，任何时候，任何人都可以为文，任何体裁的作品都是好作品。诗何必古《选》，古《选》，指《文选》中的两汉魏晋诗歌。文何必先秦。降而为六朝，变而为近体，近体，指隋唐之际出现的格律诗。又变而为传奇，传奇，指唐宋传奇小说。变而为院本，院本，金代行院（戏剧艺人的居处，亦指戏剧艺人）演出所用的脚本。又元代以后又称宋杂剧为院本。总之，院本可概指元杂剧成熟以前我国早期的戏剧作品。**为杂剧**，杂剧，这里指元杂剧。**为《西厢曲》**，即元杂剧《西厢记》。**为《水浒传》，为今之举子业**，举子业，科举考试所用文体，在明朝主要是八股文。李贽认为出自童心之文，不拘一格，如果出自童心，即使写八股文，也可以写出好文章。但在实际上，写八股文的前提是"代圣贤立言"，有此前提，童心就不可能存，八股文就不可能成为好文章，后来汤显祖就一再说过举子业能消"真气"。

大贤言圣人之道皆古今至文，不可得而时势先后论也。故吾因是而有感于童心者之自文也，自文，出自童心，则自然成文。**更说甚么六经，更说甚么《语》、《孟》乎**？

　　夫六经、《语》、《孟》，非其史官过为褒崇之词，则其臣子极为赞美之语。这两句意为，六经中所记古代君王的言行，都是史官或臣子曲意褒崇赞美之词。**又不然，则其迂阔门徒，懵懂弟子**，懵〔měng 猛〕懂，糊涂。**记忆师说，有头无尾，得后遗前，随其所见，笔之于书。**以上意为《论语》、《孟子》也是靠不住的。**后学不察，便谓出自圣人之口也，决定目之为经矣，孰知其大半非圣人之言乎？纵出自圣人，要亦有为而发，不过因病发药，随时处方，以救此一等懵懂弟子，迂阔门徒云耳。药医假病，方难定执**，方，药方。定执，固定不变。**是岂可遽以为万世之至论乎？**是，此，指六经、《语》、《孟》。**然则六经、《语》、《孟》，乃道学之口实**，口实，谈话资料。这句意为，道学家以儒家经典

为谈话资料,借以骗人。**假人之渊薮也,**渊薮〔sǒu 叟〕,鱼和兽聚
居之处,此喻人物聚集之所。这句意为儒家经典是假道学的大本营。
**断断乎其不可以语于童心之言明矣！呜呼！吾又安
得真正大圣人童心未曾失者而与之一言文哉！**

说　明

　　李贽（1527—1602）字卓吾,号宏甫,又号温陵居士,泉
州晋江（今福建省晋江县）人,嘉靖三十一年举人,官至云南
姚安知府,后辞官不做,居湖北黄安, 又迁居湖北麻城龙潭
湖上,著书讲学。《焚书》发表后,受权势者迫害,被逐出麻
城,至通州（今北京市通县）,不久被捕下狱,不屈,自杀于狱
中。著有《焚书》、《续焚书》、《藏书》、《续藏书》、《李氏文集》
等。

　　在明代思想和文学领域里,李贽和徐渭一样,是开启一
代新思想和文学新风的主将,是以泰州学派为中心的反封
建传统的进步知识分子的杰出代表。他作为封建统治者心
目中的"异端"、"妖人",猛烈抨击正统的礼法教条和道学思
想,要求思想自由和个性解放,一扫明前期文学的教忠教孝
和模拟剽窃的腐恶空气,对明后期以至清前期文坛的思想
解放与创作繁荣,有重大影响。

　　《童心说》是李贽表现其进步思想的代表作,在理论上
和创作实践上都有重要意义。

　　在文学上提出"童心"这个命题,在中国文论史上可以

说是破天荒第一次。什么是"童心"？"童心"就是真心，就是清洗了封建伦常教条束缚和蒙蔽的"最初一念之本心"，它不是一般所谓的"真情实感"，而是出于人的自然本性的真情实感。宋明理学家主张"存天理，灭人欲"，而李贽提出的"童心"，正是与封建的"天理"相对立的"人欲"，即人们生存发展的自然要求，亦即他所肯定的"穿衣吃饭"（《答邓石阳》）、"好货""好色"（《答邓明府》）等等。可见，强调"童心"，就是要把人欲从封建理学教条的束缚中解放出来，显然具有一定的人本主义的色彩。

既然肯定了"童心"，就必然要反对以"闻见道理"为心。李贽所谓的"闻见道理"，并不是一般的知识见闻，而是"自多读书识义理而来"的封建理学教条。因此，"护此童心"，是以打破封建思想桎梏为前提的。这实际上就给人们的思想是非树立了一个新的标准，即不以儒学教条的是非为是非，而以童心之是非为是非，人们判断是非，只能从自己的真心出发。根据这个标准，他不但揭露了当时一般道学家欺世盗名的虚伪丑恶，而且直斥儒家经典为"道学之口实，假人之渊薮"，绝不是什么"万世之至论"。这就抹去了封建正统思想的神性的光辉。

从文学上说，"童心"也成了判断文学作品的真假高低的出发点。"童心"既失，人就成了假人，文就成了假文，作品写得再漂亮，终究是言不由衷，满纸假话，毫无意义。只有出自"童心"，才能有真正的好作品，不管它是什么时代的，什么人的，什么体裁的。这里，李贽确立了一个文学批

评的全新的标准。根据这个标准，李贽否定了一切"明道"、
"载道"维护封建教义的文学，突破了为封建政治服务的正
统文学理论的束缚。"诗何必古《选》，文何必先秦"，否定的
不只是形式上的模拟之风，而是把七子的创作也看作是"假
人言假言而事假事文假文"，从根本上加以否定的。按照这
个标准，李贽肯定了《西厢记》、《水浒传》等具有反封建意义
的进步文学作品，打破了以诗古文为文学正宗的传统观念，
提高了唐宋以来的小说、戏剧的地位。当然，李贽并没有肯
定一切的小说戏剧，对于小说戏剧，他仍是以是否出自"童
心"来加以评判的。在《杂说》里，他把《拜月亭》、《西厢记》
与《琵琶记》作了比较，指出"《拜月》、《西厢》、化工也；《琵
琶》，画工也。"所谓"化工"即出于"童心"，自然天成，犹如
"天之所生，地之所长"，"人见而爱之矣"，所以能感人至深。
这实际上充分肯定了《拜月亭》、《西厢记》的反封建倾向。而
《琵琶记》之所以为"画工"，就是因为高则诚"穷巧极工，不
遗余力"，不过是在曲意敷演子孝妻贤那一套人伦教化之
理，"童心"既失，因此"似真非真；所以入人之心者不深"。

　　《童心说》是在进步的方向上发展了王阳明心学的结
果，它的哲学基础是唯心主义的。实际上，任何人都不能保
存不受任何闻见道理影响的"最初一念之本心"。人的思
想，是在社会实践中形成、发展的。李贽自己所谓的"童心"，
其实也不是生而有之的"本心"，而是在资本主义萌芽出现
的情况下，新的社会力量及其思想要求的曲折反映。这在
李贽，是不可能认识到的，我们今天也不必苛求。

　　《童心说》在中国文学理论史上，称得上是一篇具有开创性的著作，它是新的社会力量的要求在思想、文学上的反映。它以全新的思想，启发了一代作家；以全新的标准，衡量了前代的文学，推动了中国十六世纪后期至十八世纪前期进步文学的发展。

牡丹亭记题词

汤　显　祖

天下女子有情宁有如杜丽娘者乎？梦其人即病，病即弥连，弥连，久病不起。至手画形容传于世而后死。死三年矣，复能溟莫中求得其所梦者而生。溟莫，即冥间，阴曹地府。如丽娘者，乃可谓之有情人耳。情不知所起，一往而深，生者可以死，死可以生。生而不可与死，死而不可复生者，皆非情之至也。梦中之情，何必非真，天下岂少梦中之人耶？必因荐枕而成亲，荐枕，指同床。待挂冠而为密者，皆形骸之论也。形骸，人的体形。以上三句意为真正有情者，并不一定身体相亲。强调以情为主，不重形骸。

传杜太守事者，仿佛晋武都守李仲文、事出《法苑珠林》(见《太平广记》卷三百一十九《张子长》),记李仲文女魂与张子长相爱事。**广州守冯孝将儿女事。**事出《法苑珠林》(见《太平广记》卷三百七十五《徐玄方女》),记冯孝将子与徐玄方女之魂相爱,后徐女还魂,与冯子结为夫妻。**予稍为更而演之。**更〔gēng耕〕变动。演,推演,引申,发展。**至于杜守收考柳生,亦如汉睢阳王收考谈生也。**事出《列异传》(见《太平广记》卷三百一十六《谈生》),记睢阳王女之魂与谈生相爱,并赠谈生以珠袍。后谈生持珠袍到睢阳王家去卖,被王认出为其女墓中之物,遂将谈生抓来审问。谈生以实对。后睢阳王认谈生为婿。收考,抓来审问。

　　嗟夫！人世之事,非人世所可尽,自非通人,自,苟,假如。通人,学识渊博的人。**恒以理相格耳。**理,理学家所谓纲常之理。格,推究,衡量。以上四句意为,人世间的事情无奇不有,不是人世间一般的情况所能全部包括的。如果不是通人,就总是要拿理去衡量一切事情。**第云理之所必无,**第,但,只。**安知情之所必有耶!**

答吕姜山

汤显祖

寄吴中曲论良是。吴中曲论,不详,当为吕姜山所寄。吕姜山,名胤昌,号玉绳,浙江余姚人,《曲品》作者吕天成之父。吕姜山曾认为《牡丹亭》有些地方不合音律,加以改窜,汤显祖对此表示过不满。(见《答凌初成》)可见他们在戏剧创作上是有分歧的。**"唱曲当知,作曲不尽当知也"**。疑指吕姜山所寄曲论中语。意为戏剧音律方面的规定,唱曲者(演员)是应该知道的,而剧作者则用不着都了解,因为戏剧创作之能事不在音律。**此语大可轩渠。** 渠,通举。轩渠,高举双手表示高兴。**凡文以意、趣、神、色为主,** 意,思想。趣,情趣。神,气韵。色,辞采。**四者到时, 或有丽词俊音可用,尔时能一一顾九宫四声否?** 宫,中国古代七声音阶中的一个音阶。七声为宫、商、角、变徵、徵、羽、变商。在元明戏剧中,以宫声为主的曲牌通称"宫"。九宫即先吕宫、南吕宫、中吕宫、黄钟宫,正宫及大石调、双调、商调、越调等九个宫调。四声,平、上、去、入四声。**如必按字摸声,** 按字摸声,逐字斟酌,以求一一合于音律。**即有窒滞迸泄之苦,** 窒滞,阻塞不通。迸泄,散乱。这句意为,一味斤斤计较于音律,则意趣神情均不能得到充分地正常地表现,语言也不可能流畅而有条理。**恐不能成句矣。弟虽郡住,** 郡,指临川,作者此时罢官家居。郡住,住在临川城内。**一岁不再谒有司。** 谒,拜见。有司,指临川的地方官。这句意为与官方极少来往。**异地同心,惟与儿辈时作磻溪之想。** 磻〔pán 盘〕溪,一名璜河,在今陕西省宝鸡市东南,源出南山兹谷,北流入渭水。相传吕尚(姜太公)曾垂钓于此而遇周文王。这里借用此典表示自己安于隐居生活,只求攸闲自在。

说　明

汤显祖(1550—1616)字义仍,号若士,别署清远道人,临川(今江西省临川县)人,万历十一年进士,授南京太常博士,后因上疏抨击权势大臣,被贬为广东徐闻典史,后调任浙江遂昌知县,以不附权贵辞官,从此家居不出,从事戏剧创作。作品有《牡丹亭》、《紫钗记》、《邯郸记》、《南柯记》、合称"临川四梦"或"玉茗堂四梦",而作者自称"一生'四梦',得意处惟在《牡丹》。"此外,汤显祖还以诗文名于时,有诗文集《问棘邮草》、《玉茗堂集》等传世。

汤显祖是徐渭、李贽所开启的新的思想文学潮流的中坚,他不但以自己杰出的创作实践体现并光大了反封建理学、争个性解放的进步思想,而且在理论上对徐、李的思想主张也有所发挥,这里选录的两文,颇能代表他的思想和创作主张。

《牡丹亭记题词》一文突出地强调了一个"情"字,表明汤显祖于文学创作主张以"情"为主。在《耳伯麻姑游诗序》中,他说过"世总为情",认为人事都以情主宰,因而一切文学作品也应以情主宰。这种主张,可以概括为主情说。在汤显祖的创作中,最能体现主情说的是《牡丹亭》。《牡丹亭》以浪漫主义的手法表现这种"生者可以死,死者可以生",具有冲决一切的力量的"情",就是对个性解放的呼唤。汤显祖还把这种"情"明确地与"理"对立起来,强调"理之所必无,情之所必有"。这是他的一贯思想,在《寄达观》里他

也说过："情有者,理必无;理有者, 情必无。""情"与封建教
条就是这样的势不两立, 由此可见汤显祖强调"情"的反封
建意义。

汤显祖在这里强调的"情",在实质上就是李贽所强调
的"童心"。他说过："人生而有情"。(《宜黄县戏神清源师
庙记》)可见情是人的本性,即李贽所说的没有受到任何思
想的桎梏的人的"最初一念之本心"。"情"与"理"的对立,
也就是"童心"与"闻见道理"的对立。值得注意的是,强调
人的自然本性而以之与封建教条相抗衡,在西方也出现过,
而且时代也相去不远。汤显祖揭示的"情"与"理"的对立,
与西方文艺复兴时期思想家所揭示的"人性"与"神性"的对
立, 在实质上是一致的。

由于强调情,汤显祖明确地声言自己进行戏剧创作是
"为情作使"。(《续栖贤莲社求友文》)这是他的基本的创作
态度。"世间只有情难诉",(《牡丹亭》第一出"标目")确实,
在封建礼法的禁锢之下,这种反礼法的"情"是不那么好诉
的,作者以表现、宣扬这个"情"字为己任,不但有识,而且有
胆。汤显祖所以要选择《谈生》等三个志怪故事作为《牡丹
亭》的素材,就是因为那种超乎生死的男女之情,能更加充
分地表现出"情"的冲决一切的力量。

既然戏剧创作是"为情作使",在处理戏剧的内容和形
式的关系时,就必然以情为主,词曲音律都服从于情的表
达,而不是反过来,以后者束缚、妨碍前者。这就是《答吕姜
山书》的基本思想。

"凡文以意、趣、神、色为主",所谓意、趣,所谓"神",其核心也就是他所要表现的"情"。他说过:"情生诗歌,而行于神。"(《耳伯麻姑游诗序》)可见"神"就是表现"情"的。"情"的表现,应该是无拘无束,"成乎自然",(《张元长嘘云轩文字序》)曲词的音韵辞采即所谓"色",应服从于情的自然畅达地表现,不可拘于格律程式,更不应模拟剽窃。他说过:"文章之妙,不在步趋形似之间;自然灵气,恍惚而来,不思而至,怪怪奇奇,莫可名状。"(《合奇序》)他的《牡丹亭》,确实做到了意、趣、神、色的自然融合,达到了"自然灵气,恍惚而来,不思而至"的境界,因而能产生出感人肺腑的巨大的艺术力量。

至于声律,既然是以传奇的体裁进行创作,就不可不讲究。事实上,汤显祖也是精于声律的。但决不能把着眼点首先放在声律上,不能以律害词,如沈璟主张的那样,"宁协律而词不工",更不能以律害情。"一一顾九宫四声","按字摸声",妨害"情"的自由畅达地表现,是万万不可取的。这一点,汤显祖始终坚持,他甚至说过:"笔懒韵落,时时有之,正不妨拗折天下人嗓子。"(《答孙俟居》)当吕姜山为了一一合律而窜改《牡丹亭》时,汤显祖极为不满,他在《与宜伶罗章二书》中谆谆嘱咐:"《牡丹亭记》,要依我原本,其吕家改的,切不可从,虽是增减一二字便俗唱,却与我原做的意趣大不同了。"他所以对自己的原著如此坚持,绝不是出于文人的敝帚自珍,而是为了维护原著的意趣,即他所最为强调的"情"。

曲　律（选录）

王　骥　德

论须读书第十三

　　词曲虽小道哉，小道，古代许多文人以诗、古文为文学正宗，而视戏剧小说为小道，不能登大雅之堂。然非多读书，以博其见闻，发其旨趣，终非大雅。须自《国风》、《离骚》、古乐府及汉、魏、六朝、三唐诸诗，三唐，指唐代盛、中、晚三个时期。下迨《花间》、《草堂》诸词，《花间》，《花间集》，五代后蜀赵崇祚编，选录晚唐、五代词人作品。《草堂》，《草堂诗余》，不详选者，疑为南宋人，选录作品以宋词为主，间有唐、五代词人作品。金、元杂剧诸曲，及至古今诸部类书，俱博搜精采，搜，收集。采，选取。蓄之胸中。于抽毫时，抽毫，提笔。掇取其神情标韵，写之律吕，令声乐自肥肠满脑中流出，肥肠满脑，形容人肥胖丑陋，原为贬意。这里借以形容学问积累的丰富，为褒意。自然纵横该洽，该，通赅，包括一切。洽〔qià 恰〕，广博、周遍。与剿袭口耳者不同。剿袭口耳，意为道听途说。胜国诸贤及实甫、则诚辈，胜国：《周礼·地官·媒氏》郑玄注："胜国，亡国也。"已亡之国为今存之国所胜，故称胜国，后亦称前朝为胜国。这里指元朝。实甫，王实甫，杂剧《西厢记》作者。则诚，指高则诚，南戏《琵琶记》作者。皆读书人，其下笔有许多典故、许多好语衬副，好语，指从古代优秀文学作品中吸取的精彩语言。衬副，陪衬，烘托。所以其制作千古不磨。至卖弄学问，堆垛陈腐，以吓三家村人，三家村，陆游《村饮示邻曲》："偶失万户侯，遂老三家村。"三家村，泛指本乡村，三家村人，即民间老百姓。又是种种恶道。恶道，歪门邪道。古云："作诗原是读书人，不用书中一个字。"吾于词曲亦云。

论家数第十四

曲之始，止本色一家，本色，本来面目，指文词质朴，或指直抒真情。观元剧及《琵琶》、《拜月》二记可见。《拜月》，《拜月亭》，南戏剧本，元末施惠作，或云出自无名氏。与《荆钗记》、《白兔记》、《杀狗记》合称"四大传奇"。自《香囊记》以儒门

手足为之，《香囊记》，明代传奇剧本，邵璨作。遂滥觞而有文
词家一体。滥觞，开始。近郑若庸《玉玦记》作，郑若庸，字
中伯，明昆山人。《玉玦记》，南戏剧本。而益工修词，质几尽
掩。夫曲以模写物情，体贴入理，所取委曲宛转，以
代说词，一涉藻缋，藻缋，华丽辞藻。便蔽本来。本来，即
上文所谓物情、人理的本来面目。然文人学士，积习未忘，
不胜其靡，此体遂不能废，犹古文六朝之于秦、汉也。
大抵纯用本色，易觉寂寥；寂寥，这里意为单调枯燥。纯用
文调，复伤雕镂。《拜月》，质之尤者，《琵琶》兼而用
之，如小曲语语本色，小曲，不入套的小令。大曲引子如
"翠减祥鸾罗幌"、"梦绕春闺"，过曲如"新篁池阁"、
"长空万里"等调，大曲，这里指戏剧中的套曲。引子，重要角色
登场后所唱的第一支曲子。过曲，套曲中除引子和尾声外的各曲 俱称
过曲。翠减句，见《琵琶记》第八出赵五娘唱词《破齐阵》，意为绣着祥
鸾的罗帷褪色了，表现蔡伯喈离家之久及赵五娘思念之苦。梦绕句，
应作"梦远亲闱"，见第十二出蔡伯喈唱词《高阳台》，意为思念远方的
双亲。新篁句，见第二十一出牛小姐唱词《梁州序》。长空句，见第二
十七出牛小姐唱词《本序》。未尝不绮绣满眼，故是正体。
《玉玦》大曲，非无佳处，至小曲亦复填垛学问，则第
令听者愦愦矣。第，只。愦愦，〔kuì 溃〕糊涂。故作曲者须
先认其路头，然后可徐议工拙。至本色之弊，易流

俚腐；文词之病，每苦太文。雅俗浅深之辨，介在微茫，介，间隔。这两句意为雅俗浅深之间，界限极窄，不易清楚划分。又在善用才者酌之而已。

论句法第十七

句法宜婉曲不宜直致，宜藻艳不宜枯瘁，宜溜亮不宜艰涩，宜轻俊不宜重滞。宜新采不宜陈腐，宜摆脱不宜堆垛。摆脱，不受前人陈言的束缚。宜温雅不宜激烈，宜细腻不宜粗率，宜芳润不宜噍杀。噍杀〔jiāo shài〕，声音急促。《礼记·乐记》："其哀心感者，其声噍以杀。"又总之，宜自然不宜生造。意常则造语贵新，语常则倒换须奇。倒换，句中字词的调度。他人所道，我则引避；他人用拙，我独用巧。平仄调停，阴阳谐叶，叶〔xié 鞋〕，通协，协韵。上下引带，引带，语句的联系接合。减一句不得，增一句不得。我本新语，而使人闻之，若是旧句，言机熟也；机熟，技巧熟练。我本生曲，而使人歌之，容易上口，言音调也。调〔tiáo 条〕，协调。一调之中，句句琢炼，毋令有败笔语，毋令有欺嗓音，欺嗓音，不协音律难于演唱的曲词。积以成章，无遗恨矣。

论剧戏第三十

剧之与戏，南北故自异体。北剧仅一人唱，南戏则各唱。 北剧，指杂剧，因多用北曲，故称北剧。杂剧剧本的体制一般每本四折。每折由一人唱到底，甚至四折由一人唱到底，别的人物只有宾白。南戏，主要指传奇，因多用南曲，故称"南戏"，其体制为出数不限，上场人物都可以有唱词。一人唱，则意可舒展，而有才者得尽其舂容之致；舂〔chōng 冲〕容，形容声音宏大响亮。此句意为演员可以充分发挥，尽其嗓音之所长。各人唱，则格有所拘，律有所限，即有才者，不能恣肆于三尺之外也。恣肆，放纵。三尺，汉时把法律条文写在长约三尺的竹简上，称为三尺法。《史记·酷吏列传》："君为天子决平，不循三尺法。"后即以"三尺"泛指法律条文。这里借以指戏剧曲辞的音律。于是，贵剪裁，贵锻炼，以全帙为大间架，全帙〔zhì 至〕，全本。大间架，总的结构。以每折为折落，折落，段落。以曲白为粉垩、为丹雘，粉垩〔è 饿〕，白粉。雘〔huò 获〕，色泽鲜美的颜料。丹雘，为红色颜料，亦可泛指一般的颜料。勿落套，勿不经，勿太蔓。蔓则局㦬，局㦬，结构松散。而优人多删削；勿太促，促则气迫，而节奏不畅达。毋令一人无着落，毋令一折不照应。传中紧要处，传〔zhuàn 撰〕，故事。

须着重精神，极力发挥使透。如《浣纱》遗了越王尝胆及夫人采葛事，《浣纱》，传奇剧本《浣纱记》，明梁辰鱼作，写越王勾践灭吴复国事，剧中没有正面写勾践卧薪尝胆事。"采葛"事见《吴越春秋》，但非越王夫人事，本文所记有误。**红拂私奔，如姬窃符。**红拂私奔，唐杜光庭所作小说《虬髯客传》，明凌濛初所作杂剧《虬髯翁》及张凤翼、张太和所作传奇《红拂记》，均演此事。如姬窃符，事见《史记·魏公子列传》，明张凤翼所作传奇《窃符记》演此事。以上言凡事件之重要情节，俱不可遗漏。写越王勾践复国事不可没有尝胆这一情节，写虬髯客事不可没有红拂私奔这一情节，写信陵君救赵事不可没有如姬窃符这一情节。**皆本传大头脑，如何草草放过？若无紧要处，只管敷演，又多惹人厌憎，皆不审轻重之故也。又用宫调，须称事之悲欢苦乐，**称〔chèn 衬〕，适合。**如游赏则用仙吕、双调等类，哀怨则用商调、越调等类，**燕南芝庵《唱论》："仙吕调唱，清新绵远"，"双调唱，健捷激袅。"故仙吕、双调适于表现游赏时欢畅的情绪。又《唱论》："商调唱，凄怆怨慕"，"越调唱，陶写冷笑"。故商调、越调适于表现哀怨的情绪。按以上说法，不可一概而论，据明代戏剧的实际情况，上述宫调并不一定只用来表现相应的某种情绪。**以调合情，容易感动得人。其词格俱妙，大雅与当行参间，**参间〔jiàn 见〕，结合。**可演可传，上之上也；词藻工，句意妙，如不谐里耳，**里耳，俚耳，俗耳。不谐里耳，意为一般观众听不懂。

为案头之书，已落第二义。既非雅调，又非本色，掇拾陈言，凑插俚语，为学究，为张打油，张打油，唐人，一说宋人，作诗俚俗而诙谐。后来文人即以"张打油体"或"打油诗"讥笑那些语言俚俗而无文彩，粗糙而乏提炼的诗歌曲辞。勿作可也。

论宾白第三十四

宾白，亦曰"说白"。宾白，古代戏剧语言由唱词和宾白两部分组成。宾为对话，白为独白。有"定场白"，定场白，古代戏剧中人物首次上场时的自我介绍，一般先念引子或定场诗，然后念一段独白，介绍自己的姓名、籍贯、身世及当时情形。现代戏曲中仍有此程式，叫"自报家门"。初出场时，以四六饰句者是也。有"对口白"，对口白，即对白、对话。各人散语是也。"定场白"稍露才华，然不可深晦。《紫箫》诸白，《紫箫》，汤显祖所作传奇剧本《紫箫记》，后修改更名为《紫钗记》，取材于唐传奇《霍小玉传》，写霍小玉与李十郎的爱情故事，辞藻华美，宾白多用四六骈体。皆绝好四六，惜人不能识；《琵琶》黄门白，黄门，太监。《琵琶记》第十五出有一小黄门的大段独白，虽用骈体，但雅中有俗，容易明白。只是寻常话头，略加贯串，人人晓得，所以至今不废。"对口白"须明白简质，用不得

太文字。太文字，过于文雅的字面。凡用之、乎、者、也，俱
非当家。当家，内行。《浣纱》纯是四六，宁不厌人！又
凡"者"字，唯北剧有之，"者"字，在曲辞中用法不一，北曲多
用在语尾。今人用在南曲白中，大非体也。句子长短
平仄，须调停得好，令情意宛转，音调铿锵，虽不是
曲，却要美听。美听，听起来悦耳。诸戏曲之工者，白未
必佳，其难不下于曲。《玉玦》诸白，洁净文雅，又不
深晦，与曲不同，只稍欠波澜。大要多则取厌，少则
不达，苏长公有言："行乎其所当行，止乎其所不得
不止。"苏长公，苏轼。引语见《文说》，原作"常行于所当行，常止于
不可不止。"则作白之法也。

杂论第三十九上 (摘录)

南、北二调，天若限之。北之沉雄，南之柔婉，
可画地而知也。画地，喻界限分明。北人工篇章，南人工
句字。工篇章，故以气骨胜；工句字，故以色泽胜。

胡鸿胪言：胡鸿胪，胡侍字奉之，宁夏人，明正德间进士，曾
官鸿胪少卿，著有《珍珠船》，其中有关于戏曲的见解。"元时，台
省元臣，郡邑正官，皆其国人为之；国人，这里指蒙古人和

色目人。在元代,中央及地方负责官吏一般不让汉人担任,即使有担任的,也多是副职。**中州人每沈抑下僚,志不获展。** 中州人,指中原地区的汉人。下僚,下级官吏。 **如关汉卿乃太医院尹,** 太医院,金、元以后中央掌管医疗事务的官署,主要为宫廷服务。元锺嗣成《录鬼簿》记关汉卿曾任太医院尹。 **马致远江浙行省务官,** 马致远,元代戏剧家,著有杂剧《汉宫秋》等十四种,《录鬼簿》记马致远曾任江浙省务提举,是管理某一方面事务的小官。**宫大用钓台山长,** 宫大用,宫天挺字大用,开州(今河南省濮阳县)人,元代戏剧家,著有杂剧《范张鸡黍》等六种。《录鬼簿》记宫大用曾任钓台山长。山长是书院主持人,除讲学外,总领书院事务。 **郑德辉杭州路吏。** 郑德辉,郑光祖字德辉,平阳(今山西省临汾县)人,元代戏剧家,著有杂剧《倩女离魂》等十七种。《录鬼簿》记郑德辉曾任杭州路吏,当是杭州路的下级官吏。**张小山首领官,** 张小山,张可久字小山,庆元(今浙江省宁波市)人,元代散曲作者,著有《今乐府》等四种。《录鬼簿》记张小山曾任收领官(一作首领官)。**于是多以有用之才,寓于声歌,以抒其拂郁感慨之怀,** 拂郁,抑郁。**所谓不得其平而鸣也。"** 然其时如贯酸斋、白无咎、杨西庵、胡紫山、卢疏斋、赵松雪、虞邵庵辈, 贯酸斋,贯云石,号酸斋,维吾尔族人,官至翰林学士等职,擅长散曲,著有《酸斋集》。白无咎,白贲字无咎,能散曲,身世著作未详。杨西庵,杨果字正卿,蒲阴(今河北省安国县)人,官至参知政事,擅长散曲,著有

《西庵集》。胡紫山，生平未详，王国维注《录鬼簿》谓即元初人胡祗遹。《元诗记事》载其诗二首。卢挚，字处道，号疏斋，涿郡（今北京西南）人，官至翰林学士。赵松雪，赵孟頫，字子昂，号松雪道人，湖州（今浙江省吴兴县）人，官至翰林学士，擅长书法，亦能诗、文、散曲，著有《松雪斋文集》。虞邵庵，虞集字伯生，号道园，室名邵庵，世称邵庵先生，祖籍仁寿（今属四川），迁崇仁（今属江西），官至翰林直学士兼国子祭酒等职，能诗文，著有《道园学古录》等。**皆昔之宰执贵人也，**宰执贵人，朝中执政掌权的大官。**而未尝不工于词。以今之宰执贵人，与酸斋诸公角而不胜；**角，较量。**以今之文人墨士，与汉卿诸君角而又不胜也。盖胜国时，上下成风，皆以词为尚，于是业有专门。今吾辈操管为时文，**时文，八股文，因是时新文体，区别于古文，故称时文。**既无暇染指，**染指，《左传·宣公四年》载楚共王请大夫们食鼋，请来了子公而又不给他吃，"子公怒，染指于鼎，尝而后出。"染指，尝试。这句意为没有时间进行戏剧创作的尝试。**迨起家为大官，则不胜功名之念，**不胜〔shēng 生〕，不尽，无穷。**致仕居乡，**致仕，退休。**又不胜田宅子孙之念，何怪其不能角而胜之也。**

　　曲之尚法固矣，若仅如下算子、画格眼、垛死尸，下算子，打算盘。画格眼，儿童初学写字，在纸上先画好格，然后按格填字，不可出格。下算子、画格子眼俱有固定方法，此用以比喻死法。垛死尸，语义不详，其所喻当与下算子画格眼同。**则赵括之读父书，故不如飞将军之横行匈奴也。** 赵括，战国时赵国名将赵奢之子。据《史记·廉颇蔺相如列传》：秦以计使赵王罢廉颇，以赵括为将，"蔺相如曰：'王以名使括，若胶柱而鼓瑟耳。括徒能读其父书传，不知合变也。'"意为赵括只是读了他父亲的兵书，并无实战经验，只会照搬书本，不知随机应变。后赵与秦战于长平，赵军大败。飞将军，西汉名将李广。《史记·李将军列传》："及出击胡，而广行无部伍行阵，就善水草屯，舍止，人人自便，不击刁斗以自卫，幕府省约文书籍事，然亦远斥候，未尝遇害。……广居右北平，匈奴闻之，号曰'汉之飞将军'。"这几句大意是，曲固然要讲法，但不应讲死法，如果象"下算子"那样讲死法，那就还不如无法。比之于打仗，死读父书，照搬兵法的赵括落了个一败涂地，而治军简易，不照搬兵法的李广，反可以横行匈奴。**当行本色之说，非始于元，亦非始于曲，盖本宋严沧浪之说诗。** 严沧浪，南宋严羽。戏剧家所谓当行本色，指的是懂得戏剧创作的要领和文词的质朴，与严羽本意并不一致。**沧浪以禅喻诗，**禅，指佛教的禅宗学说，主张默坐敛思，以达到彻悟。禅宗思想在宋代对思想文化各方面俱有很深的影响，"以禅喻诗"是宋代诗论的特点之一，严羽是最突出的一个。**言其"禅道在妙悟，诗道亦然。惟悟乃为当行，乃为本色。有透彻之悟，有一知半解之悟。"** 引语见《沧浪诗话·诗辨》，作者只是引述大意，并未逐字征引。**又云："行有未至，可加工力；路头一差，愈骛愈远。"** 引语见《沧浪诗话·诗辨》又云："须以大乘正法眼为宗，不可令堕入声闻、辟支之果。"引语见《沧浪诗话·诗辨》,亦非逐字征引。知此说者,可与语词道矣。

说　明

王骥德(？——1623)字伯良,又字伯骏,号方诸生、秦楼外史,会稽(今浙江省绍兴市)人,明后期著名的戏剧家和戏剧理论家,与徐渭、汤显祖、沈璟都有密切交往,戏剧论著有《方诸馆曲律》(简称《曲律》),作品有传奇《题红记》、杂剧《男王后》及散曲集《方诸馆乐府》等。

《曲律》在明代戏剧论著中是比较突出的一部。当时,许多戏剧论著常偏于音乐格律的探讨,而忽视戏剧的文学特征,如吴江一派沈璟等人的论著就有此缺点。王骥德也很重视戏剧的音乐格律问题,但他也很注意戏剧作品的文学特征,因此,所论就不限于音乐格律。

这里选录的几节,主要表现了王骥德关于戏剧语言和结构两个方面的见解。

关于戏剧语言,王骥德的基本主张是语言必须服从于"模写物情,体贴入理"。而最适于这个目的的,是本色与文词相结合的语言。词不宜太华,"一涉藻缋,便蔽本来",不利于情理的表达。因此,他对《香囊记》、《玉玦记》一类作品的语言骈俪化和滥用典故的倾向,是不满意的。戏剧语言也不宜太俗,如纯用本色,则易流于单调俚腐。总之,王骥德主张语言要文俚相间,雅俗共赏。

基于这个主张,王骥德强调要向优秀的文学遗产学习,而不可"剿袭口耳"。但学习又应重于领会神情,即"掇取其神情标韵,写之律吕",切不可"卖弄学问,堆垛陈腐",吓唬老百姓。

在明中后期的戏剧创作中,有一种使戏剧作品案头化的倾向,即写戏而不考虑戏剧演出的特点,以致写成后难于上演,而只能供案头阅读欣赏。这种倾向表现在语言上,就是曲辞太文,以及骈俪化和滥用典故。这种作品,演起来念、唱俱难,即使勉强念、唱出来,观众也不易听懂。针对这种倾向,王骥德从戏剧文学不同于一般案头文学的特征出发,提出了戏剧语言的两点主张。一是"使人歌之,容易上口",即曲辞要合于音律,使演员唱得出来,"毋令有欺嗓音"。一是"谐里耳",即使普通老百姓都能听懂,而不可"令听者愦愦"。这种主张,反映了市民群众对戏剧的要求,也提出了保持戏剧生命力的一个重要条件,因此值得重视。

当时一些戏剧作家进行创作,常常着力于词曲而多少有些轻视宾白。有感于此,王骥德特意写了"论宾白"一节,一方面强调宾白的重要性,认为宾白与曲辞具有同等地位,一方面提出写好宾白的标准,即"明白"和"美听"。"明白"就是要口语化,不宜用古文体,更不宜用四六骈体。"美听"有两层含义,一是要求语言的音乐美,宾白虽为口语体,但又不可纯用简质的日常口语,要在口语的基础上加以锤炼,使之给人一种铿锵悦耳的美感。二是宾白的语言也应"情意宛转"使之入于耳而感于心,具有艺术的感染力。这些主张,即使对于今天的戏曲创作和话剧创作,也是有启发性的。

关于戏剧结构,王骥德的要求首先是严谨统一,剪裁组织得当,不可支蔓涣散,不可"令一人无着落,令一折不照应"。其次是抓住剧情主脑,确定全剧节奏。"传中紧要处",要"极力发挥使透",而无关紧要处,则不必过多敷演。第三是"勿落套",剧情编排不可千篇一律。第四是"勿不经",即剧情发展要合于生活逻辑,入情入理,不可过于追求奇巧,甚至荒诞不经。在当时的传奇创作中,确实存在着主次不分,结构散漫,千篇一律和奇巧荒诞的毛病,因此,王骥德的这些主张,在当时就是很有价值的。

王骥德对戏剧文学的这些见解,对当时及后来的戏剧理论都颇有影响。清初李渔关于戏剧结构、语言的许多主张,与《曲律》所论,都是一脉相承的。

雪涛阁集序

袁宏道

文之不能不古而今也，时使之也。古而今，从古代
变为现代。时使之也，是时代促使它发生这样变化的。妍媸之质，
不逐目而逐时。妍，美。媸，丑。质，品质。逐，追随。这两句说，
物的美丑，不是随着人们愿不愿意看，而是随着时代 的 变 化 而变
化的。是故草木之无情也，而鞓红、鹤翎，不能不改观
于左紫、溪绯。鞓〔tīn 厅〕红、鹤翎、左紫、溪绯〔feī 飞〕都是牡
丹花的品种，见宋欧阳修《洛阳牡丹记》。这二句说，所以草木是没有
感情的，但鞓红、鹤翎不能不随着时代推移而让给左紫、溪绯。唯识
时之士，为能堤其隤而通其所必变。堤〔dī 低〕，预防。隤
〔tuí 颓〕，败坏。通，疏通，引导。这二句说，只有认识到时代变化趋势的
人，才能防止时代风气的败坏，并且顺着其所必然变化的趋势加以疏
导。夫古有古之时，今有今之时，袭古人语言之迹而

冒以为古，是处严冬而袭夏之葛者也。袭，穿衣。葛，植物名，其纤维可织葛布。古称夏衣为葛。

骚之不袭雅也，雅之体穷于怨，不骚不足以寄也。穷，缺乏。穷于怨，指对哀怨之情缺乏表现能力。寄，寄托。这二句说，《离骚》不因袭《诗经》中的《雅》，是因为《雅》这种体裁不适合抒发怨愤之情，而屈原的感情，不用《离骚》便不能得以寄托。后之人有拟而为之者，终不肖也。何也？彼直求骚于骚之中也。直，只、但。至苏、李述别及《十九》等篇，骚之音节体致皆变矣，然不谓之真骚不可也。苏，苏武。李，李陵。述别，指苏武、李陵所写的诗。《文选》录苏诗四首，录李诗三首。《十九》，指《古诗十九首》。这三句说，苏、李诗和《古诗十九首》等作品，音节与体致与《离骚》已很不相同，然而从抒发幽怨情感这一点上来看，这些作品才真正同《离骚》是一致的。古之为诗者，有泛寄之情，无直书之事；泛寄之情，指文字的具体含义之外另有寄托。直书之事，照直把事实写出来。而其为文也，有直书之事，无泛寄之情；故诗虚而文实。文，指一般散文。虚，指不直接叙事。晋、唐以后，为诗者，有赠别，有叙事，为文者，有辨说，有论叙，架空而言，不必有其事与其人，是诗之体已不虚，而文之体已不能实矣。古人之法，顾安可概哉？概，原是古人量米时用以刮平斗口的器具，此指一概而论。夫法因于敝而成于过者也。因，承接。这句意为，写作方法是承接着前代的弊病和过失而加以纠正补救从而获得完善的。**矫六朝骈丽饤饾之习者，以流丽胜；饤饾者，固流丽之因也。** 骈丽，指成双成偶。骈俪文为六朝时期盛行的一种文体，句式整齐，讲求对偶。饤饾〔dìng dòu 定豆〕，食品堆积罗列，此处比喻文辞堆砌。唐韩愈《南山》诗："或如临食案，有核纷饤饾。"流丽，流畅而华丽。这四句说，纠正了六朝的骈俪、饤饾之风以后，于是作家们以文字流丽而取胜；然而，这种流丽实际是以饤饾为诱因的，如果没有六朝的饤饾，后来的流丽也就不会出现。**然其过在轻纤，盛唐诸人以阔大矫之。** 轻纤，轻脱纤巧。阔大，指文气开阔奔放。**已阔矣，又因阔而生莽，是故续盛唐者，以情实矫之。** 莽，粗犷。情实，即实情。这几句说，盛唐的作品，由于气势开阔的特点，于是给作品带来了粗莽的毛病，因此中唐作家又提倡描写实情来纠正盛唐之弊。**已实矣，又因实而生俚，是故续中唐者，以奇僻矫之。** 奇僻，怪异冷僻。**然奇则其境必狭，而僻则务为不根以相胜。** 务，勉力从事。不根，即不根之谈，没有根据的话。相胜，争胜。这二句说，追求奇，则作品的意境定会狭窄；而追求僻，则必然多作不根之谈以争胜。**故诗之道，至晚唐而益小。** 道，道路。小，狭窄，衰微。**有宋欧、苏辈出，大变晚习。** 有宋，即宋朝。欧，欧阳修。苏，苏轼。晚习，晚唐以来的风气。**于物无所不收，** 题材广泛，万事万物都可写入诗。**于法无所不有，** 写作方法多样化。**于情无所不畅，** 能抒发喜怒哀乐多种感情。**于境无所不取，**作品的意境多种多样。
滔滔莽莽，有若江河。 作品气势奔放，如长江大河，一泻千里。
今之人，徒见宋之不唐法，而不知宋因唐而有法者也。
唐法，即法唐，效法唐代。这二句说，人们只看到宋人不效法唐人，那
知宋是靠借鉴唐代才有了自己的法。**如淡非浓，而浓实因于
淡。** 这二句说，例如清淡不是浓艳，但浓艳实在是借清淡而产生的。
**然其弊至以文为诗，流而为理学，流而为歌诀，流而
为偈诵，诗之弊，又有不可胜言者矣。** 歌诀，即口诀。指
把事物的内容要点编成韵文或较整齐的文字以便记诵。偈〔jì 记〕诵，
佛经中的唱词。

　　近代文人，指明代以李梦阳、何景明为首的前七子，和以李
攀龙、王世贞为首的后七子。**始为复古之说以胜之。夫复
古是已，然至以剿袭为复古，句比字拟，务为牵合，**
比，比照。拟，摹仿。牵合，此指强同古人合拍。这几句说，复古是对
的，然而，甚至认为抄袭就是复古，一字一句地勉强去同古人相合。
弃目前之景，摭腐滥之词； 摭〔zhí 直〕，拾取。腐滥之词，陈
词滥调。**有才者诎于法，而不敢自伸其才；无才者拾
一二浮泛之语，帮凑成诗。** 诎〔qū 屈〕，通屈，屈服。帮凑，强拉
硬扯。**智者牵于习，而愚者乐其易，**牵，牵累，拘泥。习，流行
的风气。这二句说，有才的人被世上风习所拘牵，无才的人欢迎省力
气的事。**一倡亿和，优人驺从，共谈雅道。**优人，此指艺人。

驺〔zōu 邹〕从，封建时代官吏出行时前后侍卫的骑卒。雅道，指诗文创作。**吁！诗至此，抑可羞哉！夫即诗而文之为弊，盖可知矣。**两句意为，诗之弊如此，文之弊也就可想而知了。

余与进之游吴以来，每会必以诗文相励，务矫今代蹈袭之风。进之，《雪涛阁集》作者江盈科字进之。吴，今江苏苏州一带。**进之才高识远，信腕信口，皆成律度，**信，随意。信腕信口，谓随手写出，随意唱出。律度，诗歌的法则。**其言今人之所不能言与其所不敢言者。或曰：进之文超逸爽朗，言切而旨远，其为一代才人无疑。**切，切实。旨远，含意深远。**诗穷新极变，物无遁情，**这两句说，江盈科的诗尽力追求新颖，极尽变化，在他的笔下，事物的实情都被揭示出来。**然中或有一二语，近乎近俚近俳，何也？**平，平淡。俚，粗俗。俳〔pái 排〕，滑稽。**余曰：此进之矫枉之作，以为不如是不足矫浮泛之弊，而阔时人之目也。**这三句说，这是江盈科用以纠正摹古之风的作品，如果不这样写，就不能纠正肤浅空洞的毛病，就不能开扩时人的视野。**然在古亦有之，**指平、俚、俳古已有之。**有以平而传者，如"睫在眼前人不见"之类是也；**睫，应作睫〔jié 杰〕，眼睫毛。唐杜牧《登池州九峰楼寄张祜》："睫在眼前常不见，道非身外更何求。"**有以俚而传者，如"一百饶一下，打汝九十九"之类是也；**唐卢仝《寄男抱孙》诗有"一百饶一下，打汝九十九"句。**有以俳而传者，如"迫窘诘**

曲几穷哉"之类是也。迫窘，困难。诘曲，同诘屈，曲折，郁塞。迫窘句出《柏梁诗》。《古诗源》注："元封三年，(汉武帝)作柏梁台，诏群臣二千石，有能为七言诗，乃得上坐。"据传汉武帝与群臣联句，作成这首《柏梁诗》，第一句是汉武帝的，以下每人一句，"迫窘诘曲几穷哉"为东方朔句。**古今文人为诗所困**，诗，这里指作诗之成法。困，困扰，束缚。**故逸士辈出**，逸士，飘逸豁达之士，这里指杜牧、卢仝、东方朔及江盈科等。**为脱其粘而释其缚**。粘，如小虫之粘于珠网，比喻文人被诗律所困。释，解脱。缚，束缚。**不然，古之才人何所不足，何至取一二浅易之语，不能自舍，以取世之嗤哉？**自舍，主动放弃。嗤〔chī 吃〕，讥笑。这几句意思是，古之才人有足够的才能，何至因不能主动放弃浅易的语言，而招来世人的讥笑呢？**执是以观进之诗，其为大家无疑矣。**执，根据。是，指上文所述的道理。大家，大作家。**诗凡若干卷，文凡若干卷。编成，进之自题曰《雪涛阁集》。而石公袁子为之叙。**石公，袁宏道号石公。

说　明

袁宏道(1568—1610)字中郎，湖广公安(今湖北公安)人。万历二十年进士。官吏部郎中，与兄宗道、弟中道并有才名，时称三袁，为"公安派"创始者。三袁中以宏道成就最大，有《袁中郎全集》。

以徐渭、李贽、汤显祖为代表的明中后期进步文学思潮,在诗文领域的影响,主要是公安派的标举"性灵"。袁宏道一生对徐渭、李贽十分景仰,思想上也颇受他们的影响。"童心"之说,在袁宏道那里主要表现为"性灵"之说。袁宏道论文以"真"为贯,(参见《与友人论时文书》)认为诗文无非作家性灵的表现,自不必多所拘束。这在思想上,多少具有摆脱正统思想束缚而发扬个性的意义;在创作上,则必然与风行百年的复古主义相牴牾。

这篇序文的主要用意在反对摹古;主张"信腕信口",反对"字比句拟"。作者宣称要"务矫今代蹈袭之风"。他认为"智者牵于习,而愚者乐其易"的那种"一倡亿和"的局面应该打破;他为诗风日下感到"可羞",为文人之"为诗所困"感到可惜,于是他立志要替他们"脱其粘而释其缚",这便是公安派的创作原则。他的批评的锋芒是指向"复古派"的。

公安派主张创新,其主要理论是"古有古之时,今有今之时",而诗文创作则"不能不古而今也",因为"妍媸之质,不逐目而逐时"。所以,他们认为"善为诗者,师森罗万象,不师先辈"(《叙竹林集》),强调文学作品必须随时代的不同而不同,必须以现实生活为师而不以古人为师,并且要努力做到"穷新极变"。

但是,公安派也并不笼统地反对学古,他们所反对的是"袭古人语言之迹而冒以为古",反对的是"以剿袭为复古"。如何学古呢?他们主张从古人的经验中吸取有用的因素,在"变"的前提下向古人学习,"如淡非浓,而浓实因于淡"。要学得精神,抛却躯壳。袁宏道认为,宋代文学之所以能

"滔滔莽莽"，实际是"因唐而有法者也"。他在《叙竹林集》
中说过类似的话："法李唐者，岂谓其机格与字句哉，法其不
为汉，不为魏，不为六朝之心而已，是真法者也。"

　　由于强调"穷新极变"，由于不避"俳、俚"，公安派的创
作后来逐渐产生了浅俗的流弊。

诗 归 序

钟　惺

选古人诗，而命曰《诗归》。命，命名，题名。非谓古
人之诗，以吾所选者为归，归，归向，趋从。这二句说，（这个
书名的意思）不是说古人的诗都以我所选录的为归依。庶几见吾
所选者，以古人为归也。庶几，也许。这二句说，也许可以从
我所选的诗看出，我是归向于这些古人的。引古人之精神，以
接后人之心目，使其心目有所止焉，如是而已矣。精
神，此处指古人作品中的意旨，亦即下文所谓的"真诗"、"幽情单绪"。
接，接合，连结。心目，指触于目而会于心，指通过思维对事物作出评
价，亦即指思想观点。止，归附，归依。昭明选古诗，人遂以
其所选者为古诗，因而名古诗曰选体，昭明，南朝梁昭明
太子萧统，他曾主持编选了一本文学作品集，辑录先秦至梁的诗文辞
赋，世称《昭明文选》。简称《文选》。选体，即"文选体"的简称。这三

句说，人们认为萧统选的都是古诗(别于近体诗)，又因为这些诗都收入《文选》中，所以也称古诗为"选体"。**唐人之古诗为唐选。鸣呼！非惟古诗亡，几并古诗之名而亡之矣。**几〔jī 机〕，几乎，差不多。**何者？人归之也。**人们都归附《文选》。**选者之权力，能使人归，又能使古诗之名与实俱徇之，吾其敢易言选哉。**选者，此指萧统。这几句说，由于萧统选了古诗，因而使古诗的名实俱亡，我怎么还敢轻易使用这个"选"字呢？所以我选古人诗，只能命名曰《诗归》。

尝试论之，诗文气运，不能不代趋而下，气运，旧指气数命运，此处指诗文的发展趋向。代趋而下，一个时代比一个时代更趋于低下。**而作诗者之意兴，虑无不代求其高。**意兴，心愿和志趣。虑，计，揣个儿数。这二句意为，作诗者的心愿，都想超过古人。**高者，取异于途径耳。**异，不同，变化。途径，此指诗文的格式。这句说，求高的人只能从形式的变化方面去取胜。**夫途径者，不能不异者也，然其变有穷也。**穷，尽。这两句说，诗文的形式，是不能不随时代变化的，但这种变化是有限制的。**精神者，不能不同者也，然其变无穷也。**这三句说，古今作品精神是相同的(同出于性灵)，然而每个诗人甚至每篇作品都可能有差异，而这种变化是无穷尽的。**操其有穷者以求变，而欲以其异与气运争，吾以为能为异而终不能为高。**有穷者，指诗文的格式。这三句说，用格式的变化，去在诗文的发展过程中争胜，我认为只能写出格式不同的诗文，但却不能超过古人。**其究途径穷，而异者与之俱穷，不亦愈劳而愈远乎！**究，最终。这三句说，最后，格式的变化穷尽了，求异的人也就无计可施了，这岂不是越努力距离求高的目标越远了吗？**此不求古人真诗之过也。**真诗，指诗的真正精神。

　　今非无学古者，大要取古人之极肤极狭极熟便于口手者，以为古人在是。学古者，指明代以李梦阳、何景明为代表的前七子和以李攀龙、王世贞为代表的后七子。大要，总计，大概。肤，肤浅。狭，偏狭。熟，旧套。便于口手，便于口读手写。**使捷者矫之，**捷者，敏捷的人，指以袁宏道为首的公安派。"捷"字有讥笑意。**必于古人外，自为一人之诗以为异，**这二句说，定要在古人之外，自己写出独特的诗，以表示同古人的差异。**要其异，又皆同于古人之险且僻者，不则其俚者也；**险，指用艰涩词语以惊人。僻，冷僻。这三句说，仔细衡量一下他们的所谓异又都是和古人的险、僻相同；不然就是那些俚俗之作。**则何以服学古者之心。无以服其心，而又坚其说以告人曰，千变万化不出古人。**坚，坚定。这三句说，不但不能使七子心服，反而更加坚定了他们的信仰，他们更加理直气壮地告诉人们说，千变万化不出古人。**问其所为古人，则又向之极肤极狭极熟者也。**所为，所谓。向，从前。这两句说，问他们所说的"千变万化不出古人"的所谓"古人"是什么样子，他们回答的又是"肤、狭、熟"那一套。**世真不知有古人矣。** 这句意为，古人的面目被复古派和公安派给搅得不清晰了，当世的人就不能真正认识古人了。

　　惺与同邑谭子元春忧之。 惺，本文作者锺惺。谭子元春，本文作者的朋友谭元春。**内省诸心，** 内省〔xǐng 醒〕，心中仔细检查。**不敢先有所谓学古不学古者，而第求古人真诗所在。** 第，只。这两句说，不敢事先标榜学古或不学古，而只是寻求古人诗的精神。**真诗者，精神所为也。** 这两句意为，所谓真诗，是出于"性灵"的，是从形式上寻求不到的。**察其幽情单绪，孤行静寄于喧杂之中；而乃以其虚怀定力，独往冥游于寥廓之外。** 察，考察。其，指古人。幽情单绪，幽秘的情怀，孤单的思绪。孤行静寄，孤寂地表现，平静地寄托。虚怀，虚清的胸怀。定力，佛家语，如谓坚信佛法曰"信力"，不杂他念曰"念力"，持以坚定之心曰"定力"。冥游，远游。寥廓，旷远。这四句意为，古人诗中所表现的幽秘和孤单的情思，能孤寂地表现平静地寄托在一片喧杂之中，却能以虚清坚定的心力独往远游于辽廓天地之外（谓古人诗出于尘杂而入于超境）。**如访者之几于一逢，求者之幸于一获，入者之欣于一至。** 几，期待。入者，指为一定目的而前进的人。这三句说，象访友的人希望相遇，象寻求的人庆幸获得，象前进的人高兴到达目的地那样。**不敢谓吾之说，非即向者千变万化不出古人之说，而特不敢以肤者狭者熟者塞之也。** 特，只。塞，敷衍塞责。这三句说，不敢自称我的说法不同于那种"千变万化不出古人"的说法，而只是不敢用古人"肤、狭、熟"的那一套来敷衍世人而已。

书成，《诗归》这本书编成。自古逸至隋，凡十五卷，曰《古诗归》，古逸，指《诗经》未录的古代诗歌。隋，隋朝。初唐五卷，盛唐十九卷，中唐八卷，晚唐四卷，凡三十六卷，曰《唐诗归》。取而覆之，覆，察看，审察。见古人诗久传者，反若今人新作诗。见己所评古人语，如看他人语。自己评论古人的话，倒象是别人说的。仓卒中，古今人我，心目为之一易，而茫无所止者，其故何也？仓卒，即仓猝，匆忙，突然。易，变换。这几句说，突然间在自己心目中，古和今，人和我，互相变换了，而自己觉得茫然无所依从，这是什么原因呢。正吾与古人之精神，远近前后于此中，远近前后，犹言非常接近，不离左右。此中，指《诗归》这本书中。这二句说：从这本书中发现，我自己和古人精神已经不离左右。而若使人不得不有所止者也。这句意为，好象从这本书中已经使人懂得了应该遵循的道理。

说　明

锺惺（1574—1624）字伯敬，号退谷，湖广竟陵（今湖北天门）人。万历三十八年进士，官至福建提学金事。能诗，有《隐秀轩集》。与谭元春同倡"性灵"之说，与公安派同，但他们在"性灵"中特举"幽深孤峭"之旨，欲矫七子及公安派之弊,世人从之,形成竟陵派。

《诗归》是锺惺与谭元春共同编辑的,是要借具体作品来贯彻他们的诗论的。然而正象《四库全书总目提要》所说的那样:"(《诗归》)大旨以纤诡幽渺为宗,点逗一二新隽字句,矜为玄妙,"并且"于连篇之诗,随意割裂,古来诗法,于是尽亡"。可见《诗归》一书和竟陵派的诗论,是有不少流弊的。

这篇序文主要从两个方面阐述了作者的见解。

首先,作者认为诗歌创作的途径变化是"有穷"的,而创作诗歌的精神的变化是"无穷"的,途径有穷,而只在途径上下功夫,"操其有穷者以求变",终于"不能为高"。从当时诗歌创作的实际看,前后"七子"及其末流取径于复古,因为不从精神上下功夫,只能"取古人之极肤极狭极熟"者,流于表面的模拟;公安三袁及其后学弃古师心,取径于"捷",结果流于险僻及俚。作者认为,两者都"愈劳而愈远",创作不出好作品来。

其次,作者提出救弊之法,在于学古人的精神,即"求古人真诗之所在"。这在原则上不无道理。但作者于"古人真诗",只"察其幽情单绪,孤行静寄于喧杂之中,而乃以其虚怀定力,独往冥游于寥廓之外。"这就违背了古诗的优良传统,并未得古人"真诗"。实际上,这"幽情单绪",并非古人精神,而只不过是作者脱离现实的孤僻清高的心理而已。按照这样的"精神"去进行诗歌创作,仍"不能为高",是可以肯定的。这样的诗歌主张,显然远不如三袁的"独抒性灵"有价值。

　　《诗归序》的理论观点和体现这种理论观点的《诗归》一书,由于在艺术上并无高明见解,"独僻"的又是一条"幽深孤峭"的羊肠小径,因此并未产生多大影响。竟陵一派,终如昙花一现,仅维持了二三十年,就在诗坛上消失了。

醒世恒言序

可一居士

六经国史而外，凡著述皆小说也，而尚理或病于艰深，修词或伤于藻绘，尚理，崇尚道理。修词，修饰词句。藻绘，原意为各种花纹的雕刻和彩画，此指作品的文采。则不足以触里耳而振恒心。触，触动。里耳，俗人的耳朵。振，振奋。恒心，此指善心，语出《孟子》。此《醒世恒言》四十种所以继《明言》、《通言》而刻也。四十种，《醒世恒言》共收短篇小说四十篇。《明言》、《通言》，即《喻世明言》和《警世通言》，都是冯梦龙编辑的短篇小说集，与《醒世恒言》并称《三言》。明者，取其可以导愚也。通者，取其可以适俗也。导愚：开导愚昧。适俗：适应俚俗人的口味。二句说明《明言》、《通言》命名的用意。恒则习之而不厌，传之而可久。习，指经常听讲或经常阅读。这句说明《醒世恒言》命名的用意。**三刻殊名，其义一耳。** 二句意为，《三言》虽然书名不同，但是在强调社会作用这一点上，却是相同的。**夫人居恒，动作语言不甚相悬，** 居恒，居常，生活在正常情况下。相悬，指反常。**一旦弄酒，则叫号踯躅，视堑如沟，度城如槛，** 弄酒，过量地饮酒。踯躅〔zhí zhú 直竹〕，徘徊。这几句说，人醉酒之后，徘徊叫嚣把大河看作小沟，把城墙看作门坎，想一步迈过去。**何则？酒浊其神也。** 浊，用作动词，扰乱。神，神智。**然而斟酌有时，** 斟酌，指饮酒。有时，不经常，有节制。**虽毕吏部、刘太常，未有时时如滥泥者。** 毕吏部，指晋朝吏部郎毕卓，此人嗜酒如命，他自己曾说："得酒数百斛船，右手持酒杯，左手持蟹螯，拍浮酒船中，便足了一生。"刘太常，当指晋朝刘伶，刘是历史上著名的好酒者，据说他有一次携酒出游，打算畅游一番，请别人扛着铁锹跟着他，说："死便埋我。"滥泥，比喻大醉，即所谓"滥醉如泥"。**岂非醒者恒而醉者暂乎？** 恒，经常。暂，短时间。**由此推之，惕孺为醒，下石为醉；** 惕孺〔tì rú 替如〕，《孟子·公孙丑上》："人乍见孺子将入于井，皆有怵惕恻隐之心。"下石，即"落阱〔jǐng 井〕下石"。唐韩愈《柳子厚墓志铭》："落陷阱不一引手救，反挤之，又下石焉者，皆是也。" **却嘑为醒，食嗟为醉；** 却，推辞，谢绝。嘑〔hū 呼〕，同呼。《孟子·告子上》："嘑尔而与之，行道之人弗受。"食嗟，指接受"嗟来之食"。《礼记·檀弓下》："齐大饥，黔敖为食于路，以待饥者而食之。有饿者蒙袂辑屦贸贸然来。黔敖左奉食，右执饮曰：'嗟，来食！'扬其目而视之，曰：'予唯不食嗟来之食,以至于斯也。'从而谢焉,终不食而死。"**剖玉为醒,题石为醉**。剖玉、题石,指楚国和氏献玉事。《韩非子·和氏》:"楚人和氏得玉璞楚山中,奉而献之厉王。厉王使玉人相之,玉人曰:'石也'。王以和为诳(誆,欺骗),而刖其左足;及厉王薨,武王即位,和又奉其璞而献之武王,武王使玉人相之,又曰:'石也',王又以和为诳,而刖其右足。武王薨,文王即位,和乃抱其璞而哭于楚山之下,三日三夜,泣尽而继之以血。王闻之,使人问其故,曰:'天下之刖者多矣,子奚哭之悲也?'和曰:'吾非悲刖也,悲夫宝玉而题之以石,贞士而名之以诳,此吾所以悲也。'王乃使玉人理(凿剥)其璞而得宝焉。"**又推之,忠孝为醒,而悖逆为醉**;悖逆,此处指不忠于君,不孝父母。**节检为醒,而淫荡为醉**,节检,指行为有节制有约束。淫荡,荒淫放荡。**耳和目章,口顺心贞为醒**,耳和目章,略同于耳聪目明。口顺,指语言和顺。心贞,指心地纯洁。**而即聋从昧,与顽用嚣为醉**。即,靠近。从,随顺。昧,昏暗。与,附和。顽,愚蠢。用,任用。嚣,放纵。**人之恒心,亦可思已**。这两句意为,人的恒心到底应该是个什么样子,根据上边这些议论便可以想见了。**从恒者吉,背恒者凶**。恒,此处指善良的思想,美好的品德和正常的生活准则。**心恒心,言恒言,行恒行**,意为,心中所想的应该是正常的念头,口中说的应该是正常的话,举动应该符合正常的行为准则。**入夫妇而不惊,质天地而无怍**。质,对质,对证。怍〔zuò 作〕,惭愧。这二句说,只要能"心恒心,言恒言,行恒行",那么即使进入"夫妇"这样的环境,心中也不会有什么不安;与天地对质,心里也没有什么惭愧。**下之巫医可作,而上之善人君子圣人亦可见。** 巫医,旧指社会地位卑下的人。**恒之时义大矣哉!** 时义,现实意义。**自昔浊乱之世,谓之天醉。** 浊乱,指政治黑暗社会动乱。**天不自醉人醉之,则天不自醒人醒之。** 这二句意为,浊乱之世不会自然出现,实际是人的行为造成的;那么,人就应该设法使浊乱重新归于清平。**以醒天之权与人,而以醒人之权与言。言恒而人恒,人恒而天亦得其恒。** 这二句说,有了正常的言论,就会使人们的行为正常,于是天下一切秩序也就会统归于正常。**万世太平之福,其可量乎! 则兹刻者,虽与《康衢》、《击壤》之歌并传不朽可矣。** 兹刻,指《醒世恒言》。《康衢》,指《康衢谣》。见《列子·仲尼》。《击壤》,指《击壤歌》,见《论衡·艺增》。都是歌颂上古纯朴之风的歌谣。**崇儒之代,不废二教,亦谓导愚适俗,或有藉焉。** 崇儒,尊崇儒家。二教,指道教和佛教。藉,借助。二句说尊儒的时代,并不废止佛、道的流传,也认为在"导愚适俗"方面,可能会有所借助。**以二教为儒之辅可也。以《明言》、《通言》、《恒言》为六经国史之辅不亦可乎? 若夫淫谭亵语,取快一时,贻秽百世。** 谭,同谈。亵〔xiè 泄〕,不庄重,不洁净。淫谭亵语,淫秽的作品。**夫先自醉也,而又以狂药饮人,** 狂药,指酒。《晋书·裴楷传》:"长水校尉孙季舒尝与崇(石崇)酣燕,傲慢过度,崇欲表免之。楷闻之,谓崇曰:"足下饮人狂药,责人正礼,不亦乖乎?'"这里比淫秽的作品。**吾不知视此"三言"者得失何如也?** 视,比。**天启丁卯中秋,陇西可一居士题于白下之栖霞山房。** 天启,明熹宗年号。天启丁卯,公元1627年。陇西,古郡名,在今甘肃境内。白下,旧时南京市的别称。栖霞,南京市郊有栖霞山。

说　明

这篇序文的作者可一居士,未详为何人,一般认为即《醒世恒言》编者冯梦龙,这个署名不过是他故意布下的疑阵而已。但从本文的思想来看,与冯梦龙在《序山歌》中发表的鄙弃"名教"的思想有很大距离。因此,此序是否确为冯氏所写,尚待查考。

明中后期文学新思潮的一个重要表现,就在于重视戏剧、小说及民歌在文学中的地位。冯梦龙终身致力于通俗文学的创作和编辑,并热情赞扬民间文学反正统的价值,就与这股思潮有关。这篇署名可一居士的《醒世恒言序》,以及署名绿天馆主人的《古今小说序》(《古今小说》即《喻世明言》)、署名无碍居士的《警世通言序》,即使不是冯梦龙写的,却都在一定程度上接受了新文学思潮的影响。这首先表现在对小说这一新兴文学体裁的高度重视。本文称小说可与"《康衢》、《击壤》之歌并传而不朽",与徐渭把通俗文学与《康衢》同列(《论中》四),李贽把《水浒传》比于"古之圣贤之作"(《忠义水浒传序》)的观点,是一致的。这样的观点,形式上虽仍在尊崇圣贤经典,但在实际上是对仅仅宗经征圣的传统观点的突破,这对反对正统偏见,推动新兴文学的繁荣有重要作用。此外,作者指出小说应异于"艰深""藻绘"的诗文作品,应做到"触里耳",使百姓能够懂得,强调文学的通俗性、群众性,这也是很可取的。

此序在提高小说的社会地位时,又提出小说"为六经国史之辅",并将这比之于"崇儒之代,不废二教","以二教为儒之辅"。类似的思想,徐渭、李贽也有,这说明徐、李与本文的作者没有完全脱离儒学立场,但也有肯定异端的倾向;徐、李的异端思想于佛、道有所吸取,确是事实。本文以小说"为六经国史之辅",却有借尊经、史而提高小说地位的意思,在这一点上,与徐、李又有距离。可一居士反对"淫谭亵语,取快一时,贻秽百世",又大有"放郑声"的意味。这与冯梦龙在《序山歌》中表达的意思颇不一致。

因此,当作者谈到小说的社会作用时,特别强调小说有助于"教化"的作用。作者认为,《醒世恒言》之辑,目的在于振人"恒心"。"心恒心,言恒言,行恒行,入夫妇而不惊,质天地而不怍,下之巫医可作,而上之善人君子圣人亦可见。"这与《警世通言序》所谓"不害于风化,不谬于圣贤",《古今小说序》所谓小说可使"怯者勇,淫者贞,薄者敦,顽钝者汗下",是一脉相承的,都不离正统的文学观,这正反映了作者的思想局限。

序　山　歌

冯梦龙

　　书契以来，代有歌谣，这两句说，自从有文字以来，各个时代都有自己时代的歌谣。**太史所陈，并称风雅，尚矣**。太史，古官名。《礼记·王制》"命太师陈诗以观民风。"郑玄注："陈诗，谓采其诗而观之。"尚，久远。这三句说，古代太史所采的民间歌谣，也称为"风雅"，这种作法由来是很久的了。**自楚骚唐律，争妍竞畅，**这两句说，自从文人的作品争奇斗艳，流行世间之后。**而民间性情之响，遂不得列于诗坛，于是别之曰山歌**；性情之响，指直抒真情的诗歌。**言田夫野竖矢口寄兴之所为，荐绅学士家不道也**。竖〔shù 树〕，旧称仆人或地位卑下的人。矢口寄兴，直言不讳地表达感情。荐绅，官宦的代称。道，谈论，称道。**唯诗坛不列，荐绅学士不道，而歌之权愈轻，歌者之心亦愈浅。**

唯,因为。权,指地位。这四句说,因为不被列于诗坛,不被士大夫所称道,所以山歌的地位越来越不被重视;唱山歌者的心也就越来越浅近了。**今所盛行者,皆私情谱耳。**私情谱,指以爱情为内容的诗歌。**虽然,桑间濮上,国风刺之,尼父录焉,以是为情真而不可废也。**这几句说,虽然山歌所写多是私情谱,可是"桑间濮上"一类的情歌,《国风》用来作为讥刺,孔子也还是把它们保存下来了,认为这些诗所表达的感情真挚,不能废弃。**山歌虽俚甚矣,独非郑卫之遗欤?**俚,俗浅。郑卫,指《诗经》中的《郑风》和《卫风》。遗,遗风,余风。这两句说,山歌虽很俚俗,但难道不是《诗经》中情歌的遗风吗?**且今虽季世,**季世,末世,衰微的时代。**而但有假诗文,无假山歌,则以山歌不与诗文争名,故不屑假。**这几句说,当今虽处于衰微时代,可是只有说假话的诗文,却没有说假话的山歌;就因为山歌的作者不同文人争名利,所以不值得也用不着说假话。**苟其不屑假、而吾藉以存真,不亦可乎?**苟,如果,此处有"正因为"的意思。而,则。**抑今人想见上古之陈于太史者如彼,而近代之留于民间者如此,倘亦论世之林云尔。**彼,指《诗经》中的情歌。此,指冯氏《山歌》中所辑录的民歌。倘,也许。论世,评论世事。林,此指众多的材料。这三句说,现代人想见古代的民歌是那个样子,而现代民歌又是这个样子,这也许能成为人们评论世事的一些材料吧。**若夫借男女之真情,发名教之伪药,**发,揭发。名教,封建礼教强调名分,所以称名教。伪药,假药。**其功于《挂枝儿》等,故录《挂枝词》而次及《山歌》。** 功,功能,作用。挂枝儿,民间曲调名,亦作"倒挂枝儿"或"挂枝词",实为北方"打枣竿"流传到南方后的改称,盛行于明朝末年,内容多写恋情。等,相等。次,依次,随后。

说　明

冯梦龙(1574—1646)字犹龙,别署龙子犹、顾曲散人、墨憨〔hān 酣〕斋主人等,长洲(今江苏吴县)人,明后期文学家。曾任福建寿宁县知县。其思想受市民意识和以李贽为代表的进步文学思潮的影响,重视小说、戏曲和通俗文学,故毕生从事通俗文学的搜集、整理和编辑工作,贡献很大。所编选的作品中,有些能对礼教的某些方面持批判态度。辑有话本集《喻世明言》、《警世通言》、《醒世恒言》,世称《三言》。还有民歌集《童痴一弄·挂枝儿》,散曲集《太霞新奏》,笔记《古今谈概》等,并改写小说《平妖传》、《新列国志》。戏曲创作有《双雄记》,并修改汤显祖、李玉、袁于令诸人作品多种,合称《墨憨斋定本传奇》。

本文是冯梦龙为他自已所编辑的另一本民歌专集《山歌》(又名《童痴二弄》)所写的序言。《山歌》共十卷,一至九卷为山歌,收吴歌三百五十六首;第十卷为桐城时兴歌,收二十四首。

这篇序文反映了冯梦龙与徐渭、李贽、汤显祖一脉相承的进步文学观点,他认为山歌是广大人民抒发真实情感的作品；这种作品越是"不得列于诗坛"，越是"荐绅学士家不道"，他却越是要极力提倡。对这些"性情之响"，他不但一编《童痴一弄》，并且再编《童痴二弄》。他认为这些作品虽多为"桑间濮上"的"私情谱"，但对撕破封建礼教的虚伪画皮，却是很有效的武器。"借男女之真情，发名教之伪药"，这是他为《挂枝儿》和《山歌》规定的明确的任务，也表现了当时的进步文学思潮反名教的战斗性。

　　这篇序文，对封建正统文人投以辛辣的讽刺，这些道貌岸然把通俗文学的作者目为"田夫野竖"的荐绅学士们，原来却不过是以"假诗文"沽名钓誉于"季世"的伪君子而已。而山歌的作者却"不与诗文争名"，因此也就"不屑假"。相形之下，一真一假，一纯洁一龌龊，这不也反映了民歌的实际地位远在正统文人作品之上吗？这种观点，鲜明地体现了冯梦龙的进步文学思想。当然，在《山歌》中也选辑了一些轻薄庸俗的作品，这是冯氏思想局限的体现。

读第五才子书法

金圣叹

　　大凡读书先要晓得作书之人是何心胸，心胸，意图。如《史记》，须是太史公一肚皮宿怨发挥出来。宿怨，蓄之甚久的怨愤。这是金圣叹根据司马迁在《报任安书》中提出的"发愤著书"说所作的阐述。所以他于《游侠》、《货殖传》特地着精神。特地着精神，特别着力把它写好。乃至其余诸记传中，凡遇挥金杀人之事，他便啧啧赏叹不置。一部《史记》只是"缓急人所时有"六个字，是他一生著书旨意。缓急，偏义复词，紧急，困难。时有，随时可能发生。司马迁在《游侠列传》中说："且缓急人之所时有也。"《水浒传》却不然。施耐庵本无一肚皮宿怨要发挥出来，只是饱暖无事，又值心闲，不免伸纸弄笔，寻个题目，写出自家许多锦心绣口。故其是非皆不谬于圣人。后来人不知,却于《水浒》上加"忠义"二字,遂并比于史公发愤著书一例,正是使不得。

《水浒传》有大段正经处,_{指关键地方。}只是把宋江深恶痛绝,使人见之真有犬彘不食之恨,_{彘,猪。}从来人却是不晓得。《水浒传》独恶宋江,亦是歼厥渠魁之意,_{歼厥渠魁,歼灭其大头目。语见《尚书·胤征》。}其余便饶恕了。

或问:"施耐庵寻题目,写出自家锦心绣口,题目尽有,何苦定要写此一事?"答曰:"只是贪他三十六个人,便有三十六样出身,三十六样面孔,三十六样性格,_{《宋史·侯蒙传》载侯蒙上疏说:"宋江以三十六人横行齐魏。"} _{这里的三十六人是指《水浒》里的主要人物。}中间便结撰得来。_{意谓只有选取这样重大的题材,宏伟的场面,才能使作品的情节结构富于变化,从而生动地表现这一群人物的性格。}题目是作书第一件事,只要题目好,便书也作得好。"

或问:"题目如《西游》、《三国》如何?"答曰:"这个都不好。《三国》人物、事体、说话太多了。笔下拖不动,毡不转分明如官府传话奴才,只是把小人声口替得这句出来,其实何曾自敢添减一字?_{这是说小说中}

人物的语言抄自正史，语言就缺乏个性，不能刻划人物形象。《西游》又太无脚地了，只是逐段捏捏撮撮，譬如大年夜放焰火，一阵一阵过，中间全没贯串，便使人读之，处处可住。这是说《西游》不是有机结构，它可以随时截断，可以任意砍去其中的若干情节而并不损害主题。

《水浒传》方法都从《史记》出来，却有许多胜似《史记》处。若《史记》妙处，《水浒》已是件件有。凡人读一部书，须要把眼光放得长。意即要综览全局。如《水浒传》七十回，只用一目俱下，金圣叹以为他腰斩后的七十回本是一个完整的有机体。便知其二千余纸，这当是指贯华堂刊，七十回本总页数。只是一篇文字。中间许多事体，便是文字起承转合之法。若是拖长看去，却都不见。

《水浒传》不是轻易下笔，只看宋江出名，直在第十七回，便知他胸中已算过百十来遍。若使轻易下笔，必要第一回就写宋江，文字便一直帐，无擒放。直帐，平铺直叙。擒放，纵横变化。

某尝道《水浒》胜似《史记》，人都不肯信，殊不知某却不是乱说。其实《史记》是以文运事，即以文艺手段再现历史上的人物和事件。《水浒》是因文生事。为了充分表现主题，塑造人物形象而虚构故事情节。以文运事是先有事生成如此如此，却要算计出一篇文字来，虽是史公高才，也毕竟是吃苦事。因文生事即不然,只是顺着笔性去,削高补低都由我。削高补低,指对素材的剪裁与取舍。

　　作《水浒传》者真是识力过人。某看他一部书要写一百单八个强盗,却为头推出一个孝子来做门面,一也。此指开端写王进故事。三十六员天罡,七十二座地煞,《宣和遗事》称三十六人为"天罡院三十六员猛将"。《水浒》作者又据元杂剧"三十六大伙,七十二小伙"之说,加上七十二人,分别称之为"天罡星"、"地煞星"。却倒是三座地煞先做强盗,指地魁星朱武,地周星陈达、地隐星杨春。《水浒》一开始就写他们在少华山落草。显见逆天而行,二也。盗魁是宋江了,却偏不许他便出头,另又幻一晁盖盖住在上,三也。晁盖是《宣和遗事》早就着重描写了的,这显是据"盖"字而作的附会。天罡地煞,都置第二,不使出现,四也。临了收到"天下太平"四字作结,五也。金圣叹在《楔子》之末"那时天下太平,四方无事"之后增云:"且住!若真个太平无事,今日开书演义又说着些什么?"可见他事实上是否认了天下太平的。但他为了把此书伪装成小心恭慎的君子之作,所以又用"天下太平"字结束全书。三个"石碣"字,是一部《水浒传》大段落。金圣叹为了使他的腰斩本显得完整无缺,故把误走妖魔中洪信所掀倒的石碑改为"石碣",以之作为故事的发端。而石碣村一回,则成了故事发展的里程碑。至天降石碣就是《水浒》的结局了。

《水浒传》不说鬼神怪异之事，是他气力过人处。《西游记》每到弄不来时，便是南海观音救了。

《水浒传》并无之乎者也等字，一样人，便还他一样说话，真是绝奇本事。《水浒传》一个人出来，分明便是一篇列传。至于中间事迹又逐段逐段自成文字，亦有两三卷成一篇者，亦有五六句成一篇者。

别一部书，看过一遍即休，独有《水浒传》只是看不厌，无非为他把一百八个人性格都写出来。《水浒传》写一百八个人性格，真是一百八样。若别一部书，任他写一千个人，也只是一样，便只写得两个人，也只是一样。

《水浒传》章有章法，句有句法，字有字法，人家子弟稍识字，便当教令反复细看。看得《水浒传》出时，他书便如破竹。

江州城劫法场一篇奇绝了，后面却又有大名府劫法场一篇，一发奇绝。潘金莲偷汉一篇奇绝了，后面却又有潘巧云偷汉一篇，一发奇绝。景阳岗打虎一篇奇绝了，后面却又有沂水县杀虎一篇，一发奇绝。真正其才如海。劫法场、偷汉、打虎，都是极难题目，直是没有下笔处，他偏不怕，定要写出两篇。

《宣和遗事》具载三十六人姓名，可见三十六人是实有。《宣和遗事》是宋元间文人荟集旧籍传说写成。其中已列有三十六人的姓名及绰号。只是七十回中许多事迹，须知都是作书人凭空造谎出来。如今却因读此七十回，反把三十六个人物都认得了，任凭提起一个，都似旧时熟识。文字有气力如此。

一百八人中，定考武松上上。时迁、宋江是一流人，定考下下。

鲁达自然是上上人物，写得心地厚实，体格阔大。论粗鲁处，他也有些粗鲁；论精细处，他亦甚是精细。然不知何故，看来便有不及武松处。想鲁达已是人中绝顶，若武松直是天神，有大段及不得处。

《水浒传》只是写人粗鲁处，便有许多写法：如鲁达粗鲁是性急，史进粗鲁是少年任气，李逵粗鲁是蛮，武松粗鲁是豪杰不受羁靮，阮小七粗鲁是悲愤无说处，焦挺粗鲁是气质不好。

李逵是上上人物，写得真是一片天真烂漫到底。看他意思，便是山泊中一百七人，无一个入得他眼。《孟子》"富贵不能淫，不因富贵而使生活流入放荡。贫贱不能移，不因贫贱而放弃操守。威武不能屈"，不屈于任何恶势力。正是他好批语。

看来作文，全要胸中先有缘故。缘故，指主题。在此
也指全盘筹划。若有缘故时，便随手所触，都成妙笔；若
无缘故时，直是无动手处，便作得来，也是嚼蜡。嚼蜡，
味同嚼蜡之省，形容文章枯燥无味。语出《楞严经》："当横陈时，味如
嚼蜡。"

只如写李逵，岂不段段都是妙绝文字，却不知正
为段段都在宋江事后，故便妙不可言。盖作者只是
痛恨宋江奸诈，故处处紧接出一段李逵朴诚来，做个
形击。其意思自在显宋江之恶，却不料反成李逵之
妙也。此譬如刺枪，本要杀人，反使出一身家数。

近世不知何人，不晓此意，却节出李逵事来，另
作一册，题曰《寿张文集》，可谓咬人屎撅，不是好狗。
据容与堂本《水浒》前的"述语"，李贽谓"梁山泊第一尊活佛，特为手
订《寿张县令黑旋风集》……不让《世说》诸书矣。"又注云："本衙已
精刻《黑旋风集》……不日即公海内。"因此袁无涯在《忠义水浒全传
发凡》中说："传中李逵已有提为《寿张传》者矣。如鲁逵、林冲、武松、
石秀、张顺、李俊、燕青等，俱可别作一传以见始末。"这岂不是说《水
浒》原是些单篇传记的凑合吗？所以金圣叹痛诋之。写李逵色色
绝倒，真是化工肖物之笔。化工，大自然。肖物，非常逼真地
描写客观景物。他都不必具论，只如逵还有兄李达，便

定然排行第二也，他却偏要一生自叫李大，直等急切中移名换姓时，反称作李二，谓之乖觉。试想他肚里，是何等没分晓。

任是真正大豪杰好汉子，也还有时将银子买得他心肯。独有李逵，便银子也买他不得，须要等他自肯。真又是一样人。

林冲自然是上上人物，写得只是太狠。看他算得到、熬得住、把得牢、做得彻，都使人怕。这般人在世上，定做得事业来，然琢削元气也不少。这是说林冲毕竟是有文化和政治经验的人，不象李逵那样天真烂漫。

吴用定然是上上人物。他奸猾便与宋江一般，只是比宋江，却心地端正。宋江是纯用术数去笼络人，吴用便明明白白驱策群力，有军师之体。

吴用与宋江差处，只是吴用却肯明白说自家是智多星，宋江定要说自家志诚质朴。宋江只道自家笼罩吴用，吴用却又实实笼罩宋江。两个人心里各各自知，外面又各各只做不知，写得真是好看煞人。这是说宋江、吴用两个形象是互为补充的关系。

花荣自然是上上人物，写得恁地文秀。

阮小七是上上人物，写得另是一样气色。一百八人中，真要算做第一个快人，心快口快，使人对之，龌龊都销尽。

杨志、关胜是上上人物。杨志写来是旧家子弟；官僚世家出身。关胜写来全是云长变相。《忠义水浒传》在好多方面摹仿《三国志通俗演义》。关胜就是为了摹仿关云长而塑造的。明人很崇拜关羽，故金圣叹对关胜形象进行了加工，又列他为上上人物。

秦明、索超是上中人物。

史进只算上中人物，为他后半写得不好。

呼延灼却是出力写得来的，然只是上中人物。

卢俊义、柴进只是上中人物。卢俊义传，也算极力将英雄员外写出来了，然终不免带此呆气。譬如画骆驼，虽是庞然大物，却到底看来觉道不俊。柴进无他长，只有好客一节。

朱同与雷横，是朱同写得好，然两人都是上中人物。

杨雄与石秀，是石秀写得好。然石秀便是中上人物，杨雄竟是中下人物。

公孙胜便是中上人物，备员而已。

李应只是中上人物，然也是体面上定得来，写处全不见得。

阮小二、阮小五、张横、张顺，都是中上人物。燕青是中上人物。刘唐是中上人物。徐宁、董平是中上人物。

戴宗是中下人物，除却神行，一件不足取。

吾最恨人家子弟，凡遇读书，都不理会文字，只记得若干事迹，便算读过一部书了。虽《国策》、《史记》，都作事迹搬过去，何况《水浒传》。

《水浒传》有许多文法，非他书所曾有，略点几则于后。这里所说的文法，是指文章的作法，也兼有艺术创作的规律性之意。

有倒插法：谓将后边要紧字蓦地插放前边。如五台山下铁匠间壁父子客店，又大相国寺岳庙间壁菜园，又武大娘子要同王干娘去看虎，又李逵去买枣糕，收得汤隆等是也。这是说前文为后文安一个伏笔。

有夹叙法：谓急切里两个人一齐说话，须不是一个说完了，一个又说，必要一笔夹写出来。如瓦官寺崔道成说："师兄息怒，听小僧说——"，鲁智深说："你说你说!"等是也。中国古典白话小说作者用夹叙法和不完句法，是金圣叹的首创。他改"火烧瓦官寺"中三句完整句为"三句不完，却又是三样文情，而总之为描写智深性急，此虽史迁，未有此妙矣!"

有草蛇灰线法：意即有一条不显眼的线索贯串全书。灰线,是说它不十分明显,粗心人不一定看得出来。草蛇是喻前后连贯成为线索。如景阳岗勤叙许多"哨棒"字,紫石街连写若干"帘子"字等是也。骤看之,有如无物,及至细寻,其中便有一条线索,拽之通体俱动。

有大落墨法:指描写大场面。如吴用说三阮,杨志北京斗武,王婆说风情,武松打虎,还道村捉宋江,二打祝家庄等是也。意谓作者必须写好这些大场面,才能表现"浩浩荡荡、莽莽苍苍之才"。

有绵针泥刺法:即所谓春秋笔法,"寓论断于叙事"。意含讥讽,但不明说,让读者深思自得。如花荣要宋江开枷,宋江不肯;又晁盖番番要下山,宋江番番劝住,至最后一次便不劝是也。笔墨外,便有利刃直戳进来。

有背面铺粉法:如要衬宋江奸诈,不觉写作李逵真率;要衬石秀尖刻,不觉写作杨雄糊涂是也。

有弄引法:谓有一大段文字,不好突然便起,且先作一段小文字在前引之。如索超前,先写周谨,十分光前,先说五事等是也。这是说先写一段小文字,以引出后面的大文字。《庄子》云:"始于青萍之末,盛于土囊之口。这是宋玉《风赋》中对大风发展过程的描写,金圣叹误记为《庄子》。青萍,绿色的浮萍。土囊,大洞穴。《礼》云:"鲁人有事于泰山,必先有事于配林。"事,指祭祀。这两句意为,举行祀泰山大典之前，先对配林祭祀一番。

有獭尾法：谓一段大文字后，不好寂然便住，更作余波演漾之。如梁中书东郭演武归去后，知县时文彬升堂；武松打虎下岗来，遇着两个猎户；血溅鸳鸯楼后，写城壕边月色等是也。这是说重大事件结束后，应有余波荡漾。

有正犯法：犯，冲突。正犯，指同一题材写两遍、三遍。如武松打虎后，又写李逵杀虎，又写二解争虎；潘金莲偷汉后，又写潘巧云偷汉；江州城劫法场后，又写大名府劫法场；何涛捕盗后，又写黄安捕盗；林冲起解后，又写卢俊义起解；朱同、雷横放晁盖后，又写朱同、雷横放宋江等。正是要故意把题目犯了，却有本事出落得无一点一画相借，以为快乐是也。真是浑身都是方法。

有略犯法：如林冲卖刀与扬志卖刀，唐牛儿与郓哥，郑屠肉铺与蒋门神快活林，瓦官寺试禅杖与蜈蚣岭试戒刀等是也。

有极不省法：如要写宋江犯罪，却先写招文袋金子，却又先写阎婆惜和张三有事，却又先写宋江讨阎婆惜，却又先写宋江舍棺材等。凡有若干文字，都非正文。这是指花大量笔墨写事物曲折发展过程、它的起因、甚至起因之起因。

有极省法：即概略叙述，几笔带过。**如武松迎入阳谷县，恰遇武大也搬来，正好撞着；又如宋江琵琶亭吃鱼汤后，连日破腹等是也。**这是说作者有时不妨使故事带巧合性质，借以节省笔墨。

有欲合故纵法：如白龙庙前李俊、二张、二童、二穆等救船已到，却写李逵重要杀入城去；还道村玄女庙中，赵能、赵得都已出去，却有树根绊跌士兵叫喊等。令人到临了，又加倍吃吓是也。

有横云断山法：如两打祝家庄后，忽插出解珍、解宝争虎越狱事；又正打大名府时，忽插出截江鬼，油里鳅谋财倾命事等是也。只为文字太长了，便恐累坠，故从腰间暂时闪出，以间隔之。

有鸾胶续弦法：如燕青往梁山泊报信，路遇杨雄、石秀，彼此须互不相识，且由梁山泊到大名府，彼此既同取小径，又岂有止一小径之理，看他便顺手借如意子打鹊求卦，先斗出巧来，然后用一拳打倒石秀，逗出姓名来等是也。都是刻苦算得出来。以上一节对《水浒》的写作技巧作了全面总结。

旧时《水浒传》，子弟读了，便晓得许多闲事。此本虽是点阅得粗略，子弟读了，便晓得许多文法；不

惟晓得《水浒传》中有许多文法,他便将《国策》、《史记》等书,中间但有若干文法,也都看得出来。旧时子弟读《国策》、《史记》等书,都只看了闲事,煞是好笑。

《水浒传》到底只是小说,子弟极要看,及至看了时,却凭空使他胸中添了若干文法。

人家子弟只是胸中有了这些文法,他便《国策》、《史记》等书,都肯不释手看,《水浒传》有功于子弟不少。

旧时《水浒传》,贩夫皂隶都看,此本不曾增减一字,却是与小人没分之书,必要真正有锦绣心肠者,方解说道好。

说　明

金圣叹(1608—1661)是我国最有名的小说戏曲理论家,也是一位杰出的思想家和散文家。本名采,字若采,明亡以后改名人瑞,圣叹是他批书时用的笔名,吴县(今属江苏省)人。清顺治末,因哭庙案被杀。他为人"倜傥高奇",又"好评论奇书小说",表现了离经叛道思想。金圣叹在三十岁左右着手评点《庄子》、《离骚》、《史记》、杜诗、《水浒》,称施耐庵为庄子、屈原、司马迁、杜甫而后的第五才子。他把在他以前流行的《忠义水浒全传》七十一回以后的内容全部删去,使故事在梁山大聚义结束,并加写了一个卢俊义惊梦的结尾,又去掉书名上的"忠义"二字。这就否认了宋江等百八人投降打方腊的历史,同时还在批语中强调宋江望招安的言论为权作之词,从而使《水浒》的主题思想、情节结构和人物形象都面貌一新。金圣叹还删改了大团圆的《西厢记》为止于草桥惊梦的古典悲剧(称《第六才子书》)。并对此书作了精湛的艺术评论。他还留下了对《史记》、杜诗、唐人七律和一些古文的评语。总称《圣叹外书》。他的一些哲学著述则称为《圣叹内书》,惜已不传。

金圣叹的小说理论主要反映在他所批改的七十回本《水浒》的序、批文中,而《读〈第五才子书〉法》,则是他的小说理论纲领。我们要打开尘封蠹蚀了许多年的金圣叹的小说理论遗产的宝库,就得首先研究《读法》,把它作为一把开启这座宝库之锁的钥匙。其中主要谈了以下问题:

一、从理论上阐释了文学作品与历史记载的各自特征。他强调"七十回中许多事迹,须知都是作书人凭空造谎出来",指出《水浒》"到底只是小说",读者不必问其人事之为有为无。金圣叹还称赞"《水浒》胜似《史记》"。理由是:史书要服从事实,而文学作品则可进行虚构。但他也认识到《史记》毕竟同其它的史书不同,其中一些写得好的列传实是传记文学中的佳作。

金圣叹还研究了写历史题材的文学作品的方法,提出"为文计"说,即围绕作品的主题选择和处理这些历史素材。作家可以对历史事实采取剪裁和夸张的手法,还可以通过想象填补故事的缺陷与空白。

二、关于典型塑造的理论是金圣叹小说理论的核心内容。我国古代史诗、叙事诗不发达，诗文评家和词论家轻视、忽视白话小说，因而很少人谈典型塑造这样非常重要的文艺理论问题。只有金圣叹对典型作过深入研究，提出了可贵的见解。他认为小说的主要任务是写人物，而《水浒》最大的成就是把一百八人性格都写出来。应承认百八人中确有一部分形象是塑造得成功的，他们一直活在读者心目中。这是由于作者写出了他们的出身、面孔和性格。何谓性格？金圣叹从性情、气质、形状、声口四个方面论述了典型的特征。我们应看到，人的气质差异，是一个心理学领域的论题，金圣叹把气质作为典型的必备条件，就是说他要作家发掘人物的内心奥秘，把灵魂深处的东西展示出来。

金圣叹强调小说人物的语言应符合人物的个性。也只有这种富有个性特征的语言才能表现典型人物的性格。金圣叹提倡白话文，故云："《水浒传》并无之乎也者等字，一样人便还他一样说话"，这样才能更好地使对话传神。他批评《三国志通俗演义》人物说话"分明如官府传话奴才，只是把小人声口替得这句出来"。显然他不满意文言体小说使人看不出人物的阶级、个性特征。

他还注意到了人物语言与其政治观点应该一致。所以他把《忠义水浒传》中宋江满口"专等朝廷招安"的话都解作假话，又在武松语下批云："武松不必有此心"。这就维护了典型人物性格的统一性。

三、《忠义水浒传》作者对人物排座次多不恰当。最后上梁山的卢俊义竟坐上了第二把交椅，而坐第四把交椅的是道士公孙胜。第五、七、八、九席也都是投降军官。金圣叹为了突出那些社会底层，受迫害最深而反抗性又最强的英雄人物，在《读法》中重新"调整"了座次。被金圣叹列为上上人物的武松、鲁达、李逵、阮小七等都属于劳动群众而且富有反抗性。旧家子弟杨志也被列入上上人物，是由于他受迫害，有觉悟，有转变之故。至于柴进、卢俊义、秦明、索超、呼延灼、李应等，金圣叹都视为上中人物，这说明他不限于以出身、地位来评价人物，而是以品行、气质为评定人物之优劣的主要依据。

四、金圣叹所谓《水浒》的"文法"即创作方法，其中的"夹叙法"即"不完句法"，这是西洋小说写对话比我国章回小说高明之处。金圣叹在十七世纪四十年代已经独立地创造了这种手法。可是直到五四以后制订了新式标点、又用白话文翻译了国外小说之后，这种手法才为我国小说家广泛运用。至于正犯法（即把性质相似的题材、故事重写一遍）与略犯法，极省法与极不省法，弄引法与獭尾法，都是根据相反相成原则提出的，说明他熟谙文艺创作的辩证法。

金圣叹在《读法》中一共谈了十五种小说的写作手法。此外他在《水浒》批文中还谈到避实就虚之法等等。

金圣叹特别强调作品应有变化，在"风雨如磐，虫鬼骇逼"之后转出"花明草媚，团香削玉之文"；在"轰雷激电之后，偏接一番烟霏云卷之态"，这才能"尽笔墨之致"。金圣叹论小说"文法",对后世小说理论也有影响,如《红楼梦》甲戌本第一回有一条朱笔写的眉批:"事则突然,然亦叙得有间架,有曲折,有顺通,有映带,有隐有见,有正有闰,以至草蛇灰线,空谷传声,一击两鸣,明修栈道,暗度陈仓,云龙雾雨,两山对峙,烘云托月,背面铺粉,千皴万染诸奇,书中之秘法亦不复少。"脂砚斋等评《红楼梦》"文法",显然是从金圣叹受到启发的。

闲情偶寄 （选录）

李 渔

结 构 第 一

填词一道，文人之末技也，填词，指戏曲创作。然能抑而为此，犹觉愈于驰马试剑纵酒呼卢。愈，胜过。驰马，骑马奔跑。试剑，斗剑。纵酒，酗酒。呼卢，赌博。卢是古代的一种赌具，古代赌博削木为子，每具五子，各有形色，称为采，卢是最胜采，掷时发出喊声，故称呼卢，相当于掷骰子。驰马试剑纵酒呼卢，意即游手好闲，到处游荡斗殴，不务正业。孔子有言："不有博弈者乎？为之，犹贤乎已。"《论语·阳货》："子曰饱食终日，无所用心，难矣哉！不有博弈者乎？为之，犹贤乎已。"博是古代的一种棋局，弈是下棋，焦循《孟子正义》说："盖弈但行棋，博以掷采而后行棋。"已，止，不动。这几句说，不是有掷骰子下棋的游戏吗？干一干也比这样闲着不动好。**博弈虽戏具，犹贤于饱食终日，无所用心；填词虽小道，**小道：小技艺。**不又贤于博弈乎？吾谓：技无大小，贵在能精；才乏纤洪，利于善用。**乏，无。纤，细小。洪，大。**能精善用，虽寸长尺短，亦可成名。**寸长尺短，比喻小才干、小技艺。**否则才夸八斗，胸号五车，**八斗，比喻才学很好。《南史·谢灵运传》："灵运曰：'天下才共一石，曹子建独得八斗，我得一斗，自古及今共同一斗。'"五车，比喻读书很多。《庄子·天下》："惠施多方，其书五车。"**为文仅称点鬼之谈，著书惟供覆瓿之用，虽多，亦奚以为？**点鬼之谈，意为只是罗列前人的观点或资料，没有自己的见解。唐张鷟《朝野签载》："杨（炯）之为文，好以古人姓名连用，……号为点鬼簿。"**填词一道，非特文人工此者足以成名，即前代帝王，亦有以本朝词曲擅长，遂能不泯其国事者。**泯，灭。国事，政事。**请历言之：高则诚、王实甫诸人，元之名士也，舍填词一无表见。**表见，表现。**使两人不撰《西厢》、《琵琶》，则沿至今日，谁复知其姓字？是则诚、实甫之传，《琵琶》、《西厢》传之也。汤若士，明之才人也，诗文尺牍，**尺牍，书信。**尽有可观，而其脍炙人口者，不在尺牍诗文，而在《还魂》一剧。**《还魂》，即《还魂记》，又名《牡丹亭》，汤显祖的代表作。**使若士不草《还魂》，则当日之若士，已虽有而若无，况后代乎？是若士**

之传,《还魂》传之也。此人以填词而得名者也。历朝文字之盛,其名各有所归,汉史、唐诗、宋文、元曲,此世人口头语也。《汉书》、《史记》,千古不磨,尚矣。磨,磨灭。尚,久远。唐则诗人济济,济济,众多。宋有文士跄跄跄跄〔qiāng 枪〕,本指走路很有节奏和风度,与济济连用。此形容众多而井然有序。宜其鼎足文坛,为三代后之"三代"也。三代,指古代夏、商、周三个朝代,古称这三代为盛世。连上句意思是说,汉史、唐诗、宋文,都是文学史上的辉煌时期,鼎足并峙,是上古三代盛世之后文学上的三代盛世。元有天下,非特政刑礼乐,政刑礼乐,指政治、法律、礼教、文化等。一无可宗,即语言文字之末,图书翰墨之微,亦少概见。使非崇尚词曲,得《琵琶》、《西厢》以及《元人百种》诸书传于后代,《元人百种》,指明藏懋循编元代戏曲作品选。则当日之元,亦与五代、金、辽同其泯灭,焉能附三朝骥尾而挂学士文人之齿颊哉!三朝,指汉史、唐诗、宋文。附骥尾,《史记·伯夷列传》:"颜渊虽笃学,附骥尾而行益显。"司马贞《索隐》:"苍蝇附骥尾而致千里,以喻颜回因孔子而名彰。"挂齿颊,指受到重视。此帝王国事以填词而得名者也。由是观之,填词非末技,乃与史传诗文同源而异派者也。近日雅慕此道,刻欲追踪元人、配飨若士者尽多,配飨,本指祭祀时附祭,这里作媲美解。这句意为近来很多人喜欢写剧,一心想赶上元人，与汤显祖媲美。**而究竟作者寥寥，未闻绝唱**。绝唱，指最优秀的作品。《宋书·谢灵运传论》："绝唱高踪，久无嗣响。"这二句意为，毕竟有成就的称得上作者的人很少很少，也未出现优秀作品。**其故维何？止因词曲一道，但有前书堪读，并无成法可宗。**意为前人只留下作品，但无现成的作法可遵循。**暗室无灯，有眼皆同瞽目**，瞽目，瞎眼。**无怪乎觅途不得，问津无人**，津，渡口。问津，问路。觅途、问津，指求人指教。**半途而废者居多，差毫厘而谬千里者亦复不少也。尝怪天地之间，有一种文字，即有一种文字之法脉准绳，载之于书者，不异耳提面命**。耳提面命，抓住耳朵当面教导，形容经常教诲，殷勤恳切。**独于填词制曲之事，非但略而未详，亦且置之不道。揣摩其故，殆有三焉。一则为此理甚难，非可言传，止堪意会。想入云霄之际，作者神魂飞越，如在梦中，不至终篇，不能返神收魂。**指作者创作时驰骋文思的状况。**谈真则易，说梦为难，非不欲传，不能传也。若是则诚异诚难，诚为不可道矣。吾谓此等至理，皆言最上一乘**，最上一乘，即最上乘。佛教中指最高明圆满的佛法。**非填词之学节节皆如是也，岂可为精者难言，而粗者亦置弗道乎！一则为填词之理变幻不常，言当如是，又有不当如是**

者。意为填词规律变幻不定，按理应该这样，但有时却又不应该这样。如填生、旦之词，贵于庄雅，制净、丑之曲，务带诙谐，此理之常也。乃忽遇风流放佚之生、旦，放佚，放荡。反觉庄雅为非；作迂腐不情之净、丑，转以诙谐为忌。诸如此类者，悉难胶柱。胶柱，即胶柱鼓瑟。比喻对待问题拘泥死板。恐以一定之陈言，误泥古拘方之作者，陈言，陈旧的言论。泥古拘方，即墨守陈规不知变通。是以宁为阙疑，不生蛇足。阙疑，对疑难问题，暂且放下，不作结论，即存疑。《论语·为政》"多闻阙疑，慎言其余，则寡尤"。若是，则此种变幻之理，不独词曲为然，帖括、诗、文皆若是也。帖括，明清文人考试时写的八股文。岂有执死法为文，而能见赏于人，相传于后者乎？一则为从来名士以诗赋见重者十之九，以词曲相传者，犹不及什一，盖千百人一见者也。凡有能此者，悉皆剖腹藏珠，剖腹藏珠，《资治通鉴·唐太宗贞观元年》："上谓侍臣曰，吾闻西域贾胡得美珠，剖身而藏之。"后即以"剖腹藏珠"比喻宁肯牺牲生命，也不肯把物轻易示人。务求自秘，谓此法无人授我，我岂独肯传人！使家家制曲，户户填词，则无论《白雪》盈车、《阳春》遍世，《白雪》、《阳春》，古代歌曲名，后人用以比喻高雅的作品。见宋玉《对楚王问》。淘金选玉者，未必不使后来居上，而觉糠粃在前。且使周郎渐出，顾曲者多攻出瑕疵，据《三国志·吴书·周瑜传》载，周瑜年青时，精通音乐，即使多饮酒，若奏曲有阙误，"瑜必知之，知之必顾。故时人谣曰：'曲有误，周郎顾。'"因此后人称欣赏音乐和戏曲为顾曲。**令前人无可藏拙**，藏拙，掩盖缺陷。**是自为后羿而教出无数逢蒙，环执干戈而害我也**，后羿、逢蒙，都是古代传说中的人物。《孟子·离娄下》："逢蒙学射于羿，尽羿之道，思天下惟羿为愈己，于是杀羿。"这里意为，教出的人多了，他们就会凭藉学到的本事来围攻教他的人。环执干戈，拿起武器围攻。**不如仍仿前人缄口不提为是。吾揣摩不传之故，虽三者并列，窃恐此意居多。以我论之**，**文章者，天下之公器**，公器，共同使用的工具。**非我之所能私；是非者，千古之定评，岂人之所能倒！不若出我所有，公之于人，收天下后世之名贤，悉为同调。胜我者，我师之，仍不失为起予之高足；**起予，启发我。高足，高才学生。《论语·八佾》："子曰：'起予者，商（子夏）也！始可与言诗已矣。'"子夏，孔子的学生。**类我者，我友之，亦不愧为攻玉之他山。**《诗·小雅·鹤鸣》："他山之石，可以攻玉。"本指别的山上的石头，可以用来作雕琢玉器的砺石。此指借别人的帮助改正自己的缺点。**持此为心，遂不觉以生平底里**，底里，底细，此指全部知识。**和盘托出，并前人已传之书，亦为取长弃短，别出瑕瑜，使人知所从违**，意为区别好坏，使人知道那些该学，即些不该学。**而不为诵读所误。**

知我罪我，怜我杀我，悉听世人，不复能顾其后矣。但恐我所言者，自以为是，而未必果是；人所趋者，我以为非，而未必尽非。但矢一字之公，可谢千秋之罚。矢，陈述，说出。这两句意为，只要有一字是公允的，就可告谢历史对我的谴责。噫！元人可作，作，起来，意指复活。当必赏予。赏〔shì 世〕，赦免。两句意为，如果元人还能复活的话，也一定会原谅我。

　　填词首重音律，而予独先结构者，以音律有书可考，其理彰明较著。自《中原音韵》一出，《中原音韵》，元周德清著，是一部论述北曲音韵的书。则阴阳平仄，画有塍区，阴阳、平仄，《中原音韵》分平声为阴平阳平。除平声之外，上声去声为仄声。北方音无入声。塍〔chéng 成〕区，区域。塍本指田间的界路。这几句意为，自《中原音韵》一书出现后，画出了语音上阴阳平仄的界线。如舟行水中，车推岸上，稍知率由者，《诗·大雅·假乐》："不愆不忘，率由旧章。"这里的"率由"是"率由旧章"的歇后语，意为"旧章"。虽欲故犯而不能矣。《啸馀》、《九宫》二谱一出，《啸馀谱》，明程明善辑刊的古代戏曲、音乐论著丛编，其中收有北曲谱（即朱权的《太和正音谱》）、南曲谱（即沈璟的《南九宫十三调曲谱》）。则葫芦有样，粉本昭然，粉本，古代中国画施粉上样的稿本。粉本昭然，指样本已明明白白的摆着。　前人呼制曲为填词。填者，布也，犹棋枰之中，画有定格，见一格布一子，布，放置。枰，棋盘。子，棋子。止有黑白之分，从无出入之弊，彼用韵而我叶之，彼不用韵而我纵横流荡之。纵横流荡，自由灵活。至于引商刻羽，指讲究音律。宋玉《对楚王问》："引商刻羽，杂以流徵，国中属而和者，不过数人而已。是其曲弥高，其和弥寡。"戛玉敲金，戛〔jiá 夹〕，敲击。这句形容声调铿锵悦耳。虽曰神而明之，匪可言喻，亦由勉强而臻自然，勉强，努力。臻〔zhēn 针〕，达到。盖遵守成法之化境也。至于结构二字，则在引商刻羽之先，拈韵抽毫之始，拈韵抽毫，下笔选韵。如造物之赋形，造物，大自然。造物赋形，指大自然赋予事物以形体，即事物的形成。当其精血初凝，胞胎未就，先为制定全形，使点血而具五官百骸之势。倘先无成局，而由顶及踵，顶，头顶。踵，脚根。逐段滋生，则人之一身，当有无数断续之痕，而血气为之中阻矣。工师之建宅亦然，基址初平，间架未立，先筹何处建厅，何方开户，栋需何木，梁用何材，必俟成局了然，俟，等待。始可挥斤运斧。斤，斧头。挥斤运斧，指开工修建。倘造成一架，而后再筹一架，则便于前者不便于后，势必改而就之，未成先毁，犹之筑舍道旁，兼数宅之匠资，匠资，人工费用。不足供一厅一堂之用矣。故作传奇者，不宜卒急拈毫。卒〔cù 促〕，仓促，意为不宜仓促动笔。袖手于前，始能疾书于后。袖手,原指不过问其事,此指先在一旁冷静构思,不要急于动手。**有奇事,方有奇文。未有命题不佳,而能出其锦心,扬为绣口者也。**锦心、绣口,形容文思优美,词藻华丽。柳宗元《乞巧文》:"骈四俪六,锦心绣口。"**尝读时髦所撰,**时髦,现时的才子。**惜其惨淡经营,用心良苦,而不得被管弦、副优孟者,**被管弦,谱写成乐曲。副优孟,适合艺人演唱。**非审音协律之难,而结构全部规模之未善也。**

　　词采似属可缓,而亦置音律之前者,以有才、技之分也。才,天才。技,技艺。**文词稍胜者,即号才人,音律极精者,终为艺士。师旷止能审乐,不能作乐;**师旷,春秋时代晋国著名音乐家,善辨音律。**龟年但能度词,不能制词,**龟年,李龟年,唐玄宗时著名歌唱家。度词,按曲谱唱歌。**使与作乐制词者同堂,吾知必居末席矣。事有极细而亦不可不严者,此类是也。**

立 主 脑

　　古人作文一篇,定有一篇之主脑。主脑非他,即作者立言之本意也。传奇亦然。一本戏中,有无数人名,究竟俱属陪宾,陪宾,配角。**原其初心,**原,探讨,

追究。初心，本意。止为一人而设。即此一人之身，自
始至终，离合悲欢，中具无限情由，无穷关目，关目，情
节。究竟俱属衍文；衍文，多余的文字。原其初心，又止
为一事而设。此一人一事即作传奇之主脑也。然必
此一人一事，果然奇特，实在可传，而后传之，则不
愧传奇之目，而其人其事与作者姓名，皆千古矣。千
古，指千古流传。如一部《琵琶》，止为蔡伯喈一人。而
蔡伯喈一人，又止为重婚牛府一事。其余枝节，皆
从此一事而生——二亲之遭凶，五娘之尽孝，拐儿
之骗财匿书，张大公之疏财仗义，皆由于此。是"重
婚牛府"四字，即作《琵琶记》之主脑也。一部《西
厢》，止为张君瑞一人；而张君瑞一人，又止为白马解
围一事。其余枝节，皆从此一事而生——夫人之许
婚，张生之望配，红娘之勇于作合，莺莺之敢于失身，
与郑恒之力争原配而不得，皆由于此。是"白马解围"
四字，即作《西厢记》之主脑也。余剧皆然，不能悉
指。后人作传奇，但知为一人而作，不知为一事而
作，尽此一人所行之事，逐节铺陈，有如散金碎玉。以
作零出则可，零出，折子戏，即截取故事中的一段演出，不演全
剧。谓之全本，则为断线之珠，无梁之屋。作者茫然

无绪，观者寂然无声，无怪乎有识梨园望之而却走也。**有识梨园：有见地的剧团。却走，退走，此指不愿演出。** **此语未经提破，故犯者孔多。孔多，很多。** 而今而后，吾知鲜矣。

密　针　线

　　编戏有如缝衣，其初则以完全者剪碎，其后又以剪碎者凑成。剪碎易，凑成难。凑成之工，全在针线紧密。一节偶疏，全篇之破绽出矣。每编一折，必须前顾数折，后顾数折。顾前者，欲其照映；顾后者，便于埋伏。照映埋伏，不止照映一人，埋伏一事，凡是此剧中有名之人，关涉之事，与前此后此所说之话，节节俱要想到。宁使想到而不用，勿使有用而忽之。吾观今日之传奇，事事皆逊元人，**逊，差。** 独于埋伏照映处，胜彼一筹。非今人之太工，以元人所长，全不在此也。若以针线论，元曲之最疏者，莫过于《琵琶》。无论大关节目，背谬甚多——如子中状元三载，而家人不知；身赘相府，享尽荣华，不能自遣一仆，而附家报于路人；**家报，家信。** 赵五娘千里寻夫，只身无伴，未审果能全节与否，其谁证之。诸如此类，皆背理妨伦之甚者。再取小节论之。如五娘之剪发，乃作者自为之，当日必无其事。以有疏财仗义之张大公在，受人之托，必能终人之事，未有坐视不顾，而致其剪发者也。然不剪发不足以见五娘之孝，以我作《琵琶》，《剪发》一折亦必不能少，但须回护张大公，使之自留地步。吾读《剪发》之曲，并无一字照管大公，且若有心讥刺者。据五娘云："前日婆婆没了，亏大公周济。如今公公又死，无钱资送，不好再去求他，只得剪发"云云。若是，则剪发一事，乃自愿为之，非时势迫之使然也。奈何曲中云："非奴苦要孝名传，只为上山擒虎易，开口告人难。"此二语虽属恒言，恒言，常言，平常话。人人可道，独不宜出五娘之口。彼自不肯告人，何以言其难也？观此二语，不似怼怨大公之词乎？怼〔duì 对〕，怨恨。然此犹属背后私言，或可免于照顾。迨其哭倒在地，大公见之，许送钱米相资，以备衣衾棺椁，则感之颂之，当有不啻口出者矣。啻〔chì 赤〕但，仅。奈何曲中又云："只恐奴身死也兀自没人埋，谁还你恩债？"试问：公死而埋者何人？姑死而埋者何人？对埋殓公姑之人而自言暴露，暴露，指尸骨无人埋葬。将置大公于何地乎？且大公之相资，尚义也，非图利也，"谁还恩债"一语，不几抹倒大公，将一片热肠付之冷水乎？此等词曲，幸而出自元人；若出我辈，则群口讪之，讪〔shàn 善〕，讥笑，毁谤。不识置身何地矣。予非敢于仇古，仇古，反对古人。既为词曲，立言必使人知取法，若扭于世俗之见，谓事事当法元人，吾恐未得其瑜，先有其瑕。人或非之，即举元人借口。乌知圣人千虑，必有一失；圣人之事犹有不可尽法者，况其他乎？《琵琶》之可法者原多，请举所长以盖短：如《中秋赏月》一折，同一月也，出于牛氏之口者，言言欢悦，出于伯喈之口者，字字凄凉；一座两情，两情一事，此其针线之最密者。瑕不掩瑜，何妨并举其略。然传奇，一事也，其中义理，分为三项：曲也，白也，穿插联络之关目也。元人所长者，止居其一，曲是也。白与关目，皆其所短。吾于元人，但守其词中绳墨而已矣。绳墨，规矩，法度。

减　头　绪

头绪繁多，传奇之大病也。《荆》、《刘》、《拜》、

《杀》之得传于后，止为一线到底，并无旁见侧出之情。三尺童子，观演此剧，皆能了了于心，便便于口，_{了了，清楚明了。便便〔pián pián〕，语言流畅。这几句说，小孩看了这些戏对它的情节都能清楚了解，并能流畅地把它转述出来。}以其始终无二事，贯串只一人也。后来作者，不讲根源，单筹枝节，_{筹，考虑。}谓多一人可增一人之事。事多则关目亦多，令观场者如入山阴道中，人人应接不暇。_{据《世说新语·言语》，王献之曾说："从山阴道上行，山川自相映发，使人应接不暇。"}殊不知戏场角色，止此数人，便换千百个姓名，也只此数人装扮，止在上场之勤不勤，不在姓名之换不换。与其忽张忽李，令人莫识从来，何如只扮数人，使之频上频下，易其事而不易其人，使观者各畅怀来，_{各畅怀来，《史记·司马相如传》："于是诸大夫芒然丧其所怀来，失厥所以进。"颜师古曰："初有所怀而来，欲进而陈之，今并丧失其来意也。"此指看得很满意。}如逢故物之为愈乎？作传奇者，能以"头绪忌繁"四字刻刻关心，则思路不分，文情专一。其为词也，如孤桐劲竹，直上无枝，虽难保其必传，然已有《荆》、《刘》、《拜》、《杀》之势矣。

审 虚 实

传奇所用之事，或古或今，有虚有实，随人拈取。古者，书籍所载，古人现成之事也。今者，耳目传闻，当时仅见之事也。实者，就事敷陈，不假造作，有根有据之谓也。虚者，空中楼阁，随意构成，无影无形之谓也。人谓古事多实，近事多虚。予曰：不然。传奇无实，大半皆寓言耳。欲劝人为孝，则举一孝子出名，但有一行可纪，则不必尽有其事，凡属孝亲所应有者，悉取而加之，亦犹"纣之不善不如是之甚也"，一居下流，天下之恶皆归焉。《论语·子张》：子贡曰："纣之不善不如是之甚也。是以君子恶居下流，天下之恶皆归焉。"其余表忠表节，与种种劝人为善之剧，率同于此。若谓古事皆实，则《西厢》、《琵琶》，推为曲中之祖，莺莺果嫁君瑞乎？蔡邕之饿莩其亲，莩〔piǎo 缥〕，通殍，饿死。五娘之干蛊其夫，干蛊〔gàn gǔ 绀古〕，古时称儿子能担负父母不能担负的事情。《易·蛊》："干父之蛊……干母之蛊。"这里用作妻子对丈夫。见于何书？果有实据乎？《孟子》云："尽信书不如无书。"盖指《武成》而言也。《孟子·尽心下》："孟子曰：尽信书，则不如无书。吾于《武成》，取二三策而已矣。仁人无敌于天下，以至仁伐至不仁，而何其血之流杵也？"书，指《尚书》。《武成》，《尚书》中的一篇，叙武王伐殷成功。但原文已佚。今本《尚书》之《武成》，乃后人伪托。**经史且然，矧杂剧乎？**矧〔shěn 审〕，何况。**凡阅传奇而必考其事从何来，人居何地者，皆说梦之痴人，**说梦之痴人，即成语"痴人说梦"的化用。**可以不答者也。然作者秉笔，又不宜尽作是观。若纪目前之事，无所考究，则非特事迹可以幻生，并其人之姓名，亦可以凭空捏造，是谓虚则虚到底也。若用往事为题，以一古人出名，则满场脚色，皆用古人，捏一姓名不得。其人所行之事，又必本于载籍，**载籍，书上记载的。**班班可考，**班班，清楚。**创一事实不得。非用古人姓字为难，使与满场脚色同时共事之为难也。非查古人事实为难，使与本等情由贯串合一之为难也。**这几句意为，不是用古人的名字困难，而是使一个剧的所有人物都同时同事才困难；不是考查古人的事迹困难，而是把古人的事迹按戏的要求组织贯穿起来才困难。**予谓"传奇无实，大半寓言"，何以又云"姓名事实，必须有本"？**要知古人填古事易，今人填古事难，古人填古事，犹之今人填今事，非其不虑人，考无可考也。传至于今，则其人其事，观者烂熟于胸中，欺之不得，罔之不能，**罔，虚妄，欺骗。**所以必求可据，是谓实则实到底也。若用一二古人作主，因无陪客,幻设姓名以代之,则虚不似虚,实不成实,词家之丑态也。切忌犯之。

说　明

李渔(1611—1679)字笠鸿、谪凡,号笠翁,别署笠道人,随庵主人,新亭樵客,湖上笠翁等,明末清初浙江兰溪人。

李渔是我国历史上著名的戏剧活动家、剧作家和戏剧理论家,他自幼爱好戏剧,考上秀才后,几度乡试都落选,于是便以戏剧为职业,组织剧团进行创作和演出,终身没有做过官。他曾经带着他的剧团,遨游天下达四十年之久,"海内名山大川,十经六七",其间经常自编自排。因此他既擅长编剧,又熟悉舞台演出,擅于导演,是一个全面精娴的戏剧能手。他的剧作有《笠翁十种曲》,包括《风筝误》,《比目鱼》等,他的戏曲理论著作见于《闲情偶寄》。此外还著有《十二楼》、《回文传》等小说。

《闲情偶寄》,是一部内容非常广泛的书,它包括烹饪、建筑、园艺等,戏曲理论只是其中一个部分。戏曲理论又分词曲部和演习部。词曲部谈剧本创作的问题;演习部谈导演演出的问题。这里所选属词曲部。

词曲部包括结构第一,词采第二、音律第三、宾白第四、科诨第五、格局第六,对戏曲创作从主题、题材,情节、结构、人物、语言,到科诨、音乐,都作了全面的论述。他是一个富有舞台经验的人,又总结了前人的实践经验。因此他的理论,不是泛泛而谈,而是有他自己的和前人的丰富的实践经验作基础的。正如他自己所说，他是"以生平底里和盘托出，并前人已传之书，亦为取长补短，别出瑕瑜，使人知所从违而不为诵读所误。"所以他的论述有很多精辟的见解值得今天借鉴。

李渔关于戏曲创作的理论，有一个根本点，就是强调要从观众出发，注重戏剧的舞台演出，也就是说，要注意群众性和演出效果。他在演习部中就明确宣布说："填词之设，专为登场。"所以他的一切论述，都围绕着这一根本点，即使大多数人都能看得懂，并受到欢迎。正因为如此，他首先强调结构，（即对主题、题材，人物，情节等的组织与处理）。他主张在动笔之前，对这些问题应该先有成局在胸，如象工师之建宅，"基址初平，间架未立，先筹何处建厅，何方开户，栋需何木，梁用何材，必俟成局了然，始可挥斥运斧。"否则就"有无数断续之痕，而血气为之中阻矣。"所以他说："结构二字，则在引商刻羽之先，拈韵抽毫之始，如造物之赋形，当其精血初凝，胞胎未就，先为制定全形，使点血而具五官百骸之势。"

李渔不仅强调了结构的重要性，而且还提出了"立主脑"、"密针线"，"减头绪"等使剧本主题突出，结构严谨的方法。在"立主脑"中，他要求每个剧本都要有鲜明的主题，要突出主要人物，主要情节，反对"逐节铺陈，有如散金碎玉"，使全剧成为"断线之珠，无梁之屋"。在"密针线"中，他要求故事情节前后要统一，"每编一折，必须前顾数折，后顾数折"，考虑埋伏和照映，使整个剧本浑然一体，天衣无缝。

如果一节偶疏，就会破绽百出。在"减头绪"中，他要求作家要以"头绪忌繁四字刻刻关心"，使剧作思路不分，文情专一，犹如"孤桐劲竹，直上无枝"，使"三尺童子观演此剧，皆能了了于心，便便于口"。除此之外，他还在"脱窠臼"中主张创新，反对抄袭。在"戒荒唐"中主张所写的事应合于人情物理，"只当求于耳目之前，不当索诸闻见之外。"特别是在"审虚实"中，他还提出对历史题材和现实题材的处理问题，和典型化的问题，都是一些经验之谈，非常透辟。

　　戏剧语言，在戏剧中是非常重要的，李渔对它也很重视。他在词采、宾白等节中对戏剧语言作了很精采的论述。他主张戏剧语言应该"贵浅显"，"重机趣"，"戒浮泛"，"忌填塞"，"声务铿锵"，"语求肖似"，"字分南北"，"文贵洁净"，"意取尖新"，"少用方言"等。而贯穿在这些主张中的基本精神，就是语言要明白晓畅，通俗易懂，尤其是要个性化。因为戏剧不同于诗文。"诗文之词采贵典雅而贱粗俗，宜蕴藉而忌分明。词曲不然，话则本之街谈巷议，事则取其直说明言。"但是，一味的浅显也是不对的，要有所区别，因人物而定。"如在花面口中，则惟恐不粗不俗。一涉生旦之曲，便宜斟酌其词，无论生为衣冠仕宦，旦为小姐夫人，出言吐词，当有隽雅春容之度，即使生为仆从，旦作梅香，亦须择言而发，不与净丑同声。"戏曲语言要"说何人，肖何人，说某事，切某事"。甚至要求"欲代此一人立言，先宜代此一人立心"，做到设身处地，也就是要作者进入脚色。为了使更多的人听得懂，他还反对滥用典故和重复前人的成句，反对滥用方言,因为"戏文是做与读书人与不读书人同看,又与不读书之妇人小孩同看"。同时,它又不是专为某地的人而设,因此要少用方言。此外,鉴于前人特别是元人写剧重曲不重白,李渔特别强调宾白的重要性,认为"宾白一道,当与曲文等视",这也是很有见地,值得重视的。

戏剧有教育作用,但也有娱乐作用,为了使剧本有较好的演出效果,起到娱乐作用,李渔主张,应该重视科诨的作用,使它帮助观众驱散睡魔,抖起精神看戏,但要戒淫亵,忌俗恶,重关系,贵自然,做到诨而不俗。

李渔的戏曲理论,继承和发展了明王骥德的主张,系统地总结了我国元明以来戏曲艺术实践的丰富经验,揭示了戏剧创作和演出的艺术法则,是应该在戏曲史上大书而特书的,但是也应该看到他毕竟是封建文人,他的理论中杂有不少封建思想和片面性,我们应该吸其精华,弃其糟粕。

原 诗 (节录)

叶 燮

或曰：今之称诗者，称诗，论诗。高言法矣。高言，高谈。法，法则，法度。作诗者果有法乎哉？且无法乎哉？且，或者。

余曰：法者，虚名也，非所论于有也；不能说法是有的。又法者，定位也，定位，固定部位，意即法是具体的规则。非所论于无也。不能说法是没有的。子无以余言为惝恍河汉，惝恍〔tǎng huǎng 倘谎〕，迷糊不清。河汉，银河，此喻说话不著边际。当细为子晰之。晰，动词，明白解说。

自开辟以来，从有史以来。天地之大，古今之变，古往今来时代的无穷变化。万汇之赜，万汇，万物。赜〔zé 责〕，幽深玄妙。日星河岳，赋物象形，赋予万物千姿百态。兵刑礼乐，兵刑，军事法律。礼乐，社会道德规范。这句泛指社会政治生活。
饮食男女，《礼记·礼运》："饮食男女，人之大欲存焉。"饮食男女，
原指人的自然本性，此泛指人们的日常生活。　**于以发为文章，**
于以，凭借这些。发，产生。**形为诗赋，**形，表现。**其道万千。**
余得以三语蔽之：蔽，概括。**曰理、曰事、曰情，**理，指规
律。事，指事物的客观存在。情，指事物的情态。**不出乎此而
已。然则，诗文一道，岂有定法哉！**定法，固定不变的法则。
先揆乎其理；揆〔kuí 葵〕，测度，度量。**揆之于理而不谬，
则理得。次征诸事；**征，验证。**征之于事而不悖，**悖〔bèi
倍〕，违背、违反。**则事得。终絜诸情；**絜〔xié 斜〕，衡量。**絜
之于情而可通，则情得。三者得而不可易，**易，改变。**则
自然之法立。故法者，当乎理，**对于理要得当。**确乎事，**
对于事要真实。**酌乎情，**对于情状要斟酌，使之恰到好处。**为三
者之平准，**平准，标准。**而无所自为法也。**意为不存在主
观制定的法则。**故谓之曰"虚名"。又法者，国家之所谓
律也。**律，法令。**自古之五刑宅就以至于今，法亦密
矣。**宅，流放地。就，行刑之处。《尚书·舜典》："五刑有服，五服三
就，五流有宅，五宅三居。"传："五刑，墨、劓、剕、宫、大辟。服，从也。"
"既从五刑，谓服罪也。行刑当就三处，大罪于原野，大夫于朝，士于
市。""不忍加刑则流放之，若四凶者。五刑之流各有所居。五居之差
各有三等之居，大罪四裔，次九州之外，次千里之外。"这两句意为，从

古代制定五刑,规定流放处所及行刑地方,一直到现在,法律也相当精密了。**然岂无所凭而为法哉!** 凭,凭借,依据。 **不过揆度于事、理、情三者之轻重大小上下,以为五服五章、刑赏生杀之等威差别,于是事理情当于法之中。** 五服五章,《尚书·皋陶谟》:"天命有德,五服五章哉!"传:"五服,天子、诸侯、卿、大夫、士之服也。"等威,《左传·宣公十五年》:"贵有常尊,贱有等威。"注:"威仪有等差。"这几句意为,依据事理情的不同情况,规定以五种服式分别显示人们的等级,以刑赏生杀显示对人的差别,这样,事理情当然处于法之中。**人见法而适惬其事理情之用,故又谓之曰"定位"。** 惬〔qiè 窃〕,快意,满足。定位,此指事理情三者皆在法之中,并且各有其一定的位置。

乃称诗者, 乃,可是。**不能言法所以然之故,而哓哓然曰法!** 哓哓〔xiāo 消〕然,争辩不休的样子。**吾不知其离一切以为法乎?将有所缘以为法乎?** 缘,凭借。**离一切以为法,则法不能凭虚而立;** 凭虚,凭空。**有所缘以为法,则法仍托他物以见矣。** 见,同现,显现。**吾不知统提法者之于何属也?** 何属,属于哪一类。**彼曰:"凡事凡物皆有法,何独于诗而不然?"** 凡,一切。**是也。然法有死法,有活法。** 活法,吕本中《夏均父集序》:"学诗当识活法。所谓活法者,规矩备具而能出于规矩之外,变化不测而亦不背于规矩也。"**若以死法论,今誉一人之美,当问之曰:"若固**

眉在眼上乎？若，你。鼻口居中乎？若固手操作而足循履乎？"夫妍媸万态，而此数者必不渝，渝，改变。此死法也。彼美之绝世独立，不在是也。绝世独立，冠绝当代独一无二。《汉书·外戚传》载李延年歌："北方有佳人，绝世而独立。"又朝庙享燕，朝，朝廷，古代帝王处理政务的地方。庙，宗庙，古代帝王祭祀祖先的地方。享，祭祀。燕，通宴，宴饮。以及士庶宴会，士庶，指士大夫与庶民百姓。宴会，饮宴的聚会。揖让升降，揖〔yī 衣〕让，古时拱手为礼相谦让。升降，进退。叙坐献酬，叙坐，依礼次第而坐。献酬，主宾互相敬酒。无不然者，此亦死法也。而格鬼神，格，感通。通爱敬，通，传达。不在是也。然则，彼美之绝世独立，果有法乎？不过即耳目口鼻之常，常，常态。而神明之。神明，精微神妙，这里作使动词。之，指耳目口鼻。而神明之法，果可言乎！彼享宴之格鬼神、合爱敬，果有法乎？不过即揖让献酬而感通之。而感通之法，又可言乎？死法则执涂之人能言之。涂，通途，此即指成法。这句意为，如果讲死法，那末一个普通人也会讲的。若曰活法，法既活而不可执矣，执，持，掌握。又焉得泥于法？泥，拘泥。而所谓诗之法，得毋平平仄仄之拈乎？拈，通粘。此指律诗调整平仄的粘对之法。所谓粘，即平粘平，仄粘仄，即后联上句第二字的平仄要跟前联下句第二字的平仄一致。不然就叫失粘。村塾中曾读《千家诗》者，村塾，旧

时乡下私人办的学校。《千家诗》，《分门纂类唐宋时贤千家诗选》的
简称。南宋刘克庄编。共二十二卷，分十四门，录唐、五代、宋人诗，
尤以宋诗为多。**亦不屑言之。若更有进，必将曰：律诗
必首句如何起，三四如何承，五六如何接，末句如何
结；古诗要照应，要起伏。析之为句法，总之为章法。**
这两句意为，把它分解开来，是遣词造句的方法，把它总括起来，是谋
篇布局的方法。**此三家村词伯相传久矣，**三家村，指偏僻的
小乡村。陆游《村饮示邻曲》："偶失万户侯，遂老三家村。"词伯，会写
诗词的老先生。　**不可谓称诗者独得之秘也。若舍此两
端，而谓作诗另有法，法在神明之中，巧力之外，**巧力，
技巧。**是谓变化生心。**　此言法的变化产生于诗人的匠心独运，
故法无定法，这就叫活法。**变化生心之法，又何若乎？则
死法为"定位"，活法为"虚名"。"虚名"不可以为有，
"定位"不可以为无。不可为无者，**指死法。**初学能言
之；不可为有者，**指活法。**作者之匠心变化，不可言
也。**

　　夫识辨不精，识辨，认识分辨。精，精微。**挥霍无具，**
挥霍，指挥，驱遣。具，才具。**徒倚法之一语，以牢笼一切。**
这四句意为，如果对事、理、情识辨不清晰，又无才具以驱遣语言，那
末光依靠法，又有何用。**譬之国家有法，所以儆愚夫愚妇
之不肖而使之不犯，**儆〔jīng 景〕，警戒。**未闻与道德仁义**

之人讲论习肄，习肄〔yì 义〕，学习，研讨。**而时以五刑五罚之法恐惧之而迫胁之者也。** 五刑五罚，《尚书·吕刑》："五刑不简，正于五罚。"传："不简核谓不应五刑，当正五罚，出金赎罪。"**惟理、事、情三语，无处不然。三者得，则胸中通达无阻，出而敷为辞，则夫子所云"辞达"。**这几句意为，掌握了理、事、情，那末就思绪畅通，无所不往，写成诗文表达出来，便是孔子所说的"辞足以达意"。辞达，语出《论语·卫灵公》："子曰：辞达而已矣。""达"者，通也。通乎理、通乎事、通乎情之谓。**而必泥乎法，则反有所不通矣。辞且不通，法更于何有乎？** 于何有，在什么地方存在。

曰理、曰事、曰情三语，大而乾坤以之定位、日月以之运行，乾坤，指天地。定位，确定部位。《易·说卦》："天地定位，山泽通气。"**以至一草一木一飞一走，**飞，指禽类。走，指兽类。**三者缺一，则不成物。文章者，所以表天地万物之情状也。** 这两句说，文章是用来表现一切客观事物的情态状貌的。**然具是三者，**具，具备。**又有总而持之，条而贯之者，曰气。** 总而持之，总管它，统率它。条而贯之，有条理的组织贯通它。气，中国古代哲学概念，通常指构成宇宙万物的一种物质。**事、理、情之所以为用，**为用，发生作用。**气为之用也。** 这两句说，事、理、情之所以发生作用，是气作用于事、理、情的结果。**譬之一草一木，其能发生者，理也。其既发生，则事**

也。既发生之后，夭矫滋植，指生长茂盛。情状万千，咸有自得之趣，自得之趣，自己感到快意的情趣。则情也。苟无气以行之，能若是乎？又如合抱之木，百尺干霄，干，冲犯。干霄，耸入云端。纤叶微柯以万计，纤，细。微柯，小树枝。同时而发，发，生长。无有丝毫异同，异同，指相同。是气之为也。为，作用。苟断其根，则气尽而立萎，立萎，立刻枯萎。此时理、事、情俱无从施矣。施，施行。吾故曰：三者借气而行者也。得是三者，而气鼓行于其间，鼓行，原意为击鼓进军。这里意为充沛地运行。纲缊磅礴，纲缊〔yīn yūn 因运〕，云烟弥漫的样子。纲缊磅礴，形容气盛。随其自然所至，即为法，此天地万象之至文也。万象，万物。至文，最好的文章。岂先有法以驭是气者哉！不然，天地之生万物，舍其自然流行之气，自然流行，自然而然地流动运行。一切以法绳之，绳，按一定的标准加以约束。夭矫飞走，指草木鸟兽。纷纷于形体之万殊，纷纷，众多。这两句指，草木鸟兽在形貌体态上的千差万别。不敢过于法，过于法，超过法的规定。不敢不及于法，不及于法，不达到法的规定。将不胜其劳，不胜，不能忍受。其，指法的约束。劳，劳苦。乾坤亦几乎息矣。天地也接近停止它的生命了。

　　草木气断则立萎，理、事、情俱随之而尽，固也。

固，诚然。虽然，气断则气无矣，而理、事、情依然在也。
何也？草木气断则立萎，是理也；萎则成枯木，其事
也；枯木岂无形状？向背、高低、上下，则其情也。由
是言之：气有时而或离，理、事、情无之而不在。之，往。
向枯木而言法，法于何施？法在何处施行。必将曰：法将
析之以为薪，析，劈开。法将斲之而为器。斲〔zhuó卓〕，
砍削。若果将以为薪、为器，吾恐仍属之事理情矣；而
法又将遁而之他矣。之他，到别处去。

　　天地之大文，风云雨雷是也。风云雨雷，变化不
测，不可端倪，端倪，动词，推测始末。韩愈《送高闲上人序》："故
旭（张旭）之书，动犹鬼神，不可端倪。"天地之至神也，至神，最
神奇莫测。《易·系辞上》："阴阳不测谓之神。"即至文也。试以
一端论：泰山之云，起于肤寸，肤寸，古代长度单位，一指为
寸，一肤等于四寸。此喻极小的空间。　不崇朝而遍天下。崇
朝，终朝，一个早晨。《公羊传·僖公三十一年》："山川有能润于百里
者，天子秩而祭之。触石而出，肤寸而合，不崇朝而遍雨乎天下者，唯
泰山尔。河海润于千里。"吾尝居泰山之半载，熟悉云之情
状：或起于肤寸，弥沦六合；弥沦，布满。六合，指天地四方。
或诸峰竞出，升顶即灭；升顶，升上山顶。　或连阴数月；
或食时即散；食时，吃一顿饭的时间。　或黑如漆，或白如
雪；或大如鹏翼，《庄子·逍遥游》："其（鹏）翼若垂天之云。"或

乱如散鬒；散鬒〔shǔn 顺〕，头发散乱。《汉书·天文志》："有黑云状如猋风乱鬒。"**或块然垂天**；块然，孤独的样子。垂，悬挂。**后无继者；或联绵纤微，相续不绝；又忽而黑云兴**，兴，起，出现。**土人以法占之**，土人，本地人。占〔zhān 沾〕，预测。**曰："将雨"，竟不雨；又晴云出，法占者曰："将晴"，乃竟雨。云之态以万计，无一同也。以至云之色相**，色相，指一切事物的形状外貌。**云之性情，无一同也。云或有时归**；归，飘游归来。**或有时竟一去不归；或有时全归，或有时半归：无一同也。此天地自然之文**，文，文采，概指一切文章。**至工也。**至工，最精妙。**若以法绳天地之文**，绳，衡量，约束。**则泰山之将出云也，必先聚云族而谋之曰：吾将出云而为天地之文矣。** 以下用泰山出云喻写诗文不能拘泥于法。**先之以某云**，以某云为先导，喻文章开头。**继之以某云**；喻文章的承接。**以某云为起，以某云为伏**；起伏，喻文章的迭宕。**以某云为照应、为波澜**；照应，喻文章的前后配合。波澜，喻文章的曲折。**以某云为逆入**；喻叙述手法中的倒插法逆挽法。倒插法，先不说明何人，只叙其形象，后再点明其人。逆挽法，不按顺序说，先说后面，再叙前面。**以某云为空翻**；空翻，即翻空，悬空翻转，喻行文翻腾变化。《文心雕龙·神思》："意翻空而易奇。"**以某云为开，以某云为阖**；开阖，喻文章的展开和归纳。**以某云为掉尾。**掉尾，喻文章的收题结尾。**如是以**

出之，如是以归之，一一使无爽，爽，差错。而天地之
文成焉。无乃天地之劳于有泰山，泰山且劳于有是
云，而出云且无日矣！ 无乃，大概，恐怕。这三句意为，（这样
的话）恐怕天地要被泰山所劳困，泰山又要被这云所劳困，而出云也
将不知为何年何月了。苏轼有言：“我文如万斛源泉，随地
而出。” 苏轼《文说》：“吾文如万斛泉源，不择地而出，在平地滔滔汩
汩，虽一日千里无难。” 亦可与此相发明也。相发明，互为补充
说明。

　　或曰：“先生言作诗，法非所先，法不是首先考虑的。
言固辩矣。 议论固然巧妙动听。然古帝王治天下，必曰
‘大经大法’。 大经，不变化的常规。大法，最重要的法规。 然
则，法且后乎哉？”

　　余曰：帝王之法，即政也。政，政策法令。夫子言
“文武之政，布在方策”。 引文见《礼记·中庸》。孔颖达《正
义》：“言文王武王为政之道，皆布列于方牍简策。”方牍简策，均为古
代书写材料，竹片称简，木片称札或牍，稍宽的长方形木片叫方，若干
简连在一起叫策。此一定章程，后人守之；苟有毫发出
入，则失之矣。修德贵日新；语见《易·大畜》。意为培养品
德贵在天天有新的长进。而法者旧章，断不可使有毫发之
新。法一新，此王安石之所以亡宋也。 宋神宗熙宁三年

(1070)，王安石出任宰相，实行变法，因保守派反对，新法迭遭阻碍，终于失败。叶燮在此认为政治的法不可有"毫发之新"，并把王安石变法看作宋亡之原因，都是错误的。他在后文说政令不能"胶固不变"，并批评王莽实行周礼，又与此处相矛盾。若夫诗，古人作之，我亦作之。自我作诗，而非述诗也。故凡有诗，谓之新诗。新诗，此指具有独创性的诗。若有法，如教条政令而遵之，教条，宗教中要教徒信奉遵守的清规教义。政令，政府发布的政策法令。必如李攀龙之拟古乐府然后可。诗，末技耳，末技，微不足道的技能。必言前人所未言，发前人所未发，发，表现。而后为我之诗。若徒以效颦效步为能事，效颦，即东施效颦，事见《庄子·天运》。效步，即邯郸学步，事见《庄子·秋水》。效颦效步，俱喻模仿。曰："此法也。"不但诗亡，而法亦且亡矣。余之后法，非废法也，正所以存法也。夫古今时会不同，时会，时运。即政令尚有因时而变通之；若胶固不变，胶固，拘泥，固执。则新莽之行周礼矣。新莽，指王莽。王莽于公元八年废刘氏汉朝，建立王氏新朝。行，奉行，实行。周礼，周代的典章制度。此用王莽行周礼比拟文学创作中不因时而变的复古主义。奈何风雅一道，风雅一道，指诗歌创作。而踵其谬戾哉！踵，追随。谬戾〔lì力〕，荒谬背理。

　　曰理、曰事、曰情，此三言者，足以穷尽万有之变态。凡形形色色，音声状貌，举不能越乎此。举，全，

都。此举在物者为言，而无一物之或能去此者也。在
物者，指客观事物。曰才、曰胆、曰识、曰力，此四言者，所
以穷尽此心之神明。这几句大意是，才、胆、识、力这四个字，是
用来总括作者的精神世界的。才，才能。此指作者的表现才能。胆，
胆量。此指敢于创造的精神。识，见识。此指对客观事物规律和诗歌
创作规律的认识，包括思想观点。力，力量，此指艺术的独创性。凡
形形色色，音声状貌，无不待于此而为发宣昭著。发
宣，表现反映。昭著，明白、明显。此举在我者而为言，在我者，
主观世界。而无一不如此心以出之者也。以在我之四，
衡在物之三，合而为作者之文章。合，此指主客观的统一。
大之经纬天地，经纬，治理。这里意为安排、表现。细而一动
一植，咏叹讴吟，俱不能离是而为言者矣。

　　在物者前已论悉之。在我者虽有天分之不齐，
天分，天资。要无不可以人力充之。其优于天者，指天
资优异的人。四者具足，具足，充分具备。而才独外见，见，
同现。则群称其才；群称，众人称赞。而不知其才之不能
无所凭而独见也。其歉乎天者，指天资不足的人。歉，缺
少。才见不足，人皆曰才之歉也，不可勉强也。不知
有识以居乎才之先。识为体而才为用。言"识"是最根本
的，而"才"只不过是"识"的表现和产物。体，本体。用，作用．我国
古代哲学家一般认为体是最根本的、内在的，用是体的表现和产物。

若不足于才，当先研精推求乎其识。人惟中藏无识，藏：〔zàng 丈〕，同脏。中藏，内脏，这里专指心。则理、事、情错陈于前，而浑然茫然，是非可否，妍媸黑白，悉眩惑而不能辨眩〔xuàn 绚〕惑，眼花缭乱。安望其敷而出之为才乎？敷而出之，用文章把客观事物反映出来。文章之能事，实始乎此。此，指识。今夫诗，彼无识者，既不能知古来作者之意，并不自知其何所兴感触发而为诗。或亦闻古今诗家之论，所谓体裁、格力、声调、兴会等语，格力，格调气势。兴会，情致。不过影响于耳，含糊于心，附会于口，而眼光从无着处，从无着处，从来没有一个着落的地方。腕力从无措处。言不知道如何写。即历代之诗陈于前，何所决择？何所适从？人言是则是之，人言非则非之。夫非必谓人言之不可凭也，而彼先不能得我心之是非而是非之，又安能知人言之是非而是非之也。有人曰："诗必学汉魏，学盛唐。"彼亦曰："学汉魏，学盛唐。"从而然之。而学汉魏与盛唐所以然之故，彼不能知，不能言也。即能效而言之，效，模仿。而终不能知也。又有人曰："诗当学晚唐，学宋，学元。"彼亦曰："学晚唐，学宋，学元。"又从而然之。而学晚唐与宋、元所以然之故，彼又终不能知也。或闻诗家有宗刘长卿者矣，于是群然而称刘随州矣。宗，尊奉。刘长卿（709—780），唐代诗人，字文房、河间（今属河北）人。开元进士，官终随州刺史。长于五言，被称为"五言长城"。有《刘随州诗集》。又或闻有崇尚陆游者矣，于是人人案头无不有《剑南集》以为秘本，陆游（1125—1210），南宋大诗人。字务观，号放翁，山阴（今浙江绍兴）人。官至宝章阁待制。有《剑南诗稿》、《渭南文集》、《南唐书》、《老学庵笔记》等。而遂不敢他及矣。如此等类，不可枚举，一概人云亦云，人否亦否，何为者耶？夫人以著作自命，将进退古人，次第前哲，言褒贬古人，排列前哲的等次。必具有只眼而后泰然有自居之地。只眼，独到见解。倘议论是非，聋瞀于中心，聋瞀〔mào 冒〕，暗昧无知。中心，心中。而随世人之影响而附会之，终日以其言语笔墨为人使令驱役，不亦愚乎！且有不自以为愚，旋愚成妄，由愚蠢转为狂妄。妄以生骄，而愚益甚焉！原其患，追究毛病的根源。始于无识，不能取舍之故也。是即吟咏不辍，不辍〔chuò〕，不停止。累牍连章，任其涂抹，全无生气。其为才耶？为不才耶？

　　惟有识，则是非明；是非明，则取舍定。不但不随世人脚跟，并亦不随古人脚跟。非薄古人为不足学也；盖天地有自然之文章，随我之所触而发宣之，必有克肖其自然者，一定能把客观事物逼真地描绘出来。为

至文以立极。我之命意发言，自当求其至极者。昔
人有言："不恨我不见古人，恨古人不见我。"又云：
"不恨臣无二王法，但恨二王无臣法。"《南史·张融传》：
"融善草书，常自美其能。帝（齐高帝肖道成）曰：'卿书殊有骨力，但恨
无二王法。'答曰：'非恨臣无二王法，亦恨二王无臣法。'……常叹云：
'不恨我不见古人，所恨古人又不见我。'"二王，指王羲之和他的儿子
王献之。斯言特论书法耳，而其人自命如此。其人，指张融。
自命如此，如此自信。等而上之，可以推矣。譬之学射者，
尽其目力臂力，审而后发，审，审察，此指看清目标。苟能
百发百中，即不必学古人。而古有后羿、养由基其人
者，后羿〔yì 义〕，神话人物，以善射著称。相传尧时十日并出，植物枯
死，猛兽长蛇为害，羿射去九日，射杀猛兽长蛇，为民除害。养由基，
春秋时楚国大夫。《战国策·西周策》："楚有养由基者，善射，去柳叶
百步而射之，百发百中。"自然来合我矣。我能是，古人先
我而能是，未知我合古人欤？古人合我欤？高适有
云："乃知古诗人，亦有如我者。"诗句见高适《苦雪》第四
首。岂不然哉？故我之著作与古人同，所谓其揆之一；
揆，标准。一，一致。《孟子·离娄下》："先圣后圣，其揆一也。"即有
与古人异，乃补古人之所未足，亦可言古人补我之所
未足。而后我与古人交为知己也。惟如是，我之命
意发言，一一皆从识见中流布。流布，流露，表现。识明

则胆张，明，清楚。张，大。任其发宣而无所于怯，横说竖说，左宜而右有，左宜右有，语出《诗经·小雅·裳裳者华》："左之左之，君子宜之；右之右之，君子有之。"（君子德才兼备，无所不宜，无所不有。）直造化在手，简直象自然界一切事物掌握在手中。无有一之不肖乎物也。且夫胸中无识之人，即终日勤于学，而亦无益，俗谚谓为"两脚书橱"。两脚书橱，赵翼《陔馀丛考》："齐陆澄学极博，而读《易》不解文义。王俭曰：'陆公书橱也。'今人谓读书多而不能用者为两脚书橱，本此。"记诵日多，多益为累。及伸纸落笔时，胸如乱丝，头绪既纷，无从割择，割择，选择取舍。中且馁而胆愈怯，欲言而不能言。或能言而不敢言，矜持于铢两尺镬之中，矜〔jīn今〕持，拘泥。铢两尺镬〔huò 获〕，比喻法规。铢两：我国古代的重量单位，尺镬，量长短的工具。既恐不合于古人，又恐贻讥于今人。如三日新妇，动恐失体。体，体统，规矩。又如跛者登临，登临，登山临水。举恐失足。文章一道，本摅写挥洒乐事，摅〔shū 抒〕写，发抒、叙写。挥洒，挥毫洒墨毫不拘束。反若有物焉以桎梏之，无处非碍也。于是强者必曰："古人某某之作如是，非我则不能得其法也。"弱者亦曰："古人某某之作如是，今之闻人某某传其法如是，闻人，知名人物。而我亦如是也。"其黠者心则然而秘而不言；黠〔xiá 匣〕者，狡猾的人。愚者心不能知其然，徒夸而张于人，以为我自有所本也。更或谋篇时，有言巳尽，本无可赘矣，恐方幅不足，_{方幅，篇幅。}而不合于格，_{格，格式。}于是多方拖沓以扩之，是蛇添足也。又有言未尽，正堪抒写，恐逾于格而失矩度，_{矩度，规矩，法度。}亟阖而已焉，_{亟阖〔jí hé 及合〕，赶快收笔。}是生割活剥也。之数者，_{之，此。}因无识，故无胆，使笔墨不能自由，是为操觚家之苦趣，不可不察也。

昔贤有言："成事在胆"、_{强至《韩忠献公遗事》："公（韩琦）平日谓成大事在胆。未尝以胆许人，往往自许也。"}"文章千古事"，_{杜甫《偶题》："文章千古事，得失寸心知。"}苟无胆，何以能千古乎？吾故曰：无胆则笔墨畏缩。胆既诎矣，_{诎〔qū 区〕，短缩。}才何由而得伸乎？惟胆能生才，但知才受于天，而抑知必待扩充于胆耶？吾见世有称人之才，而归美之曰"能敛才就法"。_{敛才就法，约束自己的才能而就法度。}斯言也，非能知才之所由然者也。夫才者，诸法之蕴隆发现处也。_{蕴隆，蓄积充足。发现，发生，显现。}若有所敛而为就，_{指才屈从于法。}则未敛未就以前之才，尚未有法也。其所为才，皆不从理、事、情而得，为拂道悖德之言，_{拂道悖德，违背道德。}与才之义相背而驰者，尚得谓之才乎？夫于人之所不能知，而惟我有才能知之，于人之所不能言，而惟我有才能言之。**纵其心思之氤氲磅礴**，氤氲〔yīnyùn因运〕磅礴，这里形容感情丰富，思想充实，气势盛大。**上下纵横，凡六合以内外，皆不得而囿之；**囿，束缚。**以是措而为文辞，而至理存焉，万事准焉，深情托焉，是之谓有才。若欲其敛以就法，彼固掉臂游行于法中久矣。**掉臂，甩开臂膀。**不知其所就者，又何物也？必将曰："所就者，乃一定不迁之规矩。"此千万庸众人皆可共趋之而由之，又何待于才之敛耶？故文章家止有以才御法而驱使之，决无就法而为法之所役，**役，役使，支配。**而犹欲诩其才者也。**诩〔xǔ许〕，夸耀。**吾故曰：无才则心思不出。亦可曰：无心思则才不出。而所谓规矩者，即心思之肆应各当之所为也。**这两句意思是，所谓规矩，就是思想感情的任意抒发，全都符合所做的事情。**盖言心思，则主乎内以言才；**这两句的意思是，说到思想感情，则是主要从内部来说才。**言法，则主乎外以言才。**说到法，则主要是从外部来说才。**主乎内，心思无处不可通，吐而为辞，无物不可通也。夫孰得而范围其心，又孰得而范围其言乎？**范围，限制。**主乎外，则囿于物而反有所不得于我心，**这句意思是，才为外在的法所左右，便为外物所束缚，我心就不能自由畅快。**心思不灵而才销铄矣。**销铄〔shuò硕〕，熔化，消除。

　　吾尝观古之才人，合诗与文而论之，如左丘明、司马迁、贾谊、李白、杜甫、韩愈、苏轼之徒，天地万物皆递开辟于其笔端，天地之间的万事万物都一一在他们笔下被反映出来。无有不可举，无有不能胜，言没有不能反映的。胜：胜任。前不必有所承，后不必有所继，而各有其愉快。如是之才，必有其力以载之。惟力大而才能坚，故至坚而不可摧也。历千百代而不朽者以此。昔人有云：“掷地须作金石声。”《晋书·孙绰传》：“绰作《天台赋》，赋成示范荣期曰：‘卿试掷地，当作金石声。’”掷地作金石声，原以形容语言文字之美，此指作品内容形式俱极坚实。六朝人非能知此义者。而言金石，喻其坚也。此可以见文家之力。力之分量，即一句一言，如植之则不可仆，植，竖立。仆，倒下。横之则不可断，行则不可遏，遏〔è 扼〕，阻止。住则不可迁。住，停止。迁，移动。《易》曰“独立不惧”，《易·大过》：“君子以独立不惧，遯世无闷”。此言其人；而其人之文亦当如是也。譬之两人焉，共适于途，而值羊肠蚕丛峻栈危梁之险。值，遇到。羊肠，形容狭窄迂回的路。蚕丛，上古蜀王名，李白诗：“见说蚕丛路”，说蜀道之难。此处借以泛指道路的艰险。峻栈〔zhàn 站〕，险峻的架空通道。危梁，高险的桥梁。其一弱者，精疲于中，形战于外，战，通颤，发抖。将裹足而

不前，又必不可已而进焉。于是步步有所凭借，以为
依傍，或借人之推之挽之，或手有所持而扪，扪，扶持。
或足有所缘而践，缘，循。践，踩着。即能前达，皆非
其人自有之力，仅愈于木偶为人舁之而行耳。愈，胜
过。舁〔yú 鱼〕，抬。其一为有力者，神旺而气足，径往直
前，不待有所攀援假借，奋然投足，反趋弱者扶掖之
前。此直以神行而形随之，岂待外求而能者！故有
境必能造，境，地方。造，到。有造必能成。吾故曰：立言
者，无力则不能自成一家。夫家者，吾固有之家也。
人各自有家，在己力而成之耳；岂有依傍想象他人之
家以为我之家乎？是犹不能自求家珍，穿窬邻人之
物以为己有，穿窬〔yú 鱼〕，挖墙洞盗窃东西。即使尽窃其连
城之璧，连城之璧，形容物品十分珍贵。事见《史记·廉颇蔺相如
列传》。终是邻人之宝，不可为我家珍。而识者窥见其
里，里，内情。适供其哑然一笑而已。故本其所自有者
而益充而广大之以成家，非其力之所自致乎？然力
有大小，家有巨细。吾又观古之才人，力足以盖一
乡，则为一乡之才；盖，胜过，压倒。力足以盖一国，则为
一国之才；力足以盖天下，则为天下之才。更进乎
此，其力足以十世，足以百世，足以终古，则其立言不

朽之业，亦垂十世，垂百世，垂终古，悉如其力以报
之。试合古今之才，一一较其所就，视其力之大小远
近，如分寸铢两之悉称焉。又观近代著作之家，其诗
文初出，一时非不纸贵，言一时争相传抄。《晋书·文苑传》记
左思写《三都赋》，构思十年，写成以后，抢着抄写的人极多，以致"洛
阳纸贵"。后生小子，以耳为目，并未亲见，只凭道听途说。互
相传诵，取为模楷；及身没之后，声问即泯，声问，名声，
名气。泯，消失。渐有起而议之者。或间能及其身后，而
一世再世，渐远而无闻焉。甚且诋毁丛生，是非竞
起，昔日所称其人之长，即为今日所指之短。指，指摘。
短，缺点。可胜叹哉！即如明三百年间，明代由明太祖朱元
璋于洪武元年（1368）建立起，至明毅宗朱由检于崇祯十七年（1644）
在北京自缢止，其间历时二百七十七年。这里取其成数。王世贞、
李攀龙辈盛鸣于嘉、隆时，嘉，嘉靖，明世宗朱厚熜年号（1522
——1566），隆，隆庆，明穆宗朱载垕〔hòu 后〕年号（1567——1572）。
终不如明初之高、杨、张、徐，犹得无毁于今日人之口
也。高、杨、张、徐，即高启、杨基、张羽、徐贲等"吴中四杰"。高启
（1336—1374）字季迪，长洲（今江苏苏州）人，为明初诗人之冠。又
能文。有诗集《高太史大全集》，文集《凫藻集》附《扣舷集》词。杨基
（1326—1378）字孟载，号眉庵，原籍嘉定州（今四川乐山）人，长于诗。
著有《眉庵集》。张羽（1333—1385）字来仪，更字附凤，本浔阳（今江

西九江)人，后迁于吴，著有《静居集》。徐贲字幼文，原籍蜀人，后迁于吴，著有《北郭集》。**钟惺、谭元春之矫异于末季，又不如王、李之犹可及于再世之馀也。**钟、谭为明末竟陵派代表人物。**是皆其力所至远近之分量也。统百代而论诗，自《三百篇》而后，惟杜甫之诗，其力能与天地相终始，与《三百篇》等。**等，等同。**自此以外，后世不能无入者主之，**入者主之，相信谁就把谁奉作主人。**出者奴之，**不相信谁就把谁作奴仆看待。"入者主之，出者奴之"，语出韩愈《原道》。**诸说之异同，操戈之不一矣。其间又有力可以百世，而百世之内，互有兴衰者：或中湮而复兴；**中湮，中间一段时间被埋没。**或昔非而今是；又似世会使之然。**世会，时代。**生前或未有推重之，而后世忽崇尚之，如韩愈之文。当愈之时，**言在韩愈生前，举世未有深知而尚之者，**二百余年后欧阳修方大表章之，**欧阳修曾补缀校定韩愈的文集以作标榜，经过三十年的努力，加上梅尧臣、苏轼、王安石等人的有力支持，北宋古文运动取得蓬勃的发展，竟达到学者"非韩不学"（欧阳修《记旧本韩文后》）的地步。**天下遂翕然宗韩愈之文，以至于今不衰。信乎文章之力有大小远近，而又盛衰乘时之不同如是！欲成一家言，断宜奋其力矣。夫内得之于识而出之而为才，惟胆以张其才，惟力以克荷之。得全者其才见全，**前一个"全"字指识、胆、力。后一个"全"

字指全部的才。下句两个"半"字类同。**得半者其才见半，而
又非可矫揉蹴至之者也**，矫揉，故意做作。蹴〔cù 醋〕至，踏一
脚就到，形容得之轻易。**盖有自然之候焉**。候，指"火候"，以烹
饪时的火力强弱久暂比喻艺术修养的进程。**千古才力之大者，
莫有及于神禹**，神禹，即禹。**神禹平成天地之功，此何等
事！而孟子以为行所无事，不过顺水流行坎止自然
之理**，行所无事，指顺其自然，因势利导。《孟子·离娄下》："所恶
于智者，为其凿也。如智者若禹之行水也，则无恶于智矣。禹之行水
也，行其所无事也。如智者亦行其所无事，则智亦大矣。"流行坎止，
顺流而行，遇坎则止。《汉书·贾谊传》："乘流则逝，得坎则止。" **而
行疏瀹排决之事**，瀹〔yuè 月〕，疏通河流。《孟子·滕文公上》：
"禹疏九河，瀹济漯而注诸海，决汝汉，排淮泗而注之江。" **岂别有
治水之法，有所矫揉以行之者乎？不然者，是行其所
有事矣**。行其所有事，指违反常规，故意做作。 **大禹之神力，
远及万万世，以文辞立言者，虽不敢几此**，言不敢同大禹
相比。**然异道同归，勿以篇章为细务自逊**，自逊，自相辞
让。**处于没世无闻已也**。

　　**大约才、识、胆、力，四者交相为济，苟一有所歉，
则不可登作者之坛。四者无缓急，而要在先之以识。
使无识，则三者俱无所托。无识而有胆，则为妄、为
卤莽、为无知，其言背理叛道，蔑如也**；蔑如，不足称道。

无识而有才,虽议论纵横,思致挥霍,而是非淆乱,黑白颠倒,才反为累矣。无识而有力,则坚僻妄诞之辞,坚僻,固执邪僻。足以误人而惑世,为害甚烈。若在骚坛,均为风雅之罪人。惟有识,则能知所从,知所奋,知所决,而后才与胆、力,皆确然有以自信,举世非之,举世誉之,而不为其所摇,安有随人之是非而是非者哉? 其胸中之愉快自足,宁独在诗文一道已也! 然人安能尽生而具绝人之姿,具绝人之姿,具有超越一般人的资质。何得易言有识。其道宜如《大学》之始于格物。格物,推究事物的原理。《礼记·大学》讲格物、致知、诚意、正心、修身、齐家、治国平天下,以格物为始。　诵读古人诗书,一一以理、事、情格之,则前后、中边、左右、向背,形形色色,殊类万态,无不可得,不使有毫发之罅而物得以乘我焉。罅〔xià 下〕,缝隙。乘,驾驭。如以文为 战,为战,作战。而进无坚城,退无横阵矣。若舍其在我者,而徒日劳于章句诵读,不过剿袭依傍,摹拟窥伺之术,以自跻于作者之林,跻〔jī 基〕,踏进。则吾不得而知之矣。

说　明

叶燮(1627—1703)字星期,号己畦,江苏吴江人。康熙九年进士，官保应知县，因触动封建官僚和地方豪绅的利益，不到两年就被免职，归居吴县横山，以教书为生，学者称横山先生。著作有《原诗》、《己畦集》(文集十卷、诗集十卷)、《汪文摘谬》、《己畦琐语》等。

　　叶燮一生写了许多有独创见解的文学理论著作。《原诗》是他论诗的专著，分内外篇，四卷，丁福保编入《清诗话》中。这是一部能在理论上建立自己体系的精心著述，对诗的源流、正变、本末、盛衰等问题进行了系统的考察，发表了不少真知灼见，很富有特色。它突破北宋以来盛行的一枝一节论诗的"诗话"体裁，用长篇论文的形式，"综贯成一家之言"。(沈珩《原诗叙》)"内篇，标宗旨也。外篇，肆博辨也。"(同上)内外篇构成了一个统一的整体。同时这部著作通篇贯穿着对于教条主义和复古主义文学理论的强烈的批判精神，有着"以文为战，进无坚城，退无横阵"的气势。

　　这里选录的两部分文字，是《原诗》(霍松林校注本)"内篇下"的第三节、第四节。

　　第一部分，论述诗歌表现的内容及创作法则。叶燮探讨诗的本源，既有别于"言志"、"缘情"等传统观念，也不同于"性灵说"。他认为，"文章者，所以表天地万物之情状也"。天地间的一切自然现象与社会现象都可以用"理、事、情"三者来概括。所谓"理"就是事物发生、发展和变化的规律，"事"就是事物的客观存在，"情"就是事物千姿万态的情状。"理、事、情"存在于一切事物之中，无往而不在，无往而不合。因此，诗歌决不止于抒情，决不限于对事物表象的描绘。它应该是表现客观事物的"理、事、情"三个方面，而且是现象真实与本质真实的有机统一。同时，叶燮还以泰山出云为例，具体而生动地说明客观事物的多样性和极其复杂的变异，从而指出反映"理、事、情"的诗歌，必须要有新意，有独创性，无论题材和风格都应多样化。

叶燮对诗歌创作的法则也提出独创性的见解。他认为"法"有"死法""活法"之分。"法"本于"理、事、情"，"不能凭虚而立"，所以"法者，定位也"。"定位"之"法"是"死法"。"法"虽本于"理、事、情"，但"理、事、情"变化莫测，不可能预设一定的程式作为表现的手法，所以，"法者，虚名也"。"虚名"之"法"是"活法"。他强调"活法"，认为"活法"是"变化生心之法"，它的作用就在于能真实地创造性地反映客观的"理、事、情"。叶燮既承认"法"的存在，但又反对拘泥于"法"，主张一切以"理、事、情"为"平准"。这就有力地抨击了明代以来"一切以法绳之"，"不敢过于法，不敢不及于法"的复古主义和形式主义的错误理论。

第二部分，首先概括地指出客观存在的"理、事、情"，必须通过诗人主观的"才、识、胆、力"来表现，才能产生诗歌。接着对"才、识、胆、力"的重要作用及其相互关系作了极为详尽的论述。他认为"才"是进行创作的艺术才能，"大凡人无才，则心思不出。""识"是诗人对客观规律和诗歌创作规律的认识，无"识"，"则不能取舍""眼光从无着处，腕力从无措处"，"人言是则是，人言非则非"。"胆"是诗人敢想敢言的创造精神，"无胆则笔墨畏缩"。"力"是诗人的艺术独创性,"无力则不能自成一家"。"才、识、胆、力"反映着艺术创作活动的各个侧面,"苟一有所欠,则不可登作者之坛"。四者的关系是交相为济,而以识为先。"识"决定着"才",影响着"胆",支配着"力"。诗人的命意发言,一一皆从识见中流布。无"识"之人,犹如"两脚书厨",虽"记诵日多",但"多益为累",聪明才智得不到发挥,当然不可能"为至文以立极"了。叶燮还进一步指出,"识"不是凭空而来,是从研究客观事物中得来。他说:"人安能尽生而具绝人之姿,何得易言有识?其道宜如《大学》之始于'格物'。"这是很卓特的见解。

　　总之,叶燮《原诗》的确是一部具有朴素唯物主义思想和真知灼见的诗论,它不仅在清代的文学理论批评史上占有重要的地位,就是在整个中国古代文学史上也是很突出的。

鬲津草堂诗集序

王 士 祯

　　三十年前，予初出，指王士祯顺治十五年(1658)中进士，官扬州司理。交当世名辈，见夫称诗者，称诗者，称论诗的人。无一人不为乐府，乐府必汉《铙歌》，铙〔náo 挠〕歌，宋郭茂倩编《乐府诗集》一百卷，分十二类，《铙歌》是第三类《鼓吹曲辞》中的一部。非是者弗屑也；无一人不为古选，古选，指《文选》中的古体诗。古选必《十九首》、"公宴"，公宴，官家的宴会。《文选》录"公燕"诗共十四家十四首。非是者弗屑也。予窃惑之，是何能为汉、魏者之多也？历六朝而唐、宋，千有余岁，以诗名其家者甚众，岂其才尽不今若耶？是必不然。故尝著论，著论，写文章论述。以为唐有诗，不必建安、黄初也；元和以后有诗，元和,唐宪宗李纯年号(公元

806—820）。元和以后，指中晚唐。**不必神龙、开元也**；神龙，唐
中宗李显年号（705—707）。开元，唐玄宗李隆基年号（712—741）。这
里以神龙、开元代指初盛唐诗歌。**北宋有诗，不必李、杜、高、
岑也。二十年来，海内贤知之流**，知，同智。**矫枉过正，
或乃欲祖宋而祧唐**，祖宋祧唐，言废唐而学宋。**至于汉、魏
乐府、古选之遗音，荡然无复存者，江河日下，滔滔不
返。有识者惧焉。**

　　田子子益，邹鲁之文学，田子，即田霡〔mài 卖〕，字子
益，号乐园，又号香城居士，山东德州人。以能诗著名。其诗集《鬲
〔gé 隔〕津草堂五字古体诗》一卷，《五字今体诗》一卷，均有士祯所写
序文。邹、鲁，山东省的代称。文学，汉代官名，以五经教授诸生。田
霡于康熙二十五年丙寅拔贡生，授堂邑县教谕，故称"邹鲁之文学"。
而漪亭司寇之介弟也。漪亭，田霡之兄田雯的别号。司寇，刑
部长官的代称，刑部尚书称司寇，刑部侍郎称少司寇。田雯于康熙三
十三年至三十八年官刑部左侍郎。介弟，对别人兄弟的敬称。**一旦
怀其近诗一编质予**，近诗一编，指《鬲津草堂诗集》。**予亟赏
之。昔司空表圣作《诗品》凡二十四，有谓冲淡者曰：
"遇之匪深，即之愈稀"**；两句皆形容恬淡自足的心境。司空图
《诗品》中的"冲淡"一品是通过对静默无言的人的描绘，说明诗应表
现闲适的思想，而且写得情味超逸，不着迹象。**有谓自然者曰：
"俯拾即是，不取诸邻"**；俯拾即是，言只要俯下身子去拾取，

到处都是那些东西。形容为数很多而且容易得到。所引两句大意是，诗人抒情达意都要自然，不可强求，不可做作。"自然"一品是通过对"自然"意境的描绘，说明诗意应具有脱口而出，自饶情味的特色。**有谓清奇者曰："神出古异，淡不可收。"** 神出，表现出来的神情。所引两句大意是，他的神情多么象上古时代的人呵，谁也没有他那样孤寂清冷。"清奇"一品是通过对"可人"（使人满意的人）的描绘，说明诗要立意新奇，词语清秀，而又透露出一股冷清的气息。**是三者，品之最上，**品之最上，二十四品中最上等的。**而子益之诗有之，**言田子益之诗具有唐人冲淡、自然、清奇的神韵。**视世之滔滔不返者不可同日而语矣。使子益称诗于三十年之前，其不为雷同掎扯，又可知也。**掎扯，撷拾，摘取。刘攽《中山诗话》："祥符天禧中，杨大年、钱文僖、晏元献、刘子仪以文章立朝，为诗皆宗尚李义山，号西昆体。后进多窃义山语句。赐宴，优人有为义山者，衣服败敝，告人曰：'我为诸馆职掎扯至此。'闻者欢笑。"后以掎扯喻割裂文义、剽窃字句。**故喜而书之。**

说　明

王士禛（1634—1711）字子真，一字贻上，号阮亭，又号渔洋山人，山东新城（今桓台县）人。顺治十五年进士，官至刑部尚书。死后因避世宗（胤禛）讳，后人改其名为士正，乾隆时诏命仍改称士禛。他在晚年将自己的诗作加以编订，共九十二卷，四千首，总名《带经堂集》，此外，有《池北偶谈》、

《渔洋诗话》等著作多种。他还选有《古诗选》、《十种唐诗选》、《唐贤三昧集》、《唐人万首绝句》、《二家诗选》等。

王士禛论诗主张神韵说。所谓神韵就是不论写景抒情，都力求含蓄，表现清淡闲远的风神韵致。诗意含在景物之中，景清而意远，感情由境来透露，不直抒胸臆，让读者去体会。神韵说来源于南齐谢赫论画的讲"气韵"。由"气韵"到"神韵"，从评画到评诗文，发端于锺嵘，发展于司空图、严羽。到明代胡应麟正式标举"神韵"之名。王士禛的时代，一些诗人，学唐而流于腔调形式的模仿，学宋而写得浅率质直，不重文采。于是，他便提倡神韵说以补弊救偏。因他地位显赫，在文学界负有盛名，所以神韵说在相当长的一段时间影响着清代诗坛。

王士禛早年宗唐，中年主宋，晚年又归于唐。他的诗论有过一个变化的过程，但神韵说则始终是他诗论的核心。写于后期的《鬲津草堂诗集序》除了没有提及他早年的诗论外，基本上概括了他的诗论全貌及变化过程。

清初诗坛，明七子"诗必汉魏盛唐"的流弊已经很深。诗人们追摹汉魏，墨守盛唐，路子越走越窄，甚至到了非"乐府"、"古选""弗屑"的程度。为了改变这种不良倾向，士禛在三十岁以后，由宗唐倡神韵转而著文号召诗人们挣脱束缚，学习宋诗。但人们由一个极端走到了另一个极端，出现了更为严重的局面："二十年来，海内贤知之流，矫枉过正，或乃欲祖宋而祧唐，至于汉、魏乐府之遗音，荡然无复存者，江河日下，滔滔不返"。士禛主张向宋诗学习，意在扩大神韵的范围,但它却未被人们所理解。诗坛状况的变化,不能不引起士祯诗论的再次变化,由主宋归于宗唐。

王士祯晚年复归于宗唐,也不是要人们学习一切的唐诗,而是偏主"冲淡"、"自然"、"清奇"。所谓"冲淡",就是不看迹象而自然表现闲适恬淡的思想感情;所谓"自然",就是不事雕琢而吐露真情;所谓"清奇",就是立意新颖,词语清秀,给人以新鲜奇异之感。这便是"神韵"。并说,这种"神韵""子益之诗有之",使子益称诗于三十年之前,其不为雷同捃扯,又可知也。"可见,士祯论诗,虽几经变化,其目的都是为了补弊救偏,而坚持神韵之说,则始终如一。

王士祯的神韵说,在不同时期,其内涵不尽相同。他在这篇序文中极力称赞的"冲淡"、"自然"、"清奇"就包含着引导诗人脱离现实,追求隐逸的情趣。但神韵说主张含蓄隽永,重视诗歌的意境,这对提高诗歌创作的艺术水平是不无益处,应予肯定的。

石头记缘起

——《红楼梦》第一回节录

曹雪芹

看官对读者的敬称。你道此书从何而来？——说起来虽近荒唐，细玩却颇有趣味。却说那女娲氏炼石补天之时，《淮南子》："往古之时，四极废。九州裂。天不兼覆，地不周载……女娲炼五色石以补苍天。"于大荒山，无稽崖，大荒山、无稽崖，谓此书内容荒唐无稽，不必深究作者有何政治目的。炼成高十二丈，见方二十四丈大的顽石三万六千五百零一块。那娲皇只用了三万六千五百块。甲戌本夹批："合周天之数。"古人虽不知地是绕天运行的，但已知一年有三百六十五天，故有如此云云。单单剩下一块未用，弃在青梗峰下。谁知此石自经锻炼之后，灵性已通，自去自来，可大可小。因见众石俱得补天，独自己无才，不得入选，遂自怨自愧，日夜悲哀。

　　一日，正当嗟悼之际，俄见一僧一道，俄，俄顷，一会儿。远远而来，生得骨格不凡，丰神迥异，迥，远。来到这青埂峰下，席地坐谈。见着这块鲜莹明洁的石头，且又缩成扇坠一般，甚属可爱；那僧托于掌上，笑道："形体倒也是个灵物了！只是没有实在的好处，须得再镌上几个字，使人人见了便知你是件奇物，然后携你到那昌明隆盛之邦、邦，国家。《诗》《礼》簪缨之族、花柳繁华地、温柔富贵乡那里去走一遭。"石头听了大喜，因问："不知所镌何字？携到何方？望乞明示。"那僧笑道："你且莫问，日后自然明白。"说毕，便袖了，袖，笼在袖中。同那道人飘然而去，竟不知投向何方。又不知过了几世几劫，劫，梵文 kalpa 的音译。佛教相信世界经历一个漫长时期要毁灭一次，而每经历一成一毁的周期，谓之一劫。因有个空空道人访道求仙，从这大荒山无稽崖青埂峰下经过，忽见一块大石，上面字迹分明，编述历历：空空道人乃从头一看，原来就是无才补天、幻形入世、变化形迹，混进尘世。被那茫茫大士、渺渺真人携入

红尘、_{红尘}，_{繁华热闹之区，这里指人世间。}引登彼岸的一块
顽石。_{彼岸，佛教语。《知变论》十二："彼以生死为此岸，涅盘为彼}
_{岸。"涅盘，超脱生死的境界。有生有死的境界，则称之为此岸。}上
面叙着堕落之乡，投胎之处，以及家庭琐事，闺阁闲
情，诗词迷语，到还完备。只是朝代年纪失落无考。
后面又有一偈云：_{偈〔jì季〕，梵文 Gatha 音译"偈陀"的简称，}
_{意译为"颂"，即佛经中的唱词。}

　　　无材可去补苍天，

　　　枉入红尘若许年！

　　　此系身前身后事，

　　　倩谁记去作奇传？_{倩，请。作奇传，作为奇事传播。}

　　空空道人看了一回，晓得这石头有些来历，遂向
石头说道："石兄，你这一段故事，据你自己说来，有
些趣味，故镌写在此，意欲闻世传奇；据我看来，第一
件，无朝代年纪可考；第二件，并无大贤大忠、理朝
廷、治风俗的善政，其中只不过几个异样女子，或情
或痴，或小才微善，我纵然抄去，也算不得一种奇
书。"石头果然答道："我师何必太痴！我想历来野史
的朝代，无非借假'汉'、'唐'的名色；莫如我这石头
所记，不借此套，只按自己的事体情理，反倒新鲜别

致。况且那野史中，或讪谤君相，讪谤，诽谤。或贬人妻女，奸淫凶恶，不可胜数；更有一种风月笔墨，其淫秽污臭，最易坏人子弟。这是指那些庸俗低级宣扬色情之作。至于才子佳人等书，则又开口'文君'，西汉蜀富人之女卓文君寡居后爱慕司马相如而与之私奔。满篇'子建'，曹植，字子建，是一位有才华的诗人。千部一腔，千人一面，且终不能不涉淫滥。——在作者不过要写出自己的两首情诗艳赋来，故假捏出男女二人名姓，这是批判那种没有生活基础，凭想象虚构拼凑成篇的低劣之作。当然不能说小说戏曲写男女之情时不能托之古人或虚构姓名。又必旁添一小人拨乱其间，如戏中的小丑一般。更可厌者，'之乎者也'，非理即文，大不近情，自相矛盾：竟不如我这半世亲见亲闻的几个女子，虽不敢说强似前代书中所有之人，但观其事迹原委，亦可消愁破闷；至于几首歪诗，也可以喷饭供酒；其间离合悲欢，兴衰际遇俱是按迹寻踪，不敢稍加穿凿，至失其真。这是说自己书中所写的人和事，都是经历过的生活真实，和一般文人的创作脱离生活基础而任意虚构者不同。只愿世人当那醉余睡醒之时，或避事消愁之际，把此一玩，不但是洗旧翻新，却也省了些寿命筋力，不更去谋虚逐妄了。谋虚，追求虚

名。逐妄，为妄想富贵而四处钻营。我师意为如何？"空空道
人听如此说，思忖半晌，将这《石头记》再检阅一遍，
因见上面大旨不过谈情，亦只是实录其事，绝无伤时
诲淫之病，方从头至尾抄写回来，闻世传奇。从此空
空道人因空见色，由色生情，传情入色，自色悟空，
色，佛家指客观现象。空，空幻、乌有。这十六字是说世界永远按照
空——色——情，情——色——空的公式循环往复，这样美色也好，
爱情也好，都不过是一场幻觉而已。遂改名"情僧"，改《石头
记》为《情僧录》。东鲁孔梅溪题曰《风月宝鉴》。后
因曹雪芹于悼红轩中披阅十载，增删五次，纂成目
录，分出章回，又题曰《金陵十二钗》；并题一绝。——
即此便是《石头记》缘起。诗云：

　　满纸荒唐言，一把辛酸泪。

　　都云作者痴，谁解其中味？

说　明

　　曹雪芹（？——1763，一作1764）我国清代大小说家。名
霑，字梦阮，号雪芹、芹溪、芹圃。先世由辽阳迁沈阳，虽世
为皇室家奴，但却享有封建特权。其曾祖曹玺，康熙朝为江
宁织造，迁居江南。其祖曹寅续任此职，历二十年，兼过四
任江淮巡盐御史，还是一位诗人兼出版家。曹寅死，子曹
颙、曹頫，续管织造。雪芹是曹颙之遗腹子（或说是曹頫之

子)。他生长在这样一个"诗礼簪缨之家",在南京渡过了
"锦衣纨袴,饫甘餍肥"的童年。雍正上台后,曹家被抄,彻
底败落,曹雪芹流落北京,在"蓬牖茅椽,绳床瓦灶","举家
食粥酒常赊"的困顿生活中,深憾"生逢末世,无材补天",不
能挽回这个家族的"运终数尽"。但是由于他多少体验到社
会底层的人民的思想感情。大约在二十九岁时,就开始写
《红楼梦》,并在十年内作了五次大的修改,但终未定稿。雪
芹四十岁以后,可能由于生活更为困窘,故不能集中精力把
这部小说写完,最后由于他唯一的幼儿夭殇,他也因病"泪
尽而逝"。

　　在曹雪芹创作《红楼梦》的过程中,手稿就有人评阅、传
抄。诸家批语中,脂砚斋的批语较多,也较有价值。它可以
作为我们研究《红楼梦》的写作背景、创作过程以及书中某
些人物与实际人物的关系,特别是八十回以后已迷失的文
字基本内容等问题的重要依据,在我国十八世纪文学批评
史上自有其地位。

　　《红楼梦》开卷的一大段文字,曹雪芹自称为《石头记缘
起》。"缘起"是开场白的意思。《石头记》则是这部小说的
原名。在曹雪芹还在世及他身后的一段时期,这部小说是
以《石头记》的书名在社会上传抄的。直到刻本出现以后,
才固定用《红楼梦》为书名。这一大段引言性质的文字,仍
标为《石头记缘起》。

　　曹雪芹在小说开场就忏悔自已,"背父兄教育之恩",以
致"一技无成,半生潦倒"。所谓因"无材补天"而被娲皇遗

弃,乃是一种牢骚话。《红楼梦》乃是古典现实主义小说名著,所谓读了它仅能起到破闷醒目作用云云,也是故弄狡狯之笔。

作者明言当日自己所熟悉的女子,其行止识见皆出须眉之上,因怕她们的事迹泯灭,故编述此书使之"昭传",正是在这种民主性思想的指导之下,才使作者能在小说中精心塑造了一系列才华出众的女子形象,并通过对她们婚姻爱情悲剧的形象化的描述,控诉了封建制度的残酷,从而揭示了封建家族没落、崩溃的必然性。

石头和空空道人的一段对话,是"缘起"的主要部分,类似这部小说的序言,它是借鉴于金圣叹伪作施耐庵《水浒传序》和他写的《读第五才子书法》与《楔子》批而作的。伪施序说:"《水浒》是作者与雅淡通阔之士闲谈之作,故书中"谈不及朝廷,亦不及人过失"。而曹雪芹也借石头与道人谈话,声明《红楼梦》"无朝代年纪可考","无大贤大忠,理朝廷,治风俗的善政"。就是强调此书的创作倾向及其艺术上的特色,把它与当时流行的宣扬忠孝节义的小说划清了界限。这一段谈话是我们研究曹雪芹的文艺观的重要依据。

曹雪芹借石头之口,强调此书是着重描写"亲见亲闻的几个女子",对她们的"悲欢离合,兴衰际遇,俱是按迹寻踪"地叙写,从未"稍加穿凿"。这话当然不能机械地理解为全书都是曹雪芹的自叙传,但作者确以为他的叙写是以生活真实为基础的,而且是视此为自己创作的最大特点和优点的。然而强调文艺作品必须真实地反映生活,并不等于主张拘泥于真人真事,甚至自然主义地反映生活。事实上,《红楼梦》在艺术概括方面达到了很高的典型化的程度,即使细节描写,也极少自然主义。

从空空道人的谈话,可知在封建正统文人心目中,只有有朝代年纪可考,有大贤大忠的善政的作品,才是好作品;而曹雪芹则不以为然,正因为他不屑于写这样为封建统治者树碑立传之作,所以才有意选择亲见亲闻的几个女子,作为主要的描写对象,这是十分可贵的。

曹雪芹批评那时流行的才子佳人小说,"千部共出一套"(今本《红楼梦》改为"千部一腔,千人一面")这是对公式化、概念化的倾向痛下针砭;他还批评这类小说把婢女写得很有文化,开口之乎也者,语言不符合她们的阶级特征,更谈不上个性化了。这都是精辟之见。而《红楼梦》艺术成就的卓越,也正是表现在它反映的社会生活面十分广阔,许多人物形象都写得栩栩如生,而有些人物的对话,更能使读者如闻其声,如见其人。

曹雪芹批评一些才子佳人书"开口文君,满篇子建……且终不能不涉淫滥——在作者不过要写出自己的两首情诗艳赋来,故假捏出男女二人姓名,又旁添一小人拨乱其间,如戏中的小丑一般。"这也是对当时一些才子佳人小说的创作公式的批评。问题不在于作品的男女主人公是否有才有貌,也不在于美好的爱情是否受到恶势力破坏。而在于把才子佳人故事变成了这样一个千篇一律的公式化的套子,就严重地脱离了现实生活。曹雪芹这样的批评,是很有见地的。

论文偶记　（选录）

刘大櫆

行文之道，**神为主，气辅之**。道，规律，法则。神，指文章内在的精神。气，指文章的气势。神和气，是刘大櫆论文的核心。**曹子桓、苏子由论文，以气为主，是矣。**曹子桓，曹丕。其《典论·论文》云："文以气为主，气之清浊有体，不可力强而致。"苏子由，苏辙。他在《上枢密韩太尉书》中说："以为文者，气之所形。然文不可以学而能，气可以养而致。孟子曰：'我善养吾浩然之气'。今观其文章，宽宏厚博，充乎天地之间，称其气之小大。太史公行天下，周览四海名山大川，与燕赵间豪俊交游，故其文疏荡，颇有奇气。此二子者，岂尝执笔学为如此之文哉？其气充乎其中而溢乎其貌，动乎其言而见乎其文而不自知也。"**然气随神转，神浑则气灏，**灏〔hào 号〕，同浩，广大貌。**神远则气逸，**逸，超迈绝俗。**神伟则气高，神变则气奇，神深则气静。故神为气之主。至专以理为主者，**

则犹未尽其妙也。理，即后文所讲的义理，一般是指宋以来的理学。这两句意为，至于专以理为主的人，还未完全领会其中奥妙。盖人不穷理读书，则出词鄙倍空疏；鄙倍，浅陋背理。《论语·泰伯》："出辞气，斯远鄙倍矣。"朱熹注："鄙，凡陋也。倍与背同，谓背理也。"人无经济，则言虽累牍，不适于用。经济，经世治民的知识与本领。这二句意为，人无经世治民的本领，文章写得再多，连篇累牍，也无实用价值。故义理、书卷、经济者，行文之实；书卷，原指古籍经典，此指书本知识。实，指文章的材料。若行文自另是一事。至于写文章，则另是一回事。譬如大匠操斤，无土木材料，纵有成风尽垩手段，何处设施？大匠，技术高超的匠人。斤，斧头。"操斤"，使用斧头干活。垩，白土，《庄子·徐无鬼》："郢人垩慢其鼻若蝇翼，使匠石斲之。匠石运斤成风。听而斲之，尽垩而鼻不伤，郢人立不失容。"这是形容技术的高明和熟练。这几句意为：写文章就象技术高明的匠人用斧头干活，如果没有材料，即使有成风尽垩手段，也没法施展。然即土木材料，而不善设施者甚多，终不可为大匠。故文人者，大匠也；神气音节者，匠人之能事也；能事，擅长之事。义理、书卷、经济者，匠人之材料也。

神者，文家之宝。文章最要气盛，文章最重要是气盛。韩愈《答李翊书》："气盛则言之短长与声之高下皆宜。"然无神以主之,则气无所附,附,依附。荡乎不知其所归也。归,归依。神者气之主,气者神之用。用,表现。神只是气之精处。精处,核心。古人文章可告人者惟法耳。然不得其神而徒守其法,则死法而已。要在自家于读时微会之。微会,细致深入地体会。李翰云:"文章如千军万马,风恬雨霁,寂无人声。"李翰,字子羽,唐进士。这两句见李德裕《文章论》转引。此语最形容得气好。论气不论势,文法总不备。

文章最要节奏,譬之管弦繁奏中,必有希声窈眇处。希声,停顿。《老子》:"大音希声。"王弼注:"听之不闻名曰希,不可得闻之音也。"窈眇,美妙。这几句意为:文章一定要有节奏,如象很多乐器合奏一样,其中一定要有表示节奏的停顿的地方。

神气者,文之最精处也;音节者,文之稍粗处也;字句者,文之最粗处也。然论文而至于字句,则文之能事尽矣。盖音节者,神气之迹也;字句者,音节之矩也。迹,痕迹。矩,标记,准则。这几句意为,音节是神气的具体体现,字句是音节的标记。神气不可见,于音节见之;音节无可准,以字句准之。

音节高则神气必高，音节下则神气必下，故音节为神气之迹。一句之中，或多一字，或少一字；一字之中，或用平声，或用仄声；同一平字仄字，或用阴平、阳平、上声、去声、入声，则音节迥异，故字句为音节之矩。积字成句，积句成章，积章成篇，合而读之，音节见矣，歌而咏之，神气出矣。

近人论文，不知有所谓音节者；至语以字句，则必笑以为末事。末事，微不足道的小事。此论似高实谬。作文若字句安顿不妙，岂复有文字乎？但所谓字句音节，须从古人文字中实实讲贯过始得，讲贯过，研究过。始得，才有所得。非如世俗所云也。

文贵奇，所谓"珍爱者必非常物"。韩愈《答刘正夫书》："足下家中百物，皆赖而用也。然其所珍爱者，必非常物。夫君子之于文，岂异于是乎？"意为珍贵的东西，决不是一般的东西，而有其特出之点。然有奇在字句者，有奇在意思者，有奇在笔者，笔，指行文的笔法笔力。有奇在丘壑者，丘壑，比喻深远的意境。有奇在气者，有奇在神者。字句之奇，不足为奇；气奇则真奇矣；神奇则古来亦不多见。次第虽如此，然字句亦不可不奇，自是文家能事，扬子《太玄》、

《法言》，扬子，东汉时扬雄，著有《太玄》、《法言》。 昌黎甚好之，昌黎，韩愈。故昌黎文奇。奇气最难识；大约忽起忽落，其来无端，其去无迹。读古人文，于起灭转接之间，觉有不可测识，便是奇气。奇，正与平相对。气虽盛大，一片行去，意为平铺直叙。不可谓奇。奇者，于一气行走之中，时时提起。太史公《伯夷传》可谓神奇。

文贵高：穷理则识高，穷理，穷尽道理。此指理论精辟。识指见解。立志则骨高，立志，指具有远大志向。好古则调高。文到高处，只是朴淡意多，朴淡意多，指文章语言风格古朴疏淡，而含意丰富。譬如不事纷华，修然世味之外，修，美好。这句意为，超越于世上一般的美好。谓之高人。昔谓子长文字峻，子长，司马迁。震川谓此言难晓，震川，明古文家归有光。要当于极真极朴极淡处求之。

文贵远，远必含蓄。或句上有句，或句下有句，或句中有句，或句外有句，说出者少，不说出者多，乃可谓之远。昔人论画曰："远山无皴，远水无波，远树无枝，远人无目。" 此之谓也。王维《山水论》："凡画山水，意在笔先。丈山尺树,寸马分人。远人无目,远树无枝,远山无石,隐隐如眉,远水无波,高与云齐,此是诀也。"皴〔cūn 村〕,中国画的一种技法,用以表现山石、峰峦和树身表皮的各种脉络纹理。 **远则味永。**味永,韵味无穷。**文至味永,则无以加。昔人谓子长文字,微情妙旨,寄之笔墨蹊径之外;又谓如郭忠恕画天外数峰,**郭忠恕,字恕先,宋初著名画家。**略有笔墨,而无笔墨之迹。故太史公文,**太史公,司马迁。**并非孟坚所知。**班固,字孟坚。**意尽而言止者,天下之至言也。然言止而意不尽者尤佳。意到处言不到,意尽处言不尽,自太史公后,惟韩、欧得其一二。**韩,韩愈。欧,欧阳修。

文贵变。《易》曰:虎变文炳,豹变文蔚。《易·革》:"象曰:大人虎变,其文炳也。……君子豹变,其文蔚也。"文,文采。炳,光明,显著。蔚,华美。**又曰:"物相杂,故曰文。"**原文见《易·系辞下》,意为事物相交错,就叫文。**故文者,变之谓也。一集之中篇篇变,一篇之中段段变,一段之中句句变,神变,气变,境变,音节变,字句变,惟昌黎能之。文法有平有奇,须是兼备,乃尽文人之能事。上古文字初开,实字多,虚字少。典谟训诰,**《尚书》中的四种文体。**何等简奥,然文法要是未备。至孔子之时,虚字详备,**指《论语》的虚字比较多。**作者神态毕出。《左氏》情韵并美,文彩照耀。至先秦战国,更加疏纵。指文章更加开阔纵横。汉人敛之,稍归劲质。劲质,刚劲质朴。惟子长集其大成。指司马迁的《史记》。唐人宗汉多峭硬;宋人宗秦,得其疏纵,而失其厚懋,懋,同茂。气味亦少薄矣。文必虚字备而后神态出,何可节损?然枝蔓软弱,少古人厚重之气,自是后人文渐薄处。史迁句法似赘拙,而实古厚可爱。

理不可以直指也,故即物以明理;情不可以显出也,故即事以寓情。即物以明理,《庄子》之文也;即事以寓情,《史记》之文也。

凡行文多寡短长,抑扬高下,无一定之律,而有一定之妙,可以意会,而不可以言传。学者求神气而得之于音节,求音节而得之于字句,则思过半矣。其要只在读古人文字时,便设以此身代古人说话,一吞一吐皆由彼而不由我。烂熟后,我之神气即古人之神气,古人之音节都在我喉吻间,合我喉吻者,便是与古人神气音节相似处,久之自然铿锵发金石声。

说　明

刘大櫆(1698—1779)字才甫,一字耕南,号海峰,安徽桐城人。付榜贡生,晚年官黟县教谕,桐城派的重要作家之一,与方苞、姚鼐旧称桐城三祖。

桐城派是一个提倡程、朱理学,维护儒道的文学流派。它的开创者方苞就是"为学宗程、朱,尤究心《春秋》、三《礼》……其为文,自唐宋诸家上通太史公书,务以扶道教,裨风化为任。"(《清史稿》本传)因此,他论文以"义法"为主,侧重文章的内容一面,但也不完全忽视文章的艺术形式。刘大櫆继承方苞,传其古文义法,但他论文却侧重于艺术规律的探讨。方宗诚《桐城文录序》说:"海峰先生之文,以品藻音节为宗,虽尝受法于望溪(方苞),而能变化自成一体,义理不如望溪之深厚,而采藻过之。"《清史稿》本传也说他:"虽游苞门,传其义法,而才调独出。"说明他在方苞义法的基础上有所发展。他的论文宗旨,集中在《论文偶记》中。《论文偶记》共三十一则,这里选录十二则。

刘大櫆论文的中心,是他的神气音节说。《论文偶记》一开始就说:"行文之道,神为主,气辅之。"他所谓的神,是指形成文章艺术风格的内在精神;他所谓的气,则是指体现艺术风格的气势。这二者的关系,神是本体,气是具体体现。即神通过气来体现,气受神的制约。所以他说:"气随神转,神浑则气灏,神远则气逸,神伟则气高,神变则气奇,神深则气静,故神为气之主。""气者神之用。"如果"气无神

以主之。"则气无所附,流于空泛浮浅。所以神气是文章的
最精处,神又是气的精处。

　　用神气论文,毕竟很抽象,使人不易捉摸。因此他又把
它具体化,提出由音节求神气,由字句求音节的主张。"盖音
节者神气之迹也,字句者音节之矩也。神气不可见,于音节
见之;音节无可准,以字句准之。"在他看来,音节字句是神
气的具体体现,所以他非常重视文章的虚字,"文必虚字备
而神态出"。同时又强调熟读涵咏,认为要领会文章的神
气,必须朗读,"积字成句,积句成章,积章成篇,合而读之,
音节见矣,歌而咏之,神气出矣"。他自己就是这样实践的。
方宗诚曾说:"长老所传,刘海峰绝丰伟,日取古人之文,纵
声朗诵之。"(见张裕剑《答吴挚甫书》)后来桐城派的一些继
承者,也把这一点奉为不二法门。

　　以神气音节论文,的确是刘大櫆在古代散文艺术理论
上的新发展。因为文章是语言的艺术,人的感情的变化,往
往表现在语言上,产生高低平仄,疾徐抗坠的音节。所谓"情
发于声,声成文,谓之音",就是这个道理。这在我国诗歌理
论上,很早就受到人们的重视。如陆机、刘勰、沈约等,都曾
从音律上去探求诗歌艺术的奥秘,但很少涉及到散文。韩愈
《答李翊书》谈到过气、言、声的关系问题,对刘大櫆不无影
响,但韩愈对此问题并未具体而切实地加以详述。明代唐
顺之等人的文论,虽也触及到这一问题的边缘,但说得很不
明确。刘大櫆对这一散文艺术特点,作了详细全面的论述,
不能不说是一个贡献。

　　由于强调文章的艺术方面，因此刘大櫆在文章的思想内容和艺术形式的关系上，也就是文和道的关系上，也有他自己不同于一般的看法。他认为对于写文章的人来说，义理、书卷、经济自然是很重要的；但是，它只是象施工的材料。要形成文章，还要靠匠人的加工。所以他说："故文人者，大匠也，神气音节者，匠人之能事也，义理、书卷，经济者，匠人之材料也。"也就是说，它们之间有着密切的关系，但也有相对的独立性。文是表现道的，但道并不等于文。在这一点上他比起过去的一些正统文论家来，有很大突破。过去的一些文论家，往往只强调道而忽视文，刘大櫆指出了它们各自的相对独立性，是值得注意的。

　　另外关于文与法的关系问题，桐城派是比较讲究所谓古文义法的。刘大櫆是方苞的继承者，自然也深受古文义法的影响，但是他不囿于死法，他说"古人文章可告人者惟法耳。然不得其神而徒守其法，则死法而已"，就是说还是应该以神为主，不能离开神去死守其法。

答沈大宗伯论诗书

袁 枚

先生诮浙诗，先生，指沈德潜。沈德潜(1673—1769)字确
士，号归愚，江苏长洲(今吴县)人。乾隆进士，曾任内阁学士兼礼部侍
郎。著有《归愚诗文钞》，编有《古诗源》、《唐诗别裁集》等。礼部之职，
古称大宗伯，故称沈德潜为沈大宗伯。浙诗，清代的浙派诗。浙派诗发
端于浙西朱彝尊，形成于清代中叶，重要作家有厉鹗、符曾、汪沆等人。
谓沿宋习败唐风者，自樊榭为厉阶。 樊榭，厉鹗(1692—
1752)字太鸿，号樊榭，钱塘(今浙江杭州)人。康熙五十九年举人，以
教学终身。能诗词。浙派诗以他为宗。著有《樊榭山房集》、《宋诗纪
事》等。厉阶，祸患的开端。**枚浙人也，亦雅憎浙诗。** 雅，向
来。**樊榭短于七古，凡集中此体，数典** 而已，数典，这里
是罗列典故的意思。**索索然寡真气，** 索索然，干巴巴的样子。**先
生非之甚当。然其近体清妙，于近今少偶。** 少偶，少有

匹敌。**先生诗论粹然，尚复何说。然鄙意有未尽同者，敢质之左右。**质，质询，商榷。左右，旧时书信中称对方的敬词。**尝谓诗有工拙，而无古今。自葛天氏之歌至今日，**葛天氏之歌，传说中上古帝王葛天氏的乐舞。《吕氏春秋·古乐》："昔葛天氏之乐，三人操牛尾，投足以歌八阕"。**皆有工有拙，未必古人皆工，今人皆拙。即《三百篇》中，颇有未工不必学者，不徒汉、晋、唐、宋也。今人诗有极工极宜学者，亦不徒汉、晋、唐、宋也。然格律莫备于古，学者宗师，自有渊源。至于性情遭遇，人人有我在焉，不可貌古人而袭之，**貌，外表。此作动词，即模拟其形貌。**畏古人而拘之也。今之莺花，岂古之莺花乎？**莺花，莺啼花放，泛指春色。**然而不得谓今无莺花也。今之丝竹，岂古之丝竹乎？**丝竹，弦乐和竹制管乐的总称，这里泛指音乐。**然而不得谓今无丝竹也。天籁一日不断，则人籁一日不绝。**天籁，自然界自然而然地发出的音响。人籁，指由人口吹奏出来的声音。语出《庄子·齐物论》。**孟子曰："今之乐犹古之乐。"**语见《孟子·梁惠王下》。**乐即诗也。唐人学汉、魏变汉、魏，宋学唐变唐。其变也，非有心于变也，乃不得不变也。使不变，则不足以为唐，不足以为宋也。子孙之貌，莫不本于祖父，然变而美者有之，变而丑者有之。若必禁其不变，则虽造物有所不能。先生许唐人之变汉、魏，而独不许宋人之变唐，惑也。且先生亦知唐人之自变其诗，与宋人无与乎？无与，不相干。初、盛一变，中、晚再变，至皮、陆二家已浸淫乎宋氏矣。皮，皮日休（约834—883），晚唐文学家，字逸少，后改袭美，襄阳（今湖北襄阳）人，咸通进士，曾任太常博士。后参加黄巢起义军，任翰林学士。诗文与陆龟蒙齐名，人称"皮陆"。著有《皮子文薮》。陆，陆龟蒙（？—约881）晚唐文学家，字鲁望，姑苏（今江苏苏州）人。曾任苏、湖二郡从事，后隐居甫里。著有《甫里集》。浸淫，逐渐进入。宋氏，宋代。风会所趋，聪明所极，有不期其然而然者。不期其然而然：没有想到会这样而竟然这样。故枚尝谓变尧、舜者，汤、武也；然学尧、舜者，莫善于汤、武，莫不善于燕哙。燕哙，战国时燕国国君燕哙，很信任国相子之。后来，他学习尧、舜让贤的榜样，把君位让给子之，自己反而北面为臣，结果，只三年，燕国大乱。事见《史记·燕召公世家》。变唐诗者，宋、元也；然学唐诗者，莫善于宋、元，莫不善于明七子。何也？当变而变，其相传者心也；应该创新的时候就创新，他们所继承的是古代的精神。当变而不变，其拘守者迹也。应当创新而不创新，他们所拘泥固守的只是形式。鹦鹉能言而不能得其所以言，夫非以迹乎哉！两句大意是，鹦鹉能够说话，却不能得知自己说的话是什么意思，那不是因为只摹仿了形迹吗？大抵古之人先读书而后作诗，后之人先立门户而后作诗。门户，这里指宗派。唐、宋分界之说，宋、元无有，明初亦无有，成、弘后始有之。成，成化，明宪宗（朱见深）年号（1465—1487）。弘，即弘治，明孝宗（朱祐樘）年号（1488—1505）。李梦阳倡言"文必秦汉，诗必盛唐"在弘治年间，故云"唐宋分界之说""成、弘后始有之"。其时议礼讲学皆立门户，以为名高。那时谈礼讲学的人都自立门户宗派，使自己名声响亮。七子狃于此习，狃〔niǔ 扭〕，习以为常。这句言，七子对立门户这种风气习以为常。遂皮傅盛唐，皮傅，表面上附会。扼腕自矜，扼腕，用手握腕，表示情绪激动。自矜，自我夸耀。殊为寡识。然而牧斋之排之，则又已甚。牧斋，钱谦益（1583—1664），字受之，号牧斋，明末清初常熟人。明万历进士。官至礼部尚书。后投降清朝。他博览群书，诗文在当时极负盛名。著有《初学集》、《有学集》、《投笔集》等，另编选有《列朝诗集》。牧斋排击明七子之论，详于其所编《列朝诗集》七子小传中，《初学集》《有学集》中也常见。何也？七子未尝无佳诗，即公安、竟陵亦然。公安，公安派。指以袁宗道、袁宏道、袁中道三兄弟（湖北公安人）为代表的明代后期的一个文学流派。竟陵，竟陵派，指以钟惺、谭元春（均湖北竟陵人）为代表的明代后期的的一个文学流派。使掩姓氏，偶举其词，未必牧斋不嘉与。嘉与，赞许。又或使七子湮沉无名，则牧斋必搜访而存之无疑也。惟其有意于摩垒夺帜，摩垒夺帜，迫近堡垒争夺旗帜，比喻急于争夺文坛盟主的地位。**乃不暇平心公论，此亦门户之见。先生不喜樊榭诗而选则存之，**沈德潜在《清诗别裁集》中选有厉鹗的诗。**所见过牧斋远矣。**

至所云诗贵温柔，不可说尽，温柔，即温柔敦厚，是我国封建时代文人评诗的一个准则。它要求诗人用婉转的言辞，含蓄的手法写诗，不怨不怒，不直言统治者的过失，以教化百姓温柔顺从。《礼记》载孔子语："温柔敦厚，诗教也。"**又必关系人伦日用。**必须有益于人们用来维护封建的伦常关系。**此数语有褒衣大袑气象，**褒〔bāo 包〕衣，大衣。袑〔shào 绍〕，裤子的上半部，即裤裆。褒衣大袑，这里指官僚空架子，形容沈德潜发议论拿大架子吓唬人。**仆口不敢非先生，而心不敢是先生。何也？孔子之言，戴经不足据也，**戴经，即《礼记》。汉代戴圣删大戴（戴德）之书为六十四篇，称《小戴记》即《礼记》。"温柔敦厚"语出《礼记》，袁枚说"戴经不足据"意为孔子并不一定说过这样的话。**惟《论语》为足据。子曰"可以兴"，"可以群"，此指含蓄者言之，如《柏舟》、《中谷》是也。**《柏舟》，《诗经·邶风》中的一篇。《小序》说："《柏舟》言仁而不遇也。卫顷公之时，仁人不遇，小人在侧。"《中谷》，即《中谷有蓷》，《诗经·王风》中的一篇。《小序》说："《中谷有蓷》，闵周也。夫妇日以衰薄，凶年饥馑，室家相弃尔。"**曰"可以观"，"可以怨"，此指说尽者言之，如"艳妻煽方处"、"投畀豺虎"之类是也。**艳妻煽方处，见《诗经·小雅·十月之交》。此诗

讽刺周幽王宠其艳妻褒姒,而使妻党中人都居于高位。投畀豺虎,见
《诗经·小雅·巷伯》。此诗愤怒地指斥谗人,并表示要把他投给虎
豹。曰"迩之事父,远之事君",此诗之有关系者也。有
关系者,指诗"必关系人伦日用",即诗有教化作用。曰"多识于
鸟兽草木之名",此诗之无关系者也。无关系者,指有的
诗只给人以知识,与教化并无关系。仆读诗常折衷于孔子,折
衷于孔子,以孔子的思想学说为准则。故持论不得不小异于先
生,计必不以为僭。僭〔jiàn 荐〕,超越自己的本分。此句意为,
料想先生一定不会认为我有失礼之处。

说　明

　　袁枚(1716—1798)字子才,号简斋,浙江钱塘(今杭州
市)人。乾隆四年进士,官至江宁(今南京市)知县。三十三
岁辞官后定居江宁,在小仓山下筑随园,自号随园老人。著
有《小仓山房诗文集》(诗集三十七卷,文集三十五卷,外集
八卷),《随园诗话》(正十六卷,补遗十卷)等。
　　袁枚论诗倡性灵说,认为"诗之传者,都自性灵。"(《随
园诗话》)这是针对当时"错把抄书当作诗"(《仿元遗山论
诗》)的诗风和诗坛上的"格调说"而提出的。《答沈大宗伯
论诗书》便是通过对沈德潜的"格调说"的辩难而阐发自己
的主张的。
　　本文首先提出了"诗有工拙,而无古今"的观点。主格
调说者以时代的先后衡量诗的优劣。他们把我国古代诗歌

发展史在唐代划了一个断限,歧视唐以后的诗。袁枚指出,这既不符合中国诗歌发展历史的实际,在理论上也不能成立。诗歌只有优劣之分,决无时代之别。"自葛天氏之歌至今日,皆有工有拙,未必古人皆工,今人皆拙。"任何时代的诗作,都"有未工不必学者",(包括《诗经》)"有极工极宜学者"(包括"今人诗")。这是因为:其一,虽然诗歌的形式及其艺术技巧有着继承的关系,但是"性情遭遇,人人有我在焉。"诗人各具不同的性格特点和生活经历,其作品必然有高有下,意趣相殊,工拙互见,"天籁一日不断,则人籁一日不绝。"今之诗人,只要抒发了真情实感,作品就一定会有新意,有活气,显示出无穷的艺术创造力。其二,因为诗中有我,所以在继承传统中有变革创新是势所必然,"非有心于变也,乃不得不变也"。看不到或有意否认这一点,抹杀诗人的个性,当变而不变,"貌古人而袭之,畏古人而拘之",泥于形迹,鹦鹉学舌,生搬硬套,那就一定创作不出好作品。袁枚以充足的例证,通达的论述,驳倒了格调者贵古贱今的错误观点,阐明了自己独抒"性灵"的主张。

作者直率地指出了"尊唐抑宋、贵古贱今"思想的根源,在于某些诗人的门户之见。他用钱谦益对于七子的作品"掩姓氏"而"嘉与",沈德潜对于厉鹗的作品还是"选则存之"为例,证明诗的工拙在于作品本身,不在于古今,从而指出了他们的实践和理论的自相矛盾。他们所以因时废人,因人废诗,其目的不过是为了立门户,拉宗派,"摩垒夺帜","以为名高"。

　　从主性灵,贵个性的基本观点出发,作者对沈德潜固守"温柔敦厚"的正统诗论提出了批评。沈德潜认为,诗的内容"必关系人伦日用,"诗的艺术表现贵在"温柔"、"不可说尽"。袁枚则以"性灵"立论,以《论语》为据,以《诗经》为例,说明诗所表现的内容应该丰富多彩,不可囿于"人伦日用"。诗人选取任何题材,只要借以抒发了真挚的情感,都能见出其性情,具有社会意义和教育作用。这样,袁枚不仅批评了沈德潜,对传统的诗教观念也有所突破。就艺术表现来说,也不可拘于一格,只讲"温柔敦厚"。诗人个性不同,感情各异,表现的方式必然有别。或"含蓄",或"说尽",都是发于性情之真。诗歌的风格应该多样化。强调一种风格而排斥他种风格,是不利于诗歌创作的发展的。袁枚的"性灵"说与公安派"独抒性灵"的诗论是一脉相承的。强调真情,强调个性,有其进步的一面。至于"真情"和"个性"的决定条件是什么,袁枚也未能作出回答,在当时,他也不可能科学地回答这个问题,对这一点,我们自不必苛求于古人。

花部农谭序

焦　循

梨园共尚吴音。梨园:指戏班。吴音,指昆腔,因它最早流行于江苏南部吴中地区,故又称吴音花部者,花部,是清代除昆曲以外的其他地方剧种的总称,与雅部昆山腔相对。"花部"为京腔、秦腔、弋阳腔、梆子腔、罗罗腔、二黄调等,又统称为"乱弹。"其曲文俚质,俚质,通俗质朴。共称为"乱弹"者也,余乃独好之。盖吴音繁缛,其曲虽极谐于律,繁缛,繁琐,琐细。谐于律,音律和谐。这两句意思是说,昆曲典雅细腻,过于强调音律,每一字要讲究平上去入四声,每一韵要讲究韵头、韵腹、韵尾,精雕细刻,极力追求音律的和谐婉啭。而听者使未睹本文本文,剧本。无不茫然不知所谓。其《琵琶》、《杀狗》、《邯郸梦》、《一捧雪》十数本外,《一捧雪》,传奇剧本,明末清初李玉作。多男女猥亵,如《西楼》、《红梨》之类,殊无足观。猥亵,淫秽。《西楼》,《西楼记》,

传奇剧本，清初袁于令作。《红梨》，《红梨记》，传奇剧本，明徐复祚作。**花部原本于元剧，其事多忠孝节义，足以动人；其词直质，**直质，明白晓畅，朴素无华。**虽妇孺亦能解。其音慷慨，血气为之动荡。**这二句说，它的曲调激昂慷慨，人们听了，感情为之沸腾。**郭外各村，**郭外，城外。**于二、八月间递相演唱，农叟渔父，聚以为欢，由来久矣。自西蜀魏三儿倡为淫哇鄙谑之词，**西蜀，四川。魏三儿，清乾隆时著名的秦腔演员魏长生。清吴太初《燕兰小谱》卷三《赠魏长生诗》的小序说："魏三名长生，字婉卿，四川金堂人，伶中子都也。"倡，开创。淫哇〔wā蛙〕鄙谑，既淫荡，又粗鄙的谐谑。**市井中如樊八、郝天秀之辈，**市井，本指城市，此泛指市民。樊八（疑即樊大）、郝天秀，均为乾隆时的旦角名演员。李斗《扬州画舫录》卷五："樊大睸其目，而善飞眼，演《思凡》一剧，始则昆腔，继则梆子、罗罗、弋阳、二簧，无腔不备，议者谓之戏妖。""郝天秀，字晓岚，柔媚动人，得魏三儿之神，人以'坑死人'呼之。"**转相效法，染及乡隅。**这两句意为，互相学习效法，流风影响到偏僻乡村。**近年渐反于旧，**指回到花部旧时的传统。**余特喜之，每携老妇幼孙，乘驾小舟，沿湖观阅。天既炎暑，田事馀闲，群坐柳阴豆棚之下，侈谭故事，**侈谭，无止无休地谈论。**多不出花部所演。余因略为解说，莫不鼓掌解颐，**解颐，欢笑。**有村夫子者，笔之于册，**村夫子，乡村先生。**用以示余。余曰此农谭耳，不足以辱大雅**

之目。　大雅,高才之人。这两句意为,此乡下人讲的故事,不能用它去玷污那些高才之人的眼睛。**为芟之,**芟,删削。**存数则云尔。嘉庆己卯六月十八日立秋,雕菰楼主人记。**

说　明

焦循(1763—1820),字理堂,甘泉(今江苏扬州)人,嘉庆六年举人。壮年从阮元在山东、浙江各处作幕宾。有人劝他去应礼部试,他因母亲年老多病,坚辞不往。母丧后,闭户著书,名其居曰半九书塾,筑书楼曰雕菰楼,凡十余年足迹不入城市。

焦循是清代著名的朴学大师,精于经学和算术,生平著作有《雕菰楼易学》,《易余籥录》、《孟子正义》、《六经补疏》、《里堂学算记》等四十多种,共三百余卷,此外还有《足征录》、《邗记》、《里堂道听录》、《读书三十二赞》及《雕菰楼集》、词话诗话等。他尤好戏曲,著《曲考》、《剧说》、《花部农谭》等。《曲考》今不传,但可于《扬州画舫录》所载《曲海目》一条见其大概。《剧说》和《花部农谭》犹存。

《花部农谭》是一部讲述地方戏所演的一些著名剧目本事,并加以考订和评论的著作。这里所选,是它的序言。

在清朝中叶,昆曲由于过于典雅而脱离人民,逐渐趋于衰落,地方戏曲却蓬勃发展起来。而统治阶级仍极力提倡昆曲,反对地方戏曲,认为地方戏曲"其词悉皆方言俗语,俚鄙无文,大半乡愚随口演唱,任意更改;非比昆腔传奇,出自文人之手,剞劂成章,迺尔流传",(故宫博物院刊《史料旬刊》第二十二期:乾隆四十五年十二月二十五日郝硕奏折)因而下令禁止演唱。嘉庆三年,清政府就曾下令说:"苏州、扬州,向习昆腔,近有厌旧喜新,皆以乱弹等腔为新奇可喜,转将素习昆腔抛弃,流风日下,不可不严行禁止。嗣后除昆、弋两腔照旧准其演唱,其外乱弹、梆子、弦索等腔等戏,概不准再行演唱,所有京城地方,着交和珅严查饬禁,并传谕江苏、安徽巡抚、苏州织造、两淮盐政,一体严行查禁。……嗣后民间演唱戏剧,止许演昆、弋两腔,其有演乱弹等戏者,定将演戏之家及在班人等,均照违制律,一体治罪,断不宽贷。"(《江苏省明清以来碑刻选集》)但是老百姓还是喜欢花部,形成花、雅两部的对垒与抗争。焦循站在支持花部的立场上,在这篇序里,大力肯定了花部,批评了雅部,表现出他进步的戏剧观。

焦循明确宣布,"梨园共尚吴音",而他却独好花部,表现他不同流俗的态度。然后就从曲调,文词,思想内容三个方面,将昆曲与花部进行比较,指出昆曲由于追求音律,因而脱离人民,使很多人听不懂,加之在内容上又"多男女猥亵",所以很少有价值的作品。花部则不然,花部文词质朴通俗,妇孺皆解,曲调慷慨激昂,动人心魄,所以受到人民的喜爱,"郭外各村,于二、八月间,递相演唱,农叟、渔父,聚以为欢,由来久矣"。焦循在当时能站出来大胆地肯定地方戏曲,批评由统治阶级提倡的昆曲,这不仅说明了他支持民间戏曲的进步戏剧观,同时也说明了当时花部逐渐代替雅部的戏曲发展的必然趋势，这对地方戏曲的发展无疑是有着深远影响的。但也应指出，焦循大力肯定地方戏曲多演忠孝节义的内容，表现了他的封建观念。事实上，当时地方戏曲并不都是宣扬封建伦常道德，也常有具有一定的反封建意义的好剧目。